KB079538

PROLOGUE

아무렇지도 않은 어느 날을 기점으로 이전의 관계가 일체 사라지고, 전혀 모르던 사람들과의 관계가 시작되는 일을 누구나 겪는 것은 아닐 거다. 세계적인 발레리나가 되기 위해 15년을 하루같이 훈련 또 훈련으로 지내온 최현지에게는 그날 역시 어제와 똑같이 시작한 날이었다. 일론 머스크가 스페이스X를 배경으로 'To the Mars!'를 외치고 비트코인 창시자가 남태평양의 외딴섬을 통째로 사서 원주민들의 지배자가 되어 살고 있다는 뉴스가 포털 메인 화면을 채운 일조차 딱히 새로운 건 아니었다.

아무렇지도 않았던 그날, 최현수가 개발한 K-코인이 폭락하고 집에서 한 발짝도 나오지 않던 그가 사라졌다. 현지를 찾아와 최현수가 어디 있느냐고 묻는 사람들이 오전에 한 명, 오후에 세 명이 있었다. 한 사람은 벨을 눌러 현지를 불러냈고, 두 사람은 발레 아카데미 연습실로 가는 그녀 앞을 막아섰다. 나머지 한 사람은 밤이 늦도록 아파트 놀이터에서 그네를 타며 일정한 간격으로 현지의 집을 올려다보았다.

모두 처음 보는 사람들이었다. 현지는 오빠와 연관된 사람들을 거의 알지 못하니 당연했다. 이전 어느 때보다 더욱 불길한 예감을 느꼈지만 할 수 있는 일이 없었다.

그날 밤, 제리라는 사람이 전화를 해 왔다. 전화를 받고 여보세요, 하기도 전에 오빠 친구 제리인데, 옆에 아무도 없지? 하고 물어왔다. 한껏 목소리를 낮춘 채. 오빠 친구 제리 역시 모르는 사람이었다.

1부

진실과 거짓에
기반하여

66

진실과 거짓은 서로의 얼굴을 알지 못한다.

현지가 방문할 때면 현수는 VR 고글을 끼고 테니스를 하는지, 마라톤을 하는지, 스케이트를 타는지 모를 어정쩡한 자세로 운동을 하고 있곤 했다. 산책도 외출도 하지 않으니 모자란 운동량을 그런 식으로 채우는 거라고 짐작할 뿐이었다.

세탁이나 청소는 콘시어지를 통해 해결했기 때문에 딱히 해줄 일은 없지만 자신이 가야 강아지 루시가 산책이라도 할 수 있으니 현지는 오빠와 밥을 시켜 먹고 루시를 산책시킨 뒤 필요한 것들을 적어서 돌아오곤 했다. 가끔 버려야 할 물건이지만 콘시어지에게 시키기 곤란한 것들은 가져와서 제 물건과 섞어 한데 버렸다.

그날은 좀 달랐다. 루시는 켄넬에 들어가 있었고 현지를 보자 짖어댔지만, 현수는 보이지 않았다.

현수는 현지가 여러 번 부르고 방마다 돌아다니며 찾을 때까지 작업실에 꼼짝 않고 앉아 있었다. 사람이 들어온 것도 모르고, 불러댄 것도 모르는 듯했다. 어딘가 정신이 나간 것도 같고 깊은 생각에 빠진 것 같기도 했다. 현지가 가까이 가서 부르자 그제야 어, 어? 왔냐? 하며 무겁게 몸을 일으켰다. 항상 켜져 있던 컴퓨터들이 모두 꺼져 있었다.

루시가 신이 나 현지를 따라다니며 짖고 뛰어오르고 비벼대자 현수가 갑자기 화를 냈다. 루시는 켄넬에 집어넣으라고 소리를 질렀다. 현수는 본래 말수도 적고 말을 해도 어눌했으며 행동도 느린 사람이었다. 현지는 평소 같지 않게 신경이 날카로운 현수의 눈치를 보며 루시를 안아 진정시켰다.

생일이니 중국요리라도 시켜 먹자고 했지만 현수는 간단하게 먹자며 비빔밥을 시켰고, 1인당 5만 원이나 되는 비빔밥이 왔을 때는 밥을 먹고 싶지 않다고 했다. 급기야 자리에서 벌떡 일어나 그만 가라고 했다.

현지는 그러면 얼른 루시 산책만 시키고 가겠다고 했다. 현수는 됐다고, 그냥 가라고! 하며 또 소리를 질렀다. 루시는 어쩌라고, 오빠가 산책시킬 것도 아니면서, 하고 대꾸를 했더니 현수는 루시가 들어가 있는 켄넬을 발로 찼다. 현지도, 루시도 처음 보는 모습들이었다.

루시는 끄응, 소리를 내며 켄넬 구석으로 몸을 웅크렸다. 현지는 더 이상 어쩌지 못하고 집을 나왔다. 그리고 엘리베이터 앞에 섰을 때, 불안한 마음 때문이었는지 여기 올라오기 전 1층에서 마주쳤던 사람들이 불현듯 떠올랐다.

현지는 한 시간 전 아파트에 도착해 평소처럼 1층 안내 데스크를 거쳐 오빠 집에 올라가려고 엘리베이터 앞에서 버튼을 누르고 기다렸다. 무심코 올려다보니 65층에서부터 엘리베이터가 내려오기 시작했다. 65층은 오빠네 집인데, 설마 오빠가 내려오나? 잠시 그런 생각이 스쳤다.

엘리베이터가 열리고 정장을 차려입은 낯선 남자 둘이 나왔다. 현지는 움찔, 하고 옆으로 비켜주었다. 남자들이 스쳐 지나갈 때 두 남자의 귀에 꽂혀 있는 M자 마크가 선명한 이어폰을 보았다.

현지는 아무리 눈에 띈다 한들 이어폰 같은 걸 염두에 둘 여유가 없었다. 바로 엘리베이터에 올라 65층으로 올라갔다.

지금 상황을 되짚어 생각해보니 그 남자들이 현지보다 먼저 현수를 만났다는 뜻이고, 그들이 65층까지 갔다는 건 오빠가 들어오도록 허락했다는 의미일 것이다. 대체 그들은 누구이며 그들과 현수 사이에 무슨 일이 있었던 것일까.

샤워도 못 하고 가방만 챙겨 연습실을 나섰다.

이상한 조짐이 있었는데, 오빠가 내색하지 않으니 작지만 거듭된 조짐을 무시했던 걸까. 현수에게서는 여전히 아무런 연락이 없었다. 전화를 걸어보았지만 전화기가 꺼져 있다는 안내만 나올 뿐이었다.

핸드폰 포털 화면에 새로운 뉴스가 떴다.

'개발자 최현수 행방 묘연, 폭락 현실에 관계자들 망연자실'

'투자자들 패닉에 분노…… 개발자 잠적해 수사 쉽지 않아'

핸드폰을 쥔 손이 덜덜 떨렸다. 하나같이 오빠 현수의 행방이 묘연하다는 내용이었다.

경찰이 오빠 집에 가서 확인한 걸까. 오빠는 집에 있을지도 모르는데. 아무 연락도 받지 않는 것뿐일 수도 있는데. 원래 사고 치면 손 놓고 어딘가에 숨어버리던 사람이잖아.

초조하게 걸고 있는데 손에 쥐고 있는 핸드폰이 울렸다. 현지는 황급히 액정을 보았다. 현수가 아니었다. 현지는 누군지 모르는 사람의 전화를 받기가 두려웠다. 망설이는 사이 전화가 끊겼고 곧바로 메시지가 떴다.

— 나 현수 친구 제리야. 유일한 친구. 현지 너도 나 알 텐데 잊어버렸구나? 중학교 때 현수 감금됐을 때 내가 알려줬잖아. 나랑 같이 현수 찾아갔었고.

메시지를 보자 가슴이 쿵쾅거렸다. 현지는 까맣게 잊고 있었다. 그때 혼자서 갇힌 오빠를 찾아갔던 게 아니라는 걸. 아니, 자연스럽게 잊은 게 아니었다. 억지로 지운 것이었다. 돌이키고 싶지 않은 어릴 때의 현수를.

제리가 다시 메시지를 보내 왔다.

— 이제 기억나지? 다른 사람 아무도 믿지 마. 현수가 위험해져. 만나서 얘기하자.

현지는 조심성이 많은 타입이었다. 제리가 중학교 때부터 오빠 친구라 해도, 그가 믿을 만한 사람인지 어떻게 알지? 그리고 지금이 어떤 상황이며 내가 무엇을 해야 하는지 그가 어떻게 알지? 현지가 의심하고 있다고 짐작했는지 제리가 또 메시지를 보내 왔다.

— 내가 어떻게 네 전화번호를 알고 있겠니. 무슨 일이 생기면 아무도 모르게 너에게 알리라고 현수가 말해줬으니 알지. 현수 핸드폰에는 네 전화번호가 없어. 누군가 해킹할 수 있기 때문에 저장하지 않은 거야. 너도 내 메시지 확인하면 바로 지워야 해.

그래도 망설였다. 문득 집에 찾아왔던 사람들이 생각났다. 그들은 내 전화번호는 모르면서 내 집은 알았다. 금방 답이 떠올랐다. 현수의 가족관계를 알아보면 자신의 집을 알 수는 있을 듯했다. 그

고 다 서툴고 어눌한 아이는 이용해먹기 좋은 놀잇감일 뿐이었다. 시험 기간이 되면 이용 가치가 높아졌기 때문에 아이들의 괴롭힘이 더욱 심해졌다.

동급생들은 그들 중 하나의 집에 현수를 끌고 가 학교 컴퓨터에 접속해서 시험지를 훔쳐내라고 요구했다. 그게 뭐 어렵냐고, 너한테는 식은 죽 먹기 아니냐고. 얻어터지고 갇히느니 그놈들의 요구를 들어주면 좋으련만 현수는 대답도 저항도 하지 않았다.

놈들은 현수를 때리고 물을 먹이고 또 때리다가 부모가 올 시간이 되자 현수를 학교 창고에 가뒀다. 현수가 다음 날 시험을 보지 못하게 하려는 것이었다. 부모가 없는 것이나 마찬가지라는 현수의 사정을 잘 알았으니까. 그러나 그 애들은 알지 못했다. 무리 중에서 하나는 갈등하고 있었다는 것을.

어린 현지는 부모로부터 이런 말을 듣고 자랐다. 현지야, 엄마 아빠가 없을 때는 오빠를 챙겨야 해. 현지야, 오빠가 학원 갈 때 빠뜨린 것 없는지 확인해야 한다. 현지야, 오빠는 천재잖아. 천재는 보통 사람과 다른 법이야. 사람 손이 많이 간단다. 엄마 아빠는 바쁘니까 네가 오빠를 챙겨야지. 현지는 오빠로부터 멀어지고 싶었다. 모르는 사이가 되고 싶었다.

#02

현지가 어깨에 두른 제리의 팔을 바로 걷어냈다. 제리가 이렇게 친한 척 구는 이유를 알 수 없었다.

제리는 그 이유를 간단히 설명했다.

"지금부터 우린 연인 사이처럼 보여야 해. 여기 CCTV가 있거든."

현지는 도리어 두 걸음 더 물러났다.

"나는 당신이 누군지 몰라요. 겨우 어릴 때 친구라는 것만 알 뿐이라고요. 왜 당신이 오빠를 찾는다면서 여기까지 왔는지도 모르고요. 오빠 집에서 무슨 일이 벌어졌는지도 몰라요. 당신을 왜 믿어야 하는지 알려줘야 집에 들어갈 수 있을 거예요."

오빠가 집에 갇혀 있을지도 모르고 당신이 나를 유인하려는 것인지도 모르잖아. 현지는 그런 뜻을 분명히 밝혔다.

제리가 들었던 팔을 내리며 고개를 끄덕였다.

"내가 너무 급했구나? 현수가 지금 위험한 처지일지도 몰라서 그랬어. 근데 여기서 길게 할 얘기는 아니니까, 자세한 건 집에 들어가서 얘기하자."

"왜 오빠가 위험한 처지라는 거예요?"

"상황을 보고도 모르겠어? 현수가 코인을 개발하고 있다는 건 알지? 그동안 많은 코인들을 개발하고 그렇게 번 돈으로 너 교육시키고 둘이 먹고살았어. 초창기부터 나는 현수가 개발한 코인을 띄우는 역할을 해왔고. 우린 긴밀한 사이인 거지. 그런데 어떤 예고도 경고도 없이 현수 코인이 폭락했어. 아무런 대응도 하지 못했고. 개발자 본인 모르게 일어날 수 있는 일이 아니야. 왜 이런 일이 일어났든 어떤 식으로라도 현수가 개입해 있을 거라고. 현수를 죽이겠다는 사람들까지 몰려들 수 있는 상황이라는 거지. 아니라면 이렇게 모든 연락이 두절될 리가 없잖아. 저쪽에서 나와 현수가 짜고 벌인 일이라 의심할까 봐 아직 채널을 닫지는 않았어. 보여줄게."

제리는 본인의 핸드폰을 켜서 유튜브 검색창에 '비트대마왕 제리'라고 입력했다.

바로 어제 올린 영상이 뜨고 아래로 이전의 영상이 나왔다. 어제 영상의 섬네일에는 'K-코인 무슨 일? 공격당한 걸까/전략일까'라고 쓰여 있었다.

"다 들어볼 수는 없으니까 조금만 들어봐. 내 목소리라는 걸 알 수 있을 거야."

영상에서 나오는 목소리는 제리의 목소리가 확실했다. 현지가 아래 달린 댓글을 몇 개 읽는데 제리가 더 이상은 읽지 말라며 화면을 내리고 거래소 앱을 띄웠다.

코인 그래프가 내리꽂힌 것을 보여주더니 거래를 중지한다는 공지도 보여주었다.

"현수 코인이 상장된 모든 거래소에서 선물 거래 중지 알림이 떴어. 현수와 직접 거래하는 거래소는 투자자들 분노에 대응하느라 지금 죽을 지경일 거야. 재단조차 왜 이런 일이 벌어졌는지 알 수가 없다고 하니 미치는 거지. 우리가 만져볼 수도 없는 돈이 사라졌다고."

여기서 오래 실랑이하는 모습을 누군가에게 들키면 좋지 않을 것 같았다. 현지는 로비로 걸음을 옮겼다. 그러면서 조금 전에 읽은 댓글 몇 개를 곱씹었다.

'사기 아닙니까? 엊그제까지 1조 투자한다고 그랬잖아요?'

'펌핑(가격 폭등)시켜놓고 다 털어먹은 거 아닙니까?'

'구속하고 수사해야 하는 것 아닙니까?'

'재단이 대책도 없다고? 내 전 재산 들어갔는데?'

'재단 대표도 무슨 일인지 확인하고 있다는데, 자기들이 모른다는 게 말이 됩니까?'

무슨 말들인지 알 수는 없지만 현수가 큰 사건에 휘말린 건 분명했다. 어쩌면 많은 사람들에게 피해를 입혔는지도 모르겠다는 생각이 들었다. 온몸이 무너지는 것처럼 아픔이 몰려와 휘청 쓰러질 뻔했다. 비틀거리는 현지를 제리가 붙잡아 다정하게 감싸 안았다. 현지와 제리는 다정한 연인처럼 로비로 들어갔다.

로비 데스크의 직원과 눈인사를 하고 엘리베이터 여덟 대가 있는 곳까지 가는 동안 현지를 스쳐 지나간 사람은 부부로 보이는 젊은 남녀 한 쌍과 잔뜩 화가 난 듯 빠른 걸음으로 걷는 중년 남자뿐이었다.

현수가 이용하는 51층에서 71층까지의 홀수 층 전용 엘리베이터를 타고 65층까지 가는 동안 아무도 만나지 않았다. 제리는 현지 어깨를 끌어안고 엘리베이터에 탔고 흘끔흘끔 사랑스럽다는 듯 바라보면서 65층에 내릴 때까지 팔을 풀지 않았다.

현지가 어깨를 빼려 하자 제리가 다정하게 말을 건넸다. 여기도 감시의 눈이 있어, 불편해도 지금은 참아줘.

어깨를 감싼 제리의 팔은 든든한 느낌과 능란한 연출력 사이에서 현지를 긴장하게 했다. 바로 곁에서 힐긋 올려다본 목덜미에서는 팔딱거리는 동맥이 보였고 좋은 냄새가 났다. 그게 또 이상하게 안도감과 불길함을 동시에 느끼게 했다. 긴장 속에서 엘리베이터가 65층에 멈췄다.

현지는 복도로 나오자마자 현수에게 전화를 걸었다.

똑같은 멘트가 흘러나왔다. 전화기가 꺼져 있어……

현지는 현관문을 두드렸다. 루시가 있을 테니까 노크 소리를 듣고 짖지 않을까, 했던 거였다. 조용했다. 제리가 현지의 어깨를 다독거리며 말했다.

"그냥 문 열어. 시간 지체하는 게 더 안 좋을 수도 있어."

현지는 겁에 질려 지문인식기에 검지를 댔다. 문이 찰칵 열렸다. 아무 반응도 없었다. 루시가 짖으며 달려 나와야 했는데 고요했다. 제리가 현지를 등 뒤로 두고 먼저 안으로 들어갔다. 현지가 루시를 불렀다. 루시, 루시야, 루시야.

현지가 머물 때 쓰는 작은방과 화장실이 있는 복도를 지나 거실로 갔다. 그리 크지 않은 거실은 평소처럼 불이 켜져 있었다. 거실 TV 자리에는 디지털 영상이 띄워진 커다란 모니터가 있었고 일정한 시간을 두고 영상이 바뀔 뿐 소파 위며 테이블이며 흐트러진 흔적 같은 건 없었다. 마치 조금 전까지 사람이 있었다 해도 그럴듯하고 오래 비워두었다고 해도 그럴 만하다고 여겨질 만큼 특별한 게 없었다.

"루시 집이 없어졌어요. 저기 창 쪽에 루시 집이 있고, 소파 옆에 방석이 있었는데."

현지가 주방 쪽으로 가서 떨리는 목소리로 말했다. 루시 밥그릇도 없어요. 루시가 없다는 것은 무슨 의미일까 생각하기도 전에 가슴이 조여들었다. 생전 안 하던 발길질을 하던 현수와 꼬리를 말고 켄넬 안으로 도망가던 루시가 떠올랐다.

제리가 다가와 주방 쪽을 휘둘러보더니 여기엔 볼일이 없다는 듯 무심하게 말했다.

"현수 작업하는 곳으로 갑시다."

작업실 쪽으로 몸을 돌리다 현지가 멈칫했다. 지난번 방문했을 때가 기억났다. 현지가 온 줄도 모르고 어두운 얼굴로 작업실에 틀어박혀 있던 현수가. 그곳에 무슨 일이 벌어져 있다면.

현지는 발걸음을 떼지 못했다. 그 마음을 알았는지 제리가 오지 말라는 손짓을 하며 조심스럽게 거실과 분리된 유리문을 열고 혼자 들어갔다.

잠시 뒤 제리가 부르는 소리가 들렸다. 집 가장 안쪽에 있는 현수의 프라이빗 룸에 들어가려면 두 개의 방을 통과해야 했다. 첫 번째 작업실에는 벽을 따라 컴퓨터가 여섯 대 도열해 있었고, 제일 커다란 모니터 두 개에는 집 안팎을 빠진 공간 없이 비추는 CCTV 영상이 켜져 있었다.

두 번째 작업실은 마찬가지로 컴퓨터들이 있는 곳이자 운동 기구가 있는 방이었다. 이곳의 컴퓨터는 모두 꺼져 있었다. 현지가 방문했던 그 어느 날도 컴퓨터가 꺼져 있던 적은 없었다.

현지는 방들을 통과하는 게 마치 길고 긴 어둠 속을 걷는 듯하다고 느꼈다. 이런 일이 이전에도 있었던 것 같았다. 한 번이 아니라 여러 번. 어쩌면 앞으로도 끝없이 반복될지도 모를 일이.

현지는 빈사의 백조를 '연기'하는 게 아니었다. 실제로 언제나 죽기 직전의 새였다. 마치 부레부레 발버둥을 치듯, 치켜들 힘도 없는 날개를 치켜올려야만 하는 것처럼 간신히 걸어갔다. 부모님이 돌아가시기 전후의 시간처럼.

부모님은 현수가 고등학교를 졸업하기 직전에 돌아가셨다.

어떻게 결혼까지 하게 된 건지 모를 정도로 두 사람은 함께 시간을 보내는 일이 드물었다. 둘은 가정에 충실하지 않은 서로를 탓하며 끊임없이 충돌했고, 마지막 역시 다투다가 사고를 당했던 것 같았다.

어쩌다 두 사람이 함께 집에 있는 날에는 자녀들 교육 문제로 다투면서 시간을 보냈다. 현수와 현지를 어렸을 때부터 유학 보내고 싶어 했던 엄마는 자신이 돌보지 못하는 건 마찬가지니 미국에 보내자고 했다. 천재를 한국에서 썩히는 건 옳지 않다고 주장하기도 했다. 현수를 혼자 보낼 수는 없고 현지를 붙여 보내면 둘이 잘 해낼 거라는 것이었다. 현지가 발레를 계속하든 말든 그건 염두에 두지도 않았다.

현지는 숨어서 외쳤다. 나는? 내 발레는 어쩔 건데? 나는 오빠의 시녀로 살기 싫어!

엄마가 아빠를 쫓아다니며 요구를 해대면 아빠는 최대한 대꾸를 미루다가 두 손을 휘저으며 소리 질렀다. 무슨 미친 소리야. 무슨 미친 소리를 하는 거야. 미친 소리 좀 그만해. 제발 정신 좀 차려. 하긴 미친 사람이 미친 소리를 하는 게 당연하지. 그만 좀 해, 미친 소리. 그렇게 반복했다. 아빠에게 엄마는 그저 미친 소리를 되풀이하는 사람에 불과했다.

엄마는 결국 미치기 전에 이혼하자고 했고 역시 똑같은 대답을 들었다. 무슨 미친 소리를 하고 있어. 엄마는 이혼을 하고 자신이 양육권을 가지면 애들을 유학 보낼 수 있을 거라며 이혼 서류를 들고 해외 촬영에서 돌아오는 아빠를 만나러 공항으로 갔다.

아빠는 집에 곧장 들어오지 않는 경우가 많아서 그의 이동 동선 어디에선가 낚아채지 않으면 또 한참을 만나지 못할 거라는 걸 엄마는 알았다. 어떻게 가능했는지 모르지만 아빠를 차에 태웠고 도로를 달렸다. 아마 두 사람은 사고를 당하기 직전까지 똑같은 싸움을 반복했을 것이다. 이혼해. 무슨 미친 소리야. 그러니까 이혼해. 무슨 미친 소리야. 쾅!

엄마는 이혼하고 싶었을 뿐이지 죽고 싶지는 않았을 텐데 죽었고, 아빠는 이혼도 죽음도 원치 않았지만 운명은 거기까지였던 것뿐이다. 역설적으로 현지는 그때부터 비로소 엄마와 아빠로부터, 현수를 책임지는 것으로부터 벗어나게 되었다.

또 역설적으로 현지는 어린아이에서 성인으로 훌쩍 도약하게 되었다. 마침 고등학교를 졸업했고 가고 싶은 대학교는 없었으며 능력은 출중했다. 그 능력은 방구석에서 도리어 활짝 피어났다.

현지는 현수를 돌보는 것이 어렵지 않았다. 방구석에서 능력을 발산하는 데 몰두한 현수는 아침밥과 저녁밥만 있으면 되었고, 청소나 빨래 같은 건 원래도 현지가 하던 일이었다. 다만 현수의 방이 작은 데서 큰방으로 옮겨졌고, 컴퓨터가 점점 많아지자 더 큰 방이 필요했다.

집을 개조해 현관 우측에 작은 주방과 화장실, 현지의 방을 만들었고 나머지 공간은 모두 현수가 차지하는 커다란 방으로 만들었다. 현수는 방에서 24시간 내내 머물렀다. 그 방의 문은 현지조차 함부로 열 수 없었다.

현지는 스스로를 돌볼 줄 알았다. 오빠가 무슨 일을 어떻게 하는지 알 필요가 없었다. 현지의 발레 실력은 점점 향상되어 대회마다 우승했고 좋은 대학에 들어갈 수 있었다.

어지간히 발버둥 치며 1년을 버티면 어느새 자신이 터널을 통과했다는 걸 실감하곤 했다. 1년과 또 1년, 터널이 한없이 길게 이어질지라도 그 안에서 훈련을 하는 동안 현지는 충일했다. 터널은 점점 더 큰 무대가 되었으니까. 현지는 좁은 터널이든 큰 무대든 꽉 채우고 싶었으니까.

작업실 두 칸을 건너 프라이빗 룸에 이르러 현지는 숨을 멈췄다. 방 안에 현수는 없었다. 무엇을 상상했을까. 무엇을 상상하기 싫었을까. 현수가 묶인 채 실신해 있는 것? 현수가 죽어 있는 것? 피가 흩뿌려져 있고 아무도 없는 것?

이전에는 알 수 없었다, 텅 빈 방에 안도하게 될 줄은.

책상 앞에서 제리가 무언가를 들어 보였다. 현수의 핸드폰이었다.

핸드폰은 꺼진 채로 충전기에 연결되어 있었다. 누구의 의도인지는 모르지만 의도적이라는 냄새가 났다. 제리는 그사이 현수의 컴퓨터를 켜고 비밀번호 입력하는 칸에 숫자를 넣어보고 있었다.

현지도 제리도 현수의 비번을 알 리 없었다. 핸드폰 역시 잠겨 있어 아무것도 볼 수 없었지만 현지는 오빠의 핸드폰을 손에 꼭 쥐었다.

몸에 힘을 준 채 방 안을 휘둘러보았지만 달라진 건 딱히 눈에 띄지 않았다. 10년도 훨씬 전에 두 사람이 갑자기 사라졌을 때도 마찬가지였다. 아무것도 달라진 게 없었지만 일어날 수 있는 가장 큰 일이 벌어졌고, 달라질 수 있는 가장 큰 것이 달라졌다. 어떤 사람의 모든 것이 남아 있지만 그 한 사람이 사라진다는 게 세상을 뒤흔들 만한 사건이 된다는 걸 현지는 또 한 번 실감했다.

"마지막에 온 게 언제였어?"

"한 열흘 전쯤."

"정확하게 며칠?"

"4월 5일."

"사건 터지기 일주일 전이네. 뭔가 달라진 건 없어? 잘 봐."

이 방은 본격적인 작업을 할 때 빼고는 게임을 하거나 개인적인 시간을 보내는 곳이었다. 의자 등받이에 현지가 사다 준 티셔츠와 조거 팬츠가 걸쳐 있었는데, 막 입으려다 무슨 일이 있어 대강 둔 것 같았다.

오빠는 평소 옷가지를 작업 의자 등받이에 걸쳐두는 사람은 아니었다. 하나가 눈에 띄니 다른 것들도 눈에 들어왔다. 책상 아래 구석에 슬리퍼가 함부로 던져진 것처럼 놓여 있었다. 급하게 벗어 던졌다기보다는 급한 발에 차여 구석에 처박힌 것 같았다.

워낙 단출한 공간이라 더 이상 흐트러진 흔적을 찾을 수는 없다. 그런데 왠지 잘 정리해놓았어도 당사자가 아니라 누가 뒤처리를 한 것 같다는 의심도 들었다. 현수 방에 먼저 들어간 제리가 뭘 발견해서 숨겼거나 조작했을 수도 있지 않을까. 현지는 끝없이 의심했다. 어떤 식으로든 명쾌하지 않았다. 현지는 아무것도 달라진 게 없다고 고개를 저었다.

"현수 메인 컴퓨터는 작업을 좀 해야 열 수 있을 것 같고, 나가보자."

현지는 곧장 따라 나가지 않았다. 의자 등받이에 걸쳐진 옷을 걸어서 개켜 책상 위에 올려놓고 슬리퍼도 주워 의자 아래 가지런히 놓았다.

제리는 CCTV 모니터 앞에 서 있었다. 현지가 옆에 와서 서자 한 곳을 가리켰다.

"여기 와서 봐봐. 우리 모습도 보이지?"

익히 알고 있었다. 집 안의 모든 곳을 사각지대 없이 모니터링하고 있었으니까. 현관문 앞에서 엘리베이터까지도 고화질로 녹화되고 있었다. 제리가 하나하나 손가락으로 가리키며 살펴보다가 멈칫했다.

"여긴 어디지?"

현지는 제리가 가리킨 화면에 바짝 다가갔다.

"여긴 1층 로비잖아요?"

"로비라고? 로비에다 CCTV를 달았다고? 잠깐, 생각 좀 해보자. 현수가 아무도 몰래 달았거나, 관리용으로 달아놓은 회선을 해킹하고 있었다는 얘긴데. 출입문을 향해 있는 거 맞지?"

그런 것 같았다. 로비 안쪽 끝에서 주 출입문을 향해 길게 비추고 있는 화면이었는데 워낙 오가는 사람이 적어 눈길을 끌지 않았던 것이다. 그런 화면에 누군가가 보였다. 어떤 남자가 화면 왼쪽에서 나와 출입구 쪽으로 걸어갔다. 남자는 거주인인 듯 데스크를 향해 손을 한번 들어 올리고는 터덜터덜 걸어 나갔다.

현지와 제리는 구석의 다른 작은 화면으로 시선을 돌렸다. 카메라가 안내 데스크를 옆에서 비추는 화면이었다. 자세히 보니 둘이 들어올 때 데스크를 지켰던 여자가 아니었다. 남자로 바뀌어 있었는데 아마 늦은 시간에는 남자 관리자가 자리를 지키는 모양이었다.

로비 출입문을 비롯해 데스크까지 감시하고 있었다니, 현수는 무엇 때문에 이렇게까지 경계를 한 걸까. 누군가, 또는 어떤 세력이 침입할 위험이 있었던 걸까. 그게 아니라면 이렇게까지 집 안팎을 샅샅이 녹화할 리가 없지 않나!

당연하게도 지하층을 보여주는 화면은 없었다. 신원이 확실치 않은 사람은 이 레지던시 아파트의 지하층에 아예 접근할 수 없었다. 거주인과 함께 들어오거나 거주인이 문을 열어주는 경우 외에는 출입구 차단기를 통과할 수 없고, 지하층 출입문 역시 같은 구조였다. 호텔식 구조로 되어 있어 데스크를 통과하지 않고서는 엘리베이터에 오를 수 없지만 일단 외부 출입문은 통과할 수 있는 로비와는 달랐다.

"아예 요새를 만들어놨구나. 이렇게 층층이 보안을 갖춘 걸 보면 누굴 경계하고 있었던 게 확실해. 맨 아래 잡혀 있는 걸 보니 이건 최근에 설치한 것 같다. 그렇다면 최근에 누가 접근하려고 시도했을지 몰라. 이거 앞으로 돌려보면 현수가 언제 어떻게 집을 나갔는지 알 수 있을 것 같은데."

제리가 생각에 잠겨 혼잣말하듯 했다.

현지는 망설였다. 마지막 방문 때 낯선 남자들을 마주쳤단 걸 지금 말하는 게 좋을까. 현수가 경계해야 할 사람 중에 제리는 없는 걸까. 제리를 통해 자신을 집까지 오게 했다면 오빠는 그를 믿고 있다는 건데, 나는 왜 아직도 이 사람을 믿지 못하는 걸까. 현지는 갈피를 잡을 수가 없었다.

"강아지가 없어진 게 어떤 단서가 되지는 않나? 누군가 현수를 강제로 데려갔다면 강아지를 함께 데려갈 리는 없을 것 아냐?"

"루시를 데려간 게 아니고 어딘가 맡기고 간 건 아닐까요? 어떻게 집을 나갔건 루시를 데리고 다닐 수는 없을 테니까요."

"위험한 경우를 예상하고 미리 맡겼을 가능성도 있지. 그렇다면 먼저 강아지를 맡겼을 만한 델 찾아보는 게 좋겠네. 평소 가던 동물병원이 있지? 한번 알아보자."

루시를 병원에 데려가는 일은 현지가 도맡아왔다. 현지는 시간이 너무 늦었다고 말하려다 단골 병원이 24시간 여는 병원이라는 걸 떠올렸다. 바로 전화를 걸었고 루시는 마지막 건강검진 때 이후로는 방문한 적 없다는 답변을 받았다.

제리는 또다시 생각에 잠겼다. 아는 곳에 맡기지 않았다는 건 설사 현지라 해도 루시를 찾아가지 말라는 뜻인 듯한데, 그건 왜일까. 의문투성이였다. 제리는 지금 당장 어떤 솔루션도 찾아낼 수 없다는 것을 인정할 수밖에 없었다.

"여기까지. 그만 돌아가자. 현수의 의도를 파악하려면 시간이 좀 걸릴 듯싶네. 아참, 그 핸드폰은 가져가자."

현지는 자기도 모르게 현수의 핸드폰을 등 뒤로 감췄다. 행여 제리가 가져가려는 건 아닐까 싶었던 것이다.

제리가 피식 웃으며 네가 가져가라는 손짓을 했다.

"자기 위치를 숨기고 싶다면 핸드폰을 가져가도 될 텐데 굳이 여기 두고 갔다는 건 우리를, 또는 그들을 여기로 오게 하려는 의도가 분명해. 누군가의 함정일 수도 있고 너를 집으로 오게 해서 안심시키려는 것일지도 모르지. 아무튼 목적은 달성한 거니 핸드폰은 만일을 위해 우리가 가지고 있는 게 좋을 것 같아. 아, 물론 네가."

나오기 전에 현지는 거실 옆 붙박이장과 주방 쪽 붙박이장을 하나하나 열어보았다. 내용물에 변화가 있다면 알아차릴 수 있을 것 같아서였다.

현수의 옷가지와 생필품들이 들어 있는 장은 큰 변화가 없었다. 그러나 루시 사료와 간식을 넣어두는 장은 싹 비어 있었다.

"이것 보세요!"

현지가 제리를 불렀다.

"루시는 갑작스럽게 옮겨진 게 아니에요. 루시 용품은 꽤 많았어요. 항상 내가 사 왔기 때문에 잘 알아요."

"현수는 강아지를 먼저 어딘가에 데려다 놓은 거야! 그렇다면 자기에게 무슨 일이 벌어질지 미리 알았다는 얘기겠지."

"오빠가 일부러 사고를 저질렀다는 거예요?"

"아니, 꼭 그렇다는 뜻은 아니야. 자의인지 타의인지는 모르겠지만 현수는 대비하고 있었다는 거지."

헤어지기 전에 제리는 부탁했다. 이전과 다름없이 일상적으로 행동해줘, 하지만 내가 전화를 하면 바로 받아주고. 나도 나름대로 알아보고 있을 테니까. 무슨 일이 있으면 너도 내게 곧바로 전화해야 해.

현지는 마지막 말을 제대로 듣지도 않고 돌아섰다. 버스가 끊길 시간이었다. 정류장으로 뛰어가면서 현지는 속으로 외쳤다. 오빠, 제발 무슨 일인지 말해줘. 내가 누굴 믿고 어떻게 해야 하는지 알려줘. 내겐 시간이 없어. 시간이 없다고!

집 앞에 도착한 현지는 아파트 입구에서부터 조깅하며 들어갔다.

1층 출입문 비밀번호를 누르고 땀을 식히듯 고개를 좌우로 돌리며 슬쩍 놀이터를 훔쳐보았다. 그네 타는 남자가 보이지 않았다. 너무 늦어서 돌아갔나 싶었다. 엘리베이터에 올라 거울을 보니 두 뺨과 이마가 불그레했다. 진짜 조깅을 두 시간쯤 한 사람처럼 땀에 푹 젖어 있었다.

문이 열리고 내려서려는데 복도 중간에 누군가 서 있었다. 그네를 타고 있던 남자였다.

집 문 앞에도 키가 큰 남자가 서서 이쪽을 보고 있었다. 현지와 눈이 마주치자 남자는 어이가 없다는 듯 짝다리를 짚고 고개를 삐

딱하게 젖혔다.

현지는 겁이 덜컥 났지만, 또 한편으로는 화가 불쑥 솟구쳤다. 두 손으로 엘리베이터 문을 잡아 열어둔 채 누구세요? 하고 쏘아붙였다. 여차하면 소리를 지를 셈이었다.

맞은편 집에는 선량한 부부와 어린아이가 산다. 지금은 아이를 재우고 잠들어 있을 시간이지만, 젊은 부부는 좀 예민한 편이어서 밖에서 나는 소리에도 신경을 쓸 터였다. 그런 계산을 하는 와중에도 현지는 그들의 귀를 보았다. 지난번 남자들이 하고 있던 이어폰은 보이지 않았다. 게다가 그들처럼 슈트를 차려입지도 않았다. 현지는 순식간에 이들이 그들과 다른 쪽 사람들인 것을 알아챘다. 지난번 그들은 적어도 이렇게 거친 몸짓이나 표정을 짓지는 않았다.

두 남자가 건들거리며 천천히 다가왔다.

"어딜 다녀오시나?"

"당신들 누군데요? 내가 어딜 다녀오든 말든 무슨 상관이에요!"

엘리베이터 문이 닫혔다 열렸다 하며 현지의 양손을 때렸다. 제법 아팠지만 그럴수록 허벅지에 단단히 힘이 들어갔다. 뱃심도 짱짱하게 올라왔다. 겉으로는 가냘파 보여도 많을 때는 하루 열여덟 시간도 까딱없이 춤을 추는 몸이었다.

"최현수 씨 소식 들으면 바로 알려달라고 했을 텐데."

"당신들이 누군데 뭘 알려줘요? 내가 왜 그래야 하는데요?"

현지가 당돌하게 대꾸했다. 속으로는 아찔한 기분이었다. 현수는 이런 사람들에게 쫓겨 다녔던 걸까? 키 큰 남자가 피식 웃으며 그네 타던 남자에게 말했다. 야, 연락처 안 줬냐?

그네 타던 남자가 뜬금없다는 표정을 짓자 키 큰 남자가 손뼉을 한번 마주치더니 지금 같이 가면 되지, 뭐, 자! 갑시다, 하며 한발 더 다가섰다.

현지는 재빨리 닫힘 버튼을 길게 눌러 엘리베이터 문을 닫았다. 짐짓 여유롭게 다가오던 남자들이 뒤늦게 달음질했으나 엘리베이터는 아슬아슬하게 하강했다. 내려가는 사이 제리에게 전화를 걸었다. 제리는 곧바로 전화를 받았다. 누가 나를 잡으려고 해요! 제리도 다급히 외쳤다. 현수 집으로 가, 빨리!

엘리베이터는 주차장으로 연결된 지하층으로 내려갔다. 현지는 주차장으로 들어서자마자 내달려 오래 세워둔 차에 올라탔다. 둘러멘 스포츠 백에 비상용 차 키가 들어 있다는 걸 기억해내 다행이었다.

연습하러 다닐 때는 집에서 가까워 걷거나 버스를 탔지만 공연 시즌에는 차로 움직여야 해서 몇 년 전 구입한 차였다. 현수는 차를 가져본 적도 없으면서 현지에게는 비상용 차 키를 항상 들고 다니는 가방 두어 개에 따로 넣어두라고 했었다. 현지의 차가 주차장을 빠져나갈 때 남자들이 주차장으로 들어서는 게 보였다.

현지가 현수의 아파트에 들어서 주차장으로 내려가려 할 즈음 갑자기 제리가 튀어나왔다. 끼익, 깜짝 놀라 브레이크를 밟았는데 기다렸다는 듯 제리가 옆으로 올라탔다.

장례식 이후 몇 개월 동안 현수는 뒤늦게 덮친 슬픔에 스스로를 가두었다. 현지는 일주일에 두 번 오는 아주머니가 해놓은 밥을 쟁반에 얹어 현수 방에 밀어 넣고 발레 학원으로 달려갔다.

　현지가 나가고 나면 현수는 슬픔에 잠겨 가상현실 세계에 탐닉했다. 여기저기 서핑하다 수어사이드 룸에 들어갔다. 폐허 같은 공간에서 방황하고 있는 현수에게 어떤 여성 아바타가 다가왔다. 그녀는 자신을 아껴주던 엄마를 닮아 있었다. 현수는 그녀의 품에 안겨 위로받고 싶었다.

　현수가 수어사이드 룸에 들어가 그녀를 찾으면 그녀는 내던져진 듯 앉아 있다 현수에게 이리 오라는 손짓을 했다. 현수는 그 지친 듯 부드러운 손짓에 이끌려 다가갔다. 그녀는 낯선 도시에 버려진 어린아이 같은 현수를 끌어당겼다. 그런데 그녀가 이끌고 가는 곳은 밟혀 뭉개지고 터진 벌레 같은 감정 속이었다. 그녀는 현수에게 손목을 그어 엄마를 따라 죽지 못한 죄를 용서받으라고 명령했다.

　현수는 손목을 그었다. 그러자 겨우 죄책감이 사라지는 것 같았다. 그러나 현지가 냉랭한 얼굴로 밥을 챙겨주고 나가면 또다시 비난을 받은 것 같은 기분이 들었다. 다시 수어사이드 룸에 접속했고, 엄마 같은 아바타는 현수에게 다른 쪽 손목도 그으라고 명령했다. 왜 아직도 살아있느냐고 질책했다. 현지가 집에 돌아온 소리가 들리면 현수는 현실 세계로 돌아와 간신히 고개를 돌려 현지가 문을 열어주기를 기다렸다. 자신이 슬픔과 죄책감에 빠져 걸어 잠근 문을 활짝 열어주기를.

현지는 언제나 현수를 쳐다보지 않았다. 방바닥에 널브러져 피 흘리길 반복하는 동안에도. 애써 눈길을 주지 않아 현수가 어떤 상태인지 알아채지 못했다. 손도 대지 않은 밥을 가져가는 현지가 한 번만이라도 쳐다봐주었으면 힘을 낼 수 있을 텐데, 엄마를 닮은 아바타 따위에 휘둘리지 않았을 텐데. 통장은 점점 비어가고 현수는 기운을 차리지 못했다. 핸드폰은 방전된 채 방구석에 굴러다녔다.

그런 어느 날, 제리가 찾아왔다. 아무리 전화를 해도 받지 않아 걱정돼 집까지 찾아와 문을 두드렸다. 절망에 사로잡혀 모든 걸 포기한 얼굴이었는데……. 제리는 현수를 마지막으로 봤던 때가 떠올라 다시금 뒷골이 서늘해졌다. 아무리 벨을 누르고 문을 두드려도 반응이 없었다. 한참을 서성이다 제리는 집 비밀번호를 기억해냈다. 예전 부모님이 계실 때 몇 번 현수와 함께 온 적이 있었고 눈썰미 좋은 제리는 그때 비밀번호를 봐두었다.

제리는 마치 도둑이나 된 기분으로, 현수야, 현지야, 부르며 안으로 들어갔다. 아무도 없는 것 같았지만 제리는 그럴 리 없다는 걸 느낌으로 알았다. 조심조심 현수 방으로 가서 문을 열었다. 그리고 방바닥에 피를 흘리고 쓰러진 현수를 발견했다. 아무 옷가지나 찢어서 손목에 둘둘 감고 119 구급대를 불렀다.

가까스로 정신이 돌아온 현수는 시원한 물이나 한 컵 달라고 했다. 경광등을 켜고 달려온 구급대도 돌려보냈다. 몹시 야윈 몸과 여러 번의 자해 흔적을 보고 제리는 많은 것을 짐작할 수 있었다. 게다가 입 열고 처음 한 말이 현지에게는 아무것도 말도 하지 말아

달라는 것이었다. 현지를 불편하게 하고 싶지 않아. 나 이제 괜찮으니 현지에게는 비밀로 해줘. 그리고 또 물을 달라고 했다. 밥은커녕 물조차 마시지 않고 며칠을 지낸 듯했다.

물을 벌컥벌컥 마신 다음 현수는 화장실에 데려다 달라고 했다. 부축해 화장실에 데려가면서 제리는 누군에겐지 모를 화가 치밀어 올랐다. 무엇보다 현수에게 화를 내고 싶었지만 입을 꾹 다물었다. 남자들끼리는 서로를 탓하기 시작하면 곧 관계가 끝나버린다는 걸 둘 다 잘 알고 있었다.

소변을 다 보고 나서도 현수는 화장실에 오래 머물렀다. 밖에서 제리가 안절부절못하고 괜찮냐? 물으면 어, 괜찮아, 대답하기를 세 번 반복하고 나서야 화장실을 나왔다. 빈속을 게워내고 빈 내장을 비우고 또 비우면서 슬픔과 무기력까지 변기에 쏟아낸 것이다. 제리는 집에 있는 밥으로 죽을 끓여 현수에게 먹였다. 그렇게 며칠 내내 들러 밥을 먹이며 현수를 회복시켰다.

제리는 아침에 학교에 갔다가 학원에서 늦게 들어오는 현지와 엇갈려 드나들었다. 가끔 아파트를 나서는 현지와 마주쳤지만 현지는 제리를 알아보지 못했고, 제리는 현지를 알아보았으나 아직 어린애라 뭘 상의할 것도 없을 것 같아 그냥 지나쳤다.

"너에게 현수를 돌봐달라고 말할 수 없었어. 현수가 원치 않았으니까."

"나는 나를 돌보기에도 어린 나이였어요."

"그래, 현수는 너를 돌보지 못해 죄스러워했어."

"그런 말 이제 와서 듣고 싶지 않아요. 우린 서로 힘든 시간을 지나왔어요. 돌아볼 필요가 없다고요."

현지는 숨을 훅 들이마시며 담요를 뒤집어썼다. 담요 속에서 훌쩍이는 소리가 들렸다.

"네가 돌아보고 싶지 않다고 너희들이 겪은 일이 없어지지는 않아. 그날들의 연장이 지금이니까."

그러고도 현수는 다시 수어사이드 룸에 접속했고, 어느 날 제리는 현수의 손목에 그어진 여러 개의 칼자국이 어떻게 생긴 건지 알게 되었다.

제리는 현수를 돌보느라 잠시 잊고 있던 원래의 목적을 떠올렸다. 현수의 컴퓨터에서 가상현실 앱을 깨끗하게 지웠다. 그리고 컴퓨터를 껐다가 다시 켰다. 현수가 수어사이드 룸에서 벗어나는 길은 그가 해커라는 사실을 깨닫는 것이었다.

해커이기에 현수는 새로운 세계를 탐험하는 걸 즐기는 성향이었다. 한창 청년들 사이에서 블록체인을 중심으로 4차 산업혁명에 대한 기대가 들끓을 때였다. 크립토커런시의 대장 격인 비트코인은 단순한 유가증권이나 채권과 같은 재화가 아니었다. 청년들이 살아갈 미래를 상징하는 구체적 증거였다. 대출도 어렵고 돈 벌기도 고된 청년들에게 탈중앙화 금융을 표방하는 크립토커런시는 기득권에 대한 저항이었고 문화였다.

백 달러짜리 비트코인이 2만 달러가 되고, 캐나다에 대규모 비트코인 거래소 쿼드리가CX가 설립되었다. 창업자인 제럴드 코튼이 천재니 괴짜니 소문이 떠돌더니 억만장자가 되었다는 뉴스가 터져 나왔다. 비트코인은 디지털 금이라 불렸다. 가상임에도 비트코인이 유효한 자산이라는 건 이제 공공연한 사실이었다.

제리도 친구들과 어울리며 코인 투자를 알게 되었고, 아르바이트를 해서 모은 돈으로 비트코인과 몇 개의 알트코인(비트코인과 이더리움을 제외한 가상화폐)을 샀다. 미래에 대한 투자였다. 제리라는 닉네임도 제럴드 코튼에서 빌린 것이었다.

현수를 코인 개발자로 만들겠다는 계획은 현수를 컴퓨터 앞에 앉힌 것으로 반은 이루어진 것이나 다름없었다. 현수는 새로운 세상에 금세 빠져들었다. 컴퓨터가 늘어나 집의 3분의 1이 현수의 방이 되었다.

김치코인(한국인이 개발한 코인)이라 불리는 잡코인(시가총액이 낮고 국내 거래소에만 상장된 코인)들은 수없이 생겨났다 사라졌다. 현수는 이더리움(비탈릭 부테린이 개발한 블록체인 기반의 가상화폐) 메인넷을 이용하는 토큰(독립된 블록체인 네트워크 플랫폼이 없는 것)을 개발했다. 게임 개발자와 소비자 간의 광고 시스템을 구축하는 프로젝트였다. 가상공간에서 이루어지는 게임과 연결되는 토큰은 이미 수요가 폭발했고, 현수는 쉽게 사업자와 연결될 수 있었다.

거래소에 상장되는 것도 어렵지 않았다. 때마침 유튜브 수요가 폭발적으로 늘기 시작했다. 사람들은 모든 정보를 유튜브에서 얻었고, 코인 투자자들 역시 유튜브를 통해 거래하는 법과 최신 경제 뉴스를 들었다. 제리도 수많은 유튜버들의 방송을 들으며 커져가는 크립토 시장을 익히고 있었다.

현수의 상품은 상장되어 있었지만 몇 달이 지나도록 가격은 제자리걸음이었다. 상품의 활용도와 가치를 대중에게 알리는 통로가 필요했다. 제리와 현수는 동반자가 되기로 했다. 그래서 '비트대마왕 제리'라는 유튜브 채널을 열었다.

"현수를 바깥 세계와 연결해주는 사람은 나밖에 없었어."

제리가 그렇게 말을 맺었다.

울며 이야기를 듣던 현지는 어느새 잠들어 있었다.

제리는 현지에게 두었던 시선을 거두고 CCTV 모니터와 연결된 컴퓨터를 조작하기 시작했다.

현수는 자동으로 녹화되게 프로그래밍했지만 암호를 걸어놓았다. 누가 언제 드나들었는지 다른 사람은 보지 못하게 만들었다는 건데, 이유가 있을 터였다. 제리는 현수와 관련된 암호를 이것저것 넣어보다가 문득 예전 집 비번을 떠올렸다. 다른 사람은 열어볼 수 없어도 현지는 열 수 있게 해놨을 것 같았다. 추측은 맞아떨어졌다.

날짜별로 거꾸로 영상을 되짚어갔다. 지워진 건 없었다. 4월 4일까지 집 안 영상엔 일상적인 생활을 하는 현수가 녹화되어 있었다. 현지가 다녀갔다는 4월 5일 자 영상도 남아 있었다.

현지 말대로 그날 검은 슈트 입은 남자들이 현수를 만나고 갔다면, 혹은 집 앞까지 왔다면 영상이 남아 있어야 했다. 그런데 텅 비어 있었다. 시간순으로 보면 남자들이 먼저 다녀갔고, 그 뒤로 현지가 다녀간 것이니 현지 모습이 녹화되기 이전 영상에 남자들이 있어야 하는 것이다. 그러나 현수 혼자 초조하게 거실로 나왔다 작업실 쪽으로 들어갔다 하는 모습뿐이었다.

남자들은 집에 들어오지 못했던 걸까. 문 앞에서 엘리베이터까지 비추는 영상에서는 엘리베이터가 열리는 일조차 일어나지 않았다.

4월 6일까지 현수는 별일 없이 생활했다. 현지가 다녀가고 이틀 뒤 4월 7일부터 집은 텅 비었다. 현수는 마치 증발된 것처럼 사라졌다.

로비를 통해 나갔는지 지하로 나갔는지 모르지만, 지하층을 비추는 영상은 없으니 로비 영상을 여러 번 돌려보았다. 현수는 보이지 않았다. 변장을 했을까 싶어 오가는 사람을 하나하나 확대해보기까지 했지만, 없었다. 아참, 강아지는? 강아지는 언제까지 찍혀 있을지 다시 돌려보았다. 강아지 역시 현지가 다녀간 다음 날까지 찍혀 있었다.

현수가 영상을 조작해놓고 사라진 게 아니라면 도대체 어디로 어떻게 집을 빠져나갔다는 거냐! 추정할 수 있는 단서를 남겨놓았을 것 같은데 도대체 알 수가 없었다. 밤을 새워 영상을 돌려보고 확대해보았지만 의혹이 해소되지 않은 채 아침이 밝았다.

잠에서 깬 현지는 보안 영상 앞에서 골똘히 생각에 잠겨 있는 제리를 보고 당황했다. 그리고 순간 의혹이 일었다. 이 사람이 밤을 새워 무엇을 뒤지고 있었던 거지? 그러나 바로 다음 순간 지금 몇 시인지 확인하고, 빨리 집에 가서 토슈즈와 연습복을 챙겨 연습실로 가야 한다는 현실에 맞닥뜨렸다.

　모니터를 돌려보는 제리를 곁눈질하면서 주섬주섬 소지품을 챙겼다. 현지가 일어난 걸 보고 제리가 이것 봐, 하며 아침에 뜬 뉴스를 보여주었다.

　'케이파운데이션, 내부 조사 결과 공식 발표'라는 제목의 뉴스에는 개발자가 개인 소유 코인으로 과도하게 차익실현을 하는 과정에서 가격이 하락했고, 갑작스러운 하락에 놀란 개미들이 코인을 던지면서 대량 패닉셀이 발생해 생긴 일이라는 내용이 적혀 있었다.

　언론은 재단의 공식 발표에 더해 투자자들의 입장을 전했다. 재단과의 계약에 따라 개발자 소유의 코인은 시장을 혼란케 하지 않을 정도의 간격으로 일정한 수량만을 시장에 내놓을 수 있는데, 이는 개발자의 일방적 계약 파기이므로 곧 사기 행각이고 많은 사람들의 분노를 샀으며 여기저기서 고소 고발을 준비하고 있다고 했다.

　"오빠가 고소까지 당할 일을 했다는 거예요?"

　"아직 정황조차 파악 못 했어. 언론들은 항상 사실을 과장하잖아. 우리를 죽이기야 하겠어? 우리를 쫓는 건 현수의 행방을 알기 위해서겠지. 그것보다 재단 발표를 믿을 수가 없네. 현수는 자동매매 프로그램을 돌리고 있었어. 본인 소유 코인에 맞는 프로그램을 개발해놓았기 때문에 오류가 발생할 리도 없고, 대량으로 갖고 있지도 않았어. 만약 갖고 있었다 한들 왜 갑자기 모두 팔아버리려고 했겠어? 갑자기 무슨 일이 있어서?"

　"우리를 죽이려고만 하지 않으면 돼요."

#03

지하층에 내려 마지막 유리문을 통과하기 전, 현지는 좀 떨어져서 출입구 앞에 바짝 세워둔 차를 지켜보았다.

근처에 서성이는 사람이 없는지 확인하려는 것이었는데 아무도 안 보였다. 줄지어 주차된 차들 중에는 지난번 쫓길 때 봐두었던 차의 번호판이 보이지 않았다.

다른 차 안에 있을까 염려되었지만 들여다볼 수는 없었다. 어두워 보이지도 않을뿐더러 보인다 한들 누군지 알아볼 수 있을 것 같지도 않았다. 현지는 유리문이 열리자마자 리모컨으로 차 문을 열고 고양이처럼 날렵하고 유연하게 미끄러지듯 자신의 차로 달려갔다.

그녀가 뛰어나오자마자 대각선 방향의 차 문이 벌컥 열리고 남자 둘이 뛰쳐나왔다. 지난번 남자들이었다. 검은 바탕에 하얀 줄무늬가 있는 셔츠와 짧은 헤어스타일로 보아 분명했다.

안에 사람이 더 남아 있었는지 차가 앞으로 돌진했다.

현지는 차에 타자마자 바로 문을 잠그고 액셀러레이터를 밟았다. 운전을 자주 하지 않아 맞은편 차를 들이받을까 봐 두려웠지만 재빨리 핸들을 돌렸다.

남자 둘이 차 손잡이를 잡았으나 그대로 떨치고 달려나갔다.

남자들이 그들 차에 올라탔고 현지의 차를 뒤쫓았다. 룸미러에 트렁크를 들이받을 듯 거세게 따라붙는 게 보였다. 가슴이 덜덜 떨리고 다리가 후들거렸지만 낯선 프로 발레리노와의 협업 무대를 하게 된 것이라 상상하며 호흡을 가다듬었다.

차가 튕기듯 대로변으로 나섰을 즈음 이미 심장은 안정되었고 다리는 기민하게 반응할 준비가 되어 있었다. 평생 무용을 해온 사람 특유의 민첩함과 유연함은 이렇게 요긴하게 쓰였다.

새로운 공연장에 서야 할 때면 리허설 전에 혼자라도 먼저 무대를 밟아봐야 했다. 무대의 볼륨을 제 몸의 감각으로 익히며 그 공간에서 펼쳐질 움직임을 계산해보곤 했다. 무용수들은 면밀하게 계획된 보폭과 오차 없는 동작으로 연기하는 게 일이지만 새로운 파트너 혹은 강사와 함께 무대를 준비할 때면 예기치 않게 치고 들어오는 경우도 많아서 어떤 돌발 상황에도 대응할 수 있도록 항상 긴장하고 있어야 했다.

집을 향해 달려가면서 문득 저들이 어떻게 주차장에 들어와 있었을까, 의심스러웠다. 힐긋 룸미러를 보니 여전히 금방이라도 박을 듯이 뒤따라오고 있었다. 신호등이라도 만나면 뒤에서 들이받을 것 같아 옆 차선의 차들 사이로 끼어들었다.

그들은 현지보다 앞서 달리지는 않았다. 지난번 쫓아올 땐 출입문 차단 바에 막혀 따라 들어오지 못했다. 억지로 밀고 들어오려 했으면 보안요원들이 나섰을 것이다.

제리 말이 맞지 싶었다. 저들은 오빠 집 주차장까지 들어올 수 있었고, 어쩌면 다음번에는 집 안까지 들어올지 모른다. 내 집에 들어가는 건 일도 아닐 것이다. 다른 팀이 이미 집 안에서 기다리고 있을지 모른다는 데 생각이 미쳤다.

그래도 일단 집에 가기는 가야 했다. 숨어 있는 그들을 어떻게 알아볼 수 있을까, 궁리하며 현지는 전속력으로 달렸다. 다행히 이른 시간이라 도로는 시원하게 뚫렸다.

아파트로 들어서 지상에 차를 세우고 재빨리 입구로 뛰어들어 엘리베이터에 올라탔다.

줄무늬 셔츠 팀 역시 곧장 차를 세우고 뒤따라 뛰었다. 현지가 빨랐고 엘리베이터는 그녀만 태우고 올라갔다.

저들은 셋이다. 일부는 엘리베이터로 오를 거고 나머지는 먼저 계단을 올라가 엘리베이터를 기다릴 것이라 생각했다. 11층에서 내리자 밑에서 뛰어 올라오는 소리가 들렸다. 현지는 앞집 문을 두드렸다. 곧바로 아기가 우는 소리가 들렸고 아기 아빠가 문을 열었다.

다행히 그는 아직 출근 전이었다. 현지는 앞집 아기 아빠가 출근

하는 시간을 알고 있었다. 그래서 속력을 높였던 것이다. 앞집 문이 열리는 것과 거의 동시에 남자들이 계단 방화문을 열고 들어섰다.

현지는 남편 뒤에서 아기를 안고 선 여자를 향해 저 좀 도와주세요, 소리쳤다.

남자들이 멈칫거리며 뒷걸음질 쳤고 현지가 아기 아빠에게 말했다.

"잠깐 문 열고 있어 주세요. 저희 집 문 좀 열어볼게요."

현지가 현관문 비번을 누르는 사이 남자들이 다시 슬금슬금 다가서자, 아기 아빠가 한 걸음 앞으로 나섰다.

현지는 이 집에 부모님이 계실 때부터 살았고, 앞집은 몇 해 전 이사 온 신혼부부였다. 딱히 가까워질 사이는 아니었지만 현지는 앞집 아기 엄마를 도와준 적이 있었다.

아기 엄마는 도어록이 고장 나 집에 들어가지 못하고 있었다. 잠시 밖에 나온 사이 문이 잠겨버렸는데 비번을 아무리 눌러도 열리지 않았던 것이다. 수리 기사를 불렀으나 오는 데는 시간이 필요했다. 그사이 아기는 울며불며 난리를 피워댔고 그녀는 화장실이 급해졌다. 그래서 어쩔 수 없이 현지 집 벨을 누르게 되었다.

수리 기사가 오고 새 제품을 달기까지 현지는 아기 엄마와 이런 저런 이야기를 나눴다. 혼자 지내며 발레를 한다는 얘기를 듣고 아기 엄마는 딸을 발레리나로 키우고 싶다며 어떻게 입문해야 하는지 물었고 현지는 정보를 주다가 나중에 애가 크면 도움을 주겠다는 약속까지 해버렸다. 말뿐이었을 수도 있지만 아기 엄마는 그 뒤로 아주 가끔씩 케이크나 과일 같은 것들을 나눠주곤 했다. 현지는 그때 나눈 이야기들로 부부가 다정하면서도 예민해서 바깥에서 나는 소리를 무척 신경을 쓴다는 사실을 알게 되었다.

이내 현지가 집 문을 열었다. 문이 열리자 안을 살펴보기도 전에 현관에서 웬 남자가 불쑥 나타났다.

M자 마크 이어폰을 끼고 슈트를 입은 남자였다. 현지는 아기 아빠에게 경찰에 신고해주세요, 하고 소리쳤다. 안에서 나온 남자가 두 손을 저으며 느끼한 저음으로 그러지 마세요, 했다.

"얘기 좀 하면 되는데 이렇게 무턱대고 도망만 다니시면 어쩌자는 겁니까!"

"내 집에 무단으로 침입했잖아요. 당장 나가요."

M자 마크를 단 남자가 현관 앞으로 나오다 방화문을 열고 서 있던 남자들과 눈이 마주쳤다.

두 팀은 서로가 보자마자 강렬한 불쾌감을 느끼는지 기분 나쁜 표정으로 눈을 부라렸다.

그사이 현지는 앞집으로 쏙 들어갔고 아기 아빠는 경찰들에게 빨리 출동부터 하라고 소리를 질렀다. 아기가 더욱 크게 울었다. 아기 엄마가 아기를 어르면서 당신들 누군데 아침부터 남의 집 시끄럽게 하고 그러는 거예요, 하며 앙칼지게 쏘아붙였다.

M자 마크 남자는 어쩔 수 없이 엉거주춤 집에서 나왔다. 그 틈에 현지가 얼른 들어가 토슈즈가 든 가방만 챙겨 나왔다. 다른 건 몰라도 토슈즈만큼은 자기 걸 신어야 했다. 당분간은 집에 들어올 수 없

을지도 몰랐지만 그건 나중에 생각하기로 했다.

경찰차 사이렌 소리가 들리자 줄무늬 셔츠 팀이 현지를 쏘아보고는 계단으로 내달렸다.

M자 마크 남자는 그러지 말고 몇 가지 물어볼 게 있으니 같이 가 달라고 했다. 현지가 경찰서에 가서 얘기하자며 대꾸하니 남자는 나중에 다시 봅시다, 하곤 엘리베이터를 타고 내려갔다.

현지는 곧장 올라온 경찰들에게 모든 걸 설명하지 않고 그저 스토커 때문에 신고했던 것이라고 했다. 다시 신고하면 곧바로 출동해달라고 부탁하고는 함께 내려가 차를 탔다.

어디선가 놈들이 지켜보고 있을 테지만 현지는 떨고만 있진 않겠다고 각오했다. 당장 연습실로 가야 한다. 대회가 20일밖에 남지 않았다는 사실을 상기하자 현지는 저들에 대한 강렬한 분노를 느꼈다.

발레 아카데미 연습실로 가는 도중 제리에게 상황을 알려주려고 한 손으로 스포츠 백을 뒤져 핸드폰을 꺼냈다. 제리는 전화를 받지 않았다. 그리고 문득 백 안에서 현수의 핸드폰이 만져지지 않았다는 것을 깨달았다.

한 손으로 핸들을 움켜쥐고 가방을 뒤지다 보니 차가 삐뚤빼뚤 나갔다. 아예 옆 좌석에다 스포츠 백을 뒤집어 쏟았다. 안에 들어 있던 지갑, 땀을 닦는 손수건과 립밤이 쏟아졌다. 현수 핸드폰은 없었다. 제리가 빼냈다는 것밖에는 달리 추정할 길이 없었다.

현지가 자는 동안 제리는 밤을 새워 현수의 컴퓨터를 조작했고, 결국 비번을 열어 영상을 확인하고 있었다. 백에서 몰래 꺼낸 핸드폰의 비번도 열었을지 모른다. 거기서 무언가를 찾았을지도 모르고, 그래서 전화도 안 받는 거고……. 제리는 누구지? 그것 말고 또 무엇을 알아낸 거야? 오빠가 자신을 어리석다고 할 것 같아 얼굴이 붉어졌다.

한참이 지나도 뒤따라오는 차는 보이지 않았다. 대회가 있을 때면 하루 몇 시간도 못 잘 만큼 연습에만 몰두해야 하는데 이게 무슨 일인가 싶었다.

이번에는 독일에서 온 50대 전직 발레리나인 전문 강사와 대회를 준비하고 있는데, 그녀는 현지에게 화려한 테크닉이나 완벽한 연기력보다는 보는 사람을 빨아들이는 카리스마가 있다고 했다. 어떤 역할을 하든 곧바로 그 역할 그 자체로 보이는 데다 감정을 이끌어내는 능력이 탁월하다며 반드시 유학을 가야 한다고 했다.

현지는 들끓는 분노가 내 집중력을 방해하지는 않을 거야, 하고 중얼거렸다.

방심하지 않겠다고 마음먹었지만 결과적으로 그렇게 되고 말았다. M자 마크보다는 줄무늬 셔츠들이 좀 더 본데없이 거칠고 적극적인 모양새였다. 놈들은 이제 제 모습을 숨기려고도 하지 않았다. 연습실이 있는 건물 출입문을 버젓이 가로막고 서 있었다. 뒤쫓지 않고 앞서 달려왔던 것이다.

그들은 선생님들과 학생들이 오갈 때마다 딱 한 걸음씩만 옆으로 비켜주었다. 학생들이 이 사람들 뭐야, 하는 눈으로 흘겨보아도 아랑곳하지 않았다. 그저 현지가 다가오는 것만 주시했다. 현지는 꼿꼿하게 머리를 쳐들고 가서 출입문을 밀었다.

놈들은 주변을 의식한 건지 지나치는 현지를 붙잡지 않고 가만히 뒤를 따라왔다. 현지는 좋아, 문 앞에서 열두 시간씩 기다려보라고, 하며 연습실로 들어갔다. 목표물을 기다리는 데 이골이 난 사람들일 테지만 설마 열두 시간이나 나오지 않으리라고는 생각지도 못할 것이다.

학생들은 다들 대회 준비를 하느라 다른 걸 신경 쓸 여력이 없었다. 연습실 앞에서 서성거리며 창문 너머를 힐긋거리는, 학생 같지 않은 남자를 보고도 보지 않은 듯 들락거렸다. 간혹 멍하니 들어오던 학생들이 문 옆에 버티고 선 낯선 남자들을 보고 놀라서 쳐다보면 그들은 그때마다 고개를 돌리며 딴청을 부렸다.

첫 시간 강사는 러시아 유명 발레 스쿨 출신으로 몹시 깐깐한 사람이었다. 그는 밖에 누가 얼씬거리는지 신경도 쓰지 않고 학생들을 다그쳤다. 현지는 아무래도 신경 쓰여 자꾸 실수를 했다. 턴을 할 때 수평으로 들어 올렸던 다리를 너무 빨리 내리는 바람에 몸이 흔들렸고 중심이 흐트러졌다. 강사는 그때마다 호되게 질책했다. 현지는 민망한 마음을 얼굴에 드러내지 않으려 속으로 되뇌었다. 플리에 길게, 플리에 길게!

잠깐 쉬는 시간에 종훈이 걱정스러운 얼굴로 다가왔다. 종훈은 졸업 공연 '백조의 호수'에서 파트너로 연기할 동료였다.

"현지야, 무슨 일 있어? 오늘 왜⋯⋯."

현지는 자기 상태를 동료들이 모두 알고 있는 게 언짢았다. 그래도 아무렇지 않은 척을 해야 했다.

"아냐, 괜찮아. 어제 잠을 못 자서 그래. 이제 괜찮아."

현지는 일부러 종훈 앞에서 휙 뒤돌아섰다. 죽을힘을 낼 거야, 중얼거리면서 입술을 사리물었다.

턴을 해보면 자신이 얼마나 집중하고 있는지 알 수 있었다. 현지는 턴을 되풀이했다. 하나둘, 플리에, 길게. 그렇게 몰두하다 보니 어느 사이 창밖에서 감시하는 남자들을 잊었다.

점심시간이 되자 대부분의 학생들이 연습실을 나갔다. 몇몇은 남아 빵이나 집에서 싸 온 도시락을 먹었다. 학생들은 몸무게를 유지하기 위해 각자에게 맞는 다이어트식을 했다. 현지는 종훈에게 샌드위치를 하나 사다 달라 부탁하고 물을 마시며 탈의실로 들어갔다.

그 안에서 핸드폰을 확인했지만 제리에게서는 소식이 없었다. 역시 제리는 자신을 이용만 한 걸까. 나는 연습이 끝나면 어디로 가야하는 거지? 끝나고 나서 생각하자고 마음을 다졌지만 오빠가 살해위협을 피해 도피 중이라는 뉴스가 떠오르니 견딜 수 없었다.

다시 가슴이 두근거리고 불안해졌다. 불현듯 제리의 유튜브 방송이 생각났다. 제리는 의심을 피하기 위해 방송을 계속하고 있다고 했었다. 방송을 들어보면 뭔가 알 수 있을지도 몰랐다.

'비트대마왕 제리'를 검색했다. 마침 실시간 스트리밍 중이었다. 시그널 뮤직이 나오는데 잠시 쉬는 중인지 제리는 말이 없고 실시간 채팅창에서 수많은 사람들이 대화를 나누고 있었다.

— 제하, 오늘은 좀 늦어지나 봐요?

— K-코인 어떻게 되는 거임?

— 상폐(상장폐지)되는 것 아닌가요?

— 상폐되면 사라지나요?

— 아닐 걸요, 제리 님께 물어봐요.

— 개발자가 돈 먹고 튀었다는데 누구 손에 죽어도 죽을 것 같은데.

— 마피아 돈 먹튀만 아님 죽이지는 않을 듯.

— 삼합회 돈이라는 소문도 있음. 그래서 수사 못 한다던데.

— SEC에서 조사 착수했다고 뉴스 나왔어요.

— SEC보다 네티즌 수사대가 더 빠름.

"안녕하세요, 제리입니다. 오늘은 일이 있어서 좀 늦었습니다. 대화들 많이 나누고 계셨네요. 아, 역시 K-코인 얘기들 하고 계시네요. 우리 방에 물리신 분들 계신가요? 얼마쯤 물리셨을까요?"

답글들이 줄줄이 달렸다.

— 3천 물렸습니다.

— 중형차 두 대값 물렸습니다.

— 전 600 물렸네요. 다른 분들보다 낫다고 위안해야 하나요 ㅜㅜㅜ

그 뒤로도 몇백에서 몇천씩 물렸다는 글이 계속 올라왔다.

— 제리 님이 이 코인 좋다고 작년 내내 얘기했잖습니까? 뭐라고 말 좀 해보세요!

— 작년에는 뭐 초고속 상승 아니었습니까, 그때 먹은 사람들은 아무 불만 없을걸요.

— 그때 타지 왜 늦게 타셨어요.

— 늦게 탄 사람은 말도 하지 말란 겁니까?

— 돔황챠!('도망쳐'의 인터넷 용어)

— 뭐라고요? 그럼 지금 손절(손해를 보고 파는 것)하고 나가야 합니까?

— 아직도 돔황 안 친 모지리 읎제?

— 뭐? 모지리? 야! 너 누군데 나보고 모지리라고 하는데? 현피 함 뜰래?

채팅창이 와글와글 들끓자 제리가 멘트를 넣었다.

"싸우지들 마세요. 우리끼리 싸운다고 무슨 일인지 알게 되는 것도 아니고 해결되는 것도 아니잖아요. 저도 좀 알아보고 있는데요."

제리가 말을 할 때마다 와글와글 댓글이 달렸다.

— 개발자가 먹튀했다면서요.

— 개발자 고소 들어갔다는데요.

"소문이야 여러분들이 알고 계신 대로고요. 확인되지 않은 걸 얘기할 수는 없지만 단순한 사건은 아닌 것 같습니다. 재단 측에서 피해자 구제를 위한 방법을 찾고 있다고 하니, 좀 기다려봐야 할 것 같네요."

— 제리 님도 물렸나요?

— 제리 님도 물렸겠지.

실을 나갔다.

현지는 밖으로 나갈 수 없었다. 지켜보는 남자들 때문에 탈의실로 들어가지도 못했다. 그러니 제리가 전화를 했는지 확인할 수도 없었다. 밤이 늦어 연습실 문을 닫게 되면 어떻게 하지? 연습에 집중하느라 미처 그 생각을 못 했는데, 뒤늦게 깨닫고 자책과 함께 두려움에 휩싸였다.

제리가 나를 찾아 여기 와줄 것이라 기대했던 걸까. 오빠 핸드폰을 훔쳐 간 사람이, 오빠의 비밀을 캐려 컴퓨터를 뒤지는 사람이 나와 오빠를 위해 무언가를 할 사람이라고 믿었다니. 그럼에도 의지할 사람이 그 말고는 아무도 없다는 현실이 이제는 몹시 무서워졌다.

남자들은 한 시간 전부터는 아예 현지에게서 눈을 떼지 않았다. 탈의실에라도 들어가게 되면 곧장 따라 들어올 것만 같았다. 현지는 점점 더 두려워져서 팔을 어떻게 뻗고 있는지 '파 드 되'는 제대로 하고 있는지 의식할 수가 없었다.

워낙 독종으로 알고는 있지만 열 시가 다 되도록 밥도 물도 안 먹고 버티는 현지가 여느 때와 다르다 생각했는지 마지막까지 남아 있던 종훈이 다가왔다.

"현지야, 너 그러다 쓰러지겠다. 아까 밥도 제대로 못 먹는 것 같던데, 그만하고 나가자."

이번 대회에서 모놀로그를 통과하고 나면 다음 작품에서 상대역을 할 종훈은 현지의 컨디션을 신경 쓸 수밖에 없었다. 게다가 종일 감시하듯 서성이는 남자들이 현지와 관련 있다고 생각했는지 그들을 등지고 물었다.

"저 사람들 때문에 못 나가는 거야? 누군데?"

"종훈아, 내 핸드폰 확인 좀 해줘. 탈의실 가방 위에 놓아뒀어. 누가 전화를 했는지만 확인해줘."

"너 여기 혼자 있어도 되겠어?"

"괜찮아, 당장 여기까지 들어오지는 않을 거야. 들어오면 소리칠게."

종훈이 들어가려다 말고 다시 물었다.

"전화 와 있음 어떻게 할까?"

"그냥 전화 와 있다고 해주면 되고, 전화 온 게 없으면…… 없으면……."

"곤란하구나. 그땐 나랑 같이 나가자."

"일단 확인부터 해줘."

종훈이 탈의실로 가는 동안 현지는 절망감에 휩싸이지 않으려고 발끝으로 서서 허리를 꼿꼿이 세웠다. 배가 고파 금방이라도 고꾸라질 것 같았다. 현지는 스스로에게 말했다. 이틀 동안 물만 먹고 연습에 매달린 적도 있었잖아, 이 정도로 무너지지 않아.

종훈이 나오며 전화 와 있어, 어떡할래? 하고 물었다. 현지가 핸드폰을 건네받고 탈의실로 가며 말했다. 옷 갈아입고 바로 여자 탈의실 앞에 있어줘.

현지는 탈의실에 들어가자마자 전화를 걸었고, 마침내 제리는 전화를 받았다. 제리에게 일단 현수 집 앞에서 만나자는 말만 듣고 서

둘러 전화를 끊었다.

현지와 종훈은 함께 연습실을 나왔다. 예상대로 줄무늬 셔츠 남자들이 앞과 뒤에서 막아섰다. 그들이 현지를 낚아채려는 순간 종훈이 사이에 끼어들어 팔을 쳐냈다.

종훈과 남자들 사이에 실랑이가 벌어졌다. 종훈이 마침 위층 계단에서 타다닥 뛰어 내려오는 학생들을 의식하고 이게 뭐 하는 짓이냐며 큰소리를 쳤다. 내려오던 학생들이 걸음을 멈추고 이편과 저편을 번갈아 쳐다보았다.

남자들이 주춤하는 사이 종훈이 현지를 감싸고 주차장으로 뛰어갔다. 그들도 뒤따라 뛰었다.

남자들에게 막 잡히려는 찰나 현지는 운전석으로 종훈은 조수석으로 몸을 집어넣었다. 문을 닫기 직전 줄무늬 남자의 손이 불쑥 들어와 종훈의 옷자락을 잡아당겼으나 현지가 그대로 차를 출발시켰다. 문이 열린 채 남자를 끌고 차가 달렸다.

끌려오던 남자가 길바닥에 떨어지는 게 사이드미러에 비쳤다. 차 한 대가 미끄러지며 들어와 길바닥에 떨어진 남자를 태웠다. 또다시 추격전이 벌어졌다.

종훈이 뭐라 물어보기 전에 현지가 먼저 말했다.

"나중에 얘기해줄게, 지금은 시간이 없어. 잠깐만, 나 전화 먼저 해야 해서."

종훈은 어서 전화하라고 두 손으로 오케이 사인을 했다. 발갛게 상기된 종훈은 발레 연습과 대회밖에는 새로울 게 없는 일상에서 뭔가 흥미로운 사건에 휘말린 것 같아 신이 난 모양이었다.

종훈이 거치대에 올려준 핸드폰으로 제리에게 전화를 걸었다.

신호음이 일곱 번쯤 울리도록 제리는 전화를 받지 않았다. 현지는 점점 초조해졌다. 현수의 아파트 방향으로 달리고 있지만 그쪽으로 가는 게 안전하리라는 보장도 없었다. 그렇지만 제리가 그곳에서 만나자고 했다. 거기 말고는 갈 곳도 없었다. 제리를 만나야 어떤 수를 내더라도 낼 수 있을 것이었다. 막다른 골목인 줄 알면서도 쫓겨가야만 했다.

파미에르 정문에서 픽업하면 되겠지, 제리를 차에 태우기만 하면 되는 거니까.

뒤따라오던 놈들은 현지의 차를 추월하여 앞을 막아서다가 옆으로 빠져 차창으로 노려보다가 하면서 쉬지 않고 위협했다.

종훈은 자신의 일생에서 이보다 더 짜릿했던 시간은 없었는지, 초긴장 상태인 현지에게 내가 운전할까? 응? 어디로 가는 거야? 하면서 엉덩이를 들썩였다. 현지는 종훈과 함께 차를 타게 되리라고는 생각지 못했다. 차 타는 데까지만 동행했어야 하는데 엉겁결에 같이 도망치게 됐다. 밤새 차를 몰고 도망 다녀야 할지도 모르건만……. 철딱서니 없이 구는 종훈이 귀찮아졌다. 하지만 최악의 경우 그의 도움을 받아야 할지도 모른다는 계산이 서자 내버려두기로 했다.

전화를 한 번 더 걸었지만 제리는 받지 않았다. 차는 현수 아파트

앞 사거리에 다다랐다. 줄무늬 셔츠 놈들이 뒤꽁무니에 바짝 따라 붙었다.

사거리를 건너자마자 파미에르 1층 정문이 보였다. 정문을 끼고 우회전해서 돌아가면 주차장으로 갈 수 있다. 정문에서 제리가 기다리기로 했다. 제리를 픽업해 주차장으로 들어가거나 밖으로 빠지면 될 것이다.

정문을 지나치기 직전이었다. 로비의 불빛이 비낀 어둑신한 곳에 세 남자가 서 있었다.

두 남자는 검은 슈트였고, 한 남자는 바로 제리였다. 현지는 놀라서 숨이 멎을 지경이었다.

그들을 스쳐 지나갈 때 이쪽을 향해 서 있던 제리가 차를 보았다. 제리는 분명 현지 차를 알아보았다. 비록 차창 안과 밖이었지만 현지는 제리와 눈이 마주쳤다고 느꼈다. 그러나 제리는 아무런 행동도 하지 않았다. 두 남자와 하던 이야기를 이어가는 것처럼 보였다. 현지는 차를 몰아 그대로 달렸다.

옆에 앉은 종훈은 현지의 눈길이 오른편 길가의 누군가를 향해 머물렀다는 걸 눈치챘다. 현지의 차를 알아본 사람과 현지 사이에 무슨 일이 있을 거라고 짐작했다. 현지를 둘러싼 일련의 일들이 단순한 게 아니라는 것도.

현지가 정면을 응시한 채 핸들을 꼭 움켜잡더니 액셀러레이터를 세게 밟았다. 종훈은 차창 위의 손잡이를 두 손으로 움켜쥐었다. 신호를 위반하고 사거리를 지나갔다. 아무리 늦은 시간이라 한들 시내 한복판이었다. 여기저기서 빵빵, 클랙슨이 울렸다.

쫓고 쫓기는 긴박한 시간이 이어지는 가운데, 와락 놀래키듯 현지의 핸드폰이 울렸다. 제리 이름이 떴지만 받지 않았다. 전화가 계속 울렸다.

어둠 속으로 한 줄기 길이 뻗어 있었다. 한강을 건너는 어느 대교였다. 차는 곧 어둠에 잠긴 강북으로 들어섰다. 현지에게 이쪽 방면은 몹시 낯설었다. 굽이진 길마다 차는 멈춰 설 듯 비틀거리다 급박하게 달려갔다.

줄무늬 셔츠의 차는 이제 여유롭게 따라왔다. 어쩌면 조수석에 앉은 이는 등받이를 젖히고 팔짱을 꼈을지도 모른다. 도망칠 테면 도망쳐봐라, 하는 듯이. 기꺼이 놀아준다는 듯이.

어둠 속의 낯선 길은 영영 돌아올 수 없는 곳으로 이어지는 것 같았다. 어둠을 노려보며 브레이크를 밟아 코너를 돌고, 돌고 나면 또 액셀러레이터를 밟아 속도를 높였다. 추격으로부터 벗어나는 데만 집중하다 불현듯 머리를 때리는 것이 있었다. 오빠는 어쩌면 15년 동안 내내 이런 어둠 속을 질주하며 지금에 이르렀는지도 모른다. 15년 친구인 제리조차 믿을 수 없어 자신에게 도움을 요청한 것인지도. 현수에게는 정말 아무도 없었을지도. 그 아픈 시간들을 숨기고 제 꿈을 지켜주기 위해 혼자 안간힘을 쓰다가 이렇게 망가져버린 건지도…….

긴장감으로 터질 듯한 차 안에서 핸드폰 벨 소리가 다시 길게 울렸다. 현지는 종료 버튼을 눌렀다. 잠자코 있던 종훈이 입을 열었다.

"현지야, 이렇게 하는 게 어때?"

종훈은 현지에게 저 사람들이 누구인지 왜 도망쳐야 하는지 묻지 않았다. 강북으로 들어서면서 들떴던 감정을 가라앉힌 종훈은 저 역시 모르는 길을 헤매고 싶지 않았다.

"우리 집으로 가는 거야. 밤새 이렇게 돌아다닐 수는 없을 것 같아."

"너희 집을 저 사람들이 알게 될 텐데?"

"좋은 방법이 있어. 우리 집은 주택이야. 주차장이 있고, 밖에서 리모컨으로 주차장 문을 열 수 있어. 더 좋은 건 우리 집은 커브가 많은 골목에 있다는 거야. 아빠가 출장 중이라 주차장 한 칸이 비어 있기도 하고."

종훈은 거치대에서 현지의 핸드폰을 빼고 자신의 핸드폰을 끼웠다. 내비게이션의 굵은 선이 현지를 이끌 것이다.

"자, 달려!"

다시 다리를 건너 논현동의 복잡한 골목길로 들어섰다. 양편에 빌라들이 늘어선 좁은 거리는 고요했다. 줄무늬 셔츠의 차는 밤새 따라다닐 듯 속도를 맞췄다. 종훈이 옆에서 저기서 좌회전, 그렇지 이제 우회전, 하며 조바심을 냈고, 현지는 내비게이션의 안내를 놓치지 않고 재빨리 방향을 틀었다.

차 두 대가 간신히 교차할 수 있을 만큼의 좁은 길로 들어서자

전까지 누군가 집에 드나들었어. 못 믿겠으면 집에 가서 CCTV 확인해봐. 그리고 핸드폰에도 그즈음에 자주 통화하던 사람들이 있었고. 분명 현수 문제와 연관된 일일 거야."

현지는 이렇다 저렇다 길게 말하지 않고 잘라 말했다.

"오빠 집으로 갈게요."

전화를 끊고 종훈에게 빈 트레이를 건넸다.

"종훈아, 오빠 집에 가서 씻으면 될 거 같아. 가서 일 좀 보고 전화할게. 대신 차 좀 빌려줘."

"그래, 그렇게 하자. 현지야, 말할 게 있는데."

"나중에 말해주면 안 될까? 내가 지금, 경황이 없어서."

"그래, 그렇겠지. 내가 도와줄 일 있으면 말만 해."

현지는 서둘러 종훈의 차로 자리를 옮겼다.

현지가 차고를 나서고 골목을 다 빠져나올 때까지 놈들의 차량은 보이지 않았다. 어딘가로 잠시 후퇴했을 것이다. 아침이 되면 다음 목표 지점에서 기다리고 있을 테고. 곧장 현수의 집으로 달려갔다.

종훈의 차는 등록이 안 되어 있으니 주차장에 들어갈 수 없었다. 제리에게 전화해 빨리 오라고 하고 적당히 주차할 자리를 찾으려 한 바퀴 돌았다.

홀로 우뚝 서 있는 고급 아파트라 주변에 상가조차 없었다. 현지는 사거리 하나 건너 옆 상가 거리로 진입했다가 심장이 떨어질 만큼 놀랐다. 편의점 앞에 지난밤 내내 자신을 쫓던 줄무늬 셔츠 놈들의 차가 서 있는 것이었다.

마침 한 놈이 양손에 커피와 빵 따위를 들고 막 편의점에서 나왔다. 현지가 여기로 올 거라 짐작한 게 분명했다. 이제 현수의 집은 M자 마크의 양복쟁이 놈들과 줄무늬 셔츠 놈들 모두가 노리는 곳이 되었다.

제리가 현수의 집에 도착하기 전에 만나야 했다. 다급하게 전화를 했다. 다행히 제리는 두 정거장 전이었다. 현지는 제리에게 거기서 내리라고 하고 유턴을 해 달려갔다.

용케 버스를 따라잡아 막 내리는 제리를 불러 태울 수 있었다. 제리는 예상했다며 이제 현수의 집은 다시 갈 수 없다고 했다. 녀석들이 어떻게 하는지 볼 겸 다시 현수의 집 근처를 한 바퀴 돌았다. 놈들의 동태를 살펴보는 동안 현지와 제리는 중요한 것을 결정해야 했다. 현지가 물었다.

"뭘 본 거예요?"

"현수와 관련 있는 숫자들을 넣어보다가 마침내 CCTV 메모리를 열었잖아. 네가 다녀간 날 M자 이어폰 낀 양복쟁이들이 왔다 갔다고 했고. 재단 관련 사람들. 그런데 그 사람들이 안 찍혀 있었지. 현수가 덮어쓰기 해서 없앤 거였고. 왜 노출 안 되게 했을까, 이상하다 싶어서 이전 영상을 쭉 되돌려봤어. 그러다 본 거야. 한 달 전쯤부터 그 이전 한 달 전까지, 그러니까 두 달여 동안 현수가 외출하는 모습이 찍혀 있는데, 혼자 외출한 게 아니었어. 항상 두 사람과 함께 나가더라고. 한 번 나가면 이틀 사흘 만에 돌아오곤 했는데, 함께 집에 들어가면 곧장 현수 프라이빗 룸으로 들어갔지. 거기서 한참 머물다가 방들을 거쳐 나오곤 했어. 작업실에는 머물지 않았다는 뜻이지. 결국 현수의 개인 컴퓨터에서 무언가를 했다는 거고, 그건 결코 알아낼 수 없을 거야. 가지고 갔을 테니."

"그 사람들이 M자 이어폰 낀 사람들이에요?"

"아니야. 외양으로 볼 때 특별한 점은 없었어. 그냥 평범한 셔츠 차림이었어. 재킷을 입기도 했고. 다른 쪽 사람들인 것 같아."

"어차피 내가 직접 확인할 수 없으니 믿어야겠죠?"

"언제라도 확인할 수 있어. 네가 위험을 무릅쓰기만 하면. 이 사람들 정체가 핵심 키인 것 같아. 현수 신상에 굉장히 중요한 일인 것 같은데, 확실히는 모르겠단 말이지. 그걸 알아내야 해."

"오빠 핸드폰을 훔쳐서 거기선 또 뭘 본 거예요?"

"훔쳤다고 하지 마. 네가 잘 때 좀 열어보려고 시도하다가 네가 아침에 일어나자마자 급하게 가버리는 통에 돌려주지 못한 거니까. CCTV 열어보고 나니 비번을 알게 되어서 핸드폰도 열어본 거야."

"그렇다고 치고, 거기서는 뭘 알아낸 거죠?"

"핸드폰에는 CCTV 속 사람들이라 짐작되는 통화 내역은 없었어. 메신저로 주고받았거나 전용 핸드폰이 있을 수 있지. 대신 이 핸드폰에는 어떤 특정한 사람과 여러 번 통화한 내역이 있어."

"그걸 내가 믿어야 하는 거죠?"

"핸드폰 통화 내역을 내가 조작할 수 있니?"

제리가 현수의 핸드폰을 내밀었다.

"그 사람이 누군지 알 수 있는 거예요?"

제리가 핸드폰을 열어 통화 내역을 보여주었다.

"여기 봐. 주진호라는 사람과 한동안 통화하고 있잖아."

"주……진호? 주, 진호라고?"

"혹시 아는 사람이야?"

제리가 얼굴을 바짝 들이대며 물었다.

"앗, 저기!"

"아, 저놈들 저기 있었네."

줄무늬 셔츠 놈들의 차가 주차장 앞을 천천히 돌고 있었다. 자세히 보니 한 놈이 입구 앞에서 몸소 감시를 하며 차에 탄 놈과 정보를 주고받는 모양이었다.

양복쟁이들은 주 출입문 앞을 지키고 있었다. 모르긴 몰라도 지하 주차장에도 녀석들이 있을 것 같았다.

저렇게 대놓고 기다리고 있다니 녀석들의 정체가 명함에 적힌게 맞는지 의심스러웠다. 현지는 아파트를 지나쳤고 제리 역시 녀석들의 동태에 눈길을 꽂고 고개를 끄덕였다. 강남대로를 달리던 현지는 역삼동 앞에서 유턴을 했다.

"주진호에게 가야겠어요."

"주진호, 아는 사람이구나?"

"예전에 만난 적 있어요."

"누군데? 어쩌다 만났어?"

"오빠와 가까운 사이였던가 봐요."

인하면 그만이에요. 얼마든지 빠져나갈 구멍이 있거든요. 그때그때 해명하면서 시간만 벌면 돼요."

진호는 일어나면서 현지 씨가 겪고 있을 어려움 때문에 대단치 않은 정보일지언정 전해줘야 했다며, 형이 꼭 무사하기를 바란다는 말을 남기고 서둘러 커피숍을 빠져나갔다. 주변을 휘둘러보고 길을 건너는 모습이 한시라도 빨리 털어버리고 싶은 존재를 등 뒤에 두고 있는 듯 보였다.

현지와 제리는 차에 올라탔다. 시간은 벌써 열한 시 반이 넘었고, 핸드폰에는 종훈의 메시지가 다섯 개나 쌓여 있었다.

— 현지야, 그 사람들 안 보이네. 하지만 어디 숨어 있을지도 모르지. 첫 강습 끝난 뒤 다시 확인하고 문자 보낼게.

— 그 사람들 이제 없어. 네가 여기 안 온 거 아는 거 아냐? 주차장에도 차가 안 보여.

— 강사님이 너 어디 있냐고 묻네. 그놈들도 여전히 안 보여.

— 왔어! 현지야 여기 절대 오면 안 돼! 연습실 앞에 와서 기웃거리고 있어!

— 아직까지 지키고 있어. 와, 저놈들 질기네. 너 오늘 여기 오면 안 될 것 같아. 근데 괜찮아? 왜 답장이 없어?

현지는 차를 출발시키기 전에 답장했다.

— 그놈들이 아침에는 날 찾아다녔어. 내가 먼저 놈들을 알아봐서 다행이었고, 중요한 일이 있어서 누굴 좀 만났어. 연습실에 갈지

말지는 그쪽 상황에 따라 달라질 것 같으니 조금 더 상황을 알려줘.

제리는 막 액셀러레이터 밟는 현지에게 생각 좀 해봐, 하며 말을 건넸다.

"네 연습실로 찾아온 놈들은 누군지 모르지만 현수 집 앞에서 기다리는 놈들은 일단 명함에 적힌 연락처가 있잖아. 지금 주진호의 정보를 보면 재단이 현수와 충돌해 현수에게 모종의 보복을 하는 거 같은데, 단지 보복만은 아닐 거야. 보복이라면 자기들 손실도 엄청날 텐데 굳이 이렇게 했겠어? 게다가 거래소와 재단이 왜 함께 찾아다니는 건지 그게 수상하단 말야. 각자 하는 일이 다른데 따로 움직여야 하는 거 아니냐고. 분명 양쪽이 얽힌 게 있는 거야. 둘 중 한쪽과 접촉해서 단서를 얻어야 할 것 같아."

현지는 제리의 설명을 들으면서 자신이 알지 못하는 일이 많다고 생각했다. 이 이야기는 어디가 처음이고 어디가 중간이며 어디에서 끝나는 이야기일까. 지금 내가 아는 것은 중간 어디쯤의 아주 짧은 한두 토막의 에피소드뿐일 텐데, 이 미궁의 전모를 알게 될 날이 오긴 할까.

핸들을 잡은 손이 경련이 일듯 떨리는 것 같았다. 일부러 더욱 속력을 높여 도로를 달려나갔다.

2부

거짓말은

"

어떤 거짓말은 운명에서 나와 세상을 떠돈다.
그 운명이 어디서 끝날지는 아무도 모른다.
운명을 다해도 거짓말은 세상을 세 바퀴쯤 돌고
북해 어디쯤에서 아무도 모르게 숨을 거둔다.

식에 입을 슈트를 맞추던 현수를 떠올렸다.

성철은 현수가 제대로 된 슈트 한 벌이 없다는 걸 잘 알고 있었다. 집 밖을 나오는 일이 거의 없었고 설사 나온다 해도 거의 맨투맨 티셔츠에 조거 팬츠 차림이었다. 아무리 유명 브랜드에 품질이 좋다 한들 그걸 입고 체결식 단상에 설 수는 없는 노릇이었다.

현수는 사람들 앞에 서는 것도 싫고 슈트를 입는 것도 싫다고 여러 번 짜증을 냈다. 그런 자리에 가기도 싫지만 꼭 가야 한다면 맨 뒤에 앉아 있을 테니 주진호를 세우라고 했다. 하지만 성철은 이때야말로 베일에 가려진 영웅이 나타날 때라며 딴청 부리는 소 몰 듯 현수를 백화점에 데려갔다.

옷을 두어 번 갈아입는 동안 현수는 귀찮아하고 짜증스러워했다. 그러다 연 그레이 셔츠에 짙은 네이비 스트라이프 슈트를 입히자 으음, 하고 소리를 내더니 입가에 살짝 미소를 지었다. 가슴을 세우고 팔을 한번 들었다 내리며 거울을 지그시 바라보았다.

성철은 조금 놀랐다. 의외로 현수는 슈트가 겁나게 잘 어울렸다. 한없이 여려 보이면서도 어딘가 냉혹한 데가 있어 보였다. 순진무구해 보이면서도 교활함을 숨긴 것처럼 보이기도 했다.

현수는 뒤에서 지켜보는 성철을 전혀 의식하지 않았다. 그만큼 거울 속 제 모습에 빠져 있었다.

성철은 그제야 마음을 놓았다. 아, 마음에 드는구나, 다행이야, 생각했다. 끝까지 뾰로통해 있으면 어쩌나 싶었는데. 잘 어울려, 이

옷 입고 단상에 서면 야, 최현수 다 꼬시겠다, 다 꼬시겠어. 성철은
저도 기분이 좋아 농담을 다 했다.

최현수가 사라진 것은 국내 최고급 컨벤션센터에서 블랙독과의
파트너십 체결식이 열리기 직전이었다. 전날 메인넷 업그레이드 테
스트가 성공적으로 끝났다. 성철은 다음 날 체결식을 준비하기 위
해 직원들이 컨벤션센터로 떠난 뒤 현수와 사무실에 마주 앉았다.

둘은 마지막 서류 작업을 앞두고 있었다. 현수는 블랙독과의 협
약을 준비할 때부터 본인 지분이 50퍼센트 이상일 것과 전적인
운영권을 보장할 것을 명시한 새로운 계약서를 요구했고, 자금을
댄 이사진은 새 프로젝트에 대한 운영권을 본인들이 갖기를 강력
히 요구했다. 더구나 초창기부터 자본을 댄 블리아니 거래소까지
30퍼센트를 요구하고 나섰다. 현수의 코인을 두고 각각의 이해관
계가 격렬하게 부딪친 것이다.

그들 사이의 조건을 조율하지 못한 성철은 결국 이사진의 요구
에 굴복하고 말았지만 현수에게는 그 사실을 밝히지 않았다. 블랙
독과의 조율이 아직 끝나지 않았다며 차일피일 미뤄온 것이다. 각
종 서류는 현수의 사인을 뺀 채 양쪽을 오갔다.

현수는 일정에 맞춰 작업을 진행해줬으나 일정의 마지막 날까지
계약 조건이 확정되지 않았다는 성철에게 마지막 통보를 했고, 성
철은 체결식 전날에야 사인을 받기 위해 계약서를 주지 않을 수 없
었다. 현수는 자신의 요구가 지켜지지 않은 계약서를 박박 찢고 기
술 이전은 하지 않을 것이며 모든 관계가 끝났음을 선포했다. 문을

박차고 나갔다.

현수는 대중 앞에 나서지 못하는 성격 때문에 지금까지 숨겨진 개발자로 남아 있었다. 성철이 그를 대신해서 개발팀을 이끌고 있는 것이라 할 수 있었다. 현수는 모든 장비를 가지고 철수해버렸고 성철은 이사진에게 급히 사태를 전했다.

거대 금융사와의 협약식에 당사자가 참석하지 못하는 일이 벌어질 뿐만 아니라 체결식 자체가 무산될 위기였다. 블랙독 본사 관계자들은 벌써 한국에 도착해서 호텔에 여장을 풀었는데 당장 어떻게 수습해야 할지 긴급회의가 열렸다. 체결식에 나타나지 않으면 K-코인을 폭락시키겠다고 현수에게 통보했지만 그는 대응하지 않았다. 모든 연락을 끊어버렸고, 결국 계약서는 완성되지 못했다.

당연하게도 결국 그 사실을 블랙독에 알리지 않을 수 없었다. 파트너십 체결식은 당일 아침에 취소되었다. 체결식이 취소됐음을 통보받자 거래소는 외국에 주소를 둔 지갑을 이용해 급히 막대한 양을 매도했다.

때가 아주 안 좋았다. 비트코인이 하락하면서 크립토 윈터(불황기)에 접어들었고 미국 경기가 침체되면서 나스닥 지수가 하락하고 세계 경기마저 장기적으로 둔화될 것이라는 뉴스들이 나오기 시작할 즈음이었다. 코인 가격이 두 시간 만에 30퍼센트가 하락하자 투자자들이 겁을 먹었고 허겁지겁 보유 코인들을 매도하기 시작했다.

95퍼센트 하락까지는 채 사흘도 걸리지 않았다. 시장은 K-코인이 메인넷 론칭에 실패하자 코인 가치가 급락했다고 믿었다. 뒷소문으로는 개발자가 실패를 만회할 수 없어 코인을 대량으로 팔아치우고 잠적한 것이라 했다.

자기 이름과도 같은 코인 가치가 폭락하면 최현수가 어떤 식으로든 반응하거나 반격을 해 올 것으로 예상했다. 그러나 그는 일절 반응하지 않았다. 성철은 현수가 두려워졌다. 동생 현지를 쫓는다는 것을 알고 있을 텐데도 현수는 7일째 반응하지 않았다. 성철은 현수가 진정 두려워졌다.

그 일이 있고부터 불안감이 높아지면서 성철은 혼자 가만히 있는 상태를 견디지 못했다. 사무실 안에서 이리저리 서성이느니 러닝이라도 해야 했다. 그래서 서둘러 재킷을 챙겨 들고 회사를 나선 것이었다. 회전문에서 휘청거리던 성철은 정신을 차리고 회사를 벗어나 길을 건넜다.

성철의 재킷 안주머니에는 항상 두 가지 약물이 들어 있었다. 협심증 발작을 누그러뜨려주는 니트로글리세린과 최근 발병한 불안장애 약물 자낙스가 그것이었다. 주머니에는 그 외에도 고디바 초콜릿이 든 작은 틴 케이스가 들어 있었다.

성철은 언젠가 운전을 하다 앞으로 훅 끼어든 자동차 때문에 급브레이크를 밟았다. 간발의 차이로 추돌하지 않았지만 성철은 순간 자신이 멍하니 운전하고 있었다는 것을 깨달았다. 정신이 번쩍 들어 눈을 부릅떴을 때 햇빛이 날카롭게 눈을 찔렀다. 성철은 갑자기

"누군지를 알아야 계획을 세울 텐데."

"좀 더 알아보겠습니다."

"그쪽에 잡힐 것 같으면 어떻게 해서든 막고, 우리 쪽으로 데려와야 해."

"계속 두 곳을 감시할까요?"

"거긴 이제 버려진 곳이야. 당분간은 가지 않을 거라고. 너흴 따돌리고 최현지가 우리 직원을 만난 것 같은데, 그건 전혀 눈치채지 못했어?"

남자가 움찔 놀랐다.

"회사에 왔단 말입니까?"

"당장 1층 로비 CCTV 확인해보고 알려줘."

"네, 알겠습니다."

남자는 곧 트레드밀에서 내려갔다.

성철은 머신의 속도를 높였다. 그리고 모니터를 켰다. 트레드밀 앞 모니터에 모터바이크를 타고 달리는 영상이 펼쳐졌다. 바이크 손잡이를 돌려 속도를 점점 높였다.

현수의 연구실에 들를 때면 새 아이템 개발에 대한 진행 과정을 듣기 전에 AR 기기를 끼고 모터바이크 대결부터 했다. 두 사람 중 아무나 시작해볼까, 말을 꺼내기만 하면 됐다. 현수는 성철이 오기로 한 날이면 약속 시간에 맞춰 2인용 모터바이크 경기를 띄워놓았다. 가파른 산길을 오르다가 느닷없이 나타난 해저드에 처박히고, 순식간에 눈앞을 가로막는 거대한 바윗덩어리와 고목을 아슬아슬하게 피해 질주했다.

오프로드를 170에서 180킬로미터로 20, 30분만 달려도 실제로 나뭇가지에 긁히고 자잘한 돌덩이에 두들겨 맞으며 산길을 달리고 난 것처럼 온몸이 덜컹거렸다. 골인 지점에 먼저 도착하는 것은 대체로 현수였고 몸은 아주 정직한 물리적 실체라서 성철은 이런 사전 의식에 고스란히 영향을 받곤 했다. 생태계를 확장해가는 블록체인 네트워크의 시연을 보고 설명을 들으면 한참 동안은 마치 증강현실 속에 있는 것처럼 생생하게 느껴졌다.

성철은 연구실이자 사적 공간인 그 아파트에 출입할 수 있는 유일한 외부인이었다. 그런데 현수가 사라지기 6개월 전부터는 현수의 집에 가지 못했다. 현수가 메인넷 업그레이드 연구에 집중하느라 여유가 없기도 했지만 그가 요구하는 조건을 만족시킬 수 없었기 때문이다.

기업은 규모가 커질수록 협력 업체에 지분을 나눠줘야 했다. 지분의 비율이야 적어지지만 파이는 커지는 것이 아닌가. 현수는 달라진 상황을 받아들이지 않았다. 똥고집도 그런 똥고집이 없어서 자신 소유의 지분에 관한 한 양보는커녕 설득조차 되지 않았다. 성철만 양쪽 사이에 끼어 짜부라드는 기분이었다. 온화한 아버지 같던 인상은 웃음 한 번 지어본 적 없는 얼굴로 변해갔다.

성철은 직원이 달랑 셋이었던 작은 사무실에 현수가 찾아왔던 날을 떠올렸다.

현수는 랩톱과 외장하드가 든 작은 가방 하나를 가슴에 소중히 안고 연제혁 뒤에 엉거주춤 서 있었다. 테이블에 둘러앉아서도 현수는 성철을 힐긋 훔쳐보았을 뿐 연 부장이 자신을 소개하는 말을 듣는 동안 줄곧 다른 곳에 눈길을 두었다.

연 부장은 이미 들은 말이 있어 그러려니 하고 신경 쓰지 않았지만 성철은 자꾸만 마음이 쓰였다. 현수의 눈길이 향하는 곳은 육각형 모양의 형상이 연속적으로 이어진 파사드였다. 회사의 성격을 표현한 상징적인 구조물이었다. 사무실 바깥쪽 벽체를 감싸듯 설치해놓은 것인데, 그 상징물의 일부를 사무실의 업무 공간과 휴식 공간으로 나누는 파티션 용도로 세워놓았다. 하얗게 채워진 면과 파란 테두리만 있고 속은 텅 빈 육각형이 감각적으로 이어져 있어 블록체인이자 벌집 모양을 연상케 했다. 그 앞에는 각진 형태로 깎은 하얀 표범 모형이 놓여 있었다.

끝없이 뻗어나가는 블록체인, 끝없이 팽창하는 블록체인, 그 세계를 다 씹어 먹어버리겠다는 표범. 단순하지만 강렬한 이미지로 표현한 심벌이었다. 현수는 줄곧 거기만 바라보았다. 벌집 모양의 블록체인 앞 하얀 표범. 한마디도 하지 않고 집요하게 보는 현수가 어딘지 모르게 애틋하기도 했고 한편으로 호기심도 들었으며 한편으로는 섬뜩하기도 했다. 성철은 현수를 지켜보다가 어느 순간 그와 무언가를 강하게 공유하고 있다는 느낌을 받았다.

성철에게는 자폐 스펙트럼 아들이 있었다. 아들은 세 살 되던 해 증상을 드러내기 시작했다. 이후 5년 동안 단 한 주도 빼지 않고 매주 에버랜드에 가야 했다. 에버랜드에 가서 타는 것은 메리고라운드, 빙글빙글 도는 회전목마 단 하나뿐이었다. 멀리 아라비아의 서커스장 같은 지붕이 보일 때부터 아들은 괴성을 지르며 좋아했다. 말들이 위아래로 오르내리며 돌아가는 것을 보면서 발을 동동 구르고 두 손으로 당장 움켜잡을 듯이 달려들곤 했다.

아들은 5년 동안 회전목마에 빠져 있다가 여덟 살쯤 되었을 때 티브이에서 강원도 양양의 파도를 보게 되었다. 그때부터는 매주 양양까지 가야 했다. 강화도에 한 번 데리고 갔다가 양양이 아닌 걸 기가 막히게 알아채서 울고불고하는 통에 반드시 그곳에 가야 했다.

양양에 가서는 파도를 보며 바닷가를 걷는 게 다였다. 당시 양양은 서핑이 막 활발해지기 시작했던 때라 서퍼들이 모여들고 서핑 업체들도 한둘 생기고 있었다. 아들은 청년들이 서핑하는 것을 하루 종일 바라보았다. 파도가 멀어지면 발을 동동 구르고 파도가 밀려오면 두 손으로 잡을 듯이 손가락을 쥐었다 폈다 하면서 좋아했다.

서핑을 하겠다고 고집부리지 않는 것만 해도 천만다행이다 싶어 받아주고 있었지만, 성철과 아내에게는 강행군의 나날이 아닐 수 없었다. 평일에는 특수학교에 보냈고, 주말에는 아내와 성철이 하루씩 담당하기로 약속했다. 세상 어떤 일이 있어도 아이를 맡게 된 날엔 온종일 옆에 붙어 있어야 했다.

그러던 어느 날 현수를 만나게 된 것이다.

현수와 만나 사업이 되겠다 싶어 자본을 끌어왔다. 그렇게 현재의 파운데이션을 세웠는데, 눈코 뜰 새 없이 사업을 확장하다 보니 아들을 돌볼 수가 없게 되었다. 아내가 아들을 데리고 필리핀으로 떠났다. 아들과 아내를 보낼 때 성철은 약속했다. 적어도 한 달에 한 번은 갈게. 그러나 당연하게도 약속을 지키지 못했다. 못 가도 두 달에 한 번씩 가서 일주일은 있을게. 그러다가 못 가는 기간이 길어졌다. 6개월이 지나고 1년이 넘도록 성철은 필리핀에 가지 못했다. 아내는 지쳤다며 차라리 기대나 하지 않게 이혼을 하자고 했다. 성철은 사업과 아들을 바꾼 것 같다며 자책을 했고, 그럴수록 회사에서의 입지와 수익은 더 중요해졌다. 성철에게 현수와의 만남은 삶을 송두리째 바꾼 사건이었다.

현수를 영입한 후 육각형의 파사드가 점점 커지고 꿀이 가득해졌지. 실제로 무한히 팽창하는 느낌이었지. 하지만 어느 순간부터 욕망하는 하얀 표범은 간데없고 벌집의 단단한 밀랍 속에 갇혀 팔다리를 바둥거리는 한낱 일벌이 되고 말았어. 욕망할수록 벌집은 커졌고 수백 수천의 육각형은 점점 더 조여 왔지. 어쩌다가 우리가 각각의 비밀을 갖게 되었을까. 그 비밀을 지키기 위해 그토록 단단하던 관계를 비틀어버리게 되었을까.

둘 사이에 균열이 발생했고, 대화로 해결하려 했지만 이해관계가 첨예하게 대립하는 상황에서 대화로 해결할 수 있는 것은 없었다.

균열은 점점 깊어졌으며 해결로부터 그만큼 더 멀어졌다. 표면적으로는 두 사람 사이에서 발생한 것이었지만 두 사람 뒤에는 각각 거대한 기관이 있었다. 회사가 커져갈수록 이윤분배는 복잡해졌고, 자본가가 돈을 가장 많이 가져가는 구조가 되었으며, 모든 사업의 결정권자 역시 자본가였다.

세상 물정 모르는 현수를 등지고 성철은 언제 발병한 줄도 모르는 채 불안에 잠식당했다. 세상 물정 모르는 놈은 영원히 세상 물정을 알 수 없을 것이고, 세상을 지배하는 사람은 그런 놈들을 먹잇감 삼는 게 다반사다. 그러나 성철 같은 포식자들 역시 그만큼 두려움에 시달린다. 이렇게 한 움큼의 약을 털어 넣어야 할 정도로. 먹잇감이 언제 어떻게 돌변하여 공격해 올지 모르니까.

쓰리 콤보로 약을 먹었고, 러닝머신의 속도를 점점 높이며 달린 지 20분쯤 더 지나자 러너스 하이(Runner's high) 상태가 됐다. 심장의 박동이 일정하게 빨라지다가 어느 순간 박진감에 도취되어 순식간에 몸이 붕 떠올라 우주 공간에서 혼자 달리는 느낌이 들었다. 조금 전까지 조여 오던 심장도, 과도한 달리기 때문에 아픈 무릎의 통증도 느껴지지 않았다. 최고의 오르가슴에 휩싸였다가 차차 누군가가 흔들어주는 요람에 누운 것처럼 편안해졌다. 이것 때문이었다. 틈만 나면 달리는 것은, 불안할수록 달려야 하는 것은. 현수와 둘이서 AR 기기를 끼고 오프로드를 달리던 때의 느낌을 되찾아야 했다.

땀에 흠뻑 젖어서야 트레드밀에서 내려왔다. 심장도 튼튼해진 것 같고 뱃살도 단단해진 것 같았다. 역시 운동하길 잘했어. 샤워를 끝내고 거울에 몸을 비춰보며 성철은 만족했다.

회사로 돌아가는 길에 정보원 하나가 커피를 들고 어슬렁거리는 게 눈에 띄었다. 두 사람을 일 시켜놓으면 항상 한 사람은 열성적이고 다른 한 사람은 대강 시늉만 하는 게 세상 돌아가는 이치인가 싶었다.

사무실에는 아까의 정보원이 앉아 있었다. 정보원은 민망해 죽겠다는 표정으로 공손하게 USB 메모리를 건넸다.

"1층 로비 메모리입니다. 오늘, 최현지가 회사에 왔네요. 개발팀 요원을 만난 것으로 보입니다."

그러리라 예상했던 터라 놀라지는 않았다. 메모리를 넣고 돌리자마자 주진호가 최현지를 만나는 장면이 나왔다. 웬일인지 두 사람은 곧 헤어졌다. 그런데 최현지가 로비에 들어설 때 웬 남자 하나가 따라 들어왔다. 마치 모르는 사람인 양 멀찍이 떨어져 앉았지만 동행했다는 걸 어렵지 않게 알 수 있었다. 나갈 때도 마찬가지였다. 남자는 최현지가 나가자 곧장 뒤따랐다. 한참 뒤에 주진호가 또 허겁지겁 밖으로 나갔다.

성철은 영상을 되돌려 최현지를 따라온 남자에게 포커스를 맞추고 확대했다. 누군지 알 것 같았다.

블리아니 거래소 영업부장과의 약속 시간이 10분 정도 남아 있었다. 충분치는 않았지만 무엇이든 알아볼 시간은 있었다. 성철은 주저 없이 주진호를 호출했다.

주진호는 방에 들어서자마자 죄송하다는 말부터 꺼냈다.

성철은 주진호의 인사를 무시했다. 기업의 정보나 기술을 유출하는 건 범죄였지만 주진호가 그랬으리라고 단정할 근거는 없었다. 비밀리에 현수를 쫓고 있다는 것을 포함해 주진호가 회사 내부의 사정을 어디서 어디까지 알고 있는지 묻는 것은 의미가 없다고 생각했다. 그래서 단도직입적으로 알고 싶은 것을 물었다.

"최현지와는 어떻게 아는 사이야?"

두 사람이 어떤 관계인지가 중요했다. 대답에 따라 주진호가 앞으로 일을 진행하는 데 걸림돌이 될 것인지 알 수 있을 것이다.

"현수 형네 집에 가서 처음 만났습니다."

"최현수의 집에 갔다고? 최현수가 집에 들였다고?"

"네. 당시에는 현수 형이 저를 가깝게 여겼던 것 같습니다."

"당시? 지금은?"

주진호는 미간을 찌푸렸다. 잠시 망설이다가 입을 열었다.

"모르겠습니다. 현지 씨와는 몇 번 만났는데 어쩌다가 관계가 끊겼습니다. 지금은 만나는 사이 아닙니다."

필요 이상으로 사적인 대답에 성철은 바로 사과했다.

"미안하다, 개인적인 걸 물어서. 그런데 오늘 최현지는 왜 만난 거야?"

사적인 관계를 들추는 것은 언짢은 일이지만 실상을 따져보면 최현지를 만난 것은 전혀 사적 차원의 일이 아니었다. 주진호는 사실대로 고백하는 게 낫겠다고 생각했다. 그로 인한 결과는 어쩔 수 없는 일이라 체념할 수밖에 없었다.

"현수 형이 저지른 일이 아닌 것 같다고 했습니다."

성철이 눈을 부라렸다.

"그게 무슨 소리야!"

"현수 형이 자기 코인을 망치고 도망가야 할 이유는 하나도 없을 테니까요. 제 추측이지만."

"혹시 최현수와 연락한 적 있어?"

"아뇨. 저도 현수 형 최근에는 통 못 만났습니다."

"마지막으로 만난 게 언제쯤인데?"

"3개월은 된 것 같은데요."

성철은 생각에 잠긴 채 고개를 끄덕였다.

노크 소리가 들렸다. 성철이 주진호에게 고갯짓을 하고 일어나 문을 열어주었다. 주진호가 나가고 블리아니 거래소 영업부장 연제혁이 들어왔다. 그는 주진호를 슬쩍 돌아보고는 자리에 앉기도 전에 입을 열었다.

"어젯밤부터 완전히 놓친 것 같던데, 어떻게 된 겁니까?"

"오늘 여기 왔었어요, 이것 좀 봐요."

"여길 왔다고요?"

성철은 오늘 최현지가 주진호를 만나러 왔고, 주진호가 최현지에게 최현수가 누명을 쓴 것 같다고 말했다는 사실을 간단하게 전하고 보안 메모리 영상을 틀었다.

"생각보다 대담하네. 여자라고 얕볼 게 아닌 것 같네요. 진작에 잡아버렸어야 했는데."

"최현지를 붙잡는 게 목적이 아니잖아요! 왜 그렇게 바짝 쫓는 겁니까? 너무 위협하지 마세요. 적당히 겁줘서 최현수에게 연락하거나, 최현수가 제 동생 도와주러 나타나게 하는 게 목적이잖아요. 너무 몰아붙이면 되려 우리에게 불리해져요. 최현수는 반드시 나타날 겁니다."

성철이 흥분한 투로 쏘아대자 연제혁이 얼굴을 확 붉히면서 화를 냈다.

"언제요? 언제 나타난답니까? 동생을 진작에 잡았으면 누명 어쩌고 하는 얘기를 듣지도 않았을 거 아닙니까? 말이야 바른 말이지, 우리 애들이 붙잡으려면 못 잡았겠어요? 그냥 토끼몰이 좀 한 거지요. 그래야 진짜 겁먹고 최현수를 불러낼 거 아녜요. 안 그래 봐요. 어디 꼭꼭 숨겠지요. 우리 애들이 세게 나가니까 저쪽도 움직인 거예요. 맘먹고 숨어버리면 아무 도리가 없다고요."

"무슨 말입니까. 최현지가 언제까지 도망 다닐 거 같아요? 왜 쫓기는지 알면 반격해 올 수 있다고요! 게다가 저 애는 아무 죄도 없잖아요! 바본 줄 알아요? 반격을 하도록 하면 안 된단 말입니다!"

"팀장님! 우리 애들이 얼마나 열심히 쫓아다니고 있는지 아시잖아요. 괜히 사기 꺾어놓지 마세요. 일을 하다 보면 과할 수도 있고 좀 모자랄 수도 있는 거 아닙니까. 지금 물불 가릴 처지가 아니라고요. 하루하루가 피를 말리는 상황이니까 과감하게 나가야 한다고요!"

블리아니 거래소는 K-코인을 담보로 맡기고 대출을 해주는 디파이(탈중앙 금융) 대출 서비스 플랫폼 '셸루스'를 자회사로 운영하고 있었다. 이번 이벤트는 거래소로서는 일종의 동전 던지기인 셈이었다. K-코인을 장외에서 팔아버리면서 매매 수익을 얻기는 했지만, 담보금이 폭락하니 대출 서비스는 멈췄다.

최현수를 돌아오게 해 K-코인의 메인넷을 론칭하고 코인의 가치를 살려놓으면 수익이 솟구칠 것이고 모든 것이 제자리로 돌아갈 테니 잠깐의 사업 정체는 견딜 수 있었다. 하지만 돌아오지 않으면 디파이 금융계의 시한폭탄이 될지도 모른다. 연 부장에게 무엇보다 중요한 건 하루라도 빨리 최현수를 납치해서라도 제자리에 앉히는 것이었다.

"팀장님, 무슨 복심이 있는지 다 까놓으세요. 그래야 보조를 맞출 거 아닙니까?"

"최현수가 곧 움직일 거예요. 제 동생 보호하려면 어떤 제스처를 취해도 취할 거니까 부장님은 그것만 면밀히 추적하면 됩니다. 최현지가 경찰에 찾아가기라도 한다면 일이 복잡해져요."

연제혁은 성철의 대답이 못마땅한 듯 못 들은 척하고는 말을 돌렸다.

"그나저나 어제는 간이 콩알만 해졌을 텐데, 이 지경이 되도록 꼼짝도 안 하는 최현수가 움직이긴 할까요? 계획적으로 잠적한 거라면 외국으로 나갔을 수도 있다고 봐야 하는 것 아닙니까? 벌써 언론에서는 싱가포르로 갔다는 얘기가 나돌고 있어요."

성철은 고개를 절레절레 흔들었다.

"언론의 설레발이라는 거 다 아는 얘기 아닙니까."

"팀장님은 너무 물러서 문제인 겁니다."

성철은 또 울컥 화가 솟구치는 걸 꾹 누르고 한마디 했다.

"개발자 관련해서는 입도 뻥긋하지 마세요. 괜히 꼬투리 잡혀서 수사기관이 움직이면 곤란해지는 건 우리예요."

"내 입 걱정하지 마시고 당장 언론 잠재울 방법이나 좀 강구하세요. 우리 거래소에서는 벌써 대응하고 있는데 케이파운데이션이 미적거리는 게 문제예요. 투자자들 분노를 누그러뜨리는 게 최우선 아닙니까. 투자자들 요구가 언론에 노출돼선 안 되고요. 직원 관리 잘하시고 쓸데없는 얘기 새어 나가는 일 없게 하세요. 발 빠르게 좀 움직이시고요. 왜 이렇게 답답하게……. 하나가 노출되기 시작하면 줄줄이 드러나는 거 아시잖아요. 그러면 우리 일, 다 밝혀지고, 아시죠? 그런 일 없게 단속 잘하시기 바랍니다."

성철은 연 부장의 얼굴이 기묘하게 일그러지는 것을 목도했다. 경멸이라고 해야 할까, 비웃음이라고 해야 할까. 너 언제까지 그렇게 이것저것 다 재고 계산하고 그럴 거냐, 그러다가 골로 간다. 그런 말을 얼굴 가득 싣고 있는 표정. 안다, 자신이 무얼 미적거리는지. 그리고 거래소의 연 부장이 얼마나 영리하게 움직이는지.

블리아니 거래소는 K-코인 폭락 사태 당시 사흘 동안 수십만 건의 거래를 체결해 1000억 이상의 수수료를 챙겼다. 그 사실을 언론에서 다루고 투자자들이 거래소에 몰려와 시위를 하는 통에 곧장 유감을 표명하고 수수료 전액을 투자자 보호 자금으로 펀드를 조성하겠다고 발표했다. 물론 그 돈을 그렇게 쓸 일은 없을 것이다. 대출 서비스 파산을 막는 데 우선으로 쓰겠지만 언론에는 그렇게 발표했다. 연제혁은 위기 대응에 뛰어난 사람임은 틀림없었다. 다만 성철도 대응책을 마련하지 않은 건 아니었다.

"사흘 뒤에 미국에서 총회가 열리잖습니까. 세계 가상화폐 총회요. 크립토커런시 관련 논의가 주요 의제니까 이번 K-코인 사태에 대해 어떻게 정의하는지 보고 바로 대책을 발표할 예정입니다."

"아아, 그래요. 최대한 빨리 대응책 마련하시는 게 좋을 거예요."

"그리고 말입니다. 우리 쪽 정보원들 말고 다른 팀이 또 최현지를 쫓는다던데, 혹시 아시는 것 있습니까?"

연 부장이 고개를 한쪽으로 치켜들었다.

"네?"

"아, 우리 정보원들이 그러는데 사복 입고 껄렁하게 생긴 남자들이 최현지를 쫓는다더라고요."

"그래요? 저는 모르겠는데."

성철은 순간 연 부장이 눈길을 돌리는 것을 포착했다. 정말 모른다면 성철 눈을 보며 선선히 모른다고 말하면 될 텐데, 왜 슬그머니 눈길을 미끄러뜨리는 걸까. 연 부장이 뭔가 알고 있거나 따로 일을 꾸미고 있는 것 같다는 느낌을 받았다. 차차 알게 되겠지.

"소식 들어오는 것 있으면 알려주시고요."

"예, 그래야지요."

연 부장이 그만 가보겠다며 엉덩이를 일으키자 성철은 따라 자리에서 일어나려다가 문득 잊은 걸 떠올렸다.

"아참, 이 사람 좀 자세히 보세요. 어디서 본 적 있는 것 같은데."

성철은 연제혁이 자세히 보도록 핸드폰 화면에 캡처해놓은 얼굴을 확대했다. 연제혁은 금세 알아보았다.

"이 사람, 제리잖아요."

"제리라고요? 한국인 아닙니까?"

"아, 제리라는 유튜버인데, 최현수를 우리 거래소에 소개했던 사람이에요."

"유튜버요?"

"그래요. 2017년인가, 최현수가 코인 처음 만들었을 때 우리 거래소에 상장시켜달라고 데려온 사람이잖아요."

"어떻게 알던 사이인데요?"

"뭐, 그거 아시잖아요. 김치코인 상장시키면 인기 있는 유튜버가 방송에서 개미들 왕창 끌어와서 펌핑 주는 거요. 거래소들 코딱지만 할 때 유튜버 몇 명씩 연결해서 거래하고 그랬잖습니까. 처음 최현수 소개할 때 얘기한 것 같은데."

"그렇다면 저 제리라는 사람과 최현수는 이전부터 알던 사이라는 거네요. 그런데 또 최현지와도 아는 사이였고. 연 부장님이 최현수를 우리 쪽에 소개해줬는데, 지금은 최현지와 제리가 함께 움직이고 있고요?"

"그렇죠. 저 친구가 최현지랑 아는 사이인 것까지는 몰랐지만요."

"아, 이제 기억나네. 그 당시 제리라는 사람의 유튜브 생방송을 본 적이 있는 것 같습니다."

"그래요. 당시 제일 잘나가던 유튜버 중 하나였고 우리 거래소도 덕을 많이 봤었죠."

대중들이 블록체인이 무엇인지도 모를 때, 코인들이 자산으로도 화폐로도 인정받지 못하던 시절, 일찍 시장에 뛰어든 몇몇 유튜버들이 자기 돈 들여가며 외국 거래소에서 대회를 열곤 했다. 제리는 현장감 있게 생방송을 진행하던 핫한 유튜버였다. 차트를 띄워놓고 구독자들에게 차트 읽는 법을 가르쳐주고, 세계적인 거래소에서 생방송으로 선물 거래를 하며 조회수를 올렸다. 그렇게 잘나가는 유튜버 몇이 세계 비트코인 대회에 참가해 실력을 겨루고 1000프로, 2000프로의 수익률을 보여주며 크립토커런시 시장을 일궜다. 이른바 선구자들이라 할 수 있었다.

거래소에서는 눈에 띄는 유튜버에게 접근해 투자자들을 끌어오게 하고 특정 코인을 펌핑시켜 수익을 나눠주는 게 공식이었다. 제리는 그중 한 명이었을 뿐이었는데 알고 보니 천재 개발자를 친구로 두고 있었고, 거기서부터 최현수의 신화가 시작된 셈이었다.

"최현수 호락호락한 사람 아닙니다. 결코."

성철은 가슴에서 시작된 통증이 왼쪽 팔로 뻗치는 것을 느끼고 약을 한 알 혀 밑에 넣었다. 감정적으로 가장 취약한 시기를 통과하는 중인가, 생각했다. 현수를 잃기 전에 이토록 강한 가슴 통증을 겪은 적이 있었던가.

현수를 끼고 케이파운데이션은 국내 최고의 업체가 됐고, 블리아니 거래소는 한국에서 두 번째로 큰 거래소가 됐다. 처음 현수의 기술을 보았을 때의 놀라움을 잊을 수 없었다. 당시 블록체인 기술들은 몇몇 세계적인 업체들 외엔 대개가 거기서 거기였다. 현수는 본인이 개발했다며 이더리움 메인넷을 이용한 스마트 콘트랙트(블록체인의 장점인 안전성, 정확성, 투명성이 보장되는 프로그램이 자동실행되는 것) 기술을 보여주었다. 통용되는 모든 결제 카드 중에서 가장 빠르다는 비자 카드보다 20배나 빠른 트랜잭션(결제)을 시연하는 것을 보고 성철은 현수를 만나게 해준 연 부장이 진심으로 고마웠다. 당시 케이파운데이션은 스타트업에 지나지 않았으나 곧 쟁쟁한 기업들과의 파트너십을 이룰 정도로 성장했다. 끌어온 자금들은 거미줄처럼 엮였다.

"제리는 우리 쪽 사람이라고 할 수 있어요. 지금 무슨 꿍꿍이로 최현지와 함께 다니는지는 모르겠는데, 철저히 자기 계산 따라 움직이는 사람이에요. 어쩌면 일이 쉽게 풀릴 수 있을 것 같은데요."

연 부장은 어찌 됐든 잘 해결해봅시다, 하고는 사무실을 나갔다. 성철은 연 부장이 마지막에 던지고 간 말을 곱씹었다. 철저히 자기 계산 따라 움직이는 사람이라는 거지? 그러면 상황에 따라 거래도 가능하다는 건데…….

#02

제리는 은밀히 비트만팬다와 강속구를 불러 저녁을 먹였다. 두 사람은 제리의 멤버십 회원이었다. 멤버십 회원은 단순히 구독자 차원에 머무는 게 아니라 회비를 내고 단톡방이나 텔레그램방에 초대되어 보다 심화된 차트 수업을 받는 회원을 말한다.

특히 비트만팬다는 제리가 자주 불러 저녁을 사 먹이는 회원이었다. 고시원에 사는 스물한 살짜리 편의점 알바생인데, 비트코인 차트 공부를 열심히 해서 돈을 벌고 전문 트레이더가 되는 게 꿈이었다. 제리는 비트만팬다를 볼 때마다 동질감을 느꼈다.

제리는 부동산 건축업을 하는 부친 덕분에 아무 걱정 없는 초등학생 시절을 보냈다. 엄마는 세상 편한 성격이어서 친구들과 찜질방에서 계란 까먹고 미역국 먹으며 시간을 보내곤 했다. 제리도 엄마를 따라 찜질방에 가서 게임기에 달라붙어 있는 게 일과였다.

제리가 중학교에 진학할 무렵이 되자 아빠는 중학교를 다니던 누나와 함께 제리를 미국에 유학 보내려 했다. 그런데 그 겨울 아빠의 사업이 부도가 나버렸다. 부모님은 위장이혼을 하고 제리와 누나를 시골에 있는 절에 맡기더니 어딘가로 숨어버렸다. 순식간에 벌어진 일이었다.

6개월 남짓 남매는 절에 갇힌 채 아빠와 엄마를 보지 못한 것은 물론 학교도 다니지 못했다. 원래 똑똑했던 누나는 혼자서도 미친 듯이 공부했고 중학교 검정고시를 단번에 통과해버렸다. 반년 만에 엄마가 와서 남매를 절에서 데리고 나왔고 같이 사나 했더니 이번에는 기숙학원에 맡겼다. 누나는 또 거기서도 공부만 했다.

제리는 머릿속이 부산해 진득이 앉아 있질 못하고 친구들과 어울려 말썽도 부리며 제멋대로 지냈다. 공부를 잘하는 것도 아니고 특출난 재능도 없었다. 다만 어디서든 살아남을 수 있는 배짱과 유머 감각과 상황을 읽는 눈을 갖추게 됐다.

아빠가 다시 사업을 일으키고 엄마와 아빠는 재결합했다. 집을 마련해 남매를 데려갔지만 제리는 어느새 부모님과 데면데면한 사이가 됐다.

평생 돈을 벌어본 적 없는 엄마는 또다시 찜질방에서 소일하는 게 일과였다. 제리는 엄마를 이해할 수 없었다. 돈이 없으면 이혼하는 건가? 돈이 생기면 또다시 가족이 되고? 자식들은 아무 데나 던져놓고 찜질방이나 다니는 게 말이 되나?

누나는 또래보다 일찍 서울대에 들어가더니 혼자서 공부하는 게 낫다며 집을 나가버렸다. 제리는 그만저만하게 학교를 다니고 그만 저만한 대학에 들어갔지만 돈이 있어야 가족을 지킬 수 있다는 신념을 가지게 됐다. 현수를 돌보아주었고 현수는 제리에게 돈줄이 되어주었다. 비트만팬다를 동생처럼 여기며 밥을 사주고 공부를 시켜주는 이유였다. 돈줄이 되어줄 상대라면 신의도 주고받을 수 있는 법이다. 비트만팬다는 제리가 시키는 것이라면 무엇이든 할 것이었다.

두 사람과 저녁을 먹고 술을 한잔했다. 강속구 또한 제리가 신경 써서 키우고 있는 멤버십 회원이었다. 사이버수사대에 근무하고 있다는 점이 제리가 각별하게 여기는 이유였다. 제리는 두 사람에게 나직하고 진지하게 말했다. 조만간 너희들의 손이 필요할 건데, 아무 때건 시간 좀 내줘. 비트만팬다는 형님 일이면 제 일이죠, 했고 강속구는 말없이 고개만 끄덕였다.

금융감독원에서 합동수사본부에 정식으로 수사를 요청했다는 뉴스가 떴다.

합수단에서 케이파운데이션의 협력 기관인 케이디벨롭랩스 등과 거래소 열다섯 곳을 압수수색하게 될 거라고 했다. 개발자와 재단이 거래대금을 횡령한 혐의가 있으므로 시장의 안정을 위해 제도적 차원에서 기소를 결정했다는 것이다.

크립토 윈터를 유발한 K-코인 사태에 대한 책임을 묻는다는 건데, 재단으로서는 억울한 감이 있지만 자금의 흐름을 수사하면 코인 매도자금이 케이디벨롭랩스로 이동된 것이 발각될 수 있을 것이다. 유사수신 혐의로 성철이 기소될 위험이 컸다.

뉴스가 뜨자마자 이사는 성철을 긴급히 불러들였다. 성철이 방에 들어서기도 전에 이사는 호통을 쳤다.

"최현수는 도대체 어디 있는 겁니까! 언론이 저렇게 압력을 넣으니 이제 더 이상 시간 끌 수는 없어요. 당장 밀고 들어가세요. 검찰이 압색하기 전에 우리가 다 찾아와야 합니다. 연구실을 샅샅이 뒤지면 최현수가 어디 있는지, 도대체 무슨 꿍꿍이인지, 뭐라도 나올 게 아닙니까. 그걸 단서로 다시 방향을 잡는 게 낫지 이렇게 허공에 발길질해봤자 압박만 거세질 뿐이에요!"

성철이 그럴 일이 아니라고 손을 내저었다.

"그보다 먼저 해야 할 일이 있습니다. 수색영장이 집행되면 꼼짝 못 하니 먼저 손을 써야 합니다."

"무슨 방책이 있다는 겁니까?"

하루 전 세계 컨센서스가 열렸다. 세계 최대 가상자산 거래소 바이펑스의 최고경영자 닌자오 펑스, FTz 최고경영자 존 리틀, 스텔라 디지털 최고경영자 마이클 그래츠 등 세계 주요 거래소와 거대 투자자가 한자리에 모여 가상자산의 미래에 대한 전망을 나누었다. 중요한 것은 여기에서 모인 의견이었다.

웹 3.0, 메타버스 등 가상자산 업계의 과거, 현재, 미래를 망라한 다양한 의견과 대안이 제시됐는데, 이번 K-코인 사태와 가상자산 시장의 폭락이 있었음에도 주요 인사들은 부정적인 의견을 내놓지 않았다. K-코인 메인넷 론칭 실패로 인한 폭락 사태로 한국의 블록체인 기술과 시장의 확장성을 의심하지는 않는다며, 한국의 앞선 기술이 세계 경제를 이끌게 될 것이라고 했다.

성철은 바로 그 점을 강조했다. 여기서 나온 의견이 우리에게 솔루션을 제공했다고 할 수 있습니다, 그렇게 운을 떼우고 설명을 이어갔다.

"솔라나파운데이션이라는 거대 크립토 재단이 있는데, 거기서 솔라나벤처스라는 걸 세워 1억 달러 규모의 투자를 진행하고 있다고 발표한 겁니다. 코인 개발자를 보호하기 위한 기금을 마련하겠다면서요. 블록체인 기술이 급격하게 발달하다 보니 어떤 업체가 하이엔드 기술을 개발한다는 소식이 들리면 경쟁업체들은 그에 뒤질세라 개발 중인 코인을 급히 발행하기도 하니, 본의 아니게 미처 체크하지 못한 결함이 발생할 수도 있는 거죠."

이사가 서론은 필요 없고 본론만 말하라며 성화를 해대는데도 성철은 알고 있어야 하는 거라며 설명을 이어갔다.

"그러니까 문제가 터지면 개발자가 뒤집어쓰게 되고, 그렇게 되면 개발자들이 위축될 수 있다는 겁니다. 개발자를 보호해야 크립토 개발이 지장을 받지 않는다는 논리인 거죠. 우리도 지금 당장 케이디벨롭랩스를 통해 개발자 보호 펀드를 마련하겠다고 언론에 내보내야 합니다. 세계 컨센서스 기사 바로 옆에 케이디벨롭랩스에서 코인 개발자를 위한 펀드를 조성하고 K-코인 보유자에게 일정한 보상을 해주겠다고 발표하는 거죠. 메인넷 기술이 실패해 문제가 터졌다고 둘러대고 이런 제스처라도 보여줘야 더 큰 사태를 피할 수 있다고 봅니다. 이렇게 하면 어쨌든 개발자의 실패라는 점을 내세우고도 문제를 키우지 않을 수 있습니다. 또 보상을 통해 투자자들의 분노를 잠재울 대책을 세우고 있다는 것을 발표하면 영장 집행을 조금은 늦출 수 있을 겁니다."

"그렇다면 빨리 언론사에 전달하고 회사 홈페이지에도 공시하세요!"

이사는 목과 얼굴에 화상이라도 입은 것처럼 벌게져서 소리쳤다. 발을 동동 구르지 않은 게 어디냐 싶을 정도로 어쩔 줄을 몰라 했다.

"빨리빨리 움직이세요, 회사 문 닫게 하고 싶지 않으면. 그리고 곧바로 최현수 집으로 가 컴퓨터 싹 다 가져와서 없앨 것은 없애고 필요한 걸 찾아내세요!"

이사는 성철의 대답을 듣지 않고 사무실을 나가버렸다. 닥친 불행을 최대한 빨리 해소하라고 주문한 것이다. 성철이 할 일은 그 주문을 당장 실행하는 것뿐이었다.

성철은 주진호를 부를 여유가 없어 직접 개발실로 갔다. 회사는 개발자들을 위해 최고의 디자인으로 최고의 업무 환경을 만들어주었다. 5층과 6층을 터서 층고가 높고 조명이 많아 마치 리셉션 홀이라도 되는 것처럼 환한 방이었다. 20여 명의 개발자들이 각각 컴퓨터를 네다섯 대씩 켜놓고 작업을 하고 있었다.

성철이 들어온 걸 보고 힐긋 쳐다보는 직원도 있고 고개조차 돌리지 않는 직원도 있었다. 주진호는 성철이 바로 곁에 올 때까지 알아차리지도 못했다.

"진호 씨, 개발팀 새 프로젝트 잘 진행하고 계시죠?"

진호는 불안하고 민망한 얼굴로 되물었다.

"아, 오셨어요. K-2 코인요? 그건 다 되어가고 있습니다."

"네, 그것 잘 마무리하시고요, 웹 3.0 가야죠. 문제는 없죠?"

서둘러 고개를 끄덕이는 진호의 얼굴이 순식간에 벌게졌다.

"아, 네, 네……."

성철은 어쩔 수 없이 개발팀을 조여야 했다. 이 바닥은 눈 깜짝할 새 확확 달라지니까. 잠시라도 한눈팔면 금세 뒤처지고 마는 곳이었다.

성철은 주진호에게 케이디벨롭랩스에서 개발자를 보호하기 위한 펀드를 제정한다는 내용을 회사 홈페이지에 올리고 홍보팀에 알리라고 지시했다. 그리고 덧붙였다.

"홈피에 광고 올리고 최현수 집으로 갑시다."

진호가 무슨 소리냐는 듯 놀란 눈으로 물었다.

"현수 형 집에요?"

"가면서 얘기해줄게. 어서 움직입시다."

성철이 나가고 주진호는 한참 동안 그의 뒷모습을 노려보았다.

이건 아니잖아, 개발자를 도대체 뭘로 아는 거냐고. 회사가 살기 위해 개발자를 병신 머저리로 만드는 짓인데 어떻게 내 손으로 하라는 거야. 이런 식이면 누가 개발자를 믿고 코인을 매수하겠느냐고. 그리고 현수 형 집에는 왜 가자는 거지? 혹시!

주진호는 어디론가 전화를 걸었다. 그리고 성철이 지시한 내용을 홈페이지에 올리지 않았다. 팀장이 무슨 꿍꿍이속인지 어디 한번 보고 싶었다.

성철과 진호는 한차에, 정보원과 보안팀은 커다란 밴에 타고 현수의 아파트로 이동했다.

현수가 거주하던 아파트는 한 달 월세만 2000만 원에 달했다. 비싼 만큼 최고의 시설과 최고의 서비스를 제공하는 곳으로 유명했다. 듣기로는 일타강사 수준으로 돈을 벌어들이는 사람들이 살고 있다고 했다. 진호는 무엇보다 차원이 다른 보안 시설이 부러웠다. 그것이야말로 성공한 자와 그렇지 못한 자를 구분 짓는 키 같았다. 언젠가는 자신도 이런 집을 소유할 수 있을까. 요원한 꿈 같았다.

"최현수는 최고의 개발자야. 이 요새를 왜 만들어줬겠어. 최현수를 숨겨두는 게 우리의 전략이었던 거지. 까놓고 말하자면 가둔 거고."

"예?"

주진호는 파미에르 매니지먼트 사무실로 걸어가다 우뚝 멈춰 섰다. 성철이 따귀를 한 대 올려붙인 줄 알았다. 이렇게 뒤통수를 치다니! 가둔 것이었다, 현수를.

현수의 집은 회사에서 제공한 것이었다. 일종의 안가였다. 안정적인 개발을 돕고 현수의 외부 경계 성향을 존중한다는 명목이었지만, 실상은 기술 노출을 막기 위해 최고의 보안 시설을 갖춘 연구소 겸 사택을 제공한 것이었다. 본래의 목적에 따라 현수의 집은 감시 대상이었다. 성철과 현지만 출입자로 등록해 사실상 통제를 해 온 것이다.

아파트의 소유자가 회사였으니 유사시의 보안 문제 역시 회사가 해결할 수 있었다. 그걸 잘 알고 역이용한 현수는 곳곳에 CCTV를 달고 회사의 시스템을 무력화한 뒤 자기만의 보안을 강화해놓았다. 서로 믿지 못해 서로 감시하는 시스템을 만들어야 했다니, 주진호가 모르는 일이 얼마나 더 있을지 모를 일이었다.

성철은 성철대로 참담했던 그날을 떠올렸다. 현수가 사라진 날, 아파트로 달려갔던 성철은 굳건히 잠긴 정문으로 한 발짝도 들어갈 수 없다는 사실을 알게 되었다. 깊은 배신감을 느꼈다. 그토록 믿고 의지하던 우정이 무너지는 것을 눈앞에서 목도하게 될 줄은 몰랐다. 우두커니 서 있는 성철의 뇌리에 7, 8년의 시간이 파노라마처럼 지나갔다.

가장 영광스러운 순간에서 가장 참담한 순간까지 곤두박질치는 시간은 너무나도 짧았다. 현지를 잡으려던 것은 현수에게 돌아오라는 사인을 보낸 것이기도 했지만, 사실 현지를 앞세워 그 집에 들어가기 위해서였다. 이제 현지를 잡는 데 쓸 시간이 없었다.

그날 회사로 돌아가면서 성철은 다시는 돌아오지 못할 강을 건너고 있다는 걸 깨달았다. 이런 상황까지 오길 바라지 않았기에 현수가 돌아오길 기다렸지만, 결국 이렇게 되어버렸다.

현수가 이중 삼중으로 강화해놓은 보안 시스템을 아파트 보안팀과 주진호가 풀어야 했다. 파미에르 매니지먼트 에이전트와 보안 담당자, 실소유자 안성철, 회사 보안팀과 주진호는 매니지먼트 오피스에서 서로의 서류를 옆에 놓고 소유주를 확인한 뒤 사인을 했다. 아파트 보안 담당자는 주진호에게 모든 키를 넘겨주었다. 아파트 보안 키가 무력화되었으니 넘겨줄 것도 없지만 굳이 말하자면 권한을 넘겨준 셈이었다. 성철과 정보원 둘은 문이 열리기를 기다렸고 보안팀은 보안 시스템을 해킹했다.

주진호는 거들지 않고 그저 서성거렸다. 다른 시스템에 문제가 없는지 알아봐야 한다고 거짓말도 했다. 피동적으로 저항하고 있는 자신이 부끄러웠다. 내 집의 보안 시설을 무력화할 놈들이 다른 사람도 아니고 매일같이 얼굴 맞대던 자들이라는 생각에 세상이 무수한 절벽으로 이루어져 있다는 참담한 기분이 들었다. 보안팀이 작업하는 것을 목을 늘여 빼고 지켜보는 성철이 징그럽기만 했다.

성철은 비장한 표정을 지었다. 마치 자신이 전쟁을 선포하는 최종 버튼을 누른 것만 같았다. K-코인 대량 매도 버튼을 누를 때, 결정을 내리기까지 걸린 시간에 비하면 셀 버튼을 누르는 시간은 극도로 짧았다. 0.003초도 걸리지 않았다. 하지만 그 1초도 되지 않는 짧은 시간은 영원히 돌아오지 못할 강을 건너기에 충분한 시간이었다. 급기야 현수의 집을 열고 들어가 무언가를 훔쳐 오는 버튼까지 누르고 말았다.

배신은 언제나 배신을 낳는다. 배신이 언제 어떻게 시작되었는지 줄을 타고 거슬러 올라가 봐야 그 시작을 찾아내기는 어려울 터다. 두어 마리의 벌레가 수차례에 걸쳐 낳은 알들이 배신의 그늘 속에 그득할 것이다. 끊임없이 알을 까고 기어 나오는 애벌레들을 두 손으로 헤집어 벌레의 모체를 찾아낸다 한들 그게 무슨 의미가 있으랴. 이미 두 손은 짓이겨진 벌레로 뒤덮인 뒤인 것을.

차르륵, 철컥.

현관문의 보안이 풀리는 소리가 들렸다. 열렸다. 더 이상 날 원망할 자격은 없어. 이를 갈듯 중얼거리며 현수의 집 현관문을 열었다. 복도를 지나 거실에 들어서자 정면을 가득 채운 블록체인 파사드가 맞이했다. 성철은 걸음을 멈췄다.

처음에 그것은 심벌로서 벽의 일부를 장식했을 뿐이었다. 그랬던 것이 마치 정글을 정복한 것마냥 기세등등하게 펼쳐져 있었다. 잠시 현수를 보는 듯한 착각이 들었다. 골똘한 눈으로 블록체인 파사드를 주시하던 현수는 이곳에서 무엇을 꿈꾸었던 걸까. 자신에게 이곳은 또 무엇이었던 걸까.

갖은 전략을 다 써서 함락한 진지가 이미 적이 버린 곳이었다는 것을 깨달은 병사처럼 성철은 무거운 몸을 돌려 내실로 향했다. 뒤따르던 진호도 잠시 걸음을 멈추었다가 따라 들어왔다. 성철에게도 진호에게도 낯선 곳이 아니었건만 침입한 자에게는 모든 것이 낯설어 보였다. 차갑고 어둡고 폐허의 냄새가 나는 정적 속으로 숨소리를 죽이며 들어갔다.

첫 번째 방에는 CCTV 모니터가 모두 켜져 있었다. 성철은 보안팀에게 드나든 사람들의 영상을 다 담아가라고 했다. 현수와 함께 AR 게임을 하던 흔적이 그대로 남아 있었다. 헤드셋도, 바이크처럼 타던 머신도 그대로였다.

다급히 몸만 빠져나간 걸까? 왜, 누군가 쫓아올 것을 예견해서? 성철은 바이크 머신을 바라보는 자신의 마음이 왠지 싸늘해지는 것을 느꼈다. 일견 모든 것이 그 자리에 그대로 있었다. 모든 것이 그대로 있다는 것이 되려 배반의 흔적을 적나라하게 보여주는 것만 같았다.

두 번째 방에 들어선 성철이 뒤따라오던 보안팀을 돌아보고 눈짓하자 보안팀은 곧장 각자 자리를 맡아서 장비를 열고 작업에 들어갔다. 적진에 숨어든 척후병처럼 군더더기 없이 민첩한 모습이 믿음직했다. 잠겨 있는 컴퓨터 10여 대를 모두 열고 의미 있는 자료는 다 쓸어가야 할 판이었다. 성철은 주진호에게도 눈짓을 했다. 안으로 들어가.

진호는 주저하며 프라이빗 룸으로 들어섰다. 현수가 있을 때는 여기까지 들어오지 못했다. 죄책감이 몰려왔다. 그는 현수가 버티고 선 곳에 들어가는 것처럼 큰 키를 옹송그리고 조심스럽게 발을 들였다.

그가 앉았을 의자에 엉덩이를 밀어 넣었다. 컴퓨터에 장비를 연결했다. 그사이에 의식을 치르듯 기도했다. 그가 중요한 자료를 싹 긁어 갔거나 폐기했기를, 그저 남겨진 찌꺼기만 가져가게 되기를.

성철이 뒤에서 진호의 작업을 지켜보았다. 어, 거기도. 어, 다 복사해. 주진호는 느릿느릿 손을 움직였다. 어느새 조용해서 흘깃 돌아보니 성철이 보이지 않았다. 언제 방을 나갔는지 몰랐다. 진호는 남아 있는 작업물들을 삭제 버튼을 눌러 지웠다.

모두 자기가 맡은 작업에 열중하고 있는 동안 성철은 실내를 둘러보았다. 원래도 집기가 거의 없어 썰렁한 느낌이 드는 곳이었다. 모든 게 그대로지만 마치 폐허처럼 느껴졌다. 성철은 어깨를 으쓱이며 중얼거렸다.

자고로 폐허는 보물을 감추고 있는 법. 블록체인 로고를 저렇게 키워놓았다는 건 뭔가를 엄청나게 키워놓았다는 뜻 아니겠어.

성철은 이미 버려진 곳에서도 건질 것이 있을 거라는 기대감을 놓지 않았다.

#03

합수단이 결국 본격 수사를 시작했다. 먼저 K-코인 거래 내역을 요구했다. 미국의 상품선물거래위원회도 감찰을 시작했다고 알려왔다. 일정에 따라 요구하는 자료를 빠짐없이 보내라고 했다.

예상보다 압박이 거세지자 회사는 파산 선고를 앞둔 것처럼 살얼음판이었다. 직원들은 성철과 마주치지 않으려고 남몰래 개구멍을 드나드는 것처럼 몸을 사리고 눈치를 살폈다.

이사는 아예 회사에 출근을 안 했으니 무슨 생각을 하는지 알 수도 없었다. 성철에게 합수단이며 미국 상품선물거래위원회에 대한 대응을 다 맡겨놓고 혼자 빠져나갈 궁리를 하는지도 몰랐다.

진호와 보안팀은 현수의 집에서 쓸어 온 자료들을 분석하느라 연구실에 틀어박혔다. 이틀이 지났지만 결정적인 결과를 얻지 못하고 있었다. 다만 CCTV를 담당하던 파트에서 최근 열흘과 한 달 이전 영상들이 깡그리 지워졌다는 흔적을 찾았다.

영상을 깡그리 지웠다는 건 무슨 뜻이겠어. 뭔가 있다는 거지.

그게 무엇인지 알아내는 게 급선무일 것이었다. 성철은 아파트 관리소에 연락해 아파트 주변 영상을 확보해달라고 했다. 누군가 오고 간 게 아니라면, 그게 누구인지 숨겨야 하는 게 아니라면 영상을 지울 일은 없었을 테니까.

* * *

성철과 연 부장은 매일같이 싸움으로 일과를 시작했다. 연 부장은 가격 하락을 유도해서 겁만 주려고 한 것인데 성철이 너무 많은 코인을 내던졌다고 비난했고, 성철은 폭락을 방치한 건 거래소가 아니냐고 반박했다.

성철은 거래소 차원에서 위험하다 싶으면 역추세로 매수했어야 한다, 그랬으면 하락세가 멈췄을 텐데 왜 패닉셀이 나올 때까지 방치했냐, 거래소가 순간순간 발 빠르게 대응했어야 하는 문제였다고 소리쳤다.

연 부장은 거래소 소유 물량보다 재단 소유 물량이 더 많지 않냐, 애초 너희가 잘못 판단한 것 아니냐, 우리는 디파이 대출 업체까지 난리가 났다, 이거 어떻게 책임질 거냐며 맹비난을 퍼부었다.

두 사람은 이처럼 K-코인 하락의 책임을 서로에게 떠넘기며 상대를 비난하기 바빴다. 사실 그보다 더 먼저 두 사람이 꾸미고 실행한 계략은 입에 올리지 않았다. 그것을 입 밖에 내지 않음으로써 마치 그런 일이 없었던 것처럼 깔고 뭉갰다. 애초 사업 개시 때부터, 자금을 끌어올 때부터 세상 물정 모르는 현수를 배제할 방법을 모의했던 것은 마치 전생에서나 있었던 일인 것처럼.

성철을 비롯해 개발팀은 난감하기 이를 데 없었다. 당장 진호가 개발한 K-2 코인을 상장시켜야 했다. NFT 코인이어서 시류를 타는 데다 다시 회사를 가동하려면 하루빨리 돌파구를 마련해야 했다. 안으로 밖으로 큰 장애에 부딪혔지만 회사가 예전처럼 활발하게 활동할 수만 있다면 모두 없던 일로 돌릴 수도 있으리라.

K-2 코인 론칭을 더 이상 미룰 수 없기 때문에 연제혁을 달래고 달래서 미팅을 가졌다. 지금으로서는 최선이라 할 훌륭한 상품이었다. 그런데 테스트넷을 다 보고 나서 연제혁이 딴지를 걸었다.

"기술이 문제가 아니에요. 훌륭하죠, 훌륭해요. 근데 이제 그것만 가지고는 상장을 할 수가 없어요."

성철은 빈정이 상해 한마디 하고 싶었지만 꾹 눌러 참았다.

"아시잖아요. 이젠 상장 심사 기준 자체가 엄격해져서 웬만한 자본만 가지고는 조건들을 충족시킬 수가 없다는 걸요. 얼마 전만 해도 김치코인들 초기 상장 시 50억 이내로도 가능했었죠. 근데 최근 신청한 클라우드라는 코인은 초기 투자금이 340억이나 있었지만 2년 동안 여섯 차례나 상장 심사를 요청했다가 거절됐어요. 개발업체는 투자금 반환하고 프로젝트 종료했고요. 이젠 누구나 다 알 만한 기업이 엮여서 용도가 확실하고 펀더멘털이 단단하다는 걸 보증해야 상장이 가능해요."

연 부장은 가상화폐 투자자 보호를 골자로 한 '디지털자산기본법'을 들먹였다. 불공정 거래를 통한 수익은 사법절차를 통해 전액 환수하고 해킹이나 시스템 오류 등에도 보험제도를 확대함과 동시에 법의 칼날을 들이대겠다고 정부가 엄포를 놓지 않았냐는 것이었다. 성철이 모르는 게 아님에도 연 부장은 계속해서 시행령 핑계를 댔다.

작년부터 상장과 폐지에 대한 법제화가 논의되기 시작했는데 K-코인 사태로 규제가 부쩍 강화된 것이 사실이었다. 당국은 특히 투명한 공시를 주문했다. 코인 발행 업자는 발행 최소 20일 전에 가상화폐 증권신고서로 불리는 '백서'를 당국에 제출해야 한다. 이 항목 역시 K-코인 때문에 강화된 것이다. 성철은 자기가 놓은 덫에 자기가 걸린 것임을 모르지 않았지만 달리 방도가 없었다.

연 부장은 숫제 가슴을 뒤로 젖히고는 거드름을 피우며 말했다.

"게임 코인이면 MS사나 NC소프트, 블리자드 같은 국내외 유명 기업하고 제휴해야 하고, 탈금융 코인이면 SBI급의 대형 캐피털과 파트너십을 체결해야 한다고요. 이제 김치코인은 1000억, 2000억 자본금만으로는 국내 5위 거래소에조차 상장시킬 수가 없게 됐어요. 잘 아시면서 그래요. 위믹스처럼 게임 플랫폼과 연결되지 않으면 상장시킬 방법이 없다는 거."

연 부장이 쐐기를 박았다. 한바탕 칼부림을 한 것 같은 발언이었다. 은연중 재단과 손을 뗄 생각으로 보였다. 최현수가 없는 재단은 쓸모가 다한 것이라고 결론 내렸을지도 모른다. 한배를 탄 거라고 몰아세울 때는 언제고, 이제 쓰레기 취급하겠다 이건가. 성철이 기분 나쁘다는 듯 한숨을 내쉬었다.

"사업하기 점점 어려워지는구만."

"왜 이러실까. 아무리 단단해도 뚫리는 게 울타리인데 울타리 뚫을 필살기 하나쯤은 갖고 있어야지요."

연제혁이 그렇게 말하며 벌떡 일어났다. 한 20억쯤 쥐여주면 가능하다는 뜻이었다. 거래소에 코인을 상장시키려고 안달 난 여타의 코인 개발사들에게 요구하던 것을 성철에게 요구하는 것이었다.

이럴 수가 있나! 대답을 못 하고 아연해서 쳐다보는 성철을 경멸스럽다는 듯 힐긋 보고 연제혁은 사무실을 박차듯 나섰다. 네가 이러니까 요 모양 요 꼴인 거야, 하는 눈빛이었다.

저게 지금 내 뒤통수 치는 거 맞지?

누가 옆에 있었으면 이렇게 물어봤을 텐데 성철의 곁에는 아무도 없었다.

가슴이 아프기도 전에 주머니를 뒤져 협심증약을 꺼냈다. 손바닥에 알약을 올려놓고 한숨을 쉬는데 제리에게 붙여놓은 정보원에게서 전화가 왔다. 계산이 빠르다는 제리가 왜 현지와 함께 움직이는지 알 수 있을까. 성철은 알약을 얼른 혀 밑에 넣고 재킷을 걸치며 정보원과의 약속 장소로 나갔다.

성철은 피트니스센터에 도착해 부리나케 운동복으로 갈아입었다. 달리기에 집중해 연 부장에게 받은 모욕감을 떨쳐내고 싶었다. 현수와 바이크를 탈 때, 그건 단순히 경기를 하는 게 아니었다. 익스트림 스포츠를 할 때 뿜어져 나오는 도파민은 위기에 처한 사람의 두뇌를 최대한도로 가동시킨다. 신체가 최고조로 긴장하고 집중하게 되면 다가오는 상황을 대처하는 방식이 바뀐다. 적극적인 수준을 넘어 공격적이고도 저돌적인 태세로 몸을 바꿔주는 것이다. 현수와의 바이크 경기는 신체를 그런 상태로 만드는 과정이었다.

서로에게 응원이기도 하고, 부추김이기도 하고, 경쟁심을 불러일으키는 과정이기도 했다. 성철에게는 그런 상대가 필요했고 현수는 오랫동안 그런 상대가 되어주었다. 이제 성철은 혼자 러닝머신 위에서 억지로 몸을 깨워야 했다.

혼자만의 경기를 치르며 20분쯤 달렸나, 정보원이 옆 머신에 올라탔다. 성철은 간신히 집중된 상태라 정보원이 온 것도 몰랐다. 옆에서 팀장님, 팀장님, 불러서야 알았다.

"팀장님, 그 제리라는 사람 알아보았는데요."

성철은 뛰면서 고개를 끄덕였다.

"알고 보니 저희가 최현수 씨 집 앞에서 만났던 사람이더라고요."

"어떻게 만났는데?"

"우연찮게 마주친 척하며 그쪽에서 말을 걸어왔습니다. 보통은 넘는 사람이었습니다. 아마도 최현지와 아파트에 들어가기로 했다가 저희가 앞을 지키고 있으니까 못 들어간 것 같아요. 저희에게 파미에르에 들어가는 방법이 있냐고 물었거든요. 여자 친구가 못 들어오게 한다면서요."

"임기응변이 능한 거네."

"네, 그런데요, 그 사람 조사하다 어떻게 연결이 됐습니다. 단도직입적으로 나오더라고요. 팀장님을 만나게 해달라고."

"뭐?"

성철이 버럭 소리 지르며 머신에서 내려왔다.

"중요한 정보가 있다면서 팀장님과 단둘이 만나게 해달라고 했어요."

계산이 빠르다는 놈이 먼저 협상을 청해 왔다. 여러 의미가 있었지만, 성철에겐 뭔가 쉽게 풀릴 것 같은 징조로 보였다.

"또 하나, 정보가 입수됐습니다."

"뭔데?"

"최현지를 쫓던 다른 팀 있잖습니까?"

"그랬다고 했지."

"거래소와 연관이 있는 것 같은데요, 그놈들 조직폭력배였어요."

"조직폭력배? 거래소와 연관돼?"

"확실하지는 않지만, 연 부장님과 접선하는 걸 저희가 목격했습니다."

"그거 확실한 거지?"

"네, 제 눈으로 직접 봤으니까요. 인천 딸파라고 하는데요."

"딸파?"

"딸기맛닭발파라고······."

"딸기 맛?"

"예, 거기 불닭발파하고 딸기맛닭발파가 있나 봐요. 근데 이놈들이 홍콩 마피아 따까리라는 말이 있거든요."

"점입가경이네. 홍콩 마피아까지?"

"홍콩 마피아가 한국에 심어놓은 항만 쪽 관리하는 조직인가 보더라고요."

"그런 놈들과 연 부장이 관련이 있다고? 왜 연 부장이 그놈들을 따로 심었을까. 우린 서로 정보를 공유하고 있는데?"

"다른 속셈이 있거나······. 어떻게든 연결이 되어 있는 것 같습니다만, 상세한 것은 저희가 좀 더 알아보겠습니다."

"나는 모르는 척하고 있을 테니 알아보고, 제리는 최대한 빨리 연결해. 아, 그리고 홍콩 마피아 계보 좀 만들고. 연 부장이 닿는 선은 확실하게 알려줘. 할 수 있으면 연락처도 알아봐주고."

"네, 약속 잡아서 연락드리겠습니다."

성철은 수건을 집어 땀을 닦아냈다. 연 부장이 뒤로 호박씨를 까고 있었다. 무슨 속셈인 거냐?

그나저나 제리라는 놈은 무슨 카드를 갖고 있기에 내게 만나자는 걸까. 혹시 현수가 어디 있는지 귀띔이라도 해주려는 걸까. 뭘 바랄지는 뻔하다. 보나 마나 비트코인을 달라고 하겠지. 버러지 같은 놈들.

성철이 샤워를 하고 피트니스센터를 나섰다. 그런데 누군가 성철을 따라나섰다. 근처에서 러닝을 하던 남자였다. 정보원과의 대화를 엿듣던 남자가 일정한 거리를 두고 어슬렁어슬렁 뒤를 밟았다.

피트니스센터에서 오랜 시간을 보낸 사람처럼 근육이 발달한 그는 한쪽 손을 바지 주머니에 넣고 한쪽 손으로 핸드폰을 들고 누군가와 통화를 했다. 성철이 회사로 돌아가지 않고 다른 길로 접어드는 것까지 놓치지 않았다.

3부

비밀과 거짓말
사이의 구멍

66

당신을 위한 마법이 인생에 하나쯤은.

#01

글로벌 비트 거래소에서 세계 비트코인 트레이딩 대회가 열렸다. 상금액이 총 85억이나 되고 전 세계적으로 1만 명 이상이 참가하는 세계 최고의 월드 시리즈 대회였다.

한국팀은 전 세계적으로 출전도 많이 하고 성적도 아주 우수한 축에 속했다. 제리는 비트대마왕 방송 찐 구독자들을 모아 팀을 이뤄 대회에 참가할 예정이었다.

트레이딩 대회 사이트에 팀 리더 자격으로 참가 신청을 하러 들어가보니 작년도 파이널 우승팀과 최상위권 팀들의 기록이 휘황찬란하게 걸려 있었다. 항상 그렇듯 1위는 트레이더 중 최고라 하는 '매월 천억' 팀이었다. 제리는 약간 위축되는 기분이 들었지만 이번에도 5위권에는 들겠지, 성적이 쭉쭉 올라오는 애들이 있잖아, 자신하며 당당하게 신청 버튼을 클릭했다.

비트대마왕 팀 이름을 올려놓았다. 팀원들에게는 개별적으로 각자 등록하도록 알려주었다. 홈 화면에 참가 팀의 아이콘이 올려질 것이고, 대회가 시작되면 15일 동안 매일 시간 날 때마다 사이트를 열고 팀에 들어와 비트코인 매매를 하면 각자의 성적이 남김없이 등록될 것이다.

유튜버들은 평소 중소 거래소에서 매달 작은 대회를 열어 구독자들의 실력을 키워 세계 대회에 참가하곤 했다. 세계 경제가 좋지 않아 코인장 또한 하락장이었지만 대회는 예년처럼 정기적으로 열렸다.

선물거래라는 게 상승장에서도 수익을 낼 수 있고 하락장에서도 수익을 낼 수 있기 때문에 진정한 실력을 겨루기엔 변동성이 큰 지금이 되려 적절한 장이라 할 수 있었다. 대회는 20일 동안 진행되는데, 마지막 날까지의 성적이 10위권 안에 들면 대회 주최 측에서 주는 상금을 받을 수 있었다. 게다가 본인이 낸 수익금은 수익금대로 가져갈 수 있으며, 또 팀을 꾸린 유튜버들이 팀원들의 사기를 돋우기 위해 나름대로 책정한 상금을 받기도 했다.

제리는 최근에 실력이 월등하게 좋아진 20대들을 이끌었다. 20위권 안에 들기만 하면 알아주는 실력이라 할 수 있는데 제리는 우승을 차지한 적은 없지만 최근 5년 동안 5위권 안에 든 적이 두 번이나 있었다. 그 정도면 팀을 이끌 정도의 경력이라 할 수 있었다.

종종 팀의 리더보다 팀원의 성적이 더 좋은 상황이 벌어지기도 했다. 그렇다 해도 리더의 권위가 떨어지지는 않았다. 리더들은 대체로 전업 트레이더로 수년간 일정한 성적을 내왔기 때문이다.

팀의 리더는 개인적인 사정이 있다 해도 대회에 참가하지 않을 수는 없었다. 팀원들이 1년 동안, 혹은 반년 이상 중소 거래소에서 실전 훈련을 하며 대회가 개최되기를 열망했기 때문이다. 당장 누군가에게 쫓기고 있든, 거대한 음모에 휘말렸든, 음모의 키를 손에 쥐고 있든, 어쩔 수가 없었다. 휘말린 사건을 숨겨야 할 경우는 더욱 그랬다. 대회는 열렸고 제리는 단체 자격으로 참가했다.

막상 대회에 뛰어들었지만 제리는 첫날부터 집중할 수가 없었다. 변동성이 큰 장이었다. 상승과 하락이 클 때가 양쪽에서 발라먹을 게 많으니 트레이더들이 너도나도 달라붙었다. 그러나 예측하기 어려운 만큼 흔들림이 크기 때문에 탈탈 털리기도 쉬웠다.

차트 분석에서는 유튜버 중 10위 안에 든다 자부해온 제리였는데, 상승 포인트를 하락 포인트로 보고 숏(하락에 배팅하는 것)을 쳤다. 고배율이었던지라 순식간에 마이너스로 쭉쭉 빠졌다. 롱(상승에 배팅하는 것)으로 스위칭할 시점을 놓쳤고 청산될 위험에 처했다. 어쩔 수 없이 청산 직전에 손절을 하고 빠져나왔다.

상승 다이버전스(가격과 지표 사이의 차이)인지 하락 다이버전스인지를 구분하지 못했다는 자책감에 정신이 얼떨떨했다. 동료들을 보니 대부분 제대로 읽고 수익을 내기 시작하고 있었다. 누군가 알아보기 전에 회복시켜야겠다는 조바심이 들어 곧바로 다시 타점(매입점)을 잡았다. 그러나 두 번째도 실패했다. 처참했다. 시장이 아주

지랄 맞게 움직이고 있었다. 이렇게 평정심을 유지하지 못할 때는 쉬는 게 정상인데, 그렇다고 대회를 치르는 동안 쉴 수는 없었다. 그러면 탈락이니까. 어떻게든 만회해야 했다.

제리는 마음을 가라앉히기 위해 할 수 있는 것을 다했다. 초조할 때는 찬물 한 컵을 원샷으로 마시고 나면 정신이 번쩍 들었다. 어떨 때는 물을 너무 많이 마셔서 오줌보가 터지기 직전까지 참다가 화장실에 뛰어간 적도 있었다. 바쁜 시간을 쪼개 점심은 꼭 든든하게 챙겨 먹고, 식후에는 보사노바를 틀어놓고 커피를 홀짝거렸다. 홀딩이 유리하지 않다고 판단될 때는 손익비를 계산해서 적게라도 익절(이익매도)하는 것이 나으므로 마지막에 저배율로 조심조심 트레이딩을 해서 세 번의 약익절(적은 수익으로 매도)을 했다.

한창 트레이딩 중인데 현지에게서 메시지가 왔다.

— 어제오늘 하루 종일 놈들이 보이지 않아. 이제 날 쫓지 않아도 되는 걸까?

제리는 곧장 답장하지 않았다. 무슨 일인지 파악하지 못했으니 뭐라 대답할 수가 없었다.

— 잘 모르겠어, 전략을 바꾸려나 보지. 함부로 나다니지 말고 조심해. 놈들이 나타나면 언제라도 전화하고.

현지의 메시지를 보자 또다시 마음이 뒤흔들렸다. 한 사람에 대한 오랜 감정과 실리적 성향이 요즘처럼 정확히 반대 방향으로 내달린 적이 없었다. 어떤 길로도 명료하게 정리할 수가 없었는데 그건 이 사건이 자신으로서는 해결할 수 없는 극심한 의문을 품고 있었기 때문이었다.

첫 번째는 현수가 왜 사라졌는가 하는 것이고, 두 번째는 왜 자신에게 털끝만큼도 내색하지 않았는가 하는 것이었으며, 세 번째는 K-코인을 버릴 만큼 커다란 이유가 무엇일까 하는 점이었다. 무엇보다 그 모든 의문을 풀어줄 것 같은 하나의 키를 자신이 쥐고 있다는 점이 제리를 못내 안달 나게 하고 있었다.

처음에는 이 모든 상황들이 놀라웠다. 오래 그래왔듯 본능처럼 현수를 위해 몸이 움직였다. 그러나 이 세 가지 문제로 상황이 정리되자 극렬한 배신감을 느꼈다. 내가 누구냐 말이지, 내가 네게 무엇이냐 말이지. 다른 사람은 몰라도, 현지조차 몰라도, 내가 모르는 일이 있을 수가 있냐 말이지. 누군지도 모르는 놈들에게 쫓기는 현지를 구해주고, 미스터리를 해결하려 애쓰는 게 다 누구 때문인데, 이렇게 나를 깡그리 무시할 수가 있느냐고 점점 화가 나기 시작했다.

그런데 어느 날부터 배신감을 비집고 서늘함이 스며들더니, 날이 갈수록 정신이 명징해졌다. 마치 카메라 광각렌즈로 배경을 크게 잡다가 화각을 점점 좁혀 어떤 사람을 비추고 그의 얼굴로 포커스를 맞추더니 거기서 멈추지 않고, 그의 눈동자로, 홍채 속으로 깊숙이 파고들 듯 한 가지 결론으로 나아갔다.

몸이 감정을 따라갈라치면 정신이 어느새 뒤통수를 후려쳤다. 네가 아무리 그래도 그렇지 현수한테 어떻게 그럴 수가 있느냐, 아니, 그렇다면 현수는 내게 어떻게 그럴 수가 있느냐, 사라지기 직전에 전화 한 통만 해줬어도 코인 팔아치울 시간은 있었을 텐데. 물론 현수 덕분에 바닥에서 산 것이긴 하지만 몇 년간 키워놓은 자산이 한순간 공중분해 되도록 놔두고 저 혼자 사라져버렸다. 시간이 지날수록 서운한 마음이 서로 엎치락뒤치락 뒤집고 뒤집혔다. 제리의 마음은 지금 변덕스러운 비트장보다 더 변덕스러웠다.

제리는 엉뚱한 비트코인에게 화를 냈다. 와 씨, 비트코인 졸라 찐따같이 움직이네. 마우스를 집어 던지려다가 가까스로 마음을 가다듬고 포지션을 종료하고 나와버렸다. 이러다간 대회를 완전히 망칠 수도 있겠다는 판단이 섰던 것이다.

제리는 '벌레들'로 저장해둔 파일을 열었다.

수십 번을 돌려봤지만 결론은 하나였다. 현수의 집을 방문했던 이 남자들은 분명 현수의 실종과 관계가 있었다.

2개월 치 보안 영상에 남겨진 걸로 보면 그들은 3주에 한 번꼴로 현수를 방문했던 것 같다. 그 이전 영상은 지워진 것으로 보이니 언제부터 그들이 드나들었는지는 알 수 없지만, 3주 간격으로 두 번 남겨진 영상으로 보건대 단지 두 번으로 끝났을 것 같지는 않다고 유추했다.

제리는 이들의 존재에 대해 전혀 알지 못했다. 가장 오랜, 가장 가까운 친구로서 현수의 사업 방향을 대략적으로는 알고 있었고, 가끔은 방향을 수정하고 결정하는 데 도움을 줬다고 생각해왔다. 적어도 이번 사태 이전까지는 그래왔던 것도 분명한 사실이었다. 제리는 현수를 사업 동료라고, 어쩌면 생존을 같이하는 관계라고 여겨왔다. 그런데 어느 시점부터 현수는 숨겨야 할 비밀이 생긴 듯했다. 그렇게 나의 생존을 크게 뒤흔들어놓고 말없이 몸을 감췄다. 현수가.

제리는 유튜브 방송을 열었다. 대회 중에 방송을 하는 건 삼갔던 일인데 대회에 집중도 되지 않고, 가만히 있을 수도 없고, 왠지 좀이 쑤셔 견딜 수 없었다. 방송을 켜니 구독자들이 순식간에 바글바글 몰려들었다. 평소 동시 접속자가 5000명을 넘지 않았는데 오늘은 거뜬히 8000을 넘길 것 같았다.

채팅창은 읽을 겨를도 없이 고속으로 올라갔다. 그렇다 해도 구력이 있다 보니 중요한 챗은 순간순간 포착해서 대화를 주고받으며 대회 상황을 전달했다.

— 제하!

— 제리 님, 하이요!

— 제하, 유튭 켜자마자 알람 떠서 들어왔습니다.

인사가 이어졌다. 제리는 솔직하게 시작했다.

"지금 제 성적은요, 순위에 잡히지도 않습니다. 제게도 이런 날이 있군요. 오늘 청산 위기에서 빠져나온 게 두 번입니다."

— 제리 님, 무슨 일 있으세요?

— 제리 님이요? 뭔 일이래.

— 강속구 님은 지금 50위던데.

— 닥터체인 님은 250위라고 하는데 막 올라오더라고요.

— 비트만팬다 님도 130위래요.

— 나도간다 님은 청산가리 두 번이나 마셨대욬ㅋㅋ

— 우짜냨ㅋㅋ

제리는 대인배처럼 목소리를 깔고 여유로운 척 대화를 이어갔다.

"전 세계 성적이라는 거, 여러분 잘 아시죠? 제 회원님들 성적이 예년보다 월등히 좋아졌네요. 이런 보람에 사는 거지요. 우리 팀원들 누구든 이번 대회에서 4000프로 이상 수익 내면 제가 약속한 대로 1등부터 10등까지 총 5000만 원 상금 드립니다. 1등 3000만 원, 2등 1000만 원, 3등부터 10등까지 100만 원씩입니다!"

— 강속구 님이 1등 하실 거 같아요!

— 제리 님이 1등 하시면 1등 상금은 제리 님이 가지시나요?

"아뇨, 저는 순위에서 제외됩니다. 사실 제가 참가하는 것은 저희 팀원들 힘 실어주는 의미가 있고, 대회 당시의 비트 무빙과 대회 결과들을 기록해두는 데 의미가 있어 참가하는 겁니다. 복기가 바둑에서만 중요한 게 아니잖아요. 여러분, 트레이딩 일기 매번 기록하시죠? 어떤 구간에서 어떻게 진입하고 어떤 구간에서 익절 혹은 손절 몇 프로하고 나왔는지 반드시 기록해두고 다음 트레이딩에 적용해야 합니다. 이번 대회에서 저는 역추세 매매로 숏 포지션 잡아서 두 번 진입했다 두 번 다 실패했는데요, 왜 그런 판단을 했는지 분석해봐야 합니다."

제리는 차트를 펼치고 파동선을 그으며 한참을 분석하고 방송을 마쳤다. 방송을 하는 동안에는 차트에만 집중할 수 있어서 편안했으나 방송을 끄는 순간부터 또다시 갈등이 시작되었다.

현지를 뒤쫓지 않는다고? 그건 분명 상황이 변했다는 건데, 어떤 방향으로 변했을지 알아내야 하지 않나. 지금까지 수동적인 입장을 지켜왔는데 뒤집을 때가 되었다고 생각했다.

제리는 나름대로 현수와 관련된 라인을 정리해뒀다. 거래소 연 부장에게 직접 연락을 할까, 정보원에게 먼저 접촉해 재단 측 인사를 만날까, 아니면 은밀히 탐색을 하는 게 좋을까, 궁리를 해뒀고 어느 쪽을 택하는 게 유리할지 어느 정도 판단도 선 상태였다.

현지에게 받은 명함을 만지작거렸다. 거래소 연 부장이 자신을 알고 있으니 언제 정체가 들통이 나도 날 것이라 생각하던 참이었다. 그렇게 알려지느니 먼저 행동에 나서는 편이 제 성격에 맞는 일이라 결론을 내렸다. 움직여야 했다.

제리는 현지에게 전화를 했다. 무슨 일 없는지 확인차. 전화를 받는 현지의 목소리는 유난히 착 가라앉아 있었다.

"오빠 집에 왔어요. 가만 생각해보니 그 사람들 오빠 집에 침입할 수도 있겠다는 생각이 들었거든."

"거길 혼자 갔다고?"

"알아요, 혼자 오면 안 된다는 거. 근데 오빠가 남겨두고 간 것들이 있는데, 여기 뭐가 있을지도 모르는데, 이렇게 방치하면 안 되는 거잖아."

"거길 갈 거면 나한테 말을 했어야지. 가만있어봐. 내가 당장 갈게."

"아니, 나 지금 나가려고 해요. 여기, 그 사람들 이미 다녀간 것 같아. 오빠 방에 있는 컴퓨터들이 다 없어졌거든."

현지는 주진호가 전화해줘서 그들이 쳐들어오기 전에 먼저 다녀 갔다는 말은 하지 않았다. 제리는 주진호도 믿지 않고 있었다. 굳이 얘기해서 그의 신경을 긁을 필요는 없을 것 같았다.

"거길 들어가서 다 가져갔다고? 아니, 어떻게?"

"로비에서 나를 못 들어가게 하더라구. 무슨 일이냐고 우리 집에 내가 왜 못 들어가냐고 하니까 관리부장이 나와서 얘기해주는데 회사 사람들이 와서 문을 열었다고 하는 거야. 내가 들어가도 되는 지 모르겠다고 한참 여기저기 전화해보더니 들여보내줬어요. 회사 에서 빌려준 집이래. 오빠 집이 아니었어."

"아아, 그렇게 된 거구나."

"가져갈 건 다 가져간 것 같아."

"불법 아냐? 잠깐만 기다려봐. 그건 안 되지!"

제리가 소리를 지르며 벌떡 일어났다.

"법적인 소유권 문제를 따져봐야겠지만 현수가 점유하고 있던 공간인 게 분명한데 그래도 되는 거야? 아무튼 내가 당장 갈게. 거 기 그대로 있어!"

제리는 재킷을 걸치고 집을 나서려다 문득 멈춰 섰다. 그것을 가 져갈까 말까 잠시 갈등하다 도로 안으로 들어갔다. 책상 맨 아래 서 랍 가장 안쪽에 손을 넣었다. 찰칵, 버튼을 누르니 칼날이 쭉 뻗쳐 나왔다.

칼의 손잡이를 손가락 사이로 빙글빙글 돌렸다. 감촉이 익숙했다. 몸을 지킬 최소한의 장비였다. 항상 넣던 뒤춤에 집어넣었다.

#02

아파트 문을 열자마자 제리는 개 짖는 소리에 깜짝 놀랐다. 어디선가 뛰쳐나온 빼빼 마른 하운드가 달려들 것처럼 맹렬하게 짖었다.

현지가 뒤따라 나오며 루시! 루시! 하고 개를 불렀다.

"개를 찾았어? 어떻게?"

"우리 동네에 맡겼더라고. 예전에 루시가 아팠을 때 내가 며칠 집에 데리고 있으면서 치료받던 병원이 있어. 혹시나 해서 찾아가 봤는데 오빠가 내가 데려갈 거라면서 맡겨놓았더라고요."

"네가 데려갈 거라고 말했다는 거야?"

"의사 선생님이 이상한 말을 하는 거야. 오빠가 딱 오늘까지 맡겼다는 거예요. 그래서 오늘까지 내가 안 오면 전화하려고 했었대. 오빠가 내 전화번호를 남겨놨더라고."

"오늘까지? 그걸 미리 정해놨었다고?"

"그러게 말이야. 내가 다시 물어봤죠. 그랬더니 예약한 내용을 보여주는데 거기 그대로 적혀 있었어요."

"현수가 너한테 메시지 보낸 건 아니고?"

"보낸 적 없어."

"잊어버린 건 아니고?"

"그럴 리 없어, 내가 오빠의 메시지를 잊다니."

현지는 단호히 고개를 저었다.

제리는 고개를 갸웃거리다가 내실로 들어갔다. 한 걸음 한 걸음 걷는 제리의 뇌리로 여러 컷의 사진이 초당 20장씩 넘어가는 애니메이션처럼 휘리릭 지나갔다.

현지가 개를 찾았다. 현수는 언제 어떻게 현지가 알아낼 줄 알고 날짜를 지정했던 걸까. 혹시 현지가 현수의 유품(어찌 됐든 남겨진 물품이니까)에서 중요한 무언가를 알아낸 게 아닐까? 그렇다면 다른 뭔가도 더 알아냈을 수 있다. 그러나 현지는 비밀로 할지도 모른다. 그건 무슨 뜻이라고 봐야 하지?

제리는 방마다 쫓아다니며 짖어대는 루시를 의식하지 못할 만큼 의혹에 휩싸인 채 내실에 들어섰다. 첫 번째 방과 두 번째 방은 누군가 손을 댄 흔적이 역력했다. 현수의 방은 더 심했다. 듣던 대로 컴퓨터가 싹 사라졌고 책상과 침대만 덩그러니 놓여 있었다. 적군이 쓸고 간 점령지처럼 말 그대로 형해만 남았다.

현지도 제리도 할 말을 잊었다. 우두커니 서 있는 두 사람 사이로 루시 혼자 불안한 듯 달달 떨며 이리 뛰고 저리 뛰었다.

"회사 사람들이 여기에 다시 올까?"

"수사가 시작되면 경찰들이 오겠죠. 압수수색을 한다고 하니까. 하지만 회사에서 다 쓸어 갔다면 그것 자체로 문제가 될 텐데, 그거야 우리가 알 바 아니고. 그전에 도로 갖다 놓을지도 모르겠네."

제리는 생각했다. 남김없이 쓸어 갔다면…… 전문가들이니 죄다 뒤집어 분석할 테고 조만간 뭐든 나오겠지. 내가 가진 정보가 가치를 잃는 건 결국 시간문제일 테고.

현지는 오빠 집을 이렇게 다 들춰놓다니, 견딜 수가 없어, 하며 중얼거렸다. 제리도 중얼거리듯 대답했다. 나오는 게 없을 때까지 들쑤실 거야. 현지는 대답하지 않았다.

현지가 대답하지 않고 생각에 잠기면, 제리는 벽에 부딪히는 기분이 들었다. 저 아이는 도대체 가슴속에 무엇을 얼마나 단단하게 쌓아둔 걸까, 그걸 떠메고 사는 게 힘들지도 않나. 저 아이에게 친구가 있기는 한 걸까. 저 남매에게 세상이란 어떤 걸까. 그저 뛰어넘고 극복하고 이겨내야 할 무엇이기만 한 것일까. 오랜 세월 돈독한 형제처럼 지내왔다고 생각했지만 결국 아는 게 아무것도 없다니, 허탈하기만 했다.

현지는 루시를 안고 자기 집으로 갈 채비를 했다. 대회가 이틀밖에 남지 않아 허비할 시간이 없다는 것이다. 제리도 미련 없이 현수의 집을 나왔다. 이제 각자 갈 길만 남은 것인가, 싶었다.

버스에서 내려 집을 향해 터덜터덜 걷는데 줄무늬 셔츠 놈들의 차가 제리 옆에 바짝 붙어 섰다. 제리는 뭔가 싶어 돌아보았다가 깜짝 놀랐다. 차 문이 열리기도 전에 반사적으로 뛰었다.

한 놈은 차에서 내려 제리를 뒤따라 쫓고 한 놈은 차를 몰았다. 골목으로 달아나다 번뜩 괜찮은 생각이 떠올랐다. 손쉽게 달아날 방법이.

제리는 그놈들이 어떤 놈들인지 벌써 알아봤다. 오래 쫓길수록 더 불리해질 게 분명했다. 여긴 지리를 꿰고 있는 동네라 아는 호프집을 찾아 뛰어 들어갔다. 백년 된 노포로 소문난 곳이어서 이른 저녁부터 골목을 다 차지하고 펼쳐놓은 테이블에 벌써 손님들이 북적거렸다. 놈들이 바짝 쫓아오면 칼을 쓸 생각이었다. 언제라도 뺄 수 있게 다시 한번 손으로 뒤춤을 만졌다.

가게 뒤쪽은 주방이며 화장실이며 뚫린 문이 여러 곳이었다. 제리는 여유 있게 빠져나왔다. 지리감이 발달한 제리에게 이런 집을 찾아내고 미꾸라지처럼 빠져나가는 건 쉬운 일이었다. 한참을 걸어 나온 뒤 어느 가게 뒤편 으슥한 곳에 숨어 현지에게 전화를 걸었다.

며칠 동안 뒤쫓는 놈들이 없어서 발레 연습에 열중하고 있을 터였다. 녀석들이 다시 움직이기 시작했다는 걸 알려줘야 하는데 현지가 전화를 받지 않았다.

지름길만 골라 집 안까지 무사히 도착했을 때 정보원에게서 연락이 왔다. 타이밍이 기가 막혔다. 제리는 벨이 세 번 울리고 난 뒤 받았다. 쫓기던 탓에 그랬을까, 무엇이 조바심 나게 했는지는 알 수 없었다. 조바심 끝에는 심지어 설레는 마음이 들었다. 뭔가에 도전하는 기분도 느껴졌다.

정보원은 내일 정오에 사무실에서 만나자는 성철의 말을 전했다.

제리는 편하게 합시다, 편하게, 커피숍 같은 데 많잖아요, 하며 너스레를 떨었다. 말하면서도 자기 목소리가 들떠 있다는 걸 느꼈다. 그런데 그게 숨겨지지 않았다.

협상은 빨리 끝낼수록 좋아. 내가 원하는 건 그리 큰 게 아니거든. 똥개도 제 나와바리가 있는 법, 괜히 남의 나와바리에 들어가서 기죽을 필요 없지.

정보원은 성철의 뜻을 다시 전했다. 뭔가 오해하고 있나 본데, 업무 차원의 일이 아니면 볼 필요 없습니다. 제리는 이것 봐라, 오기가 발동했다. 그래서 아이고, 그러십니까, 없던 것으로 하지요, 하고 끊어버렸다. 정보의 가치를 알아보지 못하는 사람과 거래할 수는 없었다. 제리는 공연히 투덜거렸다. 그렇게 안 봤는데 사람 참 고지식하네.

제리는 자리에 앉아 비트코인 대회 사이트에 들어갔다. 이러다가 순위권은커녕 체면도 못 차리게 될 판이었다.

엘리어트 파동(주식과 코인의 보조지표)을 그려보고 또 그려보고 롱으로 들어갔다. 이번에는 타점을 잘 잡은 듯했다. 짧은 반등을 먹고 나올 생각이었다.

유튜브 방송을 켰다. 시그널 뮤직 나오는 동안 구독회원들이 몰려들었다. 댓글창이 빠르게 올라갔다.

— 이번 대회 졸라 아슬아슬함요.

— 형, 이번엔 롱이야, 숏이야?

— 19.260에 상방 열린 거 보고 롱 들어갔음. 제리 님 포지션은요?

— 이거 디센딩 트라이앵글(하강 삼각점) 아님요? 제리 님!!! 저는 19.260 맞고 이탈할 것으로 보이는데요? 제리 님 관점 알려주세요!!!

— 비트만팬다 님 지금 55위로 올라오심!

제리는 불에 맞은 듯 머리가 뜨거워졌다. 비트만팬다는 자신이 키우다시피 한 멤버십 회원이었다. 고시원에 살면서 전업 트레이더가 되겠다고 밤이고 낮이고 제리의 관점을 캐물으며 차트를 공부한 친구였다. 그렇게 시작해 6개월도 안 돼 쑥쑥 성적이 향상되더니 벌써 이 정도로 치고 올라왔나 싶었다. 때마침 비트만팬다가 들어왔다. 채팅창이 바글바글 끓어올랐다.

— 비트만 님, 오늘부터 형님으로 모시겠습니다!

— 야수의 심장을 가진 팬다 님, 존경합니다! 진입 관점 얘기해주십쇼!

비트만팬다가 댓글을 달았다.

— 저는 저항선 뚫을 때 들어갔습니다. 짧게 먹어도 된다고 생각했어요.

제리가 마이크를 열고 응원하는 멘트를 날렸다.

"오, 돌파매매도 좋은 방법입니다. 돌파하는 걸 보고 들어가는 거죠. 좋은 시점에 들어갔네요. 종료는 어떻게 하셨는지 궁금합니다."

비트만팬다가 댓글을 올렸다.

— 아, 예, 제가 쫄려서 좀 빨리 나왔는데요, 29.992에서 나왔는데 상승파(상승 곡선)가 지속되더라고요. 제가 나오고 한 파 더 상승해서 엔딩파(상승이 끝나는 곡선) 나왔네요. 1000프로 익절했습니다.

제리는 자기가 더 쫄린다고 생각하면서도 허세를 부렸다.

"하하하, 초보들이 공부가 안돼서 그런 게 아니라 공포심 때문에 일찍 나오게 되죠. 관망하는 자세로 조금 더 끌고 가셨어도 좋았겠지만, 지금도 훌륭하십니다. 계속 파이팅하시고요!"

제리는 의연하게 방송을 마쳤다. 아닌 척했지만 사실 본인은 더 짧게 먹고 나왔기 때문이다. 100프로 레버리지 써서 겨우 400프로 먹고 나오다니, 이건 프로로서 자존심 상하는 수익이었다.

진입 타점을 잡는 건 상대적으로 쉬운 편인데, 종료할 시점을 냉정하게 판단하는 건 쉽지 않다. 어어어, 하다가 시점을 놓치기 십상이다. 사람이란 게 잘하다가도 한번 삐끗하기 시작하면 이상하게 뭐에 홀린 듯 계속 헛발질을 하게 된다. 기계적으로 판단해 냉혹하리만치 정확하게 들어가고 나오다가도, 한번 관점을 잘못 잡으면 실수했다는 걸 알면서도 시장을 자기가 움직이기라도 할 듯 되지도 않는 고집을 부리게 되는 것이다.

이번 대회 우승자들에게 줘야 할 상금액을 맞추지도 못할 것 같았다. 현수 때문에 손해 본 것만 해도 얼추 3억이 넘었다. 누군가에게는 3억쯤 아무것도 아닐 수 있지만 전업 투자자에게 3억은 시드 중에 큰 부분이라고 할 수 있었다. 제리는 다시 대회에 들어갔지만 평정심이 흐트러진 상태라 손절을 하고 나와야 했다. 그리고 나니 더욱 초조해졌다.

정보원에게 전화를 걸었다. 제꺽 전화를 받았다. 역시 목소리만 들어도 정보원은 초짜가 아니었다. 중저음에 은근히 압박감을 주는 음성으로 여보세요, 하고는 말씀하시지요, 했다. 제리는 심장의 비트 3회, 호흡 한 번의 텀을 두고 말했다.

"다른 쪽에 넘겨줘도 괜찮은 거지요?"

그렇게 묻기만 했다. 정보원은 묵직한 음성으로 기다려주십시오, 하더니 잠시 뒤에 물었다.

"가치 있는 정보라는 걸 어떻게 알 수 있을까요?"

제리도 목소리에 무게감을 얹고 자신감 가득한 어조로 대답했다.

"CCTV 영상 다 지워졌지요? 제가 가지고 있다고 전해주세요. 아주 비싼 정보일 겁니다."

잠시 뒤 정보원이 직접 성철을 바꿔주었다.

성철이 물었다.

"어디에서 만날까요?"

이럴 때는 짧고 명료하게. 제리는 지체 없이 말했다.

"강남역 스타벅스에서 만나죠. 저는 걸어서 10분 안에 도착합니다."

성철이 알겠다고 대답하고 전화를 끊었다. 제리는 곧장 일어서서 트레이닝복의 후드를 뒤집어쓰고 투다닥 가볍게 뛰어나갔다.

제리가 문밖에 나서자 제리와 비슷한 옷차림을 한 남자가 어디

선가 튀어나와 제리처럼 가볍게 뛰어 뒤따라갔다. 운동깨나 한 것
처럼 근육이 발달해 있었다.

#03

성철은 K-2 코인을 상장시키기 위해 할 수 있는 일을 다 했다. 연 부장에게 당한 굴욕 때문에라도 돈을 싸 들고 거래소를 찾아다녔다. 긴박하고 숨 가쁜 나날이었다. 다행히 세계 3위 거래소 크리켓에서 K-2 코인의 새로운 지평을 알아보고 흔쾌히 상장을 해주었다.

상장되는 날, 상장 코인 빔을 쏘고 가격이 세 배로 올랐다. 그러자 국내 3위, 4위 거래소에서 상장해주겠다는 제안이 들어왔다. 일부러 연 부장네 거래소에는 입도 뻥긋하지 않았다. 보복 같은 설욕이었다.

제리를 만나러 강남역으로 걸어가는 길에 비가 내렸다. 자동차 헤드라이트들이 위아래로 번져 보이고 도로 역시 건물에서 비치는 불빛과 자동차 불빛으로 번들거렸다. 금요일 밤의 강남은 연이은 건물에서 쏟아내는 불빛들과 길을 가득 메운 청년들로 그냥 걷기만 해도 휩쓸려가는 기분이 들었다.

길목에서 바지에 한 손을 찌른 채 휴대폰 시계를 들여다보던 제리는 발뒤축을 툭툭 치고는 성큼성큼 발을 놓았다. 검은 모자 위로 검은 트레이닝복의 후드를 덮어쓰고 어깨를 움츠린 채 스타벅스의 문을 당겨 열었다. 문턱을 넘는 순간, 이제 어쩔 수 없이 경계를 넘었다는 자각이 들면서 어깨가 쫙 펴지고 얼굴은 무표정해졌다.

제리를 뒤따라온 남자는 제리가 스타벅스로 들어가는 걸 힐긋 건너다보고 바로 옆 편의점 차양 아래 들어가 섰다. 편의점과 스타벅스의 거리는 한 뼘도 되지 않았다. 고개만 돌리면 안쪽이 들여다 보였다. 제리가 누구를 만나는지 훤히 보이고도 남는 거리였다. 남자는 다리를 떨며 앞을 보았다가 뒤를 돌아보았다가 또다시 저쪽을 돌아보았다가 했다.

성철이 식은 커피를 앞에 두고 입구에서 걸어오는 제리와 눈을 맞췄다. 제리가 바로 앞으로 다가올 때까지 그에게서 눈을 떼지 않았다. 제리는 그런 상대를 한번 쳐다봤다가 일부러 그런다는 듯 괜히 다른 자리를 훑어보며 다가갔다.

제리는 협상의 절차를 건너뛰고 싶었다. 쉽게 갑시다, 쉽게. 그렇게 내뱉고 싶었지만 정보의 가치를 높이는 건 자신의 태도라는 걸 잘 알고 있었다.

제리가 앉자마자 USB를 슬쩍 들어 보였다.

"이거 얼마짜리일까요?"

"내용을 봐야 값을 매길 수 있겠죠."

"협상 처음 해보시나 봅니다."

"뭐가 들어 있는지나 들어봅시다."

"이걸 보면 당신들이 찾는 사람이 어디 있는지까지 알 수 있을 겁니다."

"만약 별게 아니면요?"

"상상력이 형편없으시네. 값을 제대로 쳐줄 생각이 없는가 봐요?"

제리는 물건을 다시 주머니에 넣었다. 성철이 의자에 깊이 기대며 말했다.

"담보가 필요합니다."

"담보요?"

"저희도 비용을 가늠하고 준비해야 하니, 내일 정오에 다시 만납시다. 담보를 준비해서요."

"가치를 인정하지 않으면 할 수 없습니다. 이걸 원하는 쪽은 여기만이 아닙니다."

"최현지를 데려오세요. 저희도 사례를 충분히 하겠습니다."

제리는 당황하여 흡, 숨을 들이켜려다가 기지개를 켜는 척 등을 크게 젖혔다. 그러고는 허, 하고 짧게 헛웃음을 뱉었다.

"생각하시는 사례금보다 배를 드리겠습니다. 최현지가 그 물건의 가치를 담보할 겁니다."

제리는 더 이상 얘기 못 하겠다는 투로 벌떡 일어났다. 허허허, 웃으면서. 손을 들어 가겠다는 사인을 보내고 뒤돌아섰다.

속으로는 벌써 계산이 시작되었다.

내일 정오까지 현지를? 시간 졸라 타이트하네.

사무실로 돌아온 성철은 정보원에게서 홍콩 마피아 계보를 받았다. 정보원이 중간책으로 보이는 이름을 짚었다.

"이 사람하고 연 부장이 거래하는 것 같습니다."

"그러니까 행동대장 격인 건가? 그 아래 몇 놈이 이 사람 수하고?"

"그렇습니다. 그런데 이 사람들을 연 부장이 직접 부린다기보다는 다른 쪽하고 연결을 해준 것 같습니다. 그러니까 상세한 정보를 넘긴 거지요."

"무슨 상세한 정보?"

"최현지 관련한 것과 케이파운데이션 관련해서요."

"우리 정보를?"

"아마도 그런 것 같습니다. 슬쩍 떠보니까 누구한테 고용된 건지는 극비인 것 같고요. 우리 쪽 움직임을 주시하면서 자기네 목적을 달성하려는 것처럼 보였어요."

"무엇 때문일까?"

"최현지를 납치하려고 하는 것 같습니다."

"누가? 왜?"

"우리와 같은 목적 아닐까요?"

성철은 입을 다물었다. 누군가도 같은 목적으로 최현지를 노린다고? 뭔지 모르지만 다른 꿍꿍이가 있을 수도 있겠지.

"이 사람들과 접촉하려면 어떻게 해야 할까?"

"이 중간책 말입니까?"

"아니, 그 위."

"한번 선을 연결해보겠습니다."

"그래, 그렇게 해줘."

성철은 정보원을 내보내고 중얼거렸다. 놈들의 정체를 알아내면 놈들의 꿍꿍이속도 알 수 있을 테지.

#04

목선을 타고 수로를 운항하고 있었다.

수로를 따라 늘어선 가게들이 문을 열고 열대의 과일과 원주민들이 만든 목각 인형을 펼쳐놓으며 아침을 시작했다. 아직 나무의 향기를 짙게 풍기는 다른 목선 한 척이 제리를 지나쳐 앞질러 갔다.

제리는 나무 향기를 맡으며 텀블러를 열어 따뜻한 차를 한 모금 마셨다. 앞서가던 목선이 하늘로 떠오르더니 제리를 향해 조각조각 쏟아져 내렸다. 마치 불꽃이 머리 위에서 터지며 내리듯, 천천히 향기롭게.

배 앞머리가 부채처럼 펼쳐지는 것을 온몸으로 받으며 제리가 눈을 떴다. 코끝에 나무의 향기와 차의 향기가 함께 아른거렸다.

제리는 향기와 목선 조각이 흩어지던 기억에 취해 있을 시간이 없다는 걸 깨달았다. 서둘러야 한다. 이런 일은 기습적일수록 성공할 가능성이 높은 법이다. 듣기로 현지의 공연이 이틀밖에 남지 않았다고 했다. 오늘 오후에는 리허설에 준하는 총연습이 있을 예정이었다. 판단하고 결정할 틈을 주면 안 된다. 그냥 자신이 잡아끄는 대로 움직이게 해야 한다.

깔끔한 재킷에 검은 면 티셔츠, 잘 맞는 하얀 팬츠를 입고 경쾌하게 차에 올라탔다. 시동마저 시원하게 걸렸다.

아카데미 연습실 창문으로 들여다보니, 현지는 벌써 땀이 촉촉이 배어날 만큼 훈련에 열중하고 있었다. 외국인 강사가 똑 부러진 얼굴, 각 잡힌 몸으로 학생들 사이를 미끄러지듯 옮겨 다니며 각도가 조금만 틀어져 있어도 일일이 지적했다.

제리는 현지가 잠깐이라도 창 쪽을 보길 바라며 쉬는 시간을 기다렸다. 정보원에게 정오에 성철의 사무실에서 보자며 비트코인 20개를 준비하라고 일러두었으니 점점 초조해졌다.

정오를 30분 남겨두고 브레이크 타임이 되었다. 현지가 물병을 들자마자 제리가 연습실로 뛰어 들어갔다.

"현지야!"

현지가 놀라 돌아보았다.

"갈 데가 있어."

"어딜?"

"빨리 가자. 중요한 일이야. 금방이면 돼! 윗도리 어디 있어?"

"탈의실에 있지."

"어서 가서 입고 와. 잠깐이면 돼. 중요한 일이야! 빨리!"

앞뒤 없이 재촉하는 통에 현지는 마지못해 탈의실에서 옷을 꺼내 왔다.

"뭔데?"

"가서 보면 알아. 시간이 없다니까!"

"어딜 가는데? 나 한 시간밖에 없어. 점심 먹고 좀 쉬어야 해."

현지는 따라가면서도 이해할 수 없다는 듯한 표정을 지우지 못했다.

말투가 짧네? 생각이 잠깐 들었지만 제리는 개의치 않고 현지의 손을 잡아끌었다. 주차장에 도착한 두 사람은 차에 올라탔다. 제리는 곧장 차를 출발시켰다.

"충분해, 그 정도면. 거기 샌드위치랑 커피 있잖아. 먹어. 좀 쉬고."

의아해하면서도 더 묻지 않던 현지는 샌드위치 포장을 열고 한 입 깨물었다. 커피도 한 모금 마셨다. 몸을 축 늘어뜨리며 숨을 골랐다.

"무슨 일이야? 오빠 일이야?"

제리는 차선을 바꿔 앞지르기를 하며 속도를 높였다.

"응, 현수 일."

제리는 정면을 노려보며 다짐하듯 속으로 중얼거렸다. 현지는 정보의 신뢰도를 보증하는 담보일 뿐이라고. 그 이상은 아닐 거라고.

"나도 무슨 일인지 알아야 할 거 아냐."

"우리도 전략을 바꿔야 해. 너 언제까지 도망 다닐 거냐고. 내게 생각이 있어. 내가 이 문제는 더 잘 알잖아."

"그래서 뭘 어떻게 하겠다는 거냐고."

"쇼부를 볼 거야."

현지가 헤드레스트에 머리를 기대려다가 미심쩍은 대답에 고개를 휙 돌리고 날카롭게 물었다.

"어딜 가는 건데? 설마?"

"그래, 현수 회사로 가는 거야. 다 생각이 있다니까. 너는 내 옆에 가만히 있으면 돼."

"왜 그걸 혼자 결정한 건데?"

"상황이 급박하게 전개됐다니까."

현지가 몸을 틀고 다그치는데도 제리는 대답하지 않았다. 운전에만 열중해야 한다는 듯이. 지금 길이 조금씩 막히기 시작하는 게 몹시 신경 쓰인다는 듯이.

제리는 신호에 걸려 기다리는 동안 형 동생 하는 사이인 비트만 팬다에게 문자를 보냈다.

— Go!

잠시 뒤 답이 왔다.

— OK!

제리가 키운 찐 구독자 중 가장 찐이랄 수 있는 동생 같은 비트만팬다. 차트 보는 방법을 가르쳐주고 타점을 알려주며 수익을 보게 해주었다. 성적이 좋아지자 대회에도 함께 나가서 20위권에도 올려주고 수익과 상금도 타게 해주었다.

비트만팬다는 진즉 제리에게 충성을 맹세했다. 채팅방 관리도, 멤버십 단톡방 관리도 도맡아 해주고 자잘한 심부름까지 마다하지 않았다. 대회 중인데도 비트만팬다는 적극 도와주겠다며 나섰다.

적진으로 들어가는 입장이니 만반의 준비를 해놓아야 했다. 만일을 위해 비트만팬다에게 복사한 USB를 주고 행여 자신에게 무슨 일이 생기면 위험 신호를 보낼 테니 곧바로 행동을 개시하라고 했다. 수단과 방법을 가리지 말고 자신과 현지를 빼돌리라고 미리 얘기해놓았다. 그는 제리와 현지가 도착하기 전에 먼저 가서 몸을 숨기고 기다리고 있을 것이다.

제리는 제리대로 점심시간의 체증을 뚫고 약속 장소에 닿기 위해 앞지르기를 거듭하며 차를 몰았다.

현지의 말투가 변한 것은 제리의 일방적인 행동이 못마땅하다는 표시이기도 했다. 현지는 지금도 화가 많이 났지만 입을 꾹 다물고 앞지르기할 때마다 흔들리는 몸을 가누며 정면만 응시했다. 이런 급발진식의 행동은 아무리 자신을 위한다는 명분이 앞선다 해도 용납하기 힘들었다.

끼이익! 제리가 급히 핸들을 돌리며 브레이크를 밟았다. 거의 대시보드에 닿을 만큼 현지의 몸이 앞으로 휘었다. 직진하던 제리의 차와 비보호 좌회전을 하는 차가 세게 맞부딪칠 뻔했다. 아슬아슬하게 대형 사고는 면했지만 옆구리를 살짝 받힌 것 같았다.

두 차량이 도로 한가운데 섰다. 제리는 현지를 힐긋 쳐다보더니 문을 열고 나가 부딪친 부분을 살펴봤다. 그리고 무슨 판단을 한 건지 상대방 차주에게 그냥 가라는 손짓을 했다. 상대방 차주가 정신을 가다듬고 나오려다 도로 문을 닫았다.

다시 시동을 거는 제리에게 현지가 말했다.

"차 문이 우그러졌을 것 같은데."

"괜찮아."

제리는 잠시도 주저하지 않고 또다시 랠리를 하듯 달렸다. 현지는 도무지 이해할 수 없다는 표정을 지었다.

그때 현지의 핸드폰이 진동했다.

— 오늘의 운세: 99년생 토끼띠

세상에 믿을 이가 드물구나. 경거망동을 삼가라. 특히 서남방으로의 외출을 조심하라.

이게 뭐지? 웬 오늘의 운세? 이런 게 왜 핸드폰에 뜨나 싶었다. 한 번도 없던 일이었다. 현지는 고개를 갸웃했다.

제리가 현지의 행동에 곧장 반응했다.

"무슨 일이야? 무슨 문자인데?"

"응, 오늘의 운세가 뜨네."

긴장이 풀렸는지 제리가 피식 웃었다.

"뭐라는데?"

"경거망동하지 말라는데?"

"경거망동? 허!"

"외출하지 말라는데?"

"너 그런 거 믿었어?"

"아니, 이런 거 뜬 것도 처음이야."

"요즘엔 별걸 다 마케팅한다니까. 누가 또 오늘의 운세 서비스 시작했나 보다. 그런 거 하지 마."

"안 해. 내가 무슨 점 같은 거 믿을까 봐."

현지는 핸드폰을 주머니에 넣었다.

제리는 케이파운데이션 지하 주차장 팻말을 보자 긴 숨을 내쉬고는 조심성 없이 휘익 내려갔다.

건물 출입문 가까이 세우려고 양쪽을 기웃거렸다. 그때 현지의 핸드폰이 또 진동했다.

현지가 주머니에서 핸드폰을 꺼내려는데 제리가 물었다.

"뭐야?"

"점심시간 얼마 안 남았다고 종훈이가 문자 했나? 근데 왜 그렇게 내 핸드폰에 민감해?"

"아냐. 그냥 궁금해서."

"음."

"뭔데?"

"또 운세 메시지. 누가 이런 걸 자꾸 보내지?"

"차단해버려."

현지는 대답하지 않고 곰곰 생각에 잠겼다.

제리는 주차 자리를 찾고는 크게 커브를 돌아 한 방에 차를 넣었다. 그러고는 누군가에게 전화를 했다. 저희 도착했습니다. 지금 올라가겠습니다.

현지가 물었다.

"누굴 만나러 가는 거야? 얘기를 해줘야지."

"가보면 알아. 개발팀장님 만나는 거야."

"그 사람을 왜?"

"개발팀장이니까."

"무슨 얘기를 하는 건데? 쇼부를 본다고 했잖아."

제리는 대답하지 않고 엘리베이터에 올라탔다.

1층에 내려 슬쩍 로비를 훑어보았다. 현지는 재빨리 그의 시선이 향한 곳을 보았다.

로비에는 몇몇 사람들이 흩어져 앉아 있고 안내 데스크에도 몇 사람이 서 있었다. 흩어져 앉은 사람 중 하나가 흘깃 제리를 쳐다보는 걸 포착했다. 이상했다.

제리는 현지를 이끌고 엘리베이터를 다시 탔다. 4층을 눌렀다. 핸드폰으로 시간을 확인하니 정오를 2분 넘긴 시각이었다.

현지도 핸드폰을 들여다보았다. 또 한 번 오늘의 운세가 떴다.

— 불청객 방문 금지, 아는 사람도 다시 보라!

눈앞이 순간 번쩍하고 밝아지는 느낌이 들었다. 현지는 온몸의 감각을 최고치로 끌어올렸다. 이대로라면 외계에서 어떤 신호가 온다 해도 포착할 수 있을 것 같았다. 또렷하게 울리는 심장의 박동을 들으며 현지는 하나, 둘, 셋, 박자를 셌다. 열 박자를 세기 전에 현지의 몸은 언제라도 곧장 뛰어오를 수도, 곧장 내달릴 수도, 곧장 빙글빙글 돌 수도 있을 만큼 준비가 갖춰졌다. 거기에 뒷발 돌려차기를 할 태세까지 갖췄다. 현지는 누군지 모를 남자들에게 쫓기면서부터 돌려차기를 연습했다. 얼굴을 겨냥하는 건 어렵지 않았다. 다만 힘이 실리지 않는 것을 깨닫고 몸을 돌릴 때 도는 힘에 자신의 몸무게를 싣는 방법을 터득했다. 현지는 핸드폰을 꼭 움켜쥐었다.

땡, 소리가 나며 엘리베이터가 열렸다. 복도 양편으로 전면 유리창인 사무실들이 이어졌다. 제리가 사무실을 찾느라 두리번거렸다. 현지도 두리번거렸다. 그러면서 엘리베이터 바로 옆 외부 계단으로 이어진 문이 있는 걸 확인했다. 복도는 넓었고 업무 공간들도 널찍널찍해 보였다.

이어지는 업무 공간들은 문이 아예 안 달린 곳도 있고 유리창마저 없이 개방된 곳들도 보였다. 복도는 중간중간 옆으로 길이 나 있었고, 복도 중앙에는 에스컬레이터도 있었다.

제리가 그중 문이 있는 곳 앞에 섰다. 들어가기 전에 전화를 걸었다. 문이 바로 열렸고, 문을 열어준 사람은 현지를 뒤쫓던 정보원 중 하나였다.

현지는 그를 보자마자 반사적으로 뒤로 돌아 달렸다. 제리가 놀라 현지를 뒤쫓았다. 정보원이 신호를 보냈는지 이내 여럿이 한꺼번에 나왔다.

현지는 순간적으로 판단했다. 엘리베이터를 타면 안 된다, 1층 로비로 가도 안 되고, 지하로 가도 안 된다. 현지는 밖으로 난 계단으로 뛰었다. 위험해 보였지만 막상 나가보니 1층까지 뻗은 아주 널따란 계단이었다.

중간중간 계단참이 있었고 그곳은 양옆의 건물과 이어져 있었다. 그러니까 양쪽 건물의 각 층에서 중앙 계단으로 나올 수 있는 구조였다. 아래로 내려가면 이 건물의 후원으로 이어졌다. 현지는 4층을 뛰어 내려왔다. 제리와 정보원이 뒤를 쫓았다.

멀리 넓은 계단 위에서 슈트를 빼입은 한 남자가 현지를 주시하고 있었다. 마치 눈에 넣을 듯이, 뒷모습과 옆얼굴을 각인하는 것처럼 면밀히 지켜보았다. 남자는 다급해 보이지 않았다.

현지는 후원으로 나와 밖으로 나가는 문을 찾았다. 당연하게도 왼쪽 구석에 아주 예쁜 철문이 있었고, 돌아보니 저 멀리 화초 덤불 사이로 1층 문을 밀고 웬 남자가 뛰어나오면서 두리번거렸다. 아까 1층 로비에서 보았던 자였다.

제리가 심어놓았구나. 현지는 재빨리 철문을 밀고 밖으로 나왔다.

건물 뒤편은 이면도로로 작은 가게들과 카페들, 식당들이 연이어 있었다. 현지는 발레 연습을 하던 옷차림에 후드 점퍼 하나 걸쳐 입은 상태였고, 두 손에 가진 것이라곤 핸드폰 하나뿐이었다. 이 옷차림으로 길에 나가면 눈에 띌 것이었다. 후드 점퍼를 벗어 허리춤에 둘러멨다. 머리는 뒤통수에 바짝 당겨 묶었던 것을 길게 풀어 내렸다. 지금 당장 저 남자의 시선에서 벗어나야 했다. 뛰면 더 표가 날 것 같아 현지는 지나는 사람들에 묻혀 카페로 들어갔다. 카페 화장실로 들어가 종훈에게 전화를 걸었다. 지금 당장 도움을 청할 데라곤 그밖에 없었다. 택시를 타러 길로 나갔다가는 곧바로 붙들릴 것만 같았다.

핸드폰을 귀에 댄 채 몸을 숨기고 현지는 화장실 문을 빼꼼 열고 밖을 살폈다. 잠시 숨을 고르는데 남자 실루엣이 얼핏 보였다. 재단의 정보원이 분명했다. 그는 처음엔 남자 화장실을 살짝 열어보았다가 바로 닫고 여자 화장실 쪽으로 다가왔다.

재빨리 좌변기실로 들어가 문을 잠갔다. 점점 다가오는 남자의 발소리가 들렸다. 그때 누가 급한 걸음으로 들어오더니 어머! 하고 놀라는 소리를 냈다. 남자가 죄송합니다, 하고 후다닥 나가는 듯했다.

현지는 여자가 나올 때까지 기다렸다가 그녀가 들어가 있던 칸의 문이 열릴 때 함께 나왔다. 여자 뒤를 따라 나가 카페 안을 훔쳐보았다. 정보원이 카페 문을 열고 나가는 뒷모습이 보였다.

다시 화장실로 들어가 숨었다. 재단의 정보원은 따돌렸지만 제리가 심어놓은 놈이 언제 들어올지 몰랐다. 좁은 공간에서 마주치면 돌려차기를 할 새도 없이 잡힐 것이다. 남자의 완력을 당해낼 수 없을 테니 종훈이 올 때까지 숨어 있어야 했다. 그러기엔 여기가 가장 나아 보였다.

현지는 핸드폰 메시지로 온 사인을 세 번 보고서야 확신이 들었다. 이건 누군지도 모르는 역술업자가 보낸 게 아니었다. 오빠가 보낸 메시지가 분명했다.

제리에게는 상세히 말하지 않았지만 루시를 찾은 것만 해도 우연이 아니었다. 현수는 현지가 반드시 그날 루시를 찾아갈 것이라 믿었다. 동물병원 수의사가 그랬다. 오늘 동생이 와서 찾아갈 거라고 해서 메모해두었다고.

현지는 루시가 있는 곳을 알아낸 과정을 돌이키며 오빠가 그렇게 예상하고 있었다는 걸 알 수 있었다.

그날 아침 일찍 알람 소리에 눈을 떴다. 현지가 조작해놓은 알람이 아니었다. 보통은 아침 여덟 시에 알람을 맞춰놓았고, 휴일에는 알람이 울리지 않도록 설정해두었다. 그날은 휴일이었다. 누군가 휴일 아침 일곱 시에 알람을 설정해놓은 것이었다.

알람 내용에 '루시 찾아오기'라고 써 있었다.

자신이 설정해놓지 않았으니 그럴 사람은 하나밖에 없었다. 오빠가 단서를 남겨두었을 거라는 생각이 들었다. 그래서 오빠의 집에 갔던 것이다.

현지는 무턱대고 집을 뒤지지 않았다. 켄넬 옆에 루시의 사진이 붙어 있는 공간이 있었다. 직접 붙여놓았으니 다 알고 있는 것들이었다. 사진을 하나씩 들여다보니 못 보던 사진이 있었다. 현지 동네에 있는 동물병원 앞에서 찍힌 루시의 사진이었다. 현지 외에 누구도 알아볼 수 없는 사인이었다. 곧바로 달려가 루시를 찾았고 현지는 오빠가 남겨놓은 메시지가 더 있을 것이라 여겼다.

현지는 오빠의 집으로 다시 돌아가 자신만이 알아볼 수 있는 걸 찾아냈다. 그들은 현수의 컴퓨터가 있는 방은 전부 헤집어놓았지만 나머지는 있는 그대로 두었다. 누구도 몰랐을 것이다. 덕분에 현지가 숨은 그림을 찾아낼 수 있었다는 것을.

현수는 이렇게 될 거라 예상했던 걸까. 소파에 앉아 현수의 블록체인 파사드를 망연히 바라보다가 블록체인 안에 무언가가 적힌 곳이 있고 적히지 않은 곳이 있다는 것을 알아보았다. 그리고 블록체인이 처음 생성되던 시기의 것보다 최근 부쩍 늘어난 쪽에 무언가 쓰여 있다는 것도 알아보았다.

토끼띠 운세. 돼지띠 운세. 현지는 토끼띠고, 현수는 돼지띠였다. 날짜별로 운세가 쓰여 있었다. 그걸 읽다 보니 어느 날 현수와 나누었던 대화가 불현듯 떠올랐다.

현지와 현수는 부모님이 돌아가시고 나서 그들에 관한 대화를 피했다. 너무 아픈 사건이었기에 기일을 챙길 때도 일종의 암호로 대화를 주고받을 뿐이었다.

— 25일엔 별일 없지? 내가 음식 준비해 갈게.

— 응.

이런 식이었다. 두 사람 중 누구든 '25일'이라고 언급하면 그건 부모님 기일을 의미하는 것이었다.

부모의 기일이 가까워진 날이었다. 현수가 컴퓨터 화면을 보여주며 말했다. 현수는 현지와 둘이 있을 때는 비교적 말을 더듬지 않았다.

"25일에 말이야."

"응? 25일 지나간 지 얼마 안 됐잖아? 내년?"

"아니, 그때 25일에 말야. 여기 봐봐."

"아, 그날."

"내가 이걸 계산해봤거든?"

현수가 모처럼 현지에게 말을 붙인 것이었다. 여느 때와 다른 태도에 현지는 우물쭈물하며 컴퓨터 화면에 얼굴을 들이밀었다. 뭔지 모를 숫자들의 연산이 잔뜩 적혀 있고 맨 마지막에는 부모님이 돌아가신 그날이 적혀 있었다.

"두 분 생년월일시를 역술과 별자리로 통합했어. 공통적인 부분만 연산 과정을 거쳤고. 그랬더니 이 날짜가 나왔어."

"그게…… 무슨 뜻이야?"

"사주로 죽을 날을 알 수 있다는 거야. 내가 프로그램 배포할 수 있게 만들었거든."

"그걸 어디에 쓰려고? 기분 나빠지겠는데."

"그래? 사람들이 이런 거 싫어하나?"

"싫어하지. 죽을 날짜 알려주는 거 누가 좋아하겠어."

"그렇구나."

현수는 입을 다물었다. 현지는 왠지 찜찜한 마음에 더 이상 대화를 진척시키지 않았다.

지금에 와서 그날을 돌이켜보니 현지는 현수가 부모님의 죽음에 대해 얼마나 오랫동안 이해하려 애를 썼는지 알 것 같았다. 아마 그 프로그램을 만들기까지 그리고 그런 결과가 나오기 전까지 그 죽음이 왜 그렇게 당연하게 벌어졌던 것인지 받아들일 수 없었을 것이었다. 결코 이해할 수 없고 받아들일 수 없던 일일지라도 논리적 절차에 따른 결과에는 반박하지 않고 받아들이는 사람이 현수였다.

어쨌거나 자신이 도출한 근거를 무시할 수도 없어서 현수는 그 프로그램을 본인과 현지에게 최소한의 가이드를 해주는 용도로 활용해왔는지도 모른다. 지금에 와서 생각난 것이지만 현수는 이전에도 종종 아냐, 그날은 오지 마, 이틀 뒤에 오는 게 낫겠어, 또는 그건 너한테 맞지 않을 것 같아, 그냥 네가 하던 대로 하는 게 좋을 거야, 그런 말을 하곤 했었다.

화장실에 숨어 종훈을 기다리며 현수와 있었던 일들을 떠올리던 현지는 한숨을 내쉬었다. 왜 오빠와 좀 더 많은 이야기를 나누지 않았던 걸까. 우리는 서로 다른 성질을 가진 남매지만 함께 겪은 일들이 그 차이를 좁히고 서로를 이해하게 할 발판이었을 텐데.

현지가 사인들을 알아챈 건 현수의 동생에 대한 섬세한 보살핌 덕이었다. 현지는 오빠가 저 4층에서 추락하던 자신을 안전하게 받아준 커다란 쿠션 같은 존재였다는 걸 깨달았다.

종훈이 근처에 왔다는 문자를 보고 현지는 화장실에서 나왔다가 제리가 심어둔 남자가 막 문을 밀고 나가는 걸 보았다. 남자는 나가면서 전화를 하고 있었다. 아마도 제리에게 보고를 하는 거겠지.

지금이라면 큰 도로로 나가기도 전에 저 남자에게 붙잡힐 위험이 있었다. 현지는 도로 화장실에 숨은 뒤 전화를 걸어 종훈에게 이 면도로로 들어와서 카페 앞에 바짝 차를 대라고 했다.

제리는 쫓는 걸 멈추고 비트만팬다에게 현지를 찾도록 한 다음 곧장 성철에게 돌아왔다.

몇 분 뒤에 비트만팬다가 전화를 해 왔다. 현지처럼 보이는 여자가 카페로 들어가는 걸 보았다고. 제리는 되도록 눈에 띄지 말고 뒤쫓으라 했다. 붙잡게 되거든 자신이 갈 때까지 잘 달래서 데리고 있으라고도 했다. 그리고 현지를 쫓는 사람들이 있으니 납치당하지 않게 잘 살펴봐야 한다고 신신당부했다. 성철의 정보원에게 잡히면 끝장이었다.

성철 역시 현지가 문 앞까지 왔다가 도망친 것을 목격했다. 정보원 하나는 자신과 같이 있으면서 현지를 잡을 기회만 노리고 있게 했고, 다른 하나는 1층 현관을 지키도록 했는데 둘 다 제 역할을 하지 못한 상황이었다. 성철은 화가 머리끝까지 났지만 일단 제리와 협상을 마쳐야 했다.

제리는 성철에게 다짜고짜 화부터 냈다. 현지를 데려오는 것은 담보였고, 현지를 어떻게 하겠다는 언급이 없었으니 따지고 보면 자신은 약속을 지킨 셈이라고 우겼다.

"어쩌자고 저 사람이 문을 열어주게 했어요! 현지가 저 사람한테 얼마나 시달렸는데요!"

성철이 손을 저었다. 정보원은 머쓱한 표정을 지으며 두 손을 공손하게 맞잡았다.

"박 부장이 최현지를 알지 않습니까. 나는 모르고요. 최현지가 맞다는 걸 확인할 사람이 박 부장밖에 없었어요."

"내가 다른 사람이라도 데려올까 봐 그랬다는 겁니까?"

"그럴 수도 있는 거지요. 최현지가 순순히 따라올 리가 없잖습니까?"

"따라오게 할 수 있으니까 내가 된다고 한 것 아닙니까! 이 협상을 망친 건 그쪽입니다!"

제리가 소파에 털썩 몸을 던졌다.

"현지와는 이제 다시 만날 수도 무슨 일을 도모할 수도 없게 됐으니 그렇게 아세요. 개가 어떤 앤데."

"우리도 그 여자 잡아서 뭘 어떻게 하려는 건 아닙니다. 우리가 조폭입니까?"

"됐고, 우리 일이나 빨리 마무리하죠."

"가지고 계신 영상 돌려봅시다."

"아니죠! 일을 어떻게 그렇게 합니까. 돌려보시든 까서 보시든 그건 그쪽 알아서 하시고요. 저는 물건 내줄 테니, 저한테 주시기로 한 것 주시면 됩니다."

"내용을 좀 알아야죠."

"현수 집에 말입니다, 주기적으로 드나들던 사람들이 있었어요. 분명 현수와 새 프로젝트를 진행하는 걸 거예요. 나는 봐도 그들이 누군지 알 수 없지만, 그쪽에서는 수소문하면 알아낼 수 있을 겁니다."

"그렇군요. 어느 정도 짐작은 했습니다. 우리가 알아낼 수 있겠네요."

"며칠 걸리지도 않을 겁니다. 그렇죠?"

성철은 고개를 끄덕거렸다.

"지갑 주소 알려주세요."

제리가 입금받을 암호화폐 지갑 주소를 적어주었다.

"그런데 지금 비트코인은 없습니다. 저희가 새로 론칭한 K-2 코인으로 드리겠습니다."

제리는 테이블을 쾅, 치고 일어났다.

"지금 뭐 하시는 겁니까! 내가 우습게 보입니까?"

"앉으세요. 우리라고 비트코인을 막 사재기해서 갖고 있는 게 아닙니다. 겨우 몇 개 가지고 있어요. 우리한테 넉넉한 건 우리 코인 아니겠습니까."

"그까짓 K-2 코인! 그걸 어떻게 믿고 받으라는 겁니까! 오늘 고꾸라진다 해도 아무렇지도 않을 코인을!"

"일주일 안에 펌핑시킬 예정이니 몇 배는 이득을 볼 겁니다."

"됐습니다. 지금 당장 그거 팔아서 비트코인으로 바꿔주시든가, 아니면 거래 안 합니다."

제리는 USB를 도로 주머니에 넣고 일어섰다. 성철이 다시 앉으라고 손짓했다.

"거래는 서로에게 유익한 지점을 찾는 겁니다. 윈윈해야지요."

제리는 어이가 없어서 하, 하고 숨을 토했다. 겉으로는 되는대로 성질을 다 부렸지만 속으로는 또 계산을 시작했다. 보아하니 회사 사정이 좋지 않을 테고, 실제로 비트코인이 없는지도 몰랐다. K-2 코인 역시 저 팀장 주머니에서 나오는 것일 수도 있다. 그리고 이번 협상이 결렬되면 다시 돈을 받아낼 기회는 없을 것이다. 무슨 일이 어떻게 돌아갈지 모르니 무엇이 됐든 받아가지고 가버리는 게 수다.

"주세요, 그거라도. 헛걸음 보상인 셈 치고 받을 테니."

성철은 제리가 눈을 피해 고개를 돌리는 걸 놓치지 않았다. 초조한 것은 이자다. 그는 한껏 느릿느릿 몸을 일으켜 제리의 지갑 주소가 적힌 메모를 들고 일어나 컴퓨터 앞에 가서 앉았다.

제리는 성철의 짐작보다 더 초조한 상태였다. 비트만팬다는 어떻게 된 건지 소식이 없었다.

제값만 받으면 될 일인데 쓸데없이 실랑이 벌이느라 시간만 썼네.

비트만팬다에게 카톡을 보냈다.

— 어떻게 됐어?

감감무소식이었다. 그사이에 성철은 코인을 보냈으니 확인해보라고 했다. 제리는 지갑에 무사히 코인이 도착한 것을 확인하자마자 USB를 던져주곤 바로 일어섰다.

다시 이곳에 올 일은 없겠지. 하는 둥 마는 둥 인사를 하고 성철의 방을 나왔다.

제리가 방문을 나서는데 슈트를 빼입은 남자가 다가왔다. 그는 제리를 한번 힐긋 쳐다보고는 스쳐 지나갔다. 눈이 매서웠다.

밖으로 나오자마자 곧바로 카페 거리로 달려가 비트만팬다를 찾았다.

현지 얘는 어디로 간 거야! 두 사람이나 따돌리다니 정말 대단한 애다 싶었다. 자길 속여서 넘기려 했다고 오해할 테니 이제 나와는 끝장이라고 마음먹었을 것이다. 어떻게 해명해야 할지 계산하느라 제리의 머릿속이 팽팽 움직였다.

길가의 식당에서 급히 튀어나오는 비트만팬다가 보였다. 어떻게 된 일인지 물었더니 현지 닮은 애가 설렁탕집으로 들어가길래 따라 들어갔다고 했다. 화장실로 들어가려는 걸 확 잡아챘는데 현지가 아닌 다른 여자였고 그 여자가 비명을 지르고 발로 차고 난리를 피우는 바람에 사람들이 몰려들어 혼쭐이 났다고 고개를 숙였다. 경찰에 넘긴다는 걸 간신히 빌고 빌어 빠져나왔다는 것이다.

이런 상황에 절묘하게 처신하기를 바란 내가 한심하지 싶어 제리는 비트만팬다의 어깨에 팔을 두르고 거리를 빠져나갔다.

성철은 USB를 넣고 화면을 열었다. 다른 손으로는 핸드폰으로 전화를 걸어 주진호를 불렀다.

지난주 K-2 코인을 상장하기 직전, 성철과 진호는 시간을 쪼개 아시아 최대 블록체인 행사인 '한국 블록체인 위크' 메인 콘퍼런스에 참석했다. 예년 같으면 인사를 해 오며 조만간 제대로 함께 일해 보자는 참가자들이 수십 명은 됐을 텐데, 아는 체하는 사람조차 거의 없었다.

그뿐 아니라 알 법한 사람들마저 바쁜 척 피해 갔다. 개인적인 안부라도 물을 줄 알았건만 뭐 피하듯 등을 돌렸다. 사세가 쪼그라들고 수사까지 받는다니 행여 엮일세라 몸을 사리는 것이라고 받아들였다. 기분이 더러운 채로, 또 얼떨떨한 채로 진행되는 행사를 지켜보았다.

이더리움 창시자가 맨 먼저 단상에 올라가 조만간 가상자산이 실제 결제수단이 될 거라는 청사진을 펼쳐놓자 대회에 참가한 수많은 기업들이 차례대로 단상에 올라가 블록체인 기술력 강화를 위해 추진 중인 사업들을 새롭게 구축한다는 계획들을 줄줄이 발표했다.

기업들의 발표를 듣고 있는데 성철은 정신이 몽롱해졌다. 들으면 들을수록 자신은 점점 작아져 우주 저 멀리 날려가버릴 것 같았다. 하루가 다르게 발전하는 기업들 사이에서 자신은 기술을 가지고 튄 놈 뒤나 쫓고 있으니 암담하기만 했다.

성철은 성철대로 자괴감에 빠져 있고 진호는 진호대로 자신이 짊어진 무게가 너무 무거워 입을 꾹 닫은 채 회사로 돌아왔다.

두 사람은 이틀 동안 회의할 때 말고는 서로 눈길도 마주치지 않았다.

성철과 진호는 제리가 준 영상을 몇 번이나 돌려보았다. 둘 다 머릿속으로는 블록체인 위크에서 보았던 참가자들을 떠올려보았다. 딱히 금방 짚이는 사람은 없었다.

확대해서 상세히 살펴보면 어딘가 특징적인 면모를 찾을 수 있을 것 같았다. 성철이 진호에게 지시를 내렸다. 이 사람들 어느 회사 사람들인지 알아볼 수 있겠지? 진호는 말없이 고개를 끄덕였다.

진호와 성철은 행사 때 참가한 사람들의 면면을 누구보다 잘 알고 있었다. 물론 새로운 개발자들과 팀들이 훨씬 더 많았지만 누가 어디 소속인지 조금만 파고들면 다 나올 터였다.

진호는 개인적으로 몹시 궁금하기도 했다. 현수에게 무슨 일이 있었던 건지 진심으로 알고 싶었다. 그래서 시간을 들여 사람의 특징을 가지고 유사도를 찾아내는 얼굴 인식 알고리즘 프로그램을 돌려 일일이 체크했다.

　성철이 한창 얼굴 인식 프로그램을 돌리느라 정신이 없는 진호에게 와서 물었다.

　"최현수 작업은 다 끝냈나?"

　"아아, 아니요. 아직 안……."

　"왜 그렇게 오래 걸려!"

　"이 작업 하고 있잖습니까."

　"그것부터 해놨어야지. 무슨 일을 우선순위도 없이 뒤섞어?"

　"제가 하는 일이 어디 한두 가지입니까! 이것부터 하라고 하셨잖아요!"

　진호가 느닷없이 화를 냈다. 성철은 난데없는 반응에 멈칫했다.

　"왜 그리 발끈해? 내가 마음이 급하니까 그렇지. 압수수색 나온다니까."

　진호는 치켜떴던 눈을 내리뜨며 감정을 억눌렀다.

　"그건 거의 다 됐습니다. 마무리만 하면 되니 세 시간쯤 뒤에 직원 보내주세요."

　진호는 자신의 반응이 과격했다는 것을 알고 있었다. 성철의 지시니까 어쩔 수 없이 시행하기는 했지만, 현수의 컴퓨터를 만졌다는 것이 죄책감을 주었기 때문에 반사적으로 반응한 것이었다.

성철은 현수의 컴퓨터를 가져와 진호에게 전부 현수의 소행으로 조작해놓도록 지시했다. 진호는 하나하나 검토하는 성철 때문에 어쩔 수 없이 지시대로 조작했고, 압수수색 직전에 현수의 집에 가져다 놓았다.

예전 같으면 성철이 이렇게까지 꼼꼼하게 검토하지 않을 텐데 최근 그는 누구 하나 믿지 않겠다는 듯이 행동했다. 지시했던 것을 그대로 이행하지 않으면 불같이 화를 내며 당장 보는 데서 해결해놓도록 했다. K-코인을 과도하게 펌핑시킨 흔적과 현수의 개인 보유 물량을 본인이 대량으로 매도해버린 흔적을 지우고 현수가 새로운 개발 단계의 기술을 가져가버린 것처럼 조작해두었다.

그렇다고 진호가 완벽히 작업한 건 아니었다. 개발자들이 알면 뭐 그렇게 허술해? 할 정도만 해놓은 수준이었다. 수사기관이 멍청하게 속겠느냐 하는 건 지금 걱정할 문제가 아니었다. 적어도 주진호급 기술자가 아니라면 이 트릭을 증명하는 것만도 대단히 어려운 일일 테니까.

속이 타들어가는 성철은 다급할 수밖에 없었다. 수사가 진행되어 현수가 체포될 때까지 현 상황을 유지해야 했다. 원래의 계획은 현수를 찾아서 진행하던 프로젝트를 완성하고 사태를 되돌리게 하는 거였다. 그러나 국면이 완전히 바뀌어버린 상태였다. 수사기관에 던져줄, 오래 씹을 개껌이 필요했다.

상황이 급변해 이제는 도리어 현수가 나타나면 안 되는 상황이 됐다. 성철은 언젠가부터 협심증약을 먹지 않고도, 초콜릿 캔을 만지작거리지 않고도 긴장된 상황을 넘길 수 있게 됐다. 그뿐인가. 창 너머 깊은 어둠을 마주할 때 어둠보다 깊은 강인함이 차오르는 것을 느꼈다.

성철은 컴퓨터 조작만으로는 성에 차지 않았다. 그보다 더한 일도 못 할 게 없었다. 가능하다면 현수를 영원히 돌아오지 못하게 할 생각이었다.

영원히 돌아오지 못하게 한다, 영원히…….

성철은 창밖 어둠을 향해 중얼거렸다.

#05

현지는 종훈의 차를 타고 아카데미 연습실로 갔다.

종훈 역시 급하게 나오느라 타이츠 차림이었다. 트레이닝 점퍼를
걸치고 타이츠 위에 헐렁한 반바지를 입긴 했지만 민망한 건 어쩔
수 없었다.

종훈은 차를 운전하면서 연신 현지를 돌아보았다. 가쁜 숨을 몰
아쉬면서도 현지는 독한 표정을 풀지 않았다. 종훈은 무슨 말로 그
녀를 위로하고 이 분위기를 풀어야 할지 알 수 없었다.

"나 괜찮으니 운전에 집중해. 다치면 큰일이잖아."

"오늘 리허설이고 내일 대회인데…… 괜찮겠어?"

"너도 오늘 리허설, 내일 대회잖아. 너까지 방해해서 미안해."

"괜찮아, 이 정도는. 야야, 우리 인생에 이런 파도 한두 번 몰아치

는 거 아니잖아! 이 정도야 가뿐하게 넘길 수 있지!"

종훈은 어색함을 깨뜨리려고 제법 쿨한 척했다. 덕분에 현지는 그래, 하며 피식 웃었고 종훈은 그치? 그치? 힘내자, 하며 차를 조심조심 몰았다. 발레를 하는 이들은 몸이 재산이라 어쩔 수 없을 때를 제외하곤 운전도 되도록 하지 않는 편이었다.

차에서 내릴 때 종훈은 한 번 더 편하게 하라며 다독였다. 현지는 비로소 잔뜩 굳은 표정을 풀었다. 발레 연습실 문을 열면 그 순간부터 빈사의 백조를 연기하는 얼굴로 돌아가야 했으니까.

오후 연습이 끝나고 대회에 출전하는 발레리나, 발레리노들은 각자 짐을 싸 들고 대회장으로 이동했다.

대부분 엄마들이 차를 가져와 자녀들을 데리고 갔다. 종훈 역시 그의 엄마가 종훈보다 더 긴장한 얼굴로 차 문을 열어두고 기다리고 있었다.

종훈은 혼자 차를 몰고 가야 할 현지를 돌아보며 안타까워했지만, 엄마의 심기를 건드려서 좋을 게 없었다. 눈빛으로만 그런 뜻을 전했다.

현지는 가볍게 웃어주며 손을 흔들었다. 잘해! 그래, 너도 잘해! 힘내고!

현지는 눈물이 조금 나오려는 걸 꾹 누르고 차에 올라탔다. 대학 들어와서는 줄곧 해온 일이었다. 그전에는 혼자 택시 타고 다녔다. 새로울 건 하나도 없었다. 지금은 여분의 슈즈와 여분의 타이츠와 여분의 타월이 항상 차에 실려 있다. 자기 집 책상에 앉아 응원하는 문자 하나 보내줄 오빠가 없을 뿐이다.

무대 장치 없이 검은 벽에 검은 바닥에 붉은 커튼만 있을 뿐인 무대에서 마지막 점검을 하는 것은 낯선 무대를 익히기 위해서다.

이 끝에서 저 끝까지 몇 번의 걸음이면 되는지, 이미 정해진 안무와 음악에 맞춰 한가운데 서기 위해서는 몇 번의 이탈리안 푸에테를 해야 하는지, 제자리에서 발버둥을 치듯 부레부레 동작을 하기 위한 각도는 어떤지. 이런 것들을 점검하기 위해 현지는 제 차례에 맞춰 무대에 올랐다.

객석 끝을 보고 맨 앞자리를 보며 연기에 적당한 자리를 잡아가는 도중, 현지는 객석에 앉아 있던 학부모 하나가 자신을 향해 손가락을 뻗는 것을 보았다.

누군지도 모르고 왜 그런 행동을 하는지도 몰랐다. 이런 무례한 경우는 거의 일어나지 않는 일이어서 현지는 플리에를 하다 멈칫했다.

현지는 객석에 자신을 잘 아는 사람은 단 한 명도 없다고 단언할 수 있었다. 모두 동료 학생들의 학부모였고 대회 관계자들이었지만, 현지는 그들 중 가깝게 지내는 사람이 없었다. 만약 자기 자녀였다면 무심코라도 그런 식으로 손가락을 뻗을 수 있었을까.

박자를 놓친 것을 깨닫고 곧바로 동작을 이어갔지만 현지는 가슴이 아팠다. 별 뜻 없이 무심코 뻗었을지도 모를 그 손가락이 명치를 깊이 찌른 것처럼 느껴졌다.

총연습을 끝냈다. 하루 내내 긴장의 연속이었던 현지는 기운이 쑥 빠진 몰골로 집에 돌아왔다.

루시가 잃었던 가족을 만난 것처럼 낑낑거리며 짖어댔다. 루시를 안아 올려 뺨을 부벼댔다. 그래도 루시가 있어 다행이라며 기분을 추슬렀다. 그러던 사이 루시가 가지고 놀던 장난감이 발에 차였다. 오빠가 루시 켄넬 안에 넣어주었던 보들보들한 털북숭이 토끼 인형이었다.

장난감이 한 바퀴 구르며 소리를 냈다. 현지야.

현지는 자지러지게 놀랐다. 루시가 토끼 인형을 물고 흔들었다.

현지야, 현지야.

오빠 목소리였다. 현지는 루시 입에서 인형을 빼앗으려 했다. 루시가 뺏기지 않으려고 달아났다. 루시를 붙잡고 억지로 인형을 빼앗았다. 이리저리 만져보고 눌러보았다.

'현지야, 지금쯤 대회를 준비하고 있겠지. 우승할 거라 믿는다. 넌 잘할 거니까. 아무 걱정 말고 발레에 전념해. 나는 잘 있어. 그리고 제리를 믿……'

현지는 인형을 부둥켜안고 울음을 터트렸다. 마치 멀리서 들리는 음성인 것처럼 금방 사라져버릴 소리를 잡으려는 듯 다급하게 인형을 눌렀다.

작고 바랜 듯한 음성이 흘러나왔다. 루시가 여러 번 깨물고 흔들어대길 반복해서 흐려진 걸까. 뒤쪽은 거의 지워져 있었다.

인형을 한 번 더 눌러 오빠 목소리를 들으며 현지는 자신이 얼마나 애가 타게 그를 걱정하고 있었는지 깨달았다. 털북숭이 토끼 인형을 끌어안고 숨죽여 흐느꼈다.

오빠는 괜찮은 거야. 나를 응원해줄 수 있을 만큼 괜찮은 거야.

인형과 함께 루시를 안고 있다 보니 울컥했던 마음이 점차 진정되었다. 그런데 오빠의 마지막 말은 무슨 뜻일까. 제리를 어쩌라는 걸까.

소리가 더 들릴까 싶어 인형을 흔들다가 행여 그마저 지워질까봐 가만히 무릎 위에 올려놓았다. 루시도 옆에 바짝 붙어 앉아 현수의 음성에 귀를 기울였다.

루시는 동물병원에 맡겨진 열흘이 넘는 날들을 저 인형을 물고 흔들며 현수의 목소리를 들었겠지. 그렇게 안심했겠지. 가까이 제주인이 있다고 느꼈을 테니까.

피곤이 몰려왔는지 현지는 그 자리에서 스르륵 잠들었다. 루시가 인형을 물고서 가만히 곁에 엎드렸다.

* * *

대회는 만족스럽게 치렀다.

현지가 무대에서 내려올 때 빈사의 백조는 최현지의 백조가 될 거라고 강사가 엄지를 치켜올리며 칭찬했다.

종훈도 비로소 긴장이 풀린 얼굴로 현지와 가볍게 포옹을 하고 엄마 차를 탔다.

며칠 쉬고 보자, 현지가 종훈에게 손을 흔들어주었다.

결과는 한 달 뒤에 발표될 예정이었다. 대회를 치른 이들은 이제 한 달 동안의 휴가를 얻은 셈이다. 현지는 기분 좋게 지친 몸으로 차에 올라탔다.

시동을 걸기 전에 핸드폰을 켰다. 대회 당일 아침은 뉴스라든지 다른 사람과의 통화라든지 그게 뭐든 심기를 흐트러뜨릴 수 있는 것은 일체 접하지 않는 게 원칙이었다. 그래서 아침에 알람이 울린 뒤 곧바로 핸드폰을 꺼두었다. 핸드폰이 켜지자 현지는 포털사이트에 접속했다. 메인 화면에 뜬 뉴스가 눈에 들어왔다.

'K-코인 개발자 자택 압수수색 영장 발부, 오늘 내로 자택 수사 시작될 듯'

'K-코인 개발자 싱가포르에서 잠적, 인터폴 적색 수배 발령'

현지는 가슴이 콱 막히는 아픔을 느꼈지만, 오빠를 믿었다.

오빠가 괜찮을 거라고 했어, 괜찮을 거라고…….

그 말을 몇 번이나 중얼거렸다.

시동을 걸었다. 제리에게서 전화가 왔다. 현지는 제리라고 뜨는 걸 보자 얼른 핸드폰을 꺼버리고 액셀러레이터를 밟았다. 문자가 띵, 날아왔다. 보지 않았다. 오늘만큼은 제발. 오늘만큼은 쉬고 싶다고.

도로를 달리면서 하나의 교차로를 지날 때마다 하나의 막이 오르고 내리는 것을 떠올렸다. 또 하나의 무대가 막을 내렸어, 모든 일은 어제가 된 거야.

빈사의 백조는 영원히 깃들일 곳으로 돌아갔다. 한 달의 공백기 동안 현지는 자기 자신으로 돌아갈 것이고, 충분히 휴식을 취한 뒤에는 다른 인물로 몸을 바꿔야 할 것이다.

백조의 호수가 될지 다른 무대가 될지 모르지만 또 다른 무대가 막을 올릴 것이고, 그것도 막을 내리는 날이 올 것이다. 그리고 또 다른 무대가 막을 올리겠지. 혼자 춤을 추는 무대도 있고, 둘이 추는 무대도 있고 여럿이 추는 무대도 있다. 갈등이 증폭되다가 결국 모두 파멸하는 무대도 있고, 금방이라도 폭발할 듯 갈등이 치솟다가 어떤 전환을 맞이하고 갈등이 잦아드는 무대도 있을 테지.

무대 위뿐이겠어. 무대 아래에서 겪는 싸움과 외로움은 또 어떻고. 새로운 무대 사이사이, 나는 어쩌면 사랑을 할지도 몰라. 사랑하다 헤어지게 될지도 모르지. 언젠가 무대 아래에서 고꾸라져 죽을지도 모르는 거고. 하지만 그 무엇보다 먼저 오빠를 만나야 해. 오빠가 안전해야 해. 아무 일 없어야 해. 이대로 오빠와 영영 헤어지게 된다면, 오빠의 생사조차 알지 못하게 된다면.

현지는 갑작스러운 공포에 휩싸였다. 그렇게 되지 않으리라는 보장은 어디서도 찾을 수 없었다. 나는 왜 어쩌다가 하나밖에 없는 혈육을 이다지도 소홀히 여기게 된 것일까. 현지는 두 손으로 얼굴을 덮고 숨죽여 울었다.

4부

벌레에게도
진실이

"

원망은 의도가 있지만 원한은 의도가 없다.
원한은 본능에서 온다.
거짓말이 세상을 세 바퀴쯤 돌고
얼음 속 어딘가에 처박혀 그 생을 끝내듯
원한 또한 하나의 세상을 끝장내야 끝나게 되어 있다.

#01

당국은 최현수의 집을 압수수색하는 것과 동시에 전국에 수배를 내렸다.

재단 책임자들과 실무자들을 연일 불러내 신문했으나 진실은 오리무중이었다. 오리무중이었기 때문에 항간에서는 최현수가 싱가포르에 있다느니 누구에겐가 살해되었다느니 온갖 루머들이 떠돌았다.

비트코인 개발자도 사망했다느니, 신분을 감추고 어디선가 살아갈 거라느니 추측이 분분했다. 캐나다 최대 비트코인 거래소인 쿼드리가CX 대표였던 제럴드 코튼도 행방불명된 뒤 인도에서 사망했다는 뉴스가 있었지만 코인 투자자들 사이에서는 거물의 사망은 조작된 것이라는 의혹이 퍼져 있었다.

대중은 크립토커런시와 관계된 자들의 신변에 대해서는 공식적인 발표를 전혀 신뢰하지 않았다. 암호화폐 세계에서는 하루가 다르게 이슈가 생기고 이벤트가 터지고, 어떤 회사가 공중 분해되고 투자기관들이 연달아 파산하고, 그사이에 신생 기업이 우뚝우뚝 일어났다.

성철은 퇴근했다가 다시 출근하는 중이었다. 요즘 성철은 밤이고 낮이고 수시로 드나들며 모든 연락망을 열어놓고 있었다. 최근 상장시킨 K-2 코인이 불안한 시장 탓에 가격이 10퍼센트씩 빠졌다 올라오곤 했다. 가격 방어를 해줘야 시장의 신뢰를 얻을 수 있는 터라 거의 회사에서 살다시피 했던 것이다.

이리저리 뉴스를 훑어보는데 수많은 코인 뉴스 중 '두바이 정부, 코인 관련 신기술 개발 지원'이라는 제목에 눈이 멎었다. 두바이 정부 산하기관에서 블록체인 사업을 전폭적으로 지원하는 정책을 실시해 다국적 기업을 유치하면서 신원을 밝히지 않은 최고 개발자를 영입했고, 메타버스 관련 블록체인 기술 개발 결과를 곧 발표할 예정이라는 내용의 기사였다.

성철은 두바이 정부가 블록체인 기술에 매우 호의적이고 관련 산업을 주력 미래 산업으로 발전시키려 한다는 건 진작 알았지만 무섭게 빨리 치고 나오는구나, 생각했다. 정부가 이렇게 적극적으로 나온다니 너희들은 참 좋겠다, 부러워하면서 어둠에 잠긴 회사로 들어섰다.

케이파운데이션이 수사 대상이 되자 블리아니 거래소는 모든 거래 자료를 폐기하고 관계를 끊었다. 거래소는 최현수 코인 건에서 확실하게 거리를 둔 상태였다. 그러나 사건은 의외의 곳에서 터지기 시작했다. 며칠 동안 블리아니 거래소의 유동화 관련 의혹이 불거지더니, 결국 거래소 자체 토큰을 몰래 팔았다는 소문이 나오면서 위험 신호가 잡혔기 때문이었다.

만약 사실로 밝혀지고 투자자들을 속였다는 게 드러나면 거래소와 연관 기업들이 박살 나는 건 시간문제였다. 그런데 결국 '코인데스크'발 뉴스가 터졌다.

코인데스크는 미국의 거대 회사인 디지털커런시그룹(DCG)의 자회사로 전 세계에 암호화폐 및 블록체인에 관한 정확한 뉴스를 전달하는 것을 목표로 하는 온라인 플랫폼이다. 그렇다 보니 코인데스크의 뉴스는 웬만한 코인 회사와 유관 기업쯤은 하루 만에 날려버릴 수 있을 만큼 막강한 힘을 갖고 있었다.

그 코인데스크가 이틀 전에 거대 거래소인 블리아니 거래소의 재무재표가 왜곡되었다며 심각하게 위험하다는 자료를 뉴스로 내보낸 것이다.

신생 회사가 자본을 늘릴 때 합법적인 방법과 편법이 있을 텐데, 블리아니는 주식보다 편하게 발행하고 가격을 띄울 수 있는 자사 발행 토큰을 써서 한 번 크게 펌핑시켜 자본금을 올렸다. 또 한 번 크게 펌핑시켜 관련 기업들을 인수합병하고, 세 번째 펌핑으로 세계 유수의 기업 투자금을 유치했다.

하지만 세계 경제가 악화되니 코인 가격이 내려가면서 자본금도 쪼그라들었다. 코인을 담보로 대출해주던 블리아니 산하 대출회사는 코인 가격이 떨어지면서 회수가 안 되어 빚더미에 앉게 됐다. K-코인 사태로 자금 위기를 겪었는데 또다시 자기 자본금이 위험수준으로 확연히 떨어지자 코인데스크에 포착된 거였다. 줄도산의 위험이 세계를 위협하는 판이었다.

뉴스 한 줄이면 순식간에 끝날 수도 있다. 뉴스가 뜨자마자 겁먹은 개미투자자들은 블리아니 토큰 매도를 시작하고, 매도세가 몰리면 전 세계적으로 모든 코인에 대해 뱅크런이 일어나고 만다.

성철과 운영진들이 밤을 새우며 추락하는 K-2 코인을 부양하고자 자금을 투입하며 반등 시점을 노리고 있는 때였다. 예고도 없이 회사를 찾은 연 부장이 문을 발칵 열고 들어왔다.

안 그래도 정신없던 성철은 기가 막혔다. 등에다 칼을 꽂을 때는 언제고. K-2 코인을 다른 데 상장시키기 위해 속을 새까맣게 태운 걸 생각하면 싸대기라도 올려붙이고 싶은 심정이었다.

그런데 연 부장이 성철 앞에 철푸덕 엎어졌다.

"팀장님, 저희 좀 살려주세요."

성철은 진심으로 놀랐다. 연 부장이 이렇게까지 끝장난 꼴을 보이다니.

성철은 넌더리를 내듯 고개를 저었다. 거래소가 백척간두에 서 있다는 건 알고 있었지만, 내 코도 석 자라 K-2 코인 지키기에 전력을 다하고 있는 지경이었다.

"저희도 지금 코인 하락 폭 줄이느라 자금 다 쓸어 넣고 있는데 무슨 말씀이세요. 그러니까 대출회사 부실을 그대로 놔두시면 어떡합니까."

성철은 거래소가 운영하는 대출회사의 부실로 코인 폭락사태가 더욱 커진 것을 비난했다. 하지만 대출회사의 부실은 코인 폭락으로 인해 코인을 맡긴 투자자들에게 수익을 돌려주지 못한 데다 손실로 인한 시총이 줄어드니 유동성에 차질이 생겨서 발생한 일이었다. 거래소에서 돌려 막기를 한다고 했지만 거대한 자금인지라 쉽지 않았단 것을 모른다는 듯이 말하는 성철에게 연 부장은 길길이 화를 냈다.

"그게 다 재단 때문 아닙니까! 최현수 코인이 일으킨 사태를 겨우겨우 수습했는데 다시 터졌단 말입니다. 일단 10억 달러 투자한다고 뉴스 좀 내보내주세요."

"그걸 왜 자꾸 우리 탓을 해요! 우리 혼자 한 일입니까?"

"지금 그걸 따질 때가 아니잖아요! 10억 달러 투자한다고 해주세요."

"저희가 어떻게 10억 달러를요."

"그냥 이름만 빌려주면 되잖아요. 빨리 좀 내보내주세요."

"저희 이름으로 그게 될 일입니까!"

"저희 이사님이 벌써 일본으로 날아갔어요. MS사에 긴급자금 투입 요청하려요."

"그게 되겠냐고요. 지금 다들 발을 빼는 분위기인데."

"되냐 마냐가 문제가 아니잖아요. 왜 속을 뒤집으세요. 뉴스 한 줄이면 된다고요."

성철은 머릿속이 분주했다. 잔뜩 인상을 구기고 있었지만 속마음은 안도하고 있었다. 아, 다행이다. 하늘이 도우셨구나. 겨우겨우 K-2 코인을 살려놨는데 블리아니 거래소에 상장시켰으면 어쩔 뻔했어. 그런데 지금 와서 다시 거래소와 엮이면 안 되지, 결코 안 될 일이었다.

"제가 결정할 수 있는 게 아니에요. 기다려보세요. 저희 상황 아시면서 이러세요. 그리고 그거, 내부에서 해킹했다는 말도 있던데 어떻게 된 일입니까?"

"그건 뜬소문이고요, 아니, 지금 그게 중요한 게 아니라니까요. 1초도 지체할 시간이 없어요. 제가 이사님 만나서 말씀드려볼 테니 전화 좀 넣어주세요."

"이사님 출근 안 하셨어요. 지금 시간이 몇 신데."

"팀장님, 이러지 맙시다."

"무슨 말씀을 그렇게……."

"우리 같은 배를 탄 사이잖아요. 이렇게 홀대하시면 저 가만히 안 있습니다. 크리켓 거래소에 코인 상장시켰다고, 저한테, 아, 이러지 마세요. 팀장님이 누구를 만나는지 무슨 짓을 꾸미는지 저 다 알고 있단 말입니다. 저도요, 다 알아볼 만큼 알아보고 다닙니다."

"뭘 아시는데요."

"제리는 왜 만나십니까? 예? 그리고 최현수 집은 왜……."

216

허 참! 이자가 끄나풀을 계속 움직이고 있었구나, 내 뒤를 밟고 있다는 거지. 어디까지 알고 있는지 모르지만 힘 빠진 호랑이는 호랑이가 아니다. 성철은 움직여줄 마음이 없었다. 느긋하게 말했다.

"제가 어떻게 해주길 원하시는데요."

연 부장 눈썹이 한껏 올라갔다가 내려왔다.

"뉴스 한 줄 올려주시라니까요."

"제 마음대로 할 수 있는 게 아니라고 했잖아요."

성철은 같은 말을 반복할 수밖에 없었다. 안 들어줄 거니까. 이미 결정 난 것이니까.

"팀장님, 저 혼자 죽는 거 아니에요."

"그건 또 무슨 말이에요! 협박하시는 겁니까? 뭘요, 뭘 가지고 협박하시는 겁니까?"

"최현수 곧 들어올 겁니다."

"그래서요?"

"팀장님은 한 번만 도와주시면 돼요."

"이러지 말고 가만히 계셔보세요. 다그친다고 해결되는 거 아니잖아요!"

성철은 짐짓 더 목소리를 높이고서 일부러 느릿느릿 걸어 사무실을 나갔다.

연 부장은 초조하게 이리저리 서성이며 핸드폰을 연신 들여다보고, 회사에 전화를 걸고 했다.

복도 한가운데 이사 집무실이 있는 5층으로 가는 에스컬레이터가 있었지만, 성철은 반대 방향으로 걸었다. 복도가 길고 긴 출렁다리인 것처럼 어질어질했다. 복도 끝은 점점 좁아지고 한없이 멀어졌다.

연 부장이 급기야 협박을 했다. 막다른 골목에 몰린 맹수는 어떻게든 혼자 죽지는 않을 것이다. 연 부장은 성철이 현수와 현지까지 끌어들였다는 것, 그 이상을 알고 있는 게 분명했다. 거래소가 무너지면 줄도산이 일어날 테고, 우리가 직접 연관되지 않았다 하더라도 코인 시장이 크게 흔들릴 것이다. 어떻게 이렇게 큰 사건들이 연달아 터질 수가 있단 말인가.

며칠 동안 금융당국의 수사와 자료 조사로 자신을 비롯해 주진호 등 핵심 직원들은 지칠 대로 지쳐 있었다. 아무리 현수 개인의 범죄로 몬다 해도 한계가 있으니 언젠가는 전모가 밝혀질 게 뻔했다. 연 부장은 바로 그것을 빌미로 삼아 자신을 도와주지 않으면 수사기관에 꼰지르겠다고 발악하고 있는 것이다.

한발 한발 걷는데 또다시 복도가 출렁다리처럼 어질거렸다. 아까 본 두바이 소식이 지금 뒤통수를 때렸기 때문일까. 수상한 낌새를 제일 먼저 알아채는 것이 심장 아닌가. 항간의 소문이 맞는 것이었을까. 현수의 행적은 싱가포르에서 멈췄다.

코인 기업들은 싱가포르나 바하마에 본사를 두고 있는 경우가 많았다. 세금이 적었고 세계 어느 나라의 기업이라도 요건만 갖추면 등록이 가능했기 때문이다. 현수가 싱가포르에서 두바이로 갔다는 소문도 있었다. 당연히 두바이로 갈 수 있지, 왜 안 갔겠어, 하고 귓등으로 넘겼었다. 하지만 두바이 정부의 블록체인 기술 개발 전격 지원 소식이 왠지 모르게 현수의 잠적과 아귀가 맞아떨어진다는 생각이 들었다. 심장이 아팠고 목덜미가 조여 왔다.

백 살은 먹은 할아버지처럼 후들거리는 다리로 멈춰 서서 생각을 가다듬었다.

현수가 싱가포르에서 두바이로 갈 수 있어, 그럴 수 있지. 두바이는 세계 온갖 부자들이 다 모여들어 휴가를 즐긴다니까. 부자면 다 받아주기 위해 범죄인 인도 조약 같은 거 안 맺은 나라니까. 휴가객들 사이에서 어슬렁거릴 수는 있겠지. 그래, 그럴 수 있어. 요즘에는 아시안들도 많이 간다니까 그 사이에 섞이면 눈에 안 띌 수도 있어. 그래, 그럴 거야.

성철은 심장의 동요를 가라앉혀야 했지만 그러지 못했다.

현수라면 그냥 거기 눌러살 수 있을 거야. 안 돌아올 수도 있을 거야.

복도는 널찍했다. 그런데 가슴이 몸이 꽉 낄 만큼 좁은 통로를 지나는 것처럼 답답하게 조였다. 주머니에서 협심증약을 꺼내 혀 밑에 넣었다. 언제부터 사탕을 먹지 않게 되었지? 뜬금없이 떠오른 생각이었다. 츄파춥스를 빨아본 건 아들에게 사줄 때 한두 번이 전부였던 것 같다. 그때가 언제였을까. 성철은 천천히 복도 끝으로 걸어가 오른쪽으로 뻗은 길로 들어갔다.

복도 끝은 막다른 길이었다. 몸을 숨기기 좋았다. 복도 끝에 서서 창밖을 내다보았다. 아직 어두운 밤, 결정을 내리기 좋은 시간이다. 아무도 보는 사람이 없다. 지금 좋은 기회가 온 것인지도 모른다. 최현수는 현재 죄를 짊어지고 타국을 떠도는 것이다. 연 부장은 최현수를 속이고 급기야 대량 매도를 해 그를 사지로 몰아넣은 사람이다. 성철 자신은 그 전략에서 빠져 있을 것이다.

성철은 핸드폰을 꺼내 들었다. 최근 자주 통화한 목록을 열어 버튼을 눌렀다.

아무리 기다려도 성철이 오지 않자 연 부장이 허겁지겁 사무실을 나와 팀장님, 팀장님, 부르며 뛰어다녔다.

사무실들을 둘러보고 이름을 불러봐도 매수매도 자동 프로그램을 돌리며 점검하는 직원들 머리통만 보일 뿐 아무도 나와보지 않았다.

연 부장은 그렇게 잔뜩 욕을 내뱉으며 떠났다.

성철은 밤의 복도 끝에서 한참 시간을 보냈다. 성철이 뉴스 한 줄 보태줄 수 없는 형편임을 연 부장도 모르지 않을 터였다. 오죽하면 이렇게 달려왔겠나 싶었지만 한 마디 위로를 해줄 수도, 도움을 줄 수도 없었다. 이 상황에 재단 측에서 뉴스 한 줄이라도 보탠다면 눈치 빠른 코이너들이 수상한 연결고리를 찾아내서 결국 여론만 더욱 안 좋아질 것이었다.

백번 생각해봐도 우리는 거래소와 아무 관련 없는 편이 좋다. 성철은 최현수의 코인이 급락할 때부터 아무런 연관 없는 편이 최상이라고 결론 낸 지 오래였다.

성철은 전화를 끊고도 한참 미적거리다가 돌아섰다.

천천히 걸어 당직자들 근무실로 들어갔다. 다행히도 K-2 코인이 하락세를 멈추고 그 자리에서 잔잔히 오르내리고 있었다.

당직자들 어깨를 한 번씩 토닥거려주고 사무실로 돌아왔다. 한국 투자자들이 깊은 잠에 빠진 모양이었다. 강남대로 북쪽의 블리아니 거래소와 남쪽의 재단, 그 사이에 거대한 강이라도 흐르는 것처럼 10차선 도로가 가로놓여 있었다. 거래소의 불행이 K-2 코인에 미치지 않기만을 바랄 뿐이었다.

#02

　제리는 현지 집 앞에서 세 시간을 기다렸다. 아니, 사실은 발레 대회장에도 갔었다. 문자도 세 차례나 보냈다.

　— 현지야, 오해야, 오해. 제발 내 말을 들어줘.

　현지가 제리의 변명을 순순히 들어줄 리 없었다. 그래도 어떻게든 만나야 했다. 대회장은 관계자 외에는 분장실도, 대기실도 들어갈 수 없었다. 잰걸음으로 오가는 사람 모두 어찌나 긴장해 있던지 누구 하나 붙잡고 물어볼 수 없었다.

　심사를 하는 사람인지, 대회를 치르러 들어가는 사람인지, 누구인지 모를 사람들이 대회장 안으로 다 들어가고 한동안 주변에 사람 하나 보이지 않았다. 관계자가 아닌 사람들이 몇 서성이는 게 보였지만, 제리는 현지의 집으로 발길을 돌렸다.

언제 끝나고 올지 알 수 없어 그네를 타고 흔들거리며 마냥 시간을 보냈다. 제리는 현지가 차를 가지고 오갈 것을 미처 생각지 못했다. 그렇게 세 시간을 기다리다 문득 정신이 들어 집으로 올라가려고 1층 현관으로 들어섰다. 그때 막 루시를 데리고 나오는 현지와 맞닥뜨렸다.

현지가 루시를 안아 들고 무작정 뛰었다. 엉겁결에 제리도 뒤따라 뛰었다.

"현지야, 현지야! 내 말 좀 들어봐. 나, 나쁜 놈 아니야!"

루시를 안고 뛰다 보니 아무래도 혼자 내달리는 것보다 느렸다.

"인터폴이 현수를 수배했어! 현수를 찾아야 할 거 아냐!"

제리는 충분히 따라잡을 수 있었지만 뒤에서 조금 거리를 둔 채 따라 뛰며 외쳤다.

"제발 내 얘기를 좀 들어줘! 내가 트릭을 쓴 거야! 현지야!"

현지가 우뚝 멈춰 섰다. 뒤로 돌아섰다. 바로 뒤에서 뛰어오던 제리가 현지 코앞에서 급히 멈춰 섰다. 헉헉, 일부러 숨을 거칠게 내쉬며 제리가 손짓 발짓을 했다.

"현지야, 날 믿어야 해. 믿으라고 제발."

"너를 믿으라고? 내가? 어떻게 너를 믿어?"

"내가 뭔가 알아냈어. 더 알아낼 게 있어서 거길 간 거야. 나도 다 생각이 있단 말야."

"나를 속여서 뭘 알아냈는데? 나를 넘겨주고 뭘 얻기로 한 거냐고!"

"전혀 아냐, 전혀! 오해야. 너를 지키려고 내 후배를 거기 있게 한 거라고!"

"그게 말이 돼? 그럼 왜 그 사람이 나를 찾아 여기저기 뒤지고 다 녔는데?"

"네가 안전한지 끝까지 확인하려고 한 거야. 다른 놈들이 너를 뒤쫓고 있었잖아."

"처음부터 믿을 수가 없었어. 오빠는 너에 대해 나한테 아무 말 도 한 적이 없거든."

"나도 그게 서운해. 현수가 나한테 그럴 수가 없는데, 나도 정말 서운하거든. 나는 현수 때문에 3억이나 날렸어. 어떻게 현수가 나 한테 그럴 수가 있냐, 그것 때문에 나도 괴로웠어. 근데 알겠더라. 현수가 남기고 간 영상, 그거 아무 쓸모 없는 거야. 그게 중요한 거 면 남겨뒀을 리가 없어. 함정일 거 같더라고. 그거 제공하고 내 돈 회수한 것뿐이야. 그놈들 눈도 돌릴 겸."

현지는 아무 말 없이 루시를 안고 선 채로 제리를 뚫어지게 노려 보았다. 1분이 지나도록 그렇게 가만히 있었다.

제리는 입을 닥치고 멍하니 현지 눈을 마주 보다가 점점 어깨를 늘어뜨렸다.

마침내 눈을 내리뜨며 미안하다, 어찌 됐든 네가 얼마나 놀랐겠 어, 미안해, 하며 용서를 빌었다.

현지는 냉랭하게 말했다. 놀라지 않았어, 올 것이 왔구나 했을 뿐 이야.

제리의 눈을 똑바로 노려보며 오빠의 녹음을 떠올렸다. '제리를 믿지 마'였을까, '제리를 믿어줘'였을까.

"내가 미리 설명하지 않은 이유가 있어."

현지가 싸늘하게 대꾸했다.

"변명은 필요 없어."

"그래, 그건 더 이상 말하지 않을게. 오늘 현수 집 압수수색 들어갔어. 현수가 잘했든 잘못했든 코너에 몰리게 된 거야."

"알아."

"아마 현수한테 다 뒤집어씌울 거야."

"안다고. 내가 증거가 될 사진 다 찍어놨어. 처음 오빠가 사라졌을 때, 회사 사람들이 와서 컴퓨터 다 가져갔을 때, 그리고 다시 갖다 놓은 뒤에."

"역시 현수 동생답다. 아까 네 눈 보는데 꼭 현수 눈 보는 것 같더라. 현수가 쏘아보면 무섭거든. 아무도 그 눈을 바로 보지 못하게 돼. 현수는 다 해주다가도 뭔가 걸리면 절대로 그냥 넘어가주지 않는 애야. 그게 현수를 누구보다 강하게 만들었지."

현지는 그래, 맞아, 하는 의미로 고개를 끄덕였다.

"그런데 말이야, 내가 곰곰 생각해봤거든. 어쩌면 난 너보다 현수를 더 잘 알지도 몰라. 내가 코인 세계를 더 잘 알잖아."

현지가 무슨 어이없는 소리냐는 듯 눈썹을 치켜올렸다.

"이거 봐봐."

제리는 핸드폰을 열어 코인 뉴스를 보여주었다. '두바이 정부, 코인 관련 신기술 개발 지원'이라는 제목하에 두바이 정부가 신원을 밝히지 않은 최고의 개발자를 영입해 메타버스 관련 블록체인 기술 개발에 아낌없이 지원한 결과 곧 세계에 전모를 발표할 예정이라는 내용이 써 있었다.

"이거 이상하지 않니?"

"뭐가 이상하다는 거야?"

"현수가 두바이로 '갔을 수'도 있어."

"오빠가 두바이로 도망갔다는 거야?"

"'도망'갔을 수도 있고 '아닐 수'도 있다는 거지."

"그게 무슨 소리야."

"도망간 게 아닐 수도 있다는 거지. 앞뒤 찬찬히 짚어보니 점점 분명해지더라고. 그러니까 자발적으로 갔을 거라는 거지. 왜냐면 나랑 얘기했던 게 있거든. 어떻게 된 것인지는 알 수 없지만 도망간 게 아니라는 결론을 내릴 수밖에 없었어. 그러니까 넌 현수를 믿고 내 말을 믿어야만 해. 그래야 이 수수께끼를 풀 수 있어."

현지가 반신반의하는 눈으로 또 제리를 노려보았다. 내가 직접 보기 전에는 믿을 수 없어, 그런 눈으로.

제리는 현지에게서 또 한 번 현수의 눈빛을 보고 두 눈을 질끈 감았다 뜨고는 고개를 절레절레 흔들었다.

"하, 뜨겁다, 뜨거워. 눈빛이 너무 세서 뒤통수까지 뚫을 기세라니까."

제리는 진지하게 현지를 마주 보며 두 팔을 잡았다.

"잘 들어. 오늘 너를 만나려고 대회장에서 한 시간 반, 집 앞에 와서 한 시간 반 있었잖아. 근데 대회장에서 서성거리는 남자 둘을 네 집 앞에서도 또 본 거야. 전에 그 껄렁한 남자들 있잖아? 그 사람들 아니었어. 다른 사람들인데, 재단 정보원들도 아니야. 재단 정보원은 나도 알잖아. 그리고 그쪽은 이미 너를 포기했어. 발등에 불이 떨어졌거든. 이게 이상한 일 아니냐고. 우연일까, 그게?"

"그게 그럼 누구란 말이야? 누가 또 나를 노린다는 거야? 내가 그렇게 중요한 인물이야? 온 세상 사람들이 나를 잡으려 하는 것 같네."

"그래, 그러니까 이상하지. 그 사람들 나하고 마주치니까 슬쩍 사라지더라고. 그래서 내가 여기서 지키다시피 기다리고 있었던 거야. 이놈들 어디선가 내가 돌아가기를 기다리고 있을지도 몰라. 이 부분에서 역발상이 필요한 거지!"

현지가 뜸 들이지 말고 바로 말하라며 눈살을 찌푸렸다.

"그놈들 뒤를 쫓아가면 그 끝에 현수가 있을지도 몰라."

"뭐라고?"

"내가 짚이는 게 있어."

"누군지 짐작하고 있는 거야?"

"그걸 알아볼 방법을 찾을 거야."

"가능해?"

"물론!"

"큰소리는."

"내가 더 잘 알잖아."

제리가 싱겁게 미소를 지으며 눈을 찡긋해 보였다. 현지는 진저리치는 몸짓을 하고는 루시를 안고 집으로 올라갔다. 제리도 어슬렁어슬렁 엘리베이터에 따라 올랐다. 그리고 새삼스럽다는 듯 주위를 둘러보았다.

"와, 옛날 그대로네. 어떻게 리모델링도 안 했냐, 이 아파트는."

현지는 대꾸도 하지 않고 엘리베이터에서 내려 집 현관 도어록 캡을 열었다. 비밀번호 네 자리를 누르는데 제리가 어어, 어어! 하고 놀라워했다.

"어떻게 비밀번호도 똑같냐! 비밀번호는 바꿔야 하는 거 아냐?"

현지는 역시 제리의 호들갑을 무시하고 집으로 들어갔다.

현지 품에서 뛰어내린 루시가 현관 입구 방문 앞에 가서 코를 박고 발로 긁고 야단스럽게 굴었다. 제리는 현관에서 머뭇거렸다.

"저 방, 현수 방이지?"

"응."

"저기도 그대로니?"

"응."

제리가 주저하는 듯 그러나 누가 잡아당기는 듯 현수의 방으로 다가가서 문 앞에 섰다. 조심스럽게 문고리를 잡고 열었다. 어둠 속으로 루시가 냅다 뛰어들었다. 모두의 한때가 고여 있는 과거 속으로 제리와 현지는 발을 들였다.

#03

5층엔 이사 집무실과 사원들을 위한 라운지가 있었다.

라운지에는 카페도 있고 베이커리도 있다. 창밖이 잘 내다보이는 곳에서 쉴 수 있도록 칸막이 안에 푹신한 라운지 체어가 하나씩 놓인 휴식 공간도 마련해두었다. 성철은 발치에 깔린 어둠을 바라보며 라운지 체어에 누워 남은 시간을 보냈다.

발치 아래는 후원이었다. 가끔 회사 차원에서 기념할 만한 일이 있을 때 거기서 행사를 치르곤 했다.

후원에는 남방의 붉은 꽃이 철제 담장을 뒤덮고 거대한 더미처럼 피었다. 푸른 이파리 위로 수백 수천의 꽃떨기들이 바람에 흔들거렸다. 앞쪽에 단상이 준비되고 다과 테이블이 놓였다. 직원들이 오며 가며 행사를 준비하고, 한 무리는 꽃 덤불 앞에서 사진을 찍으며 웃고 놀았다.

성철은 꽃 덤불 앞에서 깔깔거리며 얘기를 나누는 여직원들을 보고 있었다. 그런데 갑자기 여직원 서넛이 꽃 덤불에 달려들어 꽃을 마구 따서 흩뿌리기 시작했다.

무슨 일이지 싶어 한 걸음 내딛는 순간 꽃 덤불에서 검은 벌레 수백 마리가 투두둑 투두둑 튀어나왔다. 여직원들이 비명을 지르며 달아나고 성철은 그곳으로 달려갔다.

바닥에 떨어져 기어가는 것을 보니 딱정벌레들이었다. 등딱지가 반질반질한 그것들은 아무 일 없었다는 듯 다시 줄지어 꽃 덤불 속으로 들어갔다. 자신들이 지키고 있던 소굴로 거친 손들이 들어와 꽃을 마구잡이로 훼손하자 온몸을 던진 것 같았다. 갑작스러운 소란에 행사장은 엉망이 되고 말았다.

성철은 잠에서 깨어났다.

꿈을 꾸면서도 식은땀을 흘린 것 같았다. 호흡을 가다듬으며 발치 아래를 내려다보았다.

후원은 고요하게 비어 있었다. 무슨 행사를 치르려던 거였을까. 무언가를 축하하려던 모양이었는데, 물거품이 되었나 보네…….

성철은 무거운 눈꺼풀을 가까스로 들어 올리고 터덜터덜 4층으로 내려갔다.

사무실에 들어서자마자 성철은 가격 방어가 잘되어 있는지부터 확인하고 일찍 출근한 진호를 불렀다.

"오늘 우리 코인 펌핑시켜요. 60프로 올립시다."

"오늘 같은 날요? 다들 인출하느라 정신없을 텐데."

"이런 날 치고 들어가야지. 현금 들고 있는 사람들은 매수 들어갈 코인만 기다리고 있으니까."

물론 그렇긴 하다. 다른 코인들이 지지부진하게 파란불 켜고 있을 때가 곧 기회였다. 급격한 하락의 밤을 보내고 나면 음봉(가격 하락 표지)으로 가득한 코인들 틈에서 빨간불이 들썩이는 김치코인을 찾아 야수의 심장으로 뛰어드는 사람들이 있으니까.

20퍼센트씩 폭등하면 흥분을 못 참고 올라타는 개미들이 숱했다. 그러나 그때는 일찍 뛰어든 고수들이 이미 20에서 30퍼센트 수익을 보고 안전하게 나올 시점을 노리고 있는 때다. 뭣 모르는 초보 개미 떼가 뒤늦게 우르르 장대 양봉(가격 상승 표지)에 올라타면 가격은 미친 듯이 오르고, 그때부터 세력들은 매도를 시작한다.

양봉이 위 꼬리를 빼며 급격하게 하락하기 시작하면 이미 때는 늦는다. 초보 개미 떼는 그제서야 아차, 큰일 났다, 하며 시장가 매도를 누른다. 하지만 아무리 눌러도 체결은 이루어지지 않고 쭉쭉 내려간다.

결국 다들 20퍼센트 이상 물린 상태로 징징거리며 유튜버한테 가서 하소연한다. 형, 형, 나 좀 살려줘. 전기차 값 물렸어요. 그러면 유튜버들은 대답해준다.

장대 양봉 뜨고, 거래량 터지고, RSI(과매수, 과매도를 나타내는 지표) 70, 80 올라가면 어떻게 해라? 빠져나와야죠! 어어어, 설마 설마 하면 안 됩니다. 물려요, 물려.

그래도 개미들은 희망을 놓지 못한다. 내일 또 한 번 펌핑 주지 않을까요? 펌핑 주면 몇 프로에서 나오는 게 좋을까요? 이것저것 묻지만 아무리 전문 유튜버라도 그걸 어떻게 알까.

진호는 꺼림칙한 얼굴로 자리로 돌아갔다.

성철은 허공에다 대고 중얼거렸다.

거래소는 장례식을 앞두고 있을망정 살 사람은 살아야지.

하루 종일 경제 방송계가 시끄러웠다. 거대 거래소발 유동성 위기로 코인 판은 급격한 하락을 겪었다. 방송사들은 거래소의 수상한 자금 흐름에 대해 전문가들을 초대해 분석을 늘어놓았다. 그런 와중에 아시아에서 가장 큰 투자금융사 모빌렛이 자금을 대기로 했고, 인수합병을 논의하기 시작했다는 뉴스가 터졌다.

기사대로라면 거래소는 넘어가겠지만 연 부장은 한시름 놓을 것이다. 성철은 조금은 가벼운 마음으로 연 부장에게 전화를 걸었다. 그는 전화를 받지 않았다.

시간 나면 연락 주겠지 싶어 전화기를 내려놨다 다시 들기를 여러 번 반복했다. 틈틈이 열 번까지는 아니어도 적어도 여덟 번은 전화를 건 것 같은데 그는 아무 소식이 없었다.

여덟 번째로 전화기를 내려놓을 즈음 방문을 두드리는 소리가 들렸다. 이내 정보원이 들어왔다. 정보원은 성철에게 최근의 정황을 보고했다. 현지를 쫓는 줄무늬 셔츠 놈들이 검은 셔츠에 하얀 바지를 입은 다른 놈들로 바뀌었고, 세 놈이 다섯 놈으로 늘어났으며, 이번에도 전부 맞춘 듯 같은 옷을 입고 있다는 것이었다.

지난번 놈들보다는 어딘지 모르게 무게감이 있어 보이는 게 어떤 조직인지는 모르지만 훈련이 잘된 놈들 같다고 했다.

"팀장님, 홍콩항만 쪽 폭력조직이 인천 조직으로 연결된 것 같기는 한데, 또 다른 쪽으로 넘어갔는지 핸들링하는 쪽이 바뀌었습니다. 국내에서 활동하는 조직이 아닌 듯합니다."

"국내 조직이 아닌 것 같다고?"

"네. 저희가 아는 루트를 다 동원했는데, 이들이 속한 조직은 탐색이 안 됩니다."

의외의 보고를 받고 성철은 생각에 잠겼다. 왜 국내 조직이 아닌 조직원들이 최현지를 쫓는다는 건가. 도대체 왜……. 그들의 정체를 알 수 없다면 그들의 꿍꿍이를 어떻게 알겠는가.

이제 재단이나 거래소나 더 이상 최현지를 뒤쫓을 필요가 없어졌기 때문에 다른 누가 무슨 이유로 그녀를 쫓는 건지 이해가 되지 않았다.

"누구야, 대체. 왜 아직까지 그 애를 뒤쫓는 거냐고!"

정보원은 책임을 다하지 못해 죄송하다는 표정으로 고개를 숙였다.

"정체를 확실히 알아보도록 뒤를 쫓고 가능하면 도청도 해보겠습니다."

"그래, 그 정도까지 가야겠어, 이번 건은."

성철은 의심이 들었다. 연 부장이 핸들링하던 쪽도 아니고 자신이 핸들링하는 쪽도 아닌데 지속적으로 최현지를 쫓고 있다니. 최현지가 아직도 매력 있는 먹잇감이라는 건데…….

정보원이 나가자마자 성철은 주진호의 개발실로 달려갔다.

주진호는 한창 K-2 코인을 펌핑시키느라 정신이 없었다. 자동매매 프로그램이 차질 없이 돌아가는지 둘러본 뒤 현수의 CCTV에 나온 사람들 정체를 알아냈냐고 물었다. 주진호는 고개를 저었다.

"국내 기업 소속 개발자들을 하나하나 확인해봤지만 일치하는 사람을 전혀 찾을 수가 없었습니다."

"그렇단 말이지? 개발자가 아닐 수도 있을까? 그냥 심부름만 하는 직원일 수도……."

"그냥 심부름만 하는 직원이 현수 형 집에 들어가서 그렇게 오래 있을 이유가 있을까요? 보통 서너 시간씩 머물다 나오고 항상 가방을 들고 다니던데요. 둘이 짝을 지어 다니고요. 이건 조직적으로 행동하는 거예요. 저나 팀장님처럼 개인적인 친분으로 드나든 게 아닌 것 같단 말이에요."

"이자들도 누군지 찾을 수가 없고, 최현지를 쫓는 사람들도 정체를 알 수 없다……. 심지어 국내 조직이 아닌 것 같다고 했어."

"네? 최현지를 아직도 쫓는 사람들이 있어요?"

"응. 범위가 커지는 것 같은데……."

진호가 당황한 듯 잠시 흔들리더니 급히 말을 돌려 업무 현황을 보고했다.

"오늘 70억 들어갔습니다. 매수세 붙어서 55프로에서 상승 멈췄고요. 이제 매도 들어갑니다."

"그래, 잘했어. 내일은 35프로만 상승시키고 뺍시다."

늦게라도 정신 차린 개미들 좀 살려줘야지. 성철이 중얼거리며 돌아섰다.

진호가 나가는 성철의 걸음 소리를 들으며 힘없이 고개를 숙였다. 현수 형과 현지 씨는 괜찮은 걸까. 매번 무색한 걱정을 반복했다. 그럴 때마다 도울 방법이 없다는 걸 실감할 뿐이었다. 그래도 회사에 수익을 안겨주었으니 적어도 오늘 하룻밤은 잘 수 있다는 생각에 진호는 짧은 한숨을 내쉬었다.

개발실은 밤에도 불이 꺼지지 않았지만, 진호와 직원들은 돌아가면서 잠시라도 눈을 붙이기 위해 5층 라운지로 올라갔다.

* * *

블리아니 거래소가 결국 모빌렛에 인수됐다.

기존 CEO가 물러나고 새로운 사람이 대표가 되었다는 발표가 떴다. 대표는 황급히 물러남으로써 사태가 진정되기를 바랐지만 그건 개인적인 소망에 불과했다. 뒤이어 거래소가 자회사를 통해 사기에 횡령을 했고, 돈세탁 정황까지 밝혀져 전격적으로 수사가 시작되었다.

폭발은 진원지를 끝장내는 것으로 끝나지 않았다. 거래소에 대출

해준 회사들까지 연쇄적으로 빵빵 터지고 있었다. 불과 사흘도 안 되어 거대 거래소가 모래 위에 지은 집이라는 것이 밝혀져버린 것이다.

이제 업계에는 불가피하게 지각변동이 대대적으로 일어날 것이었다. 거래소와 연관된 계열사들이 정리될 것이고, 그 과정에서 범법 행위가 있었는지 조사될 것이며, 여러 사람이 사직서를 쓰거나 심하면 입건이 될 수도 있었다.

당분간 약화된 거래소 자리를 넘보고 치고 올라오려는 3위, 4위 거래소들의 자금이동도 어마어마하게 이루어질 것이다. 코인 개발 회사들은 자사 코인들이 상장폐지되지 않도록 가격변동을 주시하며 방어하는 데 모든 금력을 쏟아붓고 직원들 목을 조일 것이다. 케이파운데이션도 K-2 코인이 있으니 함께 흔들릴 게 뻔했다. 계획된 프로젝트들은 뒤숭숭한 분위기 때문에 더디게 진행되었다.

연 부장에게선 밤이 늦도록 연락이 오지 않았다. 성철은 하는 수 없이 그의 팀 직원에게 전화를 걸었다. 그는 연 부장이 사직서를 쓰고 나갔다며 자신도 연락이 되지 않아 걱정이라 했다. 회사 사정도 넌지시 알렸다. 거래소는 헐값에 인수되었고, 그렇다면 다음 수순은 뻔하지 않느냐는 것이었다. 직원 중 반은 잘릴 것이고, 그중 또 반은 위아래로 물갈이가 될 거라 했다.

성철은 업계의 로드맵이 그려지는 것 같았다.

업계에 판갈이가 일어나겠군. 이 기회를 놓치면 우리 역시 끝장이야. 그나저나 연 부장은 왜 이렇게 전화를 안 받는 거야. 저녁에만 전화를 열 차례 이상 걸었다. 마지막에는 전화기가 꺼져 있다는 멘트가 나왔다.

성철은 다시 진호를 불렀다.

"연 부장 혹시 어디 있는지 알아? 회사에서는 사직서 쓰고 나갔다는데."

"사직서 썼대요? 연 부장님 속이 말이 아니겠네요. 어디 가셨는지 제가 어떻게 알겠어요. 일 해결해보려고 여기저기 뛰어다니시는 거 아닐까요?"

"그렇겠지? 그래서 전화를 안 받는 거겠지?"

"전화받을 여유도 없을 거예요. 진짜 세상 야속하네. 연 부장님처럼 회사에 몸 바친 사람이 어디 있다고."

진호의 얼굴이 어두워졌다. 거래소나 재단이나 백척간두에 서 있으니 얼마나 힘들지 잘 알고 있을 터였다. 성철은 진호의 낯빛을 보며 내 얼굴 또한 저렇겠지, 하고 생각했다.

"별일 없겠지, 연 부장?"

"사직서도 쓰셨다니 타격이 크실 텐데요."

"그래도 별일은 없겠지?"

성철은 힘없이 말했다. 진호도 고개를 끄덕였다. 두 사람은 같은 마음이었다.

"내가 한번 찾아봐야겠어. 어디 갈 만한 데를 생각해봐야지."

"아, 네……."

진호가 핸드폰으로 시간을 확인하더니 먼저 자리에서 일어났다.

연 부장은 성철처럼 회사가 처음 세워졌을 때부터 모든 걸 이 일에 바친 사람이었다. 치사하고 더러운 짓, 폼 안 나는 잡다한 일은 연 부장이 도맡아 처리했다. 그런데 회사가 위태로워지자 모든 책임을 지고 물러나야 했다. 세상일이 다 그렇다. 이 더러운 세상에서 그만 사라지고 싶을 그 심정을 모를 수가 없었다.

성철은 연 부장의 얼굴을 세세하게 떠올려보았다. 하늘로 치켜 올린 눈썹은 반만 나 있었고, 이마는 숱 많고 짙은 머리카락이 항상 반쯤 덮고 있었으며 관자놀이 한구석에는 작은 상처가 있었다. 양 끝이 처진 눈은 언뜻 잔인한 빛을 띠기도 했고, 또 장난스럽게 반짝이기도 했다. 집요함이 묻어나는 입술은 검은빛을 띠었다. 그러나 강해 보이는 눈과 입술과는 달리 턱과 코끝이 몹시 가냘팠다. 여려 보이는 인상을 주지 않기 위해 눈빛을 벼렸을지도 모른다. 그리고 기침을 달고 살았다. 그러고 보니 가슴팍도 좁아 보였다. 이제야 기억난 건데 항상 셔츠 가슴께가 남아돌았고 환절기에는 마른기침이 심해진다고 투덜대곤 했다.

성철은 밤늦은 시간 도로로 달려 나갔다. 협심증약도 불안장애약도 초콜릿 캔도 잊었다. 쉴 새 없이 터져 나올 마른기침을 멈추게 할 약을 사러 약국을 찾았다.

성철이 한밤중에 기침약을 사 들고 간 곳은 양양이었다.

차에서 내리자마자 귀를 때리는 파도 소리에 걸음을 멈췄다.

어둠 속에서 거센 파도가 밀려왔다. 연 부장이 여기 있을 리 없었다. 사실 성철은 연 부장에 대해 깊이 알지 못했다. 고향이 어디인지, 다급할 때 찾을 사람이 누구인지, 가족관계는 어떻게 되는지, 아는 게 없었다. 단지 서로에게 이익이 될 만한 지점에서 엮인 사이였을 뿐이다.

성철은 자신이 연 부장을 찾아갈 수 없다는 걸 잘 알고 있었다. 파도가 밀려오면 언젠가 아들이 그랬던 것처럼 두 손을 내밀어 움켜쥐려고 했고, 파도가 밀려가면 아들이 그랬듯이 또 발을 동동 구를 뿐이었다. 성철의 발치에는 파도의 물거품만 남아 있었다. 다시 파도는 돌아오겠지, 그것 역시 손에 잡히지 않을 테지만.

핸드폰이 울렸다. 깔끔하게 처리되었습니다. 한마디뿐이었다. 성철은 네, 하고 전화를 끊었다.

차를 몰고 양양 시내로 들어갔다. 아직 열려 있는 주점 문을 열었다. 주점 안에는 늦은 시간에도 불구하고 서퍼들이 여남은 명 모여 앉아 술잔을 부딪치며 파도 위에서의 특별한 경험을 떠들어댔다.

성철은 바에 앉아 맥주를 시켰다. 주인장과 양양의 활기에 대해 몇 마디 주고받았다.

"10여 년 전과는 비교도 할 수 없게 달라졌네요. 예전에 아들과 왔을 때만 해도 서퍼들이 한둘 보일까 말까 했는데."

"아이구, 그럼은요. 지금은 살 만해졌습니다. 시내가 활기가 도니까 사람들 기분도 좋아지고요. 사람 사는 동네가 되었죠. 그런데 아드님과 자주 오셨던가 봐요?"

"예, 아들과 주말마다 왔었죠."

"서울에서요?"

"네, 서울에서요."

"아드님이 서퍼였나 보죠?"

"아 예, 뭐…… 아닙니다."

그쯤에서 맥주 한 잔이 비워졌고 성철은 자리에서 일어났다.

5부

모든 길은
웜홀로 통한다

"

사건의 지평선에 모인 별들은 블랙홀로 사라지고
오버더센트럴랜드에서 만난다.

#01

망각의 방이 열렸다. 제리는 안으로 한 걸음 한 걸음 조심스럽게 들어갔다. 잊혔으리라 여겼던 기억 속 깊은 방으로.

현수가 수어사이드 룸에 접속하던 곳, 그 후 거기서 벗어났던 그 때의 방 그대로였다.

"작은 방이네. 지금 현수가 있기엔 너무 작은 방. 하지만 현수는 이 방에서 자랐어. 난 그때 매일 여길 오갔지."

책상과 컴퓨터, 책상 위에 놓인 헤드폰과 컴퓨터 양쪽에 놓인 오디오 시스템.

촬영감독이었던 아버지의 영향으로 갖게 된 캠코더와 마이크 등의 녹음 시설.

책상 옆에 세워진 목검과 권투 글러브.

키는 크지만 체격이 호리호리한 현수는 몸집을 키우고 싶어 했다. 예고도 없이 달려드는 동물들한테 맞서 자신을 지키려고. 중고등학생 시절에 그는 운동을 열심히 했다. 권투도 배우고 검도도 배웠지만 단 한 번도 현장에서 이겨보지 못했다.

제리는 현수의 손때가 묻은 목검과 오래되어 표면이 삭은 권투 글러브를 만져보았다. 현지도 목검과 글러브를 만지려고 손을 뻗자 제리가 말했다.

"너는 모를 수 있어. 우린 남자애들이었어. 남자가 가장 동물인 시기였다고. 그땐 약하거나 뒤처지면 도태되는 수밖에 없다고 느끼는 작은 동물이었어. 현수가 수어사이드 룸에 들어가 자살 권유를 받았던 건 알고 있니? 현수가 죽을 지경이 되었던 것도 알고 있어?"

현지가 멈칫했다. 그게 무슨 말이야, 하는 얼굴로 제리를 쳐다보았다.

제리는 현지의 눈을 마주 보았다. 너도 현수가 얼마나 고통스러워했는지 알 때가 되지 않았냐는 눈빛이었다.

"자연도태라는 말 알지? 스스로 죽을 길을 찾아 나서는 거야. 그 방법 중 하나가 수어사이드 룸에 들어가는 것이었어."

현지는 고개를 들지 못했다. 입술을 꼭 깨물었다.

"현수는 수어사이드 룸에서 너는 쓰레기니까 너를 죽여야 한다고 매일같이 유혹하는 여자를 만났어. 여자가 하루하루 현수를 밀어붙이는 강도가 세졌어. 왜 아직도 너를 찌르지 않았느냐고 비웃었지. 왜 버러지 같은 날을 이어가고 있느냐고, 하루도 살 가치가 없다고 했어. 왜 그런 곳에 들어가서 왜 그런 말을 들으며 손목을 그어야 했느냐고 묻지 마. 누구도 물을 자격은 없어. 아무도 현수에게 하찮은 존재가 아니라고 말해주지 않았으니까. 네가 부모님을 다치게 한 게 아니라 그건 그냥 운명이었다고 아무도 말해주지 않았으니까."

가슴에서 뜨거운 것이 솟구쳤다. 목구멍으로 무언가가 뚫고 올라오려고 했다. 현지는 눈물인지 분노인지 모를 것을 꿀꺽 삼켰다.

오빠와 있어준 건 내가 아니라 제리였다는 사실을 부인할 수 없었다. 나는 어렸으니까, 나는 어떻게 해야 하는지 몰랐으니까, 나도 누군가의 돌봄이 필요한 아이였으니까.

"너보고 잘못했다는 게 아냐. 겨우 중학교 2학년이었던 네가 뭘 어떻게 할 수 있었겠니. 너 혼자 커온 것만 해도 정말 대단한 거지. 그냥, 네 오빠가 그랬었다고."

너무 크게 오래 울면 과호흡으로 이어지고 산소를 공급받지 못한 심장은 찢어질 만큼 아프다. 현지는 숨을 고르며 심장이 찢어지지 않도록 울음을 참아야 했다.

"시간이 필요했던 거고, 어쩌다 내가 현수를 찾아간 거지. 우연찮은 것도 아니고, 우연도 아닐 거야. 불길한 예감이 나를 뛰어가게 한 거니까. 현수를 아니까. 이 방문을 열어젖혔을 때 손목을 긋고 정신을 잃은 채 널브러진 현수를 보았지. 내가 그 앱 다 지워버렸어. 다른 앱도 다 없애버렸어."

제리가 컴퓨터를 켰다. 그리고 오디오 기기도 켰다. 캠코더를 들고 이리보고 저리 들여다봤다.

가까스로 울음을 참은 채 현지가 말했다.

"오빠 생일에 부모님이 선물하신 거야. 열아홉 살 생일."

그해 현수의 생일 얼마 뒤에 두 분이 돌아가셨다. 현지는 기억했다. 그해 현수의 생일만 치르고 자신의 생일은 치르지 못했던 것을.

현지 생일은 부모님 기일에 가려졌다. 부모님 기일 사흘 뒤였으니까 그해 현지는 누구로부터도 생일 축하한다는 말을 듣지 못했다.

"그래, 기억나. 이거 한번 돌려보자. 선물 받고 며칠 동안 영화 만든다고 이것저것 촬영해보곤 했었거든."

제리가 캠코더에서 꺼낸 메모리카드를 컴퓨터에 연결했다. 영상이 떴다.

현수가 뭐라고 중얼거렸다. '이상한 가족'. 카메라 뷰파인더가 천천히 도는데 어머, 얘, 뭐가 이상하니? 세상 정상적이지, 하는 목소리가 들렸다. 엄마였다. 하지만 카메라가 비추는 건 흔들리는 거실 벽이었다. 카메라는 아래로 내려와 흔들리는 손끝을 아주 잠깐 비추고는 다시 밋밋한 벽에 닿았다.

현지는 그만 울어버렸다. 뜨거운 눈물이 토하듯 쏟아졌다.

현수의 뷰파인더로 중학교 2학년이었던 소녀를 보았다. 엄마! 엄마! 나 푸에테 하는 거 봐봐! 선생님이 내가 제일 잘한대! 영상 속에서 들리는 목소리는 막 발레 학원에서 돌아온 현지였다. 그러나 영상에는 한쪽 다리를 몸과 수평이 되게 들고 폈다 접었다 하며 빙글빙글 돌고 있는 모습이 아니라 현지 머리 위 어딘가만 나왔다. 카메라에 잡힌 건 올라갔다 내려갔다 하는 묶은 머리카락뿐이었다.

잠시 카메라가 비틀린 채로 내려갔다 올라왔다. 그 바람에 아주 짧게 현지가 잡혔는데 길게 일그러졌다가 휙 올라가면서 머리만 길쭉하고 몸은 짧은 기이한 모습이 되었다.

'나는 발레리나가 될 거야!'

으스대듯 말하는 현지에게 밝은 목소리로 엄마가 대답했다.

'그러세요! 세계적인 발레리나 되세요!'

엄마의 목소리가 현수를 향했다.

'우리 현수는 뭐가 되고 싶으세요?'

현수의 대답이 들리지 않았다. 엄마와 현지가 웃는 소리만 들리고 카메라는 계속해서 가족들의 머리 한 귀퉁이와 어깨 한쪽, 가슴 한복판을 차례로 비추었다.

빈 공간을 이동하여 소파 끝에 앉아 생일상을 치르고 남은 케이크를 한 점 먹은 뒤 막 커피잔을 들던 아빠의 불룩한 배가 잡혔다.

'그거 비싼 거야. 조심해서 사용해라.'

아빠의 목소리가 들렸다. 이어 엄마의 목소리가 또 들렸다.

'현수는 촬영감독은 싫답니다. 제2의 일론 머스크가 될 겁니다!'

캠코더가 뒤늦게 따라갔다. 바짝 세운 엄지손가락 끝이 보였다. 손가락에 머물던 카메라가 거울을 비추었다. 어떤 기법을 썼는지, 아니면 어쩌다 그렇게 찍혔는지 거울이 이내 일그러지더니 영상이 빙글빙글 도는 회오리바람처럼 변했다.

'백조의 호수에서 백조가 푸에테를 몇 번이나 하는지 알아?'

현수가 고개를 흔드는지 영상이 흔들렸다.

'서른두 번이야, 서른두 번! 흔들림 없이 서른두 번을 돌아야 한다구! 학원에서 나만 할 수 있어!'

밝고 높은 목소리였다. 목소리로 들리는 어린 현지는 다른 세계의 현지 같았다. 밝고 당돌하고 기운찼다.

"와. 네가 저랬었냐? 땅콩 같다, 야!"

제리가 농담을 했지만 현지는 웃지 않았다. 세상에서 가장 이상한 가족이라고 현수가 말했듯 얼굴 하나 찍히지 않은 가족 영상이었지만 현지는 그날의 가족을 샅샅이 기억했다.

현수는 왜 그렇게 이상한 방식으로 가족 영상을 남긴 것일까. 현수에게 엄마나 아빠, 현지는 조각으로 인식될 뿐이었을 걸까? 그러고도 애정이 깊어질 수 있는 걸까? 하지만 그 누구 하나 얼굴을 보지 않고도 그날 모두의 표정과 행동이 고스란히 기억되는 건 도대체 어째서일까…….

가족 영상에는 흔히 가족들의 가장 즐거운 한때가 담기기 마련이다. 하지만 찍히지 않은 기억들까지 불러오게 되어 있다. 그전에 있었던 일과 그날 이후에 벌어진 일들을.

그 당시 현수는 비밀스러운 프로그램을 만들고 있었다. 자신이 있을 때도 없을 때도 아무도 자기 방에 들어오지 못하게 했다. 문을 잠그고 잠들고, 문을 잠그고 등교했다.

엄마는 현수가 천재라며 기뻐하면서도 자기 통제에서 벗어나는 걸 참지 못했다. 현지를 시켜 현수가 무얼 하는지 훔쳐보게 했지만 현지 역시 출입금지 상태였다. 현지와 현수가 학교에 가고 없는 어느 날, 엄마는 결국 현수 방에 들어가 컴퓨터를 열었다. 바탕화면에 가득한 아이콘 중 '위시버켓'이라 쓰인 것을 눌렀는데 수천수만 개의 사진이 1초에 수백 장씩 뜨는 바람에 기겁을 했다.

너무 놀라 컴퓨터를 끄려다가 사진들을 눈여겨보게 되었다. 커다란 화면 가득 눈동자 하나가 떠 있는 사진만 수백 장이 계속 나왔다. 그러고는 또 코 하나만 클로즈업된 사진이 수백 장 이어지고, 당연하게도 입술만 수백 장, 머리털과 이마의 경계, 머리카락 클로즈업된 사진 등이 수천수만 장 이어졌다.

확대된 눈동자와 콧구멍과 입술은 몹시도 기괴하고 끔찍했다. 한참 동안 가슴을 진정시키지 못해 손을 벌벌 떨던 엄마는 이것들이 어쩌면 범죄자의 얼굴들이 아닐까 하는 추측을 했다. 현수가 범죄자들의 사진을 모아 어떤 패턴을 추출하려고 했던 것인지는 모르겠지만 엄마가 보기엔 현수가 할 짓이 아니었다.

엄마는 현수가 빌 게이츠나 일론 머스크 같은 누구나 알 법한 인물이 되고도 남을 것이라 여겼다. 범죄자 프로파일을 만드는 것 따위를 현수의 미래에 포함시키고 싶지 않았다.

그런 일이 있고 난 뒤 아빠가 촬영 장비를 사 온 것이다. 마침 현수 생일이어서 선물했고 현수 또한 캠코더를 받아 들고 기뻐했다. 이상한 프로그램을 만들지 못하게 할 생각으로 엄마가 아빠에게 현수의 비밀을 누설한 것 같았고, 아빠는 아빠 나름대로 정상적인 사진과 동영상을 찍게 할 요량으로 촬영기를 사 온 것 같았지만 두 사람은 내색하지 않았다. 엄마는 촬영에 지나치게 매달리지만 않으면 좋겠다는 말을 덧붙였으나 현수는 듣는 것 같지도 않았다. 현수는 아마 찍고 싶은 게 많았으리라.

생일날 가족을 찍었던 필름 뒤로 교실에서 학생들의 모습을 찍은 것으로 보이는 영상이 이어졌다. 제리가 손가락으로 가리키며 목소리를 높였다. 아, 그날이네!

"현수가 이걸 가지고 학교에 온 날이 있었어. 아무 말 없이 쉬는 시간에 느닷없이 캠코더를 들이댔지. 애들이 뭔 일인가, 하고 달려들고 어떤 애들은 책상 위에 올라가 포즈를 잡고 찍어달라 하고, 난리가 났지. 아마도 현수는 무슨 일이 벌어질지 몰랐을 거야. 원래 그런 애니까 그냥 자기 하고 싶은 대로 한 거지. 그러다 사건이 터졌어. 한 놈이 캠코더를 좀 보자며 현수에게 다가왔거든."

제리가 기침을 흠흠, 하고 이어갔다.

"그놈 뒤로 서넛이 따라붙었고. 안 주려는 현수를 한 놈이 붙잡고 다른 놈이 억지로 빼앗다시피 했어. 그러고는 이전에 촬영한 것을 돌려보았지. 아마 네가 나왔던 모양이야. 놈들이 다른 놈들과 함께 보면서 야, 이 계집애 누구냐. 병신이냐? 나 소개시켜줘라 등등, 알지? 고등학생 놈들이 할 만한 말들을 했지. 현수가 달라고 했어, 점잖게. 그런데 줄 놈들이 아니잖아. 이놈이 저놈한테 넘기고 저놈이 또 다른 놈에게 넘겼지. 넘길 때마다 한 놈씩 메모리를 들여다봤어. 근데 현수가 찍은 게 영 뭔지 모르겠는 거야. 동영상이 아니라 사진을 찍은 것처럼 컷, 컷만 찍혀 있는데 뭐가 뭔지 이해할 수 없

는 거지. 야, 이거 뭐냐, 뭘 찍은 거야? 애들이 모여들어서 들여다봤
어. 이거 뭐지? 이거 뭐야? 뭘 찍은 건지 모르겠는데? 현수 원래 사
이코잖아, 떠들썩했지. 교실에서도 애들을 찍는 것처럼 했지만 애
들의 얼굴이나 몸은 하나도 제대로 찍히지 않았어. 발만 찍혀 있거
나 가방 상표만 찍혀 있거나 책상 귀퉁이 낙서, 의자에 걸쳐진 교복
카라, 뒤통수 한쪽, 그런 것만 찍혀 있었어. 그건 그래도 알아볼 수
있는 거지만 전혀 뭔지 모르겠는 것도 찍혀 있었지. 미친놈 아냐,
사이코야 사이코, 야 씨, 병신 가족이네, 다들 와글와글했지. 현수가
점점 흥분했어. 그런데도 좋게 달라고 했다고, 여러 번. 그러다가
옆에 놓인 장우산을 날렸어. 그중 한 놈한테. 어떻게 됐겠냐."

안다, 기억난다, 그 일. 현지는 목이 메었다. 엄마가 학교로 달려
갔던 일, 현수가 날린 장우산이 그놈의 관자놀이를 찢고 뒤에 서서
구경하던 아무 잘못도 없는 학생의 눈 가장자리를 스쳐 귀까지 찢
어놓은 일. 그 귀를 사진 찍어놓은 일. 눈을 다치지 않은 게 천만다
행이었다고 엄마는 벌벌 떨며 현수의 손을 잡았다.

사건에 가담하지 않았지만 얼결에 피해를 입은 학생과 그 부모
에게 사과를 해야 한다고 했지만 현수는 엄마의 손을 뿌리쳤다. 잘
못한 게 하나도 없다며 절대로 용서를 빌지 않겠다고 했다. 거기 빙
둘러서서 자신이 당하는 것을 구경하고 있던 것도 잘못이라는 것
이다.

엄마와 현수는 밤이 깊도록 실랑이를 했다. 현수는 용서할 수 없
다고 했다.

'그놈들이 현지를 놀렸다니까요!'

'얘, 얘, 네 또래 남학생들이 다 그렇지 뭐.'

두 사람은 같은 소리를 질리지도 않고 반복했다. 보다 못해 현지가 현수에게 소리쳤다.

'오빠! 동생 없다고 생각하고 그냥 미안하다고 해! 나, 아무렇지도 않아!'

현수가 놀란 눈으로 현지를 쳐다보았다. 현수는 현지를 이해할 수 없었다.

'그게 왜 아무렇지도 않아?'

시간이 멈춘 듯 공허했던 현수의 눈이 너무나도 또렷하게 기억났다.

"오빠는 항상 사고를 쳤어."

"그 정도는 남학생들 사이에서 사고도 아니야."

"사고는 사고야. 우린 그 이후가 더 힘들었거든. 사과하고 빨리 끝내는 게 나를 위한 거라고 빌고 또 빌어서 오빠 마음을 돌려놨어."

"현수가 고집이 세지. 근데 너 이거 뭘 찍은 것들인지 알 수 있겠어?"

두 사람은 메모리 필름을 마저 돌려보았다. 고등학생 때 찍은 영상과 컷 뒤로도 뭔지 모를 것들이 이어졌다. 움직임이 이어지는 동영상이 아니라 사진처럼 각 장면을 나눠 찍은 것 같았다. 왜 그렇게 찍었는지 모를 일이었다.

메모리를 들여다보고 있자니 역시나 지나치게 가까이서 찍거나 줌을 사용해 어떤 것의 일부분들을 찍은 것 같았다. 뭔지 가만히 뜯어봐야 알 성싶은 것들, 이를테면 실내화 옆쪽, 책상 모서리, 엄지발가락의 발톱이었다. 그런데 잘 조합해보면 그게 또 누구의 것인지 알 수는 있는 것들이었다. 제리가 손가락을 딱 부딪쳤다.

"이거네! 이거 이 자식 책상이거든. 김민규라고, 이거 이 자식 발가락이고, 교복이야. 맨날 등교하자마자 교복 벗어서 의자에 걸쳐놓았거든. 이거 봐봐, 이 자식 가방인데 가방에 든 게 아무것도 없어. 빈 가방 속에 필통 하나만 달랑 넣어서 다녔으니까. 실내화도 아무거나 쓱 끼워 신으면 지 거였고. 찍찍 끌고 다니다가 아무 데나 벗어놓고 가버리곤 했어. 실내화 옆쪽에 '심' 자 쓰여 있잖아. 하도 실내화를 잃어버리니까 애들이 자기 이름 써놨던 거야."

그 이후로도 계속해서 사진들이 이어졌다. 폴더별로 날짜가 적혀 있었고 폴더 안에는 무언지 모를 것들, 혹은 무언가의 일부분들이 무수히 찍혀 있었다.

현지와 제리는 무언지 모를 일부분들을 보다가 덮었다. 현수는 이 수수께끼들로 무엇을 하려 했던 것인지 의문만 남겨둔 채 이 방을 떠났다. 그는 자신을 침해하려는 자들에 맞서 어쩌면 끝까지 몸부림칠 운명인지도 모른다. 현수는 반 친구들이 놀리든 말든 그 뒤로도 뭔지 모를 사진들을 찍어댔다.

대부분 그런 식이었기에 대충 훑어보고 있는데 웬일인지 온전한 사진 하나가 있었다. 벽시계였다. 배경은 없고 오직 둥그런 시계 면만 찍힌 것이었는데도 벽시계라는 걸 알아볼 수 있었다.

원체 뭐가 뭔지 모를 사진들 속에서 시계 사진은 도드라져 보였다. 가리키는 시간은 아홉 시 37분이었다. 오전일지 오후일지 알 수가 없었다. 그 옆으로도 같은 시계 사진이 대여섯 장쯤 연달아 있었다. 시간은 똑같았다. 아홉 시 37분.

미세하게 각각의 색감이 달랐다. 나름대로 뭔가를 표현하려고 했을 텐데, 알아낼 수는 없었다. 제리가 미간을 잔뜩 찌푸리고 사진을 보고 있는 현지에게 말했다.

"현수 머릿속은 맥락을 건너뛰는 게 특징이라, 굳이 다 알려고 하지 말 것."

현수의 책상 위, 키보드 아래 뭐라고 새겨진 글자가 보였다. 제리가 키보드를 옆으로 옮겼다. Übermensch, 위버멘시라고 쓰여 있었다.

"위버멘시, 이거 그때 새긴 건데. 나랑 코인 처음 시작했을 때."

"그게 무슨 뜻이야?"

"현수가 손목을 긋던 칼로 그걸 새기면서 말해줬어. 초인적으로 한계를 극복해내는 사람이라고. 인간은 누구나 바닥을 치는 때가 있어. 그 바닥을 치는 게 다른 쪽에서 보면 새로 시작하는 것이 될 수 있는 거지. 몰락을 거쳐 한계를 극복하고 재창조를 해내는 인간, 대충 그런 뜻인 거지."

위버멘시, 라는 단어가 현지의 명치를 찔렀다. 어쩌면 현수의 손목을 긋던 그 칼이 위버멘시를 새기고, 현수를 외면했던 현지를 지금에 와서 찌르는 것인지도 모른다고 현지는 생각했다. 이제라도 현수가 그 작은 방에서 품었던 세계를 알아봐달라고 아프게 찌르는 것만 같았다.

작은 방은 현수의 세월을 담고 있기에는 너무 작아 보였다. 생각보다 많은 것을 차곡차곡 쌓아두고 있었다. 18년 인생의 몰락과 재생, 그 안간힘을 고스란히 담고 있는 방의 문을 조심스럽게 닫았다.

루시가 털북숭이 토끼 인형을 물고 흔들며 다녔다. 토끼 인형에서 현수의 목소리가 나왔다 끊겼다 했다.

제리가 이게 뭐야, 하며 토끼 인형을 받아 들고 눌렀다.

현지야, 지금쯤 대회를 준비하고 있겠지, 하는 현수 목소리가 새어 나왔다.

아, 이거였어! 제리가 뭔가 크게 깨달은 것처럼 소리쳤다.

"현수가 이런 방식으로 메시지를 남겼구나! 역시 현수는 현수야. 현지야, 또 찾아봐. 분명 또 있을 거야."

현지는 켄넬을 거꾸로 들고 털었다. 루시의 털들과 함께 루시가 씹다 만 개껌이 떨어졌다. 개껌 한쪽 끝이 풀려 있고 뭔가가 삐죽이 나와 있었다.

"그거야!"

제리가 탄성을 내질렀다.

돌돌 말린 개껌의 가죽을 풀었다. 속에서 나온 것은 작고 길쭉한 케이스였다. 한쪽 끝을 열었더니 USB 메모리가 들어 있었다.

빙고! 제리가 다짜고짜 현수의 방문을 열고 들어가 컴퓨터에

USB를 꽂았다.

아주 오래된 컴퓨터가 다시 한번 윙, 가동하기 시작했다.

USB엔 세 개의 폴더가 있었다. 첫 번째 폴더를 열었다. 누군가의 손에 들고 있는 싱가포르행 비행기 티켓이었다. 손만 보였지만 한눈에 현수의 손이라는 것을 알 수 있었다.

"싱가포르로 갔나 봐."

"처음엔 거기로 갔겠지."

"왜 이런 방식으로 메시지를 보내는 걸까?"

"너 외에 아무도 알지 못하게 하려는 거겠지."

"무엇을?"

"자신이 있는 곳. 재단이나 국가가 찾아내면 안 되니까."

"그렇네. 내가 돌보는 개의 소지품에 뭔가를 남긴다는 건, 나에게 전달하고 싶은 게 있다는 뜻일 거야. 그런데 뭔가가 더 있는 것 같아. 단지 자기가 있는 곳을 내가 알게 하려는 것뿐일까? 먼저 오빠 손에 들린 비행기 티켓은 자발적으로 갔다는 걸 말하는 거겠지? 내 의견은 이래. 오빠는 자기가 이렇게 사라져서 내가 위험에 처할 수 있다는 걸 알고 있었어. 그래서 내가 안전한 길로 가도록 가이드해 주려고 하는 거야. 내가 아는 오빠는 자신을 도와달라고 말하는 사람이 아니야. 그런데도 뭔가를 알려주려고 하고 있어."

"그리고 내가 아는 것도 있어. 그건 너와 내가 함께 문제를 풀어야 한다는 거지. 네가 아는 것과 내가 아는 것을 잘 끼워 맞춰서. 다음 폴더 열어보자."

"이게 뭐지?"

두 번째 폴더에는 알 수 없는 일러스트와 사진들이 잔뜩 있었다.

"이게 뭐……. 그래, 맞아!"

현지가 소리를 지르며 캠코더의 메모리를 꺼냈다.

"이 사진들 현상해야겠어. 아마 조합하면 뭔가 그림이 나올 거야."

"그래, 이게 현수의 방식이야. 우린 이걸 찾아가야 해. 우리 셋이 공유한 과거 속에서 키를 찾게 하려고 이런 방식으로 남긴 것 같아. 우리가 아니라면 누가 백번 봐도 모르게."

"그래, 그게 오빠의 방식이야. 오빠는 천재잖아."

제리가 피식 웃으며 고개를 끄덕였다.

"또 다음 폴더 열어보자."

"이건 또 뭐지? 아! 웹하드 주소네. 비번은 어디 있어?"

"오빠가 비번을 함께 적어뒀을 리가 없지."

"맙소사, 비번은 또 어디서 찾나."

제리가 현수의 침대에 발라당 누워버렸다.

"현수야, 쉽게 좀 가자, 쉽게!"

"그런데 왜 클라우드가 아니라 웹하드일까?"

"요즘엔 다들 클라우드를 쓰니까, 추적을 피하기 위해서 일부러 웹하드를 쓴 것 같은데?"

얘기를 하다가 제리가 벌떡 일어나더니 루시를 가리키며 소리쳤다.

"쟤, 쟤 물건 다 뒤져봐. 쟤한테 숨겨놨을 것 같아!"

다시 한번 루시의 켄넬을 뒤집었지만 나오는 건 먼지뿐이었다. 제리는 루시의 털을 훑기까지 했다. 털에서 뭐라도 떨어질까 유심히 살피면서.

"음…… 어디 있을까."

"지금부터는 모든 걸 유심히 살펴볼 것!"

현지가 뭔가 골똘히 생각하다가 제리를 쳐다보았다.

제리가 움찔하며 몸을 뒤로 뺐다.

"왜? 왜 그러는데?"

"진짜 이름은 뭐야? 제리는 왜 제리야?"

"아, 난 또, 야! 가슴이 철렁 내려앉았잖아. 그렇게 좀 쳐다보지 마. 무서워."

"제리는 왜 제리냐니까?"

"제리, 젤리, 달콤하고 말랑거리고 쫀득한 거 있잖아. 왕꿈틀이! 우리 어릴 때 많이 먹던 거. 아, 그러고 보니 왕꿈틀이 먹고 싶네. 현지야, 왕꿈틀이 사러 가자!"

제리가 현지의 손을 잡아끌었다.

#02

들고 싶지 않았지만 듣지 않을 수 없었다. 연 부장이 스스로 목숨을 끊었다는 소식을.

거래소의 자산관리 내역에서 연 부장이 관여한 부분이 생각보다 컸다고 했다. 개인적인 횡령과 부당거래가 만천하에 까발려졌다. 아니, 까발려질 게 아직도 얼마나 많은지 모른다고 했다. 그러나 직원들 간에는 고개를 갸우뚱거리는 사람들이 많았다. 연 부장이 그렇게 높은 직책에 있었던 것도 아닌데, 횡령이야 그렇다 치고 부당거래 범위가 그렇게 클 수 있었겠냐고.

책임이 실제로 져야 할 만큼보다 얼토당토않게 커지다 보니 삶에 회의가 들었는지도 모른다고 직원들이 수군거렸다.

직원들이 주고받는 얘기를 들으며 성철이 넋 나간 사람처럼 서 있는데 진호가 눈과 코가 벌게져서 다가왔다.

"연 부장님이…… 왜 그렇게까지 하셨는지……."

성철은 대답할 말을 찾지 못했다. 참담하기 이를 데 없는 얼굴로 몸을 돌려 사무실로 들어갔다.

안에서 문을 찰칵 걸어 잠그는 소리가 들렸다.

다들 그 심정을 알 만했는지 알아서들 고개를 돌렸다. 진호가 직원들에게 말했다.

"당분간 팀장님께 갈 일은 제게 가져오세요."

연 부장이 사망하기까지, 이 모든 일은 두 달도 채 안 된 사이에 일어났다.

블리아니 거래소의 파산은 파장이 어마어마하게 컸다. 일개 부장의 목숨으로 덮기에는 사고의 크기가 너무 컸다. 세계적인 거래소들과 디파이 대출업계, 코인 투자회사들의 연쇄 파산을 불러왔다.

미국 재무부와 증권거래위원회(SEC) 소속 감독관은 '고객의 돈과 거래 상대방 또는 다른 카운터파티의 돈을 섞는 것은 위험 관리 차원에서 나쁜 정책'이라면서 '현시점에서 블리아니 거래소가 법을 위반했다고 단정할 수는 없지만, 적어도 위험 관리 측면에서는 나쁜 행동이었다'고 지적했다.

이 언급을 시발점으로 국가를 망라한 수사가 진행됐다. 보통 한국에서는 사고의 당사자가 목숨을 끊으면 기소중지가 되고 더 이상의 수사도 진척되지 않았지만, 블리아니 거래소발 줄도산은 세계에 미친 영향이 너무 컸다.

수사기관은 수사 대상을 넓히고 바짝 조이기 시작했다. 당국에서 성철과 진호를 다시 수사하겠다고 통보해 왔다. 최현수의 모든 컴퓨터를 조사하면서 조작된 흔적을 발견했다는 것이다.

성철과 진호는 다시 암담한 상황에 빠졌다. 거래소와의 밀착 관계, 코인 대출과 관련한 수사 과정에 K-코인 폭락과 관련된 조작 정황이 포착됐다며 이미 수사관들이 들이닥쳤었다. 사무실 전체를 발칵 뒤집어놓고 자료가 될 만한 것은 다 들어간 상황이었다. 그런데 또다시 수사기관에 소환될 위기에 처한 것이다.

성철은 회사를 위해 저지른 일들이었음에도 아무도 도와주지 않는 것이 억울했다. 도리 없이 자신의 행위가 까발려질 것이고 그에 따라 처벌받을 것이었다.

대표이사는 실무를 담당한 성철에게 모든 허물을 뒤집어쓸 것을 강요했다. 결정권은 본인에게 있었음에도 모르쇠로 일관했다.

그 와중에 진호가 성철을 불렀다.

진호의 컴퓨터 화면에는 코인 텔레그램의 뉴스가 떠워져 있었다.

두바이 정부가 개발하고 있는 기술이 오픈 블록체인 플랫폼을 목표로 하고 있고 이더리움보다 콘트랙트도 빠르고 보안성도 확실하고 확장성도 좋은 위버멘시 3.0 메인넷이라고 했다.

스테이블 코인과 탈중앙 금융 서비스 디파이 등을 연이어 선보이며 위버멘시 블록체인 생태계를 구축했고, 나아가 메타버스 공간인 '오버더센트럴랜드'와 탈중앙화 자율조직(DAO)을 결합한 경제 플랫폼 '후아유'를 오픈할 예정이라 했다. 이름하여 웜홀 프로젝트였다.

"위버멘시 코인이라고?"

성철과 진호는 동시에 서로 눈을 맞췄다.

두 사람은 서로의 눈이 몹시 흔들리는 것을 알아보았다. 눈동자에서 자신들의 의혹이 점차 확신으로 변해가는 것도 알아차렸다.

위버멘시는 진호가 개발하던 것으로 게임 관련 블록체인 기술인 K-2 코인 따위는 한 방에 덮어버릴 수도 있는 프로젝트였다. 말하자면 현수의 지문 같은 것이었다. 성철과 현수가 수십 번 회의를 거쳐 궁극적으로 진행하고자 한 프로그램이니 어찌 모를 수가 있겠는가. 결국 현수는 성철과 진행하기로 했던 프로젝트를 두바이에 가서 하고 있다는 것인가. 그것을 깨닫는 순간, 성철은 이상하게도 현수의 존재가 너무나 가깝게 느껴졌다. 마치 포위망이 좁혀지는 듯한 느낌을 받았다. 실리적 관계 사이사이에 사적 감정이 얽혀 있기 때문일까.

차라리 죽었다거나 영영 실종되었다는 소식을 기대했다. 서로에게 돌이키기 어려운 손해를 끼쳤을망정 죽었다면 그 사람의 모든 것과 절연한 것이 되니까. 연 부장이 죽음으로 둘 사이의 비밀이 묻힌 것처럼. 하지만 이건 아니었다. 목에 단단한 게 걸려 넘기지도 못하고 뱉지도 못하는 증세가 생겼다. 문득 목에 걸린 게 패배라는 말인지도 모르겠다는 생각이 들었다.

성철은 회사 내부에 갇혀 큰 그림을 간과했다. 현수는 언제든 자유로운 몸이었다. 그가 비록 집에서 한 발짝도 나오지 못한다 해도, 그것은 다른 말로는 다른 어떤 사람도 그를 강제로 끌어낼 수 없다는 뜻이라고 할 수 있을 터였다. 그러니까 현수는 순전히 자유의지로 저 먼 나라에 가서 충분한 지원을 받으며 자기가 꿈꾸던 세계를 구축하고 있는 것이었다.

현수의 프로젝트에 제공된 재단의 자금이 만만치 않게 컸던 건 사실이었다. 자금 규모로 봐도 프로젝트에 재단의 미래를 걸었다고 할 수 있었다. 하지만 엄밀히 따지면 현수의 프로젝트에 들어간 자금은 일종의 모금 형식이었다. 소문처럼 마피아의 자금이 들어온 건 아니었지만 관련된 기업들과 개인 큰손들로부터 투자와 펀딩을 받은 것이어서 현수가 자금을 횡령한 것이라 보기는 어려웠다.

펀딩 자금이 현수 개인에게 다 들어간 것도 아니었다. 개발팀 직원들 월급으로 쓰인 것이며, 이 바닥에서는 펀딩받은 개발자금이 바닥나면 프로젝트는 멈추기 일쑤였다. 심지어 메이저 코인인 에이다의 대형 프로젝트 아르다노도 1000만 달러나 모금해서 개발하다가 자금이 바닥나자 아무런 계획 없이 포기했다고 발표하기도 했다.

개발자가 계약을 파기했다고 해서 공식적으로 책임을 물을 수는 없는 일이었다. 개발 단계일 뿐 아직 코인이 상장된 것도 아니라서 일반 개인 투자자들에게 손해를 입혔다고 보기 어려웠다. 그러니까 메인 개발자가 남아 있거나 그를 대신할 개발자들이 있다면 다시 모금을 해서 이어가면 될 일이다. 문제가 이렇게 커진 것은 애초 성철의 계산과는 달리 메인 개발자인 현수가 모든 프로그램을 갖고 사라져버렸기 때문이다. 그래서 재단은 비공식적으로 현수를 쫓고, 현지를 납치해 압박하려 한 것이었다.

* * *

수사기관에 소환된 성철은 현수의 배임을 일관되게 주장해야 했다.

사인이 안 된 계약서가 있을 뿐 배임을 증명할 다른 자료가 있는 것도 아니었다. 그리고 컴퓨터에 그 흔적이 남겨진 것처럼 개발 단계의 기술을 도난당했다는 것을 강력히 주장했다. 어쨌거나 그로선 시간을 버는 게 최선이었고 혼선을 줌으로써 수사를 지연시키는 방법밖에 없었다.

성철은 수사기관에 현수가 기술을 훔치고 자기 소유의 코인을 팔아 외국으로 나갔으며, 그 때문에 코인이 폭락했다고 주장했다. 그리고 현수의 여동생과 친구 제리가 현수의 도피를 도와준 공범 관계일지도 모른다는 정보를 꾸며 제공했다.

나 살겠다고 한 일이다. 아니, 나만 살겠다는 게 아니다. 회사 살리겠다고, 회사 직원들 살리겠다고 한 일이다. 내가 아니라 누구라도 이렇게 할 것이다. 아니, 이보다 더한 일도 할 것이다. 누가 내게 손가락질을 할 수 있어!

성철은 미친놈처럼 중얼거리며 회사로 돌아왔다.

마침 진호가 기다리고 있었다. 진호는 다음 차례로 소환될 예정이었다.

성철은 지령을 내리듯 단호하고 짧게 말했다.

"허를 찔리면 안 돼. 치밀하게 계산해서 대답해. 수사하는 사람들 바보 아냐."

진호는 고개를 끄덕이면서도 미적거렸다.

지친 걸음을 옮기려던 성철은 미심쩍은 느낌이 들어 다시 돌아보았다.

"할 말 있어?"

진호가 고개를 들었는데 눈빛이 순간 강렬했다.

"팀장님, 저 그만둘까 합니다."

예상치 못한 말이라 허를 찔린 기분이 들었다. 누군가 순식간에 온몸에서 힘을 뽑아버린 듯 허탈하기도 하고, 뒤통수를 맞은 듯 기분이 몹시 언짢아졌다. 뒤늦게 화도 불끈 치솟았다. 공중 분해되는 회사 모습이 머릿속을 스쳐 갔기 때문이다.

성철은 이성을 되찾느라 미처 바로 반응하지 못했다. 침을 삼켜 화를 꿀꺽 삼켰다. 이 상황에 진호마저 없으면 이 책임을 나눠 질 사람은 아무도 없다.

"뭐라고 했어?"

뜻밖에도 진호는 당당했고 담담해 보였다.

정신이 번쩍 들었다. 진호를 너무 믿고 있었나…….

"제가 더 이상 할 일이 없는 것 같습니다. 한계를 느끼고요."

성철은 일단 고개를 끄덕였다. 그래, 안다. 하지만!

"너도 연관이 있어. 수사받고 있잖아."

"제가 수사받아야 하는 상황도 받아들이기 어렵고요, 개발에 집중을 할 수가 없습니다. 걸핏하면 수사관들이 들이닥치고, 불려 나가고. 작업을 할 수도 없고. 개발실 상태를 보세요, 더는 못 버티겠어요."

수사를 받아들이기 어렵다고? 네 일 아니라는 거지! 성철은 더욱화가 났다. 하지만 목소리를 높여서는 안 될 일이었다.

"그래서, 그래서 뭘 어떻게 해야 하는데?"

"적어도 개발실 팀원들은 보호해줘야 하는 것 아닙니까. 반이나 쪼그라든 상황에 저까지 이렇게 시달리면 개발실이 어떻게 버팁니까."

성철은 궁리했다. 맞는 말이긴 했다. 진호는 개발자이지 운영자가 아니다. 대표이사도 도망간 거나 마찬가지인 마당에 실무팀 중에 자신밖에 남은 사람이 없다. 진호가 이 짐을 함께 나눠 지기를 간절히 바랐지만 이제 온전히 홀로 지고 나가야 하게 되었다는 것을 인정해야 했다.

"네 말이 맞다. 이번 일만 끝나면 개발실 문 절대 두드리지 않게 할 테니 팀원들 잘 이끌고 프로젝트 진행에만 집중하자."

성철은 지친 몸을 이끌고 사무실 문을 열었다가 휑뎅그렁한 모습에 도로 문을 닫고 5층으로 향했다. 샤워실로 바로 들어갔다.

그만두겠다니, 게다가 그 태도는 또 뭐야.

성철은 언짢다 못해 부아가 치밀었다. 퇴근을 못 한 지 벌써 일주일이나 되었다. 뜨끈한 물에 샤워를 하는 동안에도 진호의 얼굴이 머릿속에서 떠나지 않았다. 그동안 능력이 달리는 진호를 키우고 또 키워주었다. 방향도 가리켜주고, 기다려주고. 그런데 이토록 고독한 처지에 놓인 나를 놔두고 떠나겠다는 말을 해?

성철은 소리라도 크게 지르고 싶었지만 누가 들을세라 신음을 꾹꾹 눌러 참았다. 대신 델 것처럼 뜨거운 물을 틀어놓고 미친 듯이 비누칠을 하고 박박 머리를 긁어댔다.

김이 풀풀 나는 몸을 라운지 체어에 던졌다. 커다란 통창으로 차가운 가을 빗발이 쏟아지고 있었다. 발밑은 낭떠러지였다. K-2 코인이 낭떠러지에 달랑달랑 위태롭게 매달려 있었다.

문득 등줄기로 번개가 내달리는 것처럼 섬뜩했다. 주진호, 이놈이 다른 생각을 할 수도 있겠다. 주진호는 운영자가 아니라 개발자다. 회사의 존폐보다 자신이 개발한 기술이 더 소중할 터였다. 최현수가 그랬던 것처럼.

전화가 걸려 왔다. 최근 부쩍 통화가 잦아진 전화번호였다.

성철은 주변에 누가 없는지 둘러보았다. 아무도 없는 것을 확인하고 통화 버튼을 눌렀다.

#03

대회를 치르느라 소홀했던 일상을 정리하기에 좋은 시간이 주어
졌다.

넓은 창으로 햇살이 넉넉하게 들어오는 오후 세 시, 루시와 공놀
이를 하고, 쌓아둔 땀복이며 타이츠, 슈즈 케이스, 튜튜 케이스들을
세탁하고 정리해두었다.

자신을 뒤쫓는 정체 모를 사람들과 갑작스럽게 나타나 일상을
뒤흔든 제리, 실체를 알 수 없는 기업의 보스. 모두 잊어버린 채 현
지는 비스듬히 쏟아지는 오후의 햇살이 주는 평화로움에 젖어 거
실 바닥에 길게 드러누웠다.

옆에 누운 루시의 털 사이로 햇살이 스며들었다. 루시의 몸이 날
아갈 듯 가벼워 보였다. 늦가을 오후의 햇살은 마치 수백 년 전의

폐허로 이끌리는 듯한 감상에 빠져들게 했다. 훈련에 훈련을 거듭하는 것이 전부였던 삶에 낯선 문물이 물밀듯 밀고 들어온 것 같은 요즘이었다. 경계와 저항이 무모한 일이었다.

곤경을 겪으며 현지는 한층 커지고 시야도 넓어진 것 같았다. 확장된 삶은 고스란히 발레에서의 표현으로 깊어졌다. 곁에 아무도 없는데, 낯선 사람들이 감시하는 눈길이 여전한데, 이전 어느 때보다 외로운 게 분명한데, 역설적이게도 안온한 느낌이 들었다.

적당하게 따뜻한 마루의 감촉을 즐기며 뒹굴거리고 있는데 종훈에게서 전화가 왔다. 친구들이 대회 치르느라 놀지도 못했으니 다들 뿔뿔이 흩어지기 전에 오늘 밤을 '뿌셔버리자'고 했다는 것이다.

현지는 벌떡 일어나 앉았다. 종훈은 벌써부터 들떠 있었다. 데리러 갈게! 하고 곧바로 전화를 끊었다.

현지는 방으로 달려가 옷장을 열고 클럽에 갈 의상을 찾았다. 딱히 눈에 띄는 옷이 없었다. 그도 그럴 것이 현지는 그동안 친구들과 클럽에 놀러 간 적이 없었다.

저라고 친구들과 휴식 시간을 함께 보내고 싶지 않았을까. 그러나 현지는 부모의 보살핌과 지원을 받으며 발레를 하는 동료들과는 다른 처지였다. 동료들이 하루 여섯 시간을 훈련에 바치면 현지는 하루 여덟 시간을 훈련에 쏟아야 했다. 뒤도 옆도 돌아보지 않고 혼자 아등바등 앞만 바라보며 하루하루를 보냈다. 함께 놀러 가자는 제안을 받은 것도 처음이었다.

거울 앞에서 옷을 번갈아 입어보았다. 거의 연습복들이었지만 홀터넥 톱을 잘 활용하면 썩 괜찮은 의상이 될 듯했다. 홀터넥 톱에 한쪽 어깨가 드러나는 헐렁한 니트를 걸쳐 입고 하의로는 타이츠 위에 숏 팬츠를 입었다. 연습할 때 흔히 입는 복장이었지만 아무 때나 입어도 나쁘지 않아 보였다.

몸을 틀어 거울에 비춰보며 종훈이 집 앞으로 오기를 기다렸다. 그놈들이 불금이라고 집 앞을 떠났을 것 같지 않았으니까.

종훈이 전화를 해 왔다. 현지는 들떠서 대답했다.

"응, 내려갈게."

종훈이 다급하게 말했다.

"아냐, 아냐, 현지야."

종훈이 평소 같지 않게 말을 못 하고 더듬거렸다.

"어, 현지야. 오늘 애들이 집에서 보내기로 했대. 은서는 남자 친구랑 약속이 있다 하고. 또 지은이는 어…….”

현지의 오감은 순식간에 핸드폰 너머의 온도를 감지했다. 부끄러운 마음에 얼굴이 뜨끈해졌다.

"그래, 나도 오늘 나가기 어려울 것 같아 전화하려고 했어."

서둘러 말하고 끊었다. 난감해하는 종훈의 변명을 더 듣고 있을 수는 없었다. 길거리 소음으로 추정하건대 종훈은 벌써 홍대 거리에 나가 있는 것 같았다. 누군가 현지가 끼게 되면 불편하다고 했겠지. 현지 하나 빠지면 불금을 즐기는 데 아무 문제 없다고 했겠지.

거울에 비친 현지는 귀까지 발갛게 열이 올랐다. 거울 앞에서 돌아섰다. 대회를 마친 선수들이 즐겨야 할 최고의 시간을 망치게 할 수는 없었다. 종훈은 서글서글하고 다정다감하고 심지어 제법 잘생긴 편이었다. 그는 친구들과도 잘 어울렸다.

그들처럼 부모님 보살핌과 지원을 받으며 자라왔다면, 현지도 단짝도 만들고 그룹으로 놀러도 다니고 두루두루 원만하게 적당히 즐길 줄 아는 사람이 되었을까. 중요한 대회를 마치고 누구보다 서로 사정을 잘 아는 친구들끼리 모여 휴식을 즐길 만큼은 되었겠지.

현지는 루시 옆에 앉았다. 그새 마룻바닥을 덮던 오후의 햇살은 사라지고 저녁 어스름이 깔리고 있었다.

현지가 옆에 앉자 루시가 일어나 공을 가지고 와서 무릎에 올려놓았다. 공을 던져달라고 눈을 맞추는 루시를 보니 덜컥 오빠가 생각났다. 어디선가 읽은 글귀가 떠올랐다. 골짜기에 홀로 핀 백합처럼 외롭다는. 오빠는 어디에서 또 이토록 외로울까.

금요일 밤 홍대 거리는 인파에 휩쓸려 떠밀려 간다고 표현하는 게 적절할 만큼 사람들로 가득 차 있을 터였다. 예전에 무슨 일로 금요일 오후에 홍대 주차장 거리에 갔다가 몹시 놀란 적이 있었다. 태연하게 루시에게 공을 던져주었지만 현지의 머릿속에는 종훈과 친구들의 모습이 그려졌다. 그만하자, 루시야, 하고 일어나는데, 종훈에게서 다시 전화가 걸려 왔다.

현지는 핸드폰 액정을 들여다보며 잠시 망설였다. 통화 버튼을 누르고 핸드폰을 귀에 가져다 댔다. '여보세요'라고 묻지 않았다. 몹시 시끄러운 음악 소리가 들려왔기 때문이다. 클럽에서 춤을 추다 전화를 걸었을까? 그냥 잘못 눌린 것 아닐까? 잘못 눌렸을 것이다. 종훈이 현지를 부르지 않았으니까.

현지는 전화를 끊고 방으로 들어가며 속엣말을 했다. 아무 일도 일어나지 않은 하루였어. 누구에게 쫓기지도 않았고, 누구와도 갈등을 빚지 않았고, 제리에게 얼토당토않은 요구를 듣지도 않았다. 요즘 보기 드물게 평온한 하루였다. 하지만 평온하다는 건 따뜻하다는 뜻을 품고 있는 것 아닐까. 오늘 현지는 전혀 따뜻하지 않았다. 아무도 찾지 않는 골짜기의 백합처럼 외로웠다.

루시를 끌어안고 잠이 들었다. 새벽녘에 핸드폰이 진동했다. 잠결에 핸드폰을 들고 발신자 이름을 보았다. 종훈이었다. 통화 버튼을 눌렀다. 종훈은 말이 없었다. 대신 거친 바람 소리가 들렸다. 클럽을 나왔는데 거리가 휑하니 비어 있었던 걸까. 친구들과는 헤어진 걸까. 아까처럼 버튼이 잘못 눌린 걸까. 왜 종훈은 말이 없는 걸까. 말 없는 폰에 대고 여보세요, 하고 물어야 하는 걸까.

현지는 버튼을 눌러 끄고 다시 잠들기 위해 이불을 끌어당겼다. 이불자락이 발가락에 걸렸다. 훅, 통증이 덮쳤다. 현지는 벌떡 일어나 발가락을 보았다. 발가락이 퉁퉁 붓고 엄지발톱이 또 반으로 갈라져 피가 흐르고 있었다.

훈련하느라 발끝으로 돌고 돌았던 날들은 이렇게 아픔을 남겼다. 마음이 아파서 발이 더 아픈 건지, 발이 아파서 마음이 더 아픈 건지 모르겠어서 현지는 참았던 울음을 터트렸다. 움켜쥘 수도 없을 만큼 아팠다.

한참을 울다가 절룩거리며 거실로 나가 응급약품 케이스를 열고 소독약을 발랐다. 칼로 찌르는 것처럼 아팠다. 붕대를 감으면서 문득 오빠가 생각났다. 현지는 어릴 때부터 혼자서 발가락에 붕대를 감았다고 생각했다. 돌봐주는 사람이 아무도 없는 어린 발레리나였다고 생각했다. 그런데 혼자 울고 있을 때 옆에서 응급약품 케이스를 가져다가 소독약을 꺼내준 사람이 있었다. 아무 말 없이 뒤에서 약품 통을 밀어주고 현지보다 더 아픈 얼굴로 불어터진 발가락을 지켜보던 오빠가 있었다. 현지는 몰랐다. 깊은 골짜기에 홀로 갇힌 백합처럼 외로웠던 현지 곁에는 똑같이 외로웠던 현수가 있었다는 것을.

현지는 절룩거리며 다시 잠자리로 돌아갔다. 이불을 턱밑까지 끌어당겨 덮고 울다가 잠이 들었다. 루시가 자꾸만 이불 속으로 파고들었다.

#04

장장 15일에 걸친 세계 비트코인 트레이딩 대회가 끝났다.

대회를 치르는 중에 재단 측에서 돈 뜯어내고, 쫓기고 하느라 정신이 산만해서 리더인 제리는 진즉에 탈락했다. 강속구는 세계 순위 13등, 제리팀 1등을 해서 1억을 받았고, 비트만팬다는 세계 순위 35등을 했고 제리팀 2등을 해서 5000만 원을 받았다.

제리는 구독자 중 강속구와 비트만팬다만 자신의 핫라인으로 만들었다. 세계 순위 46등을 하고 제리팀 3등을 한 닥터체인은 찐팬이긴 했지만 핫라인으로 등업시키지는 않았다. 닥터체인은 좀 더 두고 봐야 할 성싶었다.

상금을 먼저 계좌로 입금하고 공지를 올렸다. 날을 잡아 우승자와 인터뷰하는 공식적인 방송을 해야 했다. 유튜브 방송을 켜자마자 채팅창이 와글와글 끓어올랐다. 10등까지 명단을 먼저 올려놓고 시그널 뮤직을 흘려보내는 동안 상금의 주인공들과 나머지 수백 명의 구독자들이 대화를 주고받았다.

부럽다, 나는 언제 대회에 나가보나, 텔레그램 공부방 들어가야겠다, 나는 평생 해도 안 될 거야. 대부분 그런 대화를 하는 중에 진지하게 핵심을 묻는 구독자들도 있었다.

— 강속구 님, 타점에 확신이 있었나요? 이번 코인 판은 완전 혼돈 그 자체였는데.

다른 사람이 끼어들었다.

— 맞죠, 맞죠, 혼돈 그 잡채였죠.

— 코인 판은 언제나 혼돈 그 잡채죠. 파동이 아무리 심해도 저만 안 흔들리면 된다고 마음먹고 했습니다. 매일 새 판이 깔린다고 생각했어요.

— 와, 강속구 님은 찐이구나.

채팅창에서는 수시로 다른 사람이 끼어든다.

— 닥터체인 님, 질문 있습니다!

— 강속구 님한테 질문 안 끝났어요.

— 닥터체인 님은 진짜 닥터인가요?

— 뭐야, 뭐야, 무슨 이런 질문이 다 있어!

— 닥터체인 님은 갑자기 순위권 안에 들어왔으니까 무슨 특별한 노하우라도 있는가 해서요.

— 저는 닥터는 아니고요, 개털입니다.

— 뭐임? 개털이라니.

— 저는 코털입니다.

— 저는 대회 뛰기 전까지 진짜 개털이었습니다.

— 와! 인간 승리 갑니까?

— 신기했습니다. 저 코인, 딱 1000만 원 가지고 시작했거든요. 그거 작년 상승장에 1억 만들었다가 아시죠, 올해 다 털렸습니다. 근데 진짜 정신 차리자 하고 대회 나간 거거든요.

— 정신만 차리면 되나여?

— 희한하게 이번 대회는 정말 제리 님이 알려주신 그대로 차트가 움직이더라고요. 제가 기억하는 포지션이 나오기를 기다려서 자신 있는 타점에만 들어갔습니다. 제가 매일 차트를 캡처해서 그 내용을 엑셀 파일에 저장했거든요.

— 매일 복기하다니, 찐이다, 이분은.

또 다른 사람이 끼어들었다.

— 엄마 미안해. 전세금 날렸어ㅜㅜㅜㅜ

— 뭐냐, 진짜냐.

— 우리 엄마 알면 나 죽인다고 할 건데, 대장님, 저 공부 좀 시켜주세요!

— 머리는 되냐.

— 죽음을 각오하겠습니다! 충성!

— 전세금 날린 거 맞냐? 어째 주작 냄새가 솔솔.

— 맞습니다! 전세금 날렸습니다. 충성!

제리는 가만히 지켜보다가 시그널 뮤직 음량을 줄이고 강속구와 함께 입장했다.

예년에도 대회가 끝나고 나면 최대 수익률 우승자를 인터뷰하는 시간을 갖곤 했다. 화면 배경으로는 강속구가 카운팅한 선이 그려진 차트를 띄워놓았다.

"이번 대회 우승을 한 강속구 님을 모셔 어떻게 우승을 하게 되었는지 알아보는 시간을 갖겠습니다."

채팅창이 더욱 끓어올랐다. 강속구 님, 개인 문의 드려도 될까요, 저도 강속구 님처럼 되고 싶어요…… 난리가 났다.

강속구가 인사를 하고 제리는 우승을 한 배경을 물었다.

"듣기로는 계좌가 계속 우상향했다고 하는데 그 비법이랄까, 들어볼 수 있겠습니까?"

"그러니까요, 저는 거의 느끼지 못했는데 어느 순간부터 계좌가 우상향하고 있더라고요."

"매매를 하면서 쌓아온 매매 원칙이랄까, 규칙이랄까, 자신만의 비밀 병기랄까 할 게 있었습니까?"

"사실 비밀 병기를 갖고 있는 건 아니고요, 제리 님이 그동안 죽 올려놓은 보조지표를 일일이 대입해보는 편이었어요. 보조지표 사용할 때 매번 주의를 주는 부분이 있잖습니까? 그것을 잊지 않으려고 하는 편입니다."

"직장 다니면서 대회도 참가한 것이라고 알고 있는데요, 놀랍다고밖에 할 수 없습니다."

"할 때 집중하는 방식을 택했고요, 사실 저는 근무 시간 외에도 야근하는 일이 많습니다."

"그러니까요."

"그래서 저만의 의식을 갖추었습니다."

"오, 색다른 말씀인데요, 더 자세히 말씀해주실 수 있을까요?"

"짧은 시간에 집중해야 했기 때문에 퇴근하고 지친 상태나, 휴일 아침 늦게 일어나 부스스한 상태로는 매매에 들어가지 않았습니다. 반드시 샤워하고 로션까지 바르고 옷을 갖춰 입고 직장 일에 임하는 마음으로 매매를 했습니다. 그리고 꼭 오답 노트를 작성했습니다. 이기는 싸움이 아니라 지는 싸움을 하지 않겠다고 결심했습니다. 손익비를 철저히 계산하는 편이고요. 저는 금액으로 하지 않고 퍼센트로 정리했습니다. 수익 152퍼센트, 손해 45퍼센트, 이런 식으로요."

"대단하십니다. 이런 자세는 구독자님들 모두 명심하시면 좋을 듯하네요. 앞으로 목표가 있다면요?"

"세계 대회 순위를 올리고 싶습니다."

"물론입니다. 이렇게 모범적으로 나가신다면 목표를 달성하시리라 믿습니다!"

채팅창이 또 난리가 났다.

— 제리 님은 왜 탈락하셨나요? 몇 번 청산당하셨나요?

제리는 웃으며 제 자리 물려줄 때가 됐나 봅니다, 하고 너스레를 떨었다.

당장 채팅방이 들끓었다. 제리 님, 방송 접나요? 왜요? 제 멘토이자 우상이신 분이에요, 절대로 방송 접으면 안 돼요, 청산당했다잖아, 갈 때를 알고 가는 사람은 뒷모습도 멋지다잉……

채팅창은 읽을 수도 없을 정도로 빠르게 올라갔다. 제리는 강속구와 함께 인사를 하고 방송을 끝냈다. 물론 사적인 자리는 계속됐다. 맥주 한 캔씩 나누며 본격적인 대화를 시작했다.

강속구는 근 3년 제리의 구독자 생활을 하면서 착실히 실력을 쌓고 사적인 관계도 쌓아온 구독자였다. 사이버수사대 대원이라는 걸 안 지는 얼마 되지 않았지만 머리도 따라주겠다, 집중력도 좋겠다, 욕심도 있겠다, 뭐에 써도 쓸 데가 있을 것 같아 집중적으로 교육했다. 그렇게 1년 만에 세계 대회에서 30위권에 올랐었다. 그리고 또 6개월 만에 세계 대회에서 13위를 하고 자기 팀에서 1등을 한 것이라, 보람이 느껴지는 게 사실이었다. 직업적으로 쓸모를 염두에 두긴 했지만 이렇게 긴요하게 쓰일 줄이야.

강속구에게 부탁한 건 다른 게 아니었다. 두바이의 어느 기업에서 블록체인을 개발하고 있는지 또 동양인 개발자가 있는 곳이 어디인지 알아봐달라는 거였다.

강속구는 처음에는 도덕적 갈등으로 고민하는 것 같았다. 제리는 고민할 시간을 주지 않는 게 미션을 부여하는 자의 권위라는 걸 알았다. 제리는 제법 연륜 있게 다그쳤다. 강속구 님이 해주는 일이 무슨 일인지 알게 되면 아마 어깨 뽕 빵빵하게 세우게 될 거예요. 두고 보세요. 무슨 일이 벌어질지 딱 1개월만 두고 보세요.

제리의 방식은 유효했다. 미션을 부여받는다는 건 뭔가 강력한 동기가 되는 것 같았다. 강속구는 조금만 기다리시면 금방 알아내겠다고 했다.

아침마다 코인 데스크와 코인 텔레그램을 서치하던 제리는 코인 텔레그램의 기사에 눈길이 딱 멎었다.

두바이의 한 다국적 기업이 개발하고 있는 이더리움보다 콘트랙트도 빠르고 보안성 확실하고 확장성도 좋은 메인넷 플랫폼을 완성했고, 위버멘시 토큰을 발행했다는 것이다.

제리는 자신의 예측에 확신이 생겼다.

위버멘시 토큰이라고? 현수의 코인이 확실하다마다.

제리는 막 들어온 현지에게 뉴스를 보여주었다.

"현수가 프로젝트를 완성한 거야."

"그게 무슨 의미야?"

"현수가 해야 할 일을 끝냈고 그다음 행보가 있을 거라는 거지. 이게 재단에 어떤 영향을 미칠지 그게 걱정이고."

"왜 재단에 영향을 미치는데?"

"원래 재단과 진행했던 프로젝트를 확장한 것 같아. 두바이 정부가 지원을 빵빵하게 해줬다는 얘기지. 그런데 그 소유권이 어떻게 되는지 그게 문제일 것 같거든."

"재단이 오빠에게 소유권을 주장할지 모른다는 거지?"

"응. 하지만 이면 계약이 어땠는지에 따라 다르겠지. 프로젝트의 일부분에 불과할 수도 있고. 알아볼 수 있는 데까지 알아봐야겠어.”

“우리가 지금 해야 할 가장 시급한 일은 뭐야?”

“비밀을 푸는 거지!”

“역시 그렇지? 내가 준비한 게 있어. 이걸 봐!”

현지가 사진들을 현상해 왔다며 커다란 봉투를 내밀었다.

현지는 조바심을 냈다. 그동안 무관심으로 일관하며 현수가 보내는 사인을 제대로 포착하지 못했던 날들을 후회했다. 조바심이란 것이 언제나 일을 망치는 것은 아니다. 때로 온몸의 육감을 곤두세워서 놓치기 쉬운 기미들을 포착하는 데 도움을 줄 수도 있는 법이다. 제리 역시 코끝에서 감질나게 아른거리는 사냥감의 냄새를 맡고 호기심을 만땅 충전한 사냥개처럼 튀어 올랐다.

현지는 테이블 위에 사진을 순서대로 도열해놓았다.

두 사람은 일단 심호흡을 하고 어디의 무엇을 찍은 것인지, 이것이 어떤 해답을 품고 있는지 알아맞히는 작업을 시작했다.

그러리라 짐작은 했지만 온전한 형상을 한 건 하나도 없었다. 어딘가의 일부분을 찍어놓은 사진만 10여 장 이어졌다. 완전히 수수께끼였다. 위아래로 놓아보고, 옆으로 놓아보고, 다시 위아래를 바꿔 놓아보아도 무엇이라 할 형상이 이루어지지 않았다.

현수는 왜 이런 사진들을 찍은 걸까. 손톱이나 발톱 따위 한 사람의 작은 부분들을 찍어 그것을 이어 붙이면 엄마나 아빠, 친구가 된다는 건 해석하기 따라 의미가 있을 것 같았다. 사람이 사람을 볼 때 어차피 전체를 볼 수 없다는 것을 생각하면 일종의 전위적인 작업이 될 수도 있을 것이다. 그러나 사물이나 건물의 일부를 무작위로 찍는 건 수수께끼를 위한 수수께끼일 뿐이지 않은가. 그렇게 생각하는 순간, 머릿속의 창문이 활짝 열리고 시원한 바람이 훅 불어온 듯 맑아졌다.

그래, 이건 어차피 수수께끼를 위한 수수께끼인 거야! 예술을 하자는 게 아니라고!

현지가 첫 번째와 세 번째 사진을 짚었다.

"이거, 길가의 상점들 아닐까?"

"어, 그러고 보니 그런 것 같네. 이건 혹시, GS25 아닐까?"

"맞아! 맞아! GS25 간판 색깔이잖아. 이건 G의 앞부분이고."

"그래, 그런 것 같다. 사진 뒤에 써놓자."

"세 번째 사진은 우리 동네 호프집 같은데? 상호가 뭐더라. 기억이 날 듯 말 듯 하네."

"맨 마지막 이거, 세븐일레븐 아냐?"

"이건, 피자집 같아!"

두 사람은 동시에 손을 들어 하이 파이브를 했다.

"아! 알겠어! 이 사진들은, 이 사진들은!"

"나가서 확인해보자."

두 사람은 간단히 분장을 한 뒤 집 주변에 어슬렁거리는 사람이 없는지 살피고 밖으로 나왔다. 다행히 두 사람을 뒤쫓는 사람은 없어 보였다.

2차선 도로에 면한 아파트 상가 1층에 GS25가 있었다. 아파트와 상가가 혼합된 평범한 거리였다. 현지와 제리는 현수의 사진을 순서대로 하나하나 맞춰보았다.

사진에는 상점의 일부분만 찍혀 있었다. 그렇지만 사진을 들고 맞춰보니 어떤 상점인지 분명히 알아볼 수 있었다. GS25는 간판 특유의 색깔과 G자가 선명했고, 옆으로 '빨간머리'라는 미용실이 있었는데, 간판이 아니라 창문의 5분의 1쯤 왼편 아래만 찍혀 있었다. 창문 안쪽으로 살짝 미용 의자의 실루엣이 보였다. 빨간머리 미용실이 분명했다. 그 옆으로 제일 부동산, 파리바게뜨, 비스트로33, 올리브 도시락, 피자가게 더374, 굽네치킨, 무무101디저트, 마지막으로 세븐일레븐이 있었다.

현지와 제리는 사진 뒤에 상호를 적으며 하나하나 맞추어나갔다. 현수가 보낸 웹하드 주소가 gs25711이고, 그것이 사진의 첫 번째와 마지막이라는 것을 알아냈다.

그렇다면 비밀번호도 이 사진 안에 있다는 얘기가 될 것이다. 비스트로33과 더374, 무무101이 키워드일 것이고 이제 숫자들의 조합만 남아 있었다.

두 사람은 집으로 돌아와 웹하드 주소를 입력하고 신중하게 비번을 추리했다.

"GS25와 세븐일레븐처럼 순서가 있을 거야. 내 생각엔 가게들 순서대로 조합했거나 뒤에서부터 조합했을 거 같은데, 네 생각은 어때?"

"그래, 경우의 수를 최대한 좁혀야지. 무한정 만들지는 않았을 거야. 시간이 없으니까."

"숫자 앞에 알파벳을 넣었을 텐데, 뭘 넣었을 거 같니? 복잡하게는 하지 않았을 텐데."

"비스트로부터 넣어보자. 알파벳으로는 길지 않아."

"그래, 그럼 bistro33374101."

현지는 빈 종이에 숫자 '1'을 쓰고 '비스트로 33374101'을 적었다. 제리가 엔터를 쳤지만 비밀번호 넣는 창은 변하지 않았다. 오류였다.

"그럼 the를 넣어볼까?"

"the는 아닐 것 같아. 무무일 거 같지 않아?"

"느낌 온다, 느낌 와. 무무 한 표! mumu33101. 넣어볼까?"

"좋아."

현지는 종이에 숫자 '2'를 쓰고 '무무33101'을 썼다. 제리가 비번을 넣고 엔터를 치는 순간 감이 왔다는 듯 웃었다. 창이 열렸다.

"빙고!"

두 사람은 환호했다. 그래, 이거였어. 이런 식으로 풀어가면 되는 거야.

이내 떨리는 가슴을 진정하고 보았으나, 웹하드는 텅 비어 있었다.

"아무것도 없잖아?"

"어떻게 하라는 거지?"

"여기에 현수가 무언가를 올려놓으면 우리가 열어보고 우리도 답을 올려놓게 해서 소통하려는 것 같은데."

"그러게. 그렇다면 우리가 여기로 들어온 흔적을 남겨야겠네? 오빠도 우리가 이걸 열었다는 걸 알아야 다음 행보를 이어갈 것 같아."

"그래! 역시 현수 동생다운데? 천재야, 천재."

현지는 호들갑을 떠는 제리에게 두 손을 저어 말리며 무얼 올려야 할까, 물었다.

"뭐든 올려놓자. 우리가 열었고 너의 소식을 기다린다는 뜻만 알리면 될 테니까."

"그렇다면 우리 둘 사진을 올릴까?"

"아냐, 그건 위험해."

"그럼 루시 켄넬과 공을 찍어 올릴까?"

"오, 좋은 생각!"

제리는 곧장 현수의 캠코더를 들고 루시의 켄넬 앞으로 갔다. 공을 물고 오가는 루시에게서 공을 빼앗아 켄넬 앞에 던져놓고 컷을 하나 찍었다.

메모리를 컴퓨터에 연결해 웹하드에 올렸다. 첫 번째 미션 성공!

현지는 오빠에게 한 걸음 가까워진 기분이었다. 덤덤하고 무심한 사이라고 생각하고 지내왔지만 어느 누구보다 동생을 세심하게 보살피는 오빠였고 어느 누구보다 오빠를 잘 아는 동생이었다는 것을 깨달았다. 집 밖은 위험한 곳으로 알고 히키코모리처럼 살아온 오빠가 지금 어느 낯선 곳에서 어떤 위험한 사람들에게 붙잡혀 있는 걸까. 이제 오빠가 있는 곳을 알아내야 했다. 현지는 자신의 강인한 두 다리를 믿었다. 오빠를 찾는 데 지치지 않을 두 다리를.

#05

제리는 현지와 함께 현수의 미스터리를 풀어갈 계획이었다. 하나
하나 비밀을 풀고 실마리를 잡고 따라가면 그 끝에 현수가 있을 것
이다. 첫 번째 단계는 현수가 있는 곳을 알아내는 것이었다.

기다렸던 대로 강속구에게서 연락이 왔다. 강속구는 전화로 할
얘기가 아니어서 급하게 만나야 한다고 했다. 제리와 현지는 함께
만나러 집을 나섰다. 이제는 늘상 함께 움직여야 했다. 사안마다 일
일이 서로에게 문자나 전화로 전달할 수는 없었다.

그러나 이번엔 어딘가 불길했다. 제리와 현지가 지하 주차장에
내려가자마자 세 번째 기둥 뒤에서 낯선 두 사람이 빠르게 다가왔
다. 곧바로 그 옆에 있던 차량에서 엔진음이 들렸다.

이쪽으로 다가오는 남자들의 옷차림이 눈에 띄었다. 검은 셔츠에

흰 바지였다. 날씨가 추워졌기 때문에 겉에는 파카를 입었지만 한 눈에 알아볼 수 있었다.

이미 여러 번 쫓겨봤고 여러 번 따돌려봤기 때문에 제리는 반사적으로 현지 손을 붙잡고 뛰었다. 놈들은 현지의 차 옆에 자신들의 차를 세우고 지키고 있었다. 현지의 차로 갔다가는 꼼짝없이 잡힐 판이었다. 저놈들이 누군지 모르지만 줄무늬 셔츠보다 한층 위험한 놈들로 보였다. 뛰는 놈들 옆으로 차 한 대가 슬슬 뒤따라왔다.

제리가 현지의 손을 잡고 달렸지만 녀석들이 빨랐다. 양쪽에서 달려든 놈들이 현지를 낚아채는 바람에 제리는 현지의 손을 놓칠 수밖에 없었다.

현지는 놈들이 달려들자 한 놈의 얼굴을 겨냥해 돌려차기를 했다. 현지의 뒤꿈치가 정확히 그놈의 턱을 가격했다. 놈이 얼굴을 감싸 안고 주저앉았다. 현지가 얼떨떨해하는 사이 다른 놈이 현지를 덥석 감싸 안고 끌어갔다.

현지가 끌려가면서 소리를 질렀다. 높은 비명 소리가 지하 주차장을 뒤흔들었다. 제리도 있는 힘껏 소리를 지르며 현지를 쫓아갔다. 놈들이 억지로 차에 태우려 했지만 현지는 차 문틀에 매달려 온몸을 뒤틀며 버텼다. 제리가 현지를 끌어당기다가 재빨리 뒤춤에서 칼을 꺼내 현지를 끌어당기는 놈의 손을 그어버렸다. 예상했지만 실제로 일어나지 않길 바란 일이었다. 제리가 놈의 손을 칼로 긋긴 했지만 겨냥을 하고 그은 것은 아니었던지라 놈의 손등에서 핏줄기가 솟구쳐 제 얼굴로 뿌려졌다. 놈은 순간 현지의 손을 놓고 제 눈을 가렸다. 와중에도 놈의 손등에서는 피가 뿜어져 나왔다. 제리는 자기가 그어놓고 녀석을 보랴, 현지를 보랴, 어쩔 줄 몰라 했다.

현지가 도리어 정신없는 제리를 잡아끌고 차에 올라탔다. 현지는 제리를 차에 태우자마자 운전해서 주차장을 벗어났다.

마침 지하 주차장에 있던 주민들 두셋이 비명을 듣고 차에서 튀어나와 사진을 찍고 112에 신고한다고 소리를 쳤다. 주민들까지 모여들자 놈들이 후다닥 차에 올라탔다.

놈들은 곧장 현지의 차를 바짝 뒤따랐다. 놈들이 위협하듯 경적을 울리고 바짝 따라붙고 하더니 신호등에 걸려 현지가 차를 세웠을 때 뒤에서 들이받았다. 차가 앞으로 튕겨 나가고 범퍼가 와그작 구겨지는 소리가 났다. 더 위험해질 수도 있는 찰나 현지는 신호가 바뀌자 날렵하게 달아나버렸다.

백미러를 보고 사이드미러를 보며 현란하게 운전하는 현지를 바라보며 제리는 서서히 가슴을 가라앉혔다. 게다가 돌려차기를 하던 순간까지 돌이켜보니 당당한 표정으로 운전대를 잡은 현지가 다른 사람같이 느껴졌다.

"오, 현지, 멋진데? 너 언제 돌려차기를 배웠어?"

"오, 제리, 넌 언제부터 칼을 쓰기 시작한 거야?"

제리는 머쓱한 표정으로 앞을 보았고 현지는 자신이 해낸 순간의 대응이 만족스러워 뿌듯한 미소를 지었다.

마침내 강속구와의 약속 장소에 도착했다. 대낮이고 시내 한복판이라 제리는 현지에게 카페 앞 길가에 차를 세우라고 했다. 놈들도 차를 뒤에 바짝 붙여 세웠지만 주위에 오가는 사람들을 의식해서 인지 차 밖으로 나오지는 않았다. 차 안에서 때를 기다리거나 시간 차이를 두고 나올 생각인 듯했다.

제리는 현지에게 먼저 들어가라 하고 놈들의 차로 다가가 차창을 두드렸다.

놈들이 당혹스러운 얼굴로 서로를 돌아보더니, 겸연쩍어하면서 차창을 내렸다.

제리는 아까 휘둘렀던 칼을 슬쩍 꺼내 보였다. 뒷자리에 앉은 녀석은 그새 다친 손에 붕대를 감았는지 한 손을 주머니에 넣고 슬그머니 고개를 돌렸다.

"인사나 하고 지냅시다. 누군지도 모르는데 이렇게 자주 만나니 당황스러워서요."

놈들은 아무도 선뜻 대답을 못 했다. 눈길조차 어디에 둘지 몰라 불안하게 움직였다. 제리가 조롱 조로 말했다.

"입장 바꿔서 생각해보시면 알랑가, 누군지도 모르고 쫓기는 거, 무지 답답하거든요."

제리는 칼을 접어 뒤춤에 넣고 창문을 톡톡 치면서 올리라는 시늉을 했다. 놈들은 말 잘 듣는 아이처럼 머쓱한 표정으로 차창을 스르륵 올렸다.

제리는 가장 안쪽 테이블에 앉은 강속구와 눈이 마주치자마자 한눈에 그가 초조한 상태라는 걸 알아보았다. 마음 같아서는 달려가고 싶었지만 누가 볼지 모르는 터라 일부러 더 느긋하게 걸었다.

강속구는 현지와 눈인사를 하는 둥 마는 둥 하고 제리에게 먼저 말을 건넸다. 낯선 여자와 함께 왔는데도 궁금해하지도 않는 걸 보니 정말 마음이 급한 모양이었다.

"형님, 형님이 알아보라는 건 금방 알아냈는데요."

강속구는 순식간에 얼굴이 굳어지더니 얼른 카페 안을 훑어보았다. 요즘 세상에는 누구나 스파이가 될 수 있으므로 두 칸 떨어진 테이블에 앉은 사람들마저 신경 쓰는 듯했다. 한낮의 카페는 중년 이상의 연령층이 점거하고 있어서 큰 위험은 보이지 않았는데도 말이다.

강속구는 옆을 지나가는 사람이 아무도 없을 때 테이블에 놓아둔 파일을 열어 제리에게 보여주었다.

"여기, 두바이 정부가 지원하는 업체도 찾아놓았습니다. 위버멘시파운데이션이라는 다국적 기업인데요, 신생 업체라 잘 알려진 곳이 아니지만 구글 검색으로 지역과 정확한 위치도 찾아놓았습니다. 정부에서 적극적으로 지원하는 사업이라 찾는 게 어렵지 않았습니다."

제리는 엄지를 치켜올리고 목소리는 낮췄다.

"역시 최고야."

강속구가 현지를 힐끔 쳐다보고 괜찮겠냐는 눈빛을 보냈다. 강속구는 아직도 현지가 누구냐고 묻지 않았다. 수사대원의 직감으로 상대가 누구인지 알려고 하지 않는 편이 좋다고 판단한 건지도 몰랐다.

"응, 괜찮어. 얘기해."

"형님, 하, 이거 새어 나가면 안 되는데. K-코인 개발자 최현수의 동생 최현지와 제리라고 불리는 유튜버 김상우를 28일 소환조사할 예정이라는 문건을 보았거든요. 형님, 맞나 해서요."

그렇게 말하면서 강속구는 또 한 번 현지를 힐끔 쳐다보았다.

제리는 가슴이 철렁 내려앉았다. 현지도 놀란 눈으로 강속구와 제리를 번갈아 쳐다보았다. 결국 우려했던 대로 일이 진행되고 있었다. 제리는 끊임없이 따라붙는 스파이들과 현수가 보낸 사인들을 보건대, 자신과 현지가 이 사건에서 빠져나갈 수 없으리라는 걸 짐작했다. 어떻게든 결단이 필요했다. 저 조폭 나부랭이들의 위협만이 아니라 국가기관의 위협까지 받게 되었으니.

제리가 고개를 끄덕였다.

"어, 나 맞아."

강속구가 목소리를 낮췄다.

"K-코인하고 무슨 연관이 있어서 형님을 소환합니까? 이건 일반 범죄 쪽도 아니라서요."

"무슨 범죄를 저질렀겠어! 내가 범죄 저지를 사람은 아니지. 자세한 얘기는 나중에 해줄게. 동생은 아무것도 모르는 편이 좋을 거야."

"그건 그렇다 치고 두바이에서 개발하는 건 김치코인도 아닐 텐데, 형님이 관여할 게 있나요?"

"그게 겁나 복잡한 일이거든. 아무튼 우리가 무슨 위법한 행위를 한 건 아니고, 일종의 덫에 걸린 거라고 할 수 있어. 그러니까 도덕적 갈등은 하지 말고, 좀 기다려줘. 모르는 척하면 돼."

강속구는 단호한 얼굴로 알겠다며 고개를 끄덕였다.

"두바이 가보셨어요?"

"안 가봤지."

"가이드해줄 사람 있어요?"

"없지."

"미국이나 유럽도 아니고 관광단도 아닌데도요?"

"다 방법이 생기겠지."

"에혀, 그럴 줄 알았습니다. 혹시나 싶어서 찾아가는 루트도 알아봤죠. 파일 맨 뒤에 끼워놓았습니다."

제리는 벌떡 일어나서 강속구를 껴안는 제스처를 했다.

"이런 사람인 줄 알고 있었다니까!"

남의 눈에 띄는 것을 몹시 경계하고 있는 강속구는 싸늘한 어조로 그러지 마시라며 주의를 주었다.

"되도록 빨리 결정해야 할 것 같습니다."

"내 걱정 말고, 그사이에 내 방송 강속구 님이 좀 맡아서 진행해줘."

"아니! 안 됩니다, 제가 어떻게요!"

"별거 아니야. 지난번에 보니까 자기 포지션 설명 잘하더만. 그런 식으로 하면 되지 뭐."

"저 시간도 없어요."

"시간 날 때 일주일에 두 번씩만 해줘. 내가 오늘 방송에서 얘기해 놓을게. 구독자들도 새로운 맛에 좋아할 거야. 정 못 하겠으면 시간 없다고 방송에서 슬쩍 얘기해줘. 방송 업로드되면 들어볼 거니까."

"만약 연락해야 할 일이 있으면 어떻게 합니까?"

"모르는 척해. 나 만난 일도 없다고 하고. 그냥 방송 떠맡아서 하고는 있는데 힘들어서 못 하겠다고 하면 돼."

강속구는 어두운 얼굴로 고개만 끄덕였다.

"차 갖고 왔지? 내가 좀 쓸게. 차는 공항 주차장에 세워둘 테니까 찾아가면 돼."

제리와 현지는 지하 주차장에 주차한 강속구의 차로 빠져나왔다. 길가에 세워둔 차는 그냥 그대로 버려둔 채로.

차 안에서 제리는 현지에게 진지한 어조로 말했다.

"현지야, 우린 현수와 같은 배를 타게 됐어. 이제 같이 현수를 만나러 갈 거야. 현수와 사인을 주고받으면서. 만나면 계획을 들어봐야지. 내가 아는 현수는 즉흥적으로 움직이는 사람이 아니니까 분명 자세한 설계를 해놓았을 거야."

현지는 자신이 소환된다는 것을 아직도 받아들일 수 없는 듯했다. 고개를 젓다가 생각에 잠기다가 했다.

"난 오빠가 곤경에 처해 있어서 도움을 주려는 것이지 도망가려는 게 아니야."

"도망가느냐, 도움을 주느냐, 그걸 나누는 게 이제 의미가 없어졌어. 우리가 한시라도 빨리 현수에게 가는 게 두 가지를 다 해결하는 일일 거야. 먼저 이것 좀 열어보자. 우리가 남긴 흔적에 대한 답변, 그러니까 현수의 지시가 있을 거야."

제리가 웹하드에 접속했다. 예상대로 현수가 업로드한 파일이 있었다.

즐비한 교통 표지판 중 위험 표지판이 부각된 사진이 있었고, 바로 아래 이슬람 사원의 첨탑 사진이 올려져 있었다. 제리가 먼저 의견을 말했다.

"위험하니까 빨리 두바이로 오라는 것 같지 않아?"

"언뜻 보면 그런 뜻인데 두바이로 오는 건 위험하다는 뜻도 되잖아."

"그렇게 볼 수도 있는데 두바이는 범죄인 인도 조약이 체결되어 있지 않아서 일단 그곳으로 도피를 많이 하거든. 우린 되도록 빨리 여길 떠야 해. 좀 전에도 너를 납치하려고 했잖아. 우리가 해외로 떠버리면 그놈들이 어떻게 하겠어. 누군지도 모르는 놈들에게 납치되거나 수사당국에 소환되는 것보다는 우리가 적극적으로 행동하는 게 훨씬 낫지."

"우리가 뭘 잘못해서?"

"뭘 잘못했든 안 했든 현수와 연관이 있다는 이유만으로 당국이 의심하고 있는 한 잘못을 찾아내려 할 거야. 그렇게 되면 우린 진짜 아무 일 없이도 볼모가 되는 거라고."

"오빠 지금 우리가 어떤 처지에 놓여 있는지 다 아는 것 같아, 그렇지?"

"아마도. 자칫 잘못해서 우리 중 한 사람이라도 잡히면 현수와의 연락 방법이 노출될 수 있고, 그걸 가장 꺼릴 사람은 현수야."

"우린 우리도 지켜야 하고 오빠도 지켜야 하는 거네?"

"현수가 우리를 지키는 방법을 알려줄 거야. 또 우리가 루트를 잘 찾아가면 그게 곧 현수를 지키는 게 되겠지."

"나는 대회 결과가 발표되면 곧바로 프랑스로 떠나야 해."

"알아, 알고 있다고. 나도 현수도 잘 알고 있다고. 여권 살아있을 때 빨리 떠나야 할 것 같아. 너도 한국에 있다가는 정작 가야 할 때 프랑스로 갈 수 없을지도 몰라."

현지는 아무래도 지금의 상황을 이해할 수 없는 듯했다. 당연한 반응이기에 제리는 다시 차분히 상황을 설명했다.

"이렇게 하자. 가장 빨리 떠나는 비행기를 타고 두바이로 가는 거야. 거기서 현수를 만날 거야. 현수는 두바이의 어떤 기업에 있고 거긴 자료를 가지고 찾아가면 돼. 거기까지만 가도 현수를 만날 수 있을 테니까 우리는 웹하드를 통해 지시를 따르고 지시에 따르고 있다는 것을 또 알려줘야 해. 긴밀히 연결되어 있어야 하는 거야. 알겠지?"

현지가 곧 고개를 끄덕였다. 이해되지 않는 것은 여전했으나 더 이상 주저할 수 없다는 걸 분명히 알고 있었다.

두 사람은 각자의 집에 들러 짐을 꾸렸다. 현지는 루시를 전에 있던 동물병원에 다시 맡겼다. 오빠의 목소리가 담긴 토끼 인형과 현지의 냄새가 밴 스웨터를 켄넬 안에 넣어두었다. 그것으로 현지를 대신할 수는 없겠지만 지금 다른 방도가 없으니 그게 최선이었다.

제리가 인천공항을 향해 운전하는 동안 현지는 항공권 예매 플랫폼에 접속해 두바이행 비행기 티켓을 검색했다. 직항은 만석이라 열두 시간 후에나 있고, 홍콩 경유는 자리가 있었다. 경유를 하더라도 어쩔 수 없었다. 가장 빠른 시간으로 예약을 했다.

낯선 곳으로의 도피. 너무도 갑작스러운 일이었다. 두바이는 그렇다 치고 홍콩마저 한 번도 가본 적 없는 곳이었다. 게다가 아직까지 제리와의 동행은 불안하기 그지없는 일이었다.

머릿속에는 현수가 업로드한 위험 표지판과 이슬람 사원의 첨탑이 계속 맴돌았다. 명료한 두 가지 이미지가 함께 놓여 있으니 어느 순간 빙빙 돌기 시작하더니 뒤섞여버렸다. 빨간색 삼각형의 위험 표지판은 이미 위험한 상황으로 진입했음을 의미할 테고, 이슬람 사원의 첨탑은 미지의 세계를 의미하는 것 같았다.

현지는 비로소 자신이 한 번도 예상하지 못했던 삶의 전환점에 놓였다는 것을 깨달았다. 두려웠다. 비행기 티켓을 검색하고 가격을 비교하면서도 현지는 이 상황을 당연하게 받아들일 수 없었다. 발레를 하기 위해 해외로 가는 것 외에 하늘을 날아 경계를 넘어 전혀 다른 세계로 떠나는 일은 상상조차 못 했다. 아무런 보장도 없이, 심지어 어느 곳에 묵어야 하며 어느 곳으로 가야 하는지도 모르는 채 내가 아는 세계를 벗어나야만 한다. 이런 일이 어떻게 벌어지게 된 걸까. 단지 오빠의 잘못 때문인 걸까. 나는 오빠의 애정을 입고 먹고 살았으니 오빠를 위해 이 정도는 당연하게 받아들여야 하는 걸까. 그럴 수 없다고 도리질하고 소리치며, 울고불고한다고 한들 무슨 소용이 있을까.

논리적으로, 합리적으로 하나하나 짚어가며 따지면 자신이 모국을 떠나 도피 행각을 벌여야 할 이유는 없을 것이다. 그러나 삶의 전환점마다 그렇게 따박따박 이유를 찾아내고 합당한 결과를 도출해냈던 적이 있었나. 그때마다 의문을 안은 채, 반감을 가진 채 받아들여야 했다.

한편으로는 좋은 쪽으로 생각을 돌려보자고 억지로 추억을 떠올려보기도 했다. 발레를 하거나 클래식 연주를 하거나 현대음악, 현대무용을 하는 사람들은 대부분 기회가 닿을 때마다 외국의 유명 강사에게 단기간 레슨을 받으러 외국으로 나가곤 했다. 현지 역시 아카데미에서 연결해주는 강사에게 교육받으러 두셋씩 짝지어 나간 적이 있었다.

단기 레슨은 중요한 일이라 그것 외에 다른 여유를 부릴 시간이 없었다. 관광지를 돌아다니는 일도 없이 발레 스쿨 가까운 곳에 숙소 하나 잡아놓고 하루 내내 수업받고, 거의 녹초가 되어 숙소에 가서 쉬는 일과만 반복했다. 저녁이나 먹으러 나와 주변을 잠시 잠깐 산책하는 게 그나마 특별한 일이었다.

그런 기억 끝에 또 다른 기억이 따라왔다. 보다 적극적으로 지원해주는 가족이 있는 경우엔 자신이 속한 아카데미 발레단이 외국 공연을 할 때, 강습생 자격으로 관람하러 함께 나가기도 했다. 현지는 현수의 지원으로 아카데미 발레단이 이탈리아에서 공연할 때 따라간 적이 있었다.

공연이 열리는 곳은 칼리타라는 고대 도시였다. 현지와 동료들은 극장이 있는 광장을 가로질러 걸어갔다. 광장을 빙 둘러싼 카페 앞에 삼삼오오 모여 앉아 이야기를 나누는 사람들의 모습이 여느 유럽의 광장 풍경과 다르지 않았다. 그런데 뭔가가 눈에 띄었다. 카페 테이블에 앉은 사람들이 음료와 간단한 간식을 앞에 두고 일제히 몸을 뒤로 돌린 채 어느 한 곳을 바라보고 있었다.

현지와 동료들도 호기심에 그쪽으로 발길을 옮겼다. 옹기종기 서 있는 사람들 사이에서 현지의 아카데미 선배 둘이 즉흥적으로 발레를 하고 있었다. 카페에서 흘러나오는 음악이 발레리나의 신체를 타고 흘렀고, 푸른 원피스가 천천히 휘감아 소용돌이를 일으켰다.

순식간에 광장이 진공상태가 된 것처럼 아무 소리도 들리지 않았다. 질감은 생생했지만 비현실적인 느낌. 광장이 무대였고 지켜보고 있는 사람들 모두 무대에 오른 사람들 같았다.

그래서일까. 발레의 종주국 이탈리아까지 가서 공연한 한국 발레단의 무대가 언론에서 호평을 받았음에도 불구하고, 귀국 후 현지와 동료들은 정작 공연보다 광장에서 받은 느낌을 훨씬 생생하고 입체적으로 기억했다. 그 기억은 다른 경험들과 뒤섞이지 않고 아직까지 오롯이 남아 있었다.

이런저런 기억들이 스치는 사이 현지는 공항의 냄새를 떠올렸다. 현지에게 외유의 경험은 공연과 발레 훈련에 관한 것들이었으므로 공항의 냄새는 쇠붙이 냄새처럼 싸늘하면서도 어떤 그리움으로 기억되었다. 지금은 무작정 떠나는 입장이다 보니 그리움을 동반한 냄새에 대한 기억은 아이러니한 기분을 불러일으켰다. 오늘의 공항은 어떤 기억을 남기게 될까. 훗날 언젠가는 공항에 대한 감정이 그리움과 불안감이 교차하는 것이 되어 있지 않을까.

현지가 아무 말 없이 깊은 생각에 잠겨 있는 것을 보며 제리는 걱정이 되어 말을 붙였다.

"너무 걱정하지 마. 만약 네가 한국에 있어서 수사기관에 불려다닌다 치자. 너 대회 결과 나와도 수사 때문에 발이 묶여버릴지도 몰라. 출국금지 명령이 떨어질 테니까. 네 신상을 위해서 지금 미리 떠나는 거라고 생각해. 그게 사실이기도 하고."

현지는 말없이 고개를 끄덕였다. 아니라고 부인할 수 없었다.

홍콩행 비행기 출발 시간이 빠듯해서 현지와 제리는 출국 절차를 밟으러 뛰어갔다.

카운터에서 발권받고 캐리어를 맡긴 후 탑승장으로 가던 두 사람은 검은 셔츠에 흰 바지를 입은 남자 둘이 싱가포르행 카운터에서 나오는 걸 목격했다. 출국 절차를 마친 그들은 아침나절 현지와 제리를 쫓던 이들이었다. 그들은 뒤에서 기다리던 다른 두 사람에게로 다가갔는데 둘 다 처음 보는 얼굴이었다. 서로 악수하는 것을 보아 두 팀이 교대를 하는 듯했다.

싱가포르로 떠난다고? 한국 조폭들이 아니었어? 게다가 무려 넷이야?

기절초풍할 노릇이었다. 현지와 제리는 최대한 그들 눈에 띄지 않도록 후드를 뒤집어쓰고 출국장으로 달려갔다. 어찌 됐든 싱가포르로 떠나는 자들과 남는 자들이 적어도 합세는 하지 않아야 했다. 여유가 있다면 면세점이라도 돌아볼 요량이었는데, 지금은 누구보다 빨리 비행기에 탑승하는 것이 급선무였다.

탑승장 티켓 검표대에 도착해 한숨 돌리며 뒤돌아보았더니, 언제 어떻게 알아보았는지 뒤늦게 네 놈이 달리다시피 다가오고 있었다. 놈들의 눈에 띌까 봐 고개를 푹 숙이고 빠른 걸음으로 걸었는데 그러다 되려 녀석들에게 포착된 모양이었다.

검표대 앞 유도선에 들어선 제리는 황급히 현지를 제 앞으로 보내고 몸으로 가로막았다.

검표인이 두 사람의 티켓을 확인하자마자 제리는 현지 등을 훅 떠밀고 바짝 쫓아온 놈들이 달려들기 직전에 자신도 게이트로 훌쩍 들어가버렸다.

놈들이 우왕좌왕하더니 급하게 뒤돌아 뛰기 시작했다.

제리는 현지를 이끌고 다급히 걸으면서 연신 뒤를 흘깃거렸다. 녀석들이 홍콩으로 또 따라오는 거 아냐? 제리가 중얼거리는 소리에 현지도 의문이 들었다.

"싱가포르에는 왜 가려고 했을까?"

"그러게, 뭔가 있는 건가?"

"도대체 저 녀석들 정체는 뭐지?"

"현수가 싱가포르에 있는 업체와 연관이 있는 걸 수도."

"우린 홍콩에서 바로 비행기를 갈아탈 거니까 녀석들한테 걸리지 않을 거야. 아무리 빨리 와도 우리보다는 늦을 테니까."

나름대로 의문을 풀어보려고 했으나 둘이 알 수 있는 건 아무것도 없었다.

출국 검색대를 통과하기 위해 대기 줄에 섰다. 현지가 먼저 검색대를 통과한 다음 돌아보았다.

제리가 검색대에 들어가자마자 검색요원이 한쪽으로 나오라고 했다.

제리는 아차, 칼! 하고 당황했다. 칼을 넣어둔 바지를 그대로 캐리어에 넣었던 게 이제 떠오른 것이다. 검색요원들이 엄격한 얼굴로 손짓을 했다. 딴짓할 생각 말고 이쪽으로 오시지, 하는 얼굴이었다.

현지는 예상치 못한 소동이 벌어지자 어떻게 해야 할지 알 수 없어 쩔쩔맸다. 제리가 공항 경찰에 끌려가기라도 하면 모든 게 물거품이 될 것이다. 어찌어찌 잘 넘어간다 해도 비행기를 제때 타지 못하면 어쩌지, 다음 비행기를 타야 하는 건가. 그러면 저놈들한테 잡힐지도 모르는데. 이마에 식은땀이 솟을 만큼 안절부절못하는 상황이 되어버렸다.

어쩔 수 없이 끌려갈 위기였으나 제리는 포기하지 않고 임기응변을 발휘했다. 먼저 직접 캐리어를 열어 칼을 꺼내 공손하게 두 손으로 바치는 시늉을 했다. 그러면서 가져가시라고, 얼른 가져가시라고, 여행할 때 과일이라도 깎아 먹으려고 했던 것이라면서 너스레를 떨었다. 제가 해외여행이 처음이라서요, 아이고, 이런 것도 몰랐네요, 하면서 싹싹 빌었다.

그것 말고는 캐리어에서 더 이상 수상한 물건이 나오지 않자 칼을 압수하는 선에서 검색은 마무리되었다. 천만다행이었다. 속으로 발을 동동 구르며 지켜보던 현지는 맥이 탁 풀려버리고 말았다.

비행기 좌석에 앉아 한숨을 놓은 뒤에야 현지가 물었다.

"칼은 왜 가지고 다니는 건데?"

현지는 칼을 가지고 다니는 제리가 의심스러웠다. 놈의 손에 칼을 휘두르던 모습을 돌이켜 생각해보면 처음 칼을 쓰는 사람 같지 않았던 것이다. 게다가 아무 생각 없이 캐리어에 넣어뒀다는 것도 믿기지 않았다. 제리는 어떤 사람인 걸까. 어두운 과거를 지닌 사람이라면 나는 안전할 거라고 믿을 수 있을까.

"아아, 칼! 하이에나 같은 놈들이 설치는 이 무서운 세상에 칼 하나쯤은 지니고 살아야 마음 든든한 거 아니냐? 그걸 뺏겨버렸으니 이제 무얼 믿고 사나."

제리는 능청스럽게 굴더니 더 말하기 싫다는 듯 머리를 기대고 자는 시늉을 했다.

현지는 일부러 대화를 피하는 제리를 노려보다가 고개를 절레절레 흔들었다. 더 꼬치꼬치 캐물을 수도 없었다. 늦은 시간이기도 했고 제리가 진짜 잠이 들어버렸기 때문이다.

현지는 막 잠이 들려는 순간에도 비행기에서 잘 수 있어 다행이라며 중얼거렸다. 둘에게는 이 비행기 안이야말로 세상에서 가장 안전한 장소였다.

#06

코인 시장이 슬슬 기지개를 켜기 시작했다. 먼저 주식 시장이 반등했다. 들뜬 분위기는 곧장 코인 시장으로 이어졌다. 세계 최대 글로벌 자산운용사인 블랙독이 비트코인을 사 모으고, 크립토 재단들에게 투자며 펀딩 규모를 눈에 띄게 늘린 게 신호탄이 되었다.

좋은 의미에서는 크립토 재단들에게 힘을 실어준 것이고, 덜 좋은 의미에서는 재단들의 목줄을 쥐었다는 뜻이었다.

오랫동안 미국 증권거래위원회와 리플코인이 증권이냐 아니냐로 소송을 벌여왔다. 리플 측이 리플코인은 증권이 아님을 판사에게 조목조목 증명한 결과 재판을 담당한 판사는 증권거래위원회와 리플 간의 합의를 권고하는 판결을 내렸다. 리플은 글로벌 결제 네트워크를 운영하는 회사로, 리플넷에 가입한 은행들은 제3자의 중

자신은 그녀에게 불행을 몰아다 준 빌런 중의 하나임이 틀림없었다. 인생이 다 그런 거야, 하고 변명하고 싶었다. 변명 대신 트레드밀의 속도를 올렸다. 가슴이 터지도록 달렸다.

맹렬히 달리다가 성철은 트레드밀의 속도를 늦췄다. 어느새 정보원이 옆으로 바짝 다가와 있었다.

"팀장님, 최현지와 제리가 출국했습니다."

"언제?"

"어제요."

제리란 놈이 보통 영리한 게 아니라는 생각이 먼저 들었다. 그게 어떻게 가능했는지 모르지만, 자기들이 소환될 것을 알았던 걸까. 성철의 마음속에서는 제리와 최현지가 소환되어 수사받기를 원하는 감정과 도망쳐 살아남기를 바라는 감정이 격렬하게 교차했다.

궁금증도 불쑥불쑥 솟구쳤다. 이들이 출국했다는 것은 최현수에게 간다는 의미일까? 그렇다면 이미 최현수와 만나기로 약속이 되어 있다고 추정해볼 수도 있었다. 또 그게 가능하려면 서로 연락을 하고 있었다는 얘긴데. 그동안 바짝 감시하고 추적하면서도 그런 낌새는 조금도 찾아낼 수 없었다. 궁금한 게 많았지만 성철은 누구에게도 이런 초조한 속마음을 들키기 싫었다. 한 템포 쉬고 다시 물었다.

"곧 조사받을 걸 알았을까, 그냥 우연일까? 그런데 어디로 떠났지?"

"그게…… 홍콩으로 떠난 걸 확인했습니다. 수사기관이 하는 일을 미리 알았을 것 같지는 않습니다."

"그렇겠지……. 근데 홍콩이라고?"

"홍콩이 목적지 같지는 않고, 단순히 경유지인 것 같습니다."

"어디로 가는 걸까? 혹시 두바이?"

"그럴 수도 있을 것 같습니다."

"그렇다면 최현수와 연락을 주고받는다는 얘기잖아."

"그것까지는 알 수 없지만 급히 떠난 걸 보니 뭔가 있는 것 같습니다. 그리고……."

"또 뭐?"

"최현지를 쫓는 사람들 있잖습니까?"

"정체 알아냈나?"

"한국인인데, 소속은 해외가 분명합니다. 필리핀이나 태국 쪽에서 활동하는 사람들 같기도 하고, 어찌 됐든 해외 조직 소속인 것 같습니다."

"왜 해외 소속 정보원들이 최현지를 납치하려고 하지? 혹시 최현수도 납치당한 거 아냐?"

성철은 그렇게 말해놓고도 앞뒤가 안 맞는다는 생각을 했다. 최현수가 납치됐다면 누구에게 왜 납치되었는가 하는 의문이 생기고, 그렇다면 위버멘시 코인은 최현수 것이 아니라는 결론이 나왔다. 그럴 리가 없었다.

"그것까지는 모르겠습니다. 해외 쪽 정보를 얻으려면 저희도 다른 쪽과 연결을 해야 합니다."

돈을 더 달라는 뜻인 것 같아 성철은 고개를 끄덕이며 대충 대답했다.

"그쪽과 연결할 방법을 찾아보기로 하지. 두 사람이 금세 다시 들어올 수도 있으니 동태 주시하고."

"네, 알겠습니다."

보고를 마친 정보원이 떠났다. 성철은 다시 트레드밀의 속도를 올려 달리면서 중얼거렸다.

홍콩으로 갔다는 거지. 두바이로 가려는 걸 거야. 이 판국에 홍콩에서 동남아시아나 유럽으로 놀러 갈 리는 없잖아.

성철이 회사로 돌아오니 진호가 기다렸다는 듯이 달려왔다. 몹시 흥분한 얼굴이었다.

"팀장님, 수사기관에서 최현지를 소환한대요. 도대체 왜요? 왜 최현지를 소환한답니까?"

성철은 가던 걸음을 멈추고 진호를 빤히 쳐다보았다. 성철은 다그치듯 묻는 진호에게 바로 대답하지 못했다.

"그 사람이 뭘 잘못해서요? 현지는 현수 형 하는 일과는 아무 관련이 없잖습니까?"

진호의 태도가 어처구니없었다. 느닷없이 다그치는 게 꼭 자신을 비난하는 것 같았다. 아니, 마치 진실을 추궁하는 것 같았다. 상기된 진호의 표정이 점차 일그러지기까지 했다.

성철은 굳은 표정을 하곤 대답하지 않았다. 물론 진호에게는 수사기관에 거짓으로 진술한 것에 대해 말하지 않았다. 진호는 어차피 수사 대상에서 빠졌고, 아무것도 모르는 편이 좋을 것이기 때문이었다.

성철은 그제야 깨달았다. 진호가 현수와 현지에 대한 감정이 변하지 않았다는 걸 까맣게 잊고 있었구나. 그리고 진호가 현수의 컴퓨터를 조작한 일 때문에 불안해하고 있다는 것도 알아챘다. 회사에서 시키니까, 이사가 강제하고 성철이 종용해서 마지못해 한 일이라고, 결코 하고 싶어서 한 일이 아니라고 변명이 늘어지겠지.

혹시라도 수사기관에서 진호를 신문하면 이런 사실을 다 불어버릴 수도 있을 것 같았다. 진호가 내 사람이어야 한다고 믿고 있었던 것이지, 아닐 수도 있다는 것을 잊고 있었던 불찰이 컸구나 싶었다. 여기까지 생각한 성철은 지금 진호를 자극하면 안 되겠다는 결론에 이르렀다. 그래서 동조하듯 고개를 끄덕여주며 다독거렸다.

"최현수 주변 인물들은 다 수사선상에 올리는 거겠지. 그게 수사의 기본일 테고. 그들이 관여한 게 없다면 수사에서 결백한 게 증명되지 않겠어. 너무 걱정 마."

"현지 씨는 현수 형이 무슨 일을 하고 있는지도 잘 모르는 사람이란 말입니다. 그런 사람이 수사기관에 소환이라니, 가당치도 않잖아요!"

성철은 화가 치밀어오르는 것을 꾹 눌러 참았다. 가당치도 않다고? 현수 그놈이 우리에게 얼마만큼의 손해를 입혔는지 잊었단 말이야? 이놈은 대체 제가 어디에 몸담고 있는지 모른단 말인가! 결국 개발자들은 개발자 편이라는 거냐고.

"누군가는 진실을 말해야 하는 것 아닙니까? 현지 씨가 무고하다는 걸요."

"진호 씨가 나설 일이 아니야. 진호 씨는 절대로 나서서는 안 돼. 나 혼자 벌인 일로 해놓았는데 이제 와 나서면 또다시 불려 다녀야 해. 모른 척해. 아무것도 모르는 거야. 진호 씨는 회사의 루틴대로, 회사의 프로젝트를 진행하고 있을 뿐인 거야."

지금은 그저 그를 다독일 때였다. 씩씩거리던 진호의 호흡이 조금씩 가라앉았다.

"수사기관이 알아서 하도록 맡깁시다. 오죽 잘 알아서 할까. 우리는 우리 일에 집중하자고. 진호 씨도 수고 많았는데 이제 숨 좀 고르고."

마땅한 방도도 없는 마당에 진호도 그편이 좋겠다는 걸 인정했는지 고개를 주억거렸다.

"알겠습니다. 저 오늘은 집에 좀 다녀오겠습니다. 다리 뻗고 잠 좀 자야겠어요."

그렇게 말하는 진호는 당당했다. 그럴 만도 했다. 그동안 쉼 없이 달려왔고 제 몫을 다해냈으니.

"그러는 게 좋겠어요. 푹 쉽시다."

성철은 퀭한 표정으로 돌아서는 진호의 뒷모습을 가만히 보았다.

성철은 진호를 보내고 사무실로 들어가자마자 최근 통화 내역에 있는 번호로 전화를 걸었다.

"주진호가 집에 간다고 하고 나갔어. 다른 데 가거나 누구 다른 사람 만나지 않는지 주시해."

전화를 끊고 자리에 털썩 몸을 던졌다. 이제 아무도 믿을 수 없어졌다.

성철은 누구에게라고 할 것 없이 실망감과 배신감이 깊어지는 것을 느꼈다. 분통이 터졌다. 목이 조이는 느낌이 다시 도졌다. 답답하게 잠겨 있던 셔츠의 단추를 풀었다.

나는 회사를 살리겠다고 비열한 인간이 되기를 마다하지 않고 있는데, 이렇게 할 짓 못 할 짓 다 해가면서 몸을 바치고 있는데, 저 새끼들은 뭐지? 저 새끼들은 자기들 몸에 똥 한 점 안 묻히고 똥밭을 지나가겠다는 거야, 뭐야? 그런데도 내가 저것들을 감싸고 보호해줘야 하는 거야? 왜!

그렇게 혼자 화를 내다가 머리를 절레절레 흔들었다. 주진호가 최현수처럼 기술을 가지고 튀어버리면 안 되니까. 한 번 당하지 두 번 당할 수는 없으니까. 이 바닥에서는 개발자가 세상 최고니까. 속이 문드러져도 얼굴은 웃고 있어야 하는 거다.

물론 최현수의 전철을 밟지 않기 위해서 진호와는 계약관계를 선명하게 해두었다. 협상다운 협상을 거쳐 진호 몫을 챙겨준 것이다. 그럴 리는 없겠지만 그럼에도 불구하고 녀석이 다른 마음을 먹는다면 그때는 최현수처럼 도망치게 놔두지 않을 생각이었다.

#07

안내 방송이 들리고 웅성거리는 소리에 눈을 떠보니 비행기가 홍콩에 착륙한 뒤였다.

시간은 한밤중 두 시 45분이었다. 제리와 현지는 허겁지겁 소지품을 챙기고 이동하는 무리에 끼어들었다. 제리도 홍콩은 처음이라 했다. 남들 가는 대로 두리번두리번 표지판을 찾아 읽으며 입국 절차를 밟았다.

인천에서 두바이 직항 티켓을 구하지 못했기 때문에 가장 빠른 시간에 떠나는 홍콩행을 택했고, 그사이 두바이로 가는 티켓을 끊었다. 입국 절차를 밟고 다시 출국 절차를 밟아야 했다.

홍콩에서 두바이로 가는 비행기는 세 시간가량 남아 있었다. 어디 나가서 돌아다닐 만큼 긴 시간은 아니었다.

출국 절차를 다 밟고 탑승 게이트를 알아놓고 시간을 보니 한 시간 반쯤 남아 있었다.

이제 공항 어디에서든 웅크리고 시간을 보내든가, 면세점을 어슬렁거리든가 하면 되지만 두 사람은 먼저 처리해야 할 일이 있었다. 현수에게 홍콩에서 두바이로 가고 있다는 사인을 보내야 했다.

단순히 홍콩 티켓과 두바이 티켓을 보내면 누구나 알아볼 수 있겠지만 또 누구나 알아보아선 안 되는 일이기도 해서 남은 두 시간 반은 주변을 두리번거리며 어떤 사인이 적당할지 찾아보기로 했다.

홍콩에서 가장 많이 사는 것은 타이거밤 아닐까? 그건 중국에서도 많이 사가, 하는 말들을 주고받으며 면세점 거리를 돌다가 현지가 제리 팔을 탁 쳤다. 놀라는 시늉을 하며.

"홍콩에 온 건 아무 의미 없잖아. 결국 두바이로 가는 건데."

"그러네! 그럼 두바이에 도착해서 사인 보내면 되겠다. 잘됐네. 아, 지친다. 어디 앉아서 좀 졸기라도 하자."

"그런데 우리 출국했다는 사인을 안 보냈잖아."

"맞아. 놈들한테 쫓기느라 정신이 없었어. 어쨌든 우리가 출국했다는 걸 먼저 알리자."

"이건 어떨까? 출국하기 전에 내가 출국장 앞에서 전광판 찍어놓은 게 있거든."

"어디 봐."

공항 전광판은 시간별로 출발하고 도착하는 전 세계 비행기 편이 다 뜨게 되어 있었다. 어디라 특정할 수 없는 출발 편 전광판을 찍었으니 이것은 어찌 됐든 공항에서 출발한다는 의미를 담고 있는 셈이다. 어차피 홍콩은 경유지일 뿐이니 노출되지 않는 편이 더 좋을 수 있었다.

제리와 현지는 카페에 앉아 공항 와이파이를 사용해 웹하드에 접속했다. 현지가 찍어둔 사진을 올렸다.

"오빠가 언제 웹하드를 열어볼지 알 수 없는 게 답답하네."

"언제 확인을 할지 알 수 없지만 안내하는 길을 따라 잘 가고 있다는 것만 알아주면 좋겠다."

"오빠도 자유롭게 접속할 수 있는 건 아닌 것 같아, 그렇지?"

"우리도 어차피 비행기 타고 있는 동안은 접속할 수 없잖아. 마음 느긋하게 갖자."

"한국 소식도 이젠 곧바로 알 수 없겠지?"

"그때 봤던 내 동생이 어떤 식으로든 급한 일 생기면 연락해줄 거야."

"우린 이제 핸드폰도 못 쓰는데……."

"내겐 방송이 있잖아. 우린 텔레그램 공부방도 있어. 우리가 서로 떨어지지만 않음 돼."

"아, 그리고 보니 무섭다."

현지가 자신의 두 팔을 감쌌다. 제리는 걱정스러운 눈으로 현지를 바라보다 가만히 그녀의 팔을 쓰다듬었다. 아무리 당찬 현지라 해도 제 의지로 여행을 가는 것도, 유학을 가는 것도 아닌데 왜 두렵지 않을까. 현지를 보며 제리는 이제 필사적이어야 한다는 걸 깨달았다.

한국에서야 도와줄 사람 찾으라면 그리 어렵지 않지만 여기선 납치를 당하거나 으슥한 데 끌려가 살해를 당한다 해도 도움을 청할 데가 하나도 없었다. 제리는 후드득 몸서리를 쳤다. 등줄기가 서늘해지면서 살이 단단해지는 느낌이 들었다.

나와 현지를 지키는 건 나밖에 없겠구나. 제리는 다짐을 하듯 이를 꽉 물었다.

깜빡 졸았다.

방송 소리가 들려 화들짝 깨어나 시간을 보니 출발 시간이 얼마 남지 않았다.

제리가 벌떡 일어나 현지야 가자, 하는데 한 칸 건너 옆 벤치에 있던 남자들이 동시에 벌떡 일어났다.

아니, 어떻게! 놀랍게도 검은 셔츠의 흰 바지 놈들이었다.

그들이 어안이 벙벙한 얼굴로 두 사람을 마주 보았다. 그들에게도 지금 상황이 뜻밖인 것 같았다. 어떻게 이렇게 공교로운 일이 생겼는지 몰라도 한 가지는 분명했다. 현지와 제리가 두바이로 가는 비행기를 탈 거라고는 저들도 예상치 못했다는 것이다.

공항 대기실이 서늘했기 때문에 제리와 현지는 두툼한 파카에 빵모자를 눌러쓴 채 목도리를 턱까지 둘둘 말고 서로에게 얼굴을 파묻고 있었다. 옷 속에 푹 파묻혀 있어 두 사람을 몰라봤던 모양이다. 밤 비행기를 타는 사람들 대개가 그런 옷차림에 그런 몰골로 벤치에 줄줄이 앉아 졸고 있었다.

그들도 방심하고 있다가 엉겁결에 목격한 탓에 현지를 잡아야 하나 말아야 하나, 어쩔 줄 몰라 했다. 이어 한 사람이 다가오려고 하자 제리가 선제적으로 기지를 발휘했다.

당황하는 기색 없이 제리는 두 손을 내저으며 그들을 진정시켰다. 그러고는 그들을 말리듯이 잠깐만요, 잠깐만요, 하다가 현지 손을 잡고 냅다 뛰었다. 둘 중 하나는 뒤따라 뛰고 한 놈은 어딘가로 다급히 전화를 했다.

현지는 웬만한 남자 못지않게 잘 뛰었다. 뒤따라오던 자는 남은 동료에게 신호를 받으러 뒤돌아보랴 앞을 보고 쫓으랴 경황이 없었다. 게이트에 들어서서 돌아보니 전화를 하던 놈이 뒤늦게 뛰어오는 게 보였다.

같은 비행기를 타면 어쩌지. 그게 제일 큰 걱정이었는데, 다행히 녀석들은 개찰구를 넘어오지 못했다. 어떻게 여기까지 쫓아온 건지는 알 수 없지만 그들도 두바이행 비행기를 타려는 것은 분명해 보였다. 그런데 왜 이놈들은 두바이로 가려는 걸까? 두 사람이 홍콩으로 가는 거야 알았더라도, 경유해 두바이로 가는 것은 몰랐을 텐데. 그렇다면 그들이 두바이로 가려던 것은 자신들을 쫓기 위한 게 아니라는 건가? 언뜻 캐리어에다 두툼한 가방까지 가지고 있던 걸 보면 단순히 추적이 목적은 아닌 것 같았다. 녀석들은 왜 두바이로 가는 것일까?

비행기를 타고 좌석에 앉아서야 두 사람은 안도의 한숨을 내쉬고 입을 열었다.

"저 사람들이 우릴 보고 놀랐잖아. 우리가 두바이행 비행기를 탈 것이라 예상하지 않았다는 얘기야."

"저놈들은 자기들 갈 길 가고 있었던 거야."

"임무를 마치고 돌아가는 길이었을까?"

"그래, 지난번엔 네 명이었잖아. 둘씩 교대하는 것처럼 보였고. 그때도 우연찮게 우리와 마주쳤어."

"차를 운전하던 사람도 있었어."

"아, 그러네. 그럼 그 사람은 길을 잘 알고 있으니 한국에 사는 사람인지도 몰라."

"그렇다면 저 사람들 본거지가 두바이라는 거잖아! 그래서 두 팀이 교대를 하고 한 팀은 두바이로 들어가는 것일 수도 있지 않나?"

"그럴 수 있겠네! 그럼 우리가 두바이에 내리면 다른 놈들이 나와 있는 거 아냐? 분명 진을 치고 기다릴 것 같은데……."

"오빠가 우릴 두바이로 오게 했다면 무슨 수를 썼을 테고, 아니라면 그 전에 우리는 도망쳐야 한다는 건데. 오빠한테서 메시지를 받아야 알 수 있잖아."

"비행기에서 내리기 전에 최대한 변장을 하는 수밖에 없겠다. 캐리어를 찾는 대로 옷을 갈아입고 현수의 메시지가 도착했는지 봐야지."

"오빠가 아무 대답이 없다면?"

"국제 미아 되는 거지 뭐."

"뭐라고?"

"야야, 현수 있는 데 알았으니까 거기로 찾아가자."

"오빠를 만나러 가는 게 위험한 상황인 거잖아, 지금!"

"그렇게 생각하면 방법이 없어. 너는 방법 있냐? 어쨌든 닥쳐야 길이 생기는 법이야."

제리가 칼같이 답하고는 고개를 돌려 눈을 감았다. 제리는 결론을 빠르게 내는 사람이었다. 신중하지 못해서 미덥지 못한 면도 있지만 빠른 선택이 필요할 때에는 적절한 면이 있는 것도 사실이었다.

"김상우 씨."

"응?"

"살아오면서 도망, 추적, 이런 거 생각해본 적 있어?"

한바탕 쫓기느라 지쳐 잠에 빠져들고 있던 제리는 느닷없는 질문에 몽롱한 채로 눈을 떴다.

도망, 추적…….

가수면 상태에 빠지면서 의식의 저편에서 들려온 말인가, 실제로 들린 말인가 어리둥절해하며 현지를 봤다. 골똘히 생각에 잠긴 것 같은 현지 얼굴을 보니 잠이 홀딱 깼다.

"없지. 아니, 전혀 없었을까? 항상 쫓기는 삶을 살아온 것 같아서 지금이 낯설지가 않아."

"그렇게 말하면 누구는 안 그렇겠어? 이건 실제잖아. 내 몸이 누군가의 손에 강제로 끌려가는 것……. 꿈을 좇아 아등바등하고 꿈은 잡히지 않고, 그런 것과는 다른 거잖아."

"남자들은 중고등학생 시절에 자주 그런 일을 겪곤 해. 어떤 놈들은 아무나 눈에 띄면 손 까딱거리면서 부르거든. 한 번 그런 놈들한테 이름이 불리면, 그건 그때부터 그놈들 시다바리가 되거나 죽도록 싸워야 하는 상황에 놓이게 되는 거야. 이름을 불러주었을 때 꽃이 되기는 개뿔. 그 누군가 부르는 순간 호구가 되는 일이 일어나는 거야. 누군가의 표적이 된다는 건 벗어날 수 없는 굴레가 생기는 거지. 그래서 난 눈에 띄지 않는 사람으로 살려고 했던 거 같아."

"이름이 불리는 게 꼭 좋은 건 아니네."

"그럼. 꽃이든 호구든 누군가가 너한테 꽂히는 순간, 너는 자유롭지 못하다고 봐야지. 자유로우려면 그놈보다 훨씬 힘이 세야 해."

"내가 힘이 세면 누군가가 나를 꽃으로 부르든, 호구로 부르든 상관없는 거야?"

"그렇지."

"파산이나 파멸, 그로 인한 죄책감이나 불안 같은 거…… 어릴 적에 한동안 그런 것에 짓눌려 있었거든. 다 커서 또 이런 일을 맞게 될 줄은 몰랐어. 물론 인생은 항상 미스터리라고 생각해왔지. 바로 내일 어떤 일이 벌어질지 모르는 날들이었으니까. 이제 겨우 그 경계를 넘어섰다고 생각했는데 또 이런 일이 벌어지네. 역시 내 인생은 미스터리인가 봐."

"어느 누구의 인생이 미스터리가 아니겠냐."

"두바이에 내리면 무슨 일이 우릴 기다리고 있을까."

"내려봐야 알지. 일단 잠 좀 자두자."

비행기는 현지나 제리가 보아왔던 하늘이 아닌 또 다른 하늘을 날았다.

하늘에도 국경이 있었다. 하늘 어딘가에 지상처럼 그어진 선이 있어 부지불식간에 넘어버리면 다시 돌아오지 못할 수도 있었다. 현지와 제리는 막 동아시아의 하늘을 벗어났다. 어둠에서 어둠으로 이동했지만 분명 무언가는 달라져 있으리라.

착륙 방송이 들렸다.

기체가 활주로를 미끄러지는 감각에 현지는 가까스로 눈을 떴다. 제리는 아직 잠들어 있었다.

현지는 제리를 처음으로 자세히 살펴보았다. 머리카락은 기름졌지만 미간은 풀려 있었고 입술도 가볍게 다물려 있었다. 정말 아무 일도 없는 듯 잠들어 있었다.

이 사람의 낙천성은 어디에서 비롯된 것일까. 낙천성과 유연함은 부모로부터 물려받은 기질이겠지. 하지만 단순히 기질만으로 이런 상황을 이렇게 적극적으로 받아들일 수 있을까. 문득 무대를 박차고 뛰어오르는 발레리노가 떠올랐다.

높이 뛰어오를 수 있는 것은 높이 뛰어오르기 위해 수많은 훈련을 거쳤기 때문이겠지만 자기 몸을 연료 삼아서라도 높이 뛰어오르고자 하는 영혼이 있는 사람만이 그걸 할 수 있을 것이다. 이 사람은 무엇 때문에 이렇게 기꺼이 자기 몸을 연료 삼아 뛰는 것일까. 그가 사력을 다해 뛰어가는 저기엔 그의 무엇이 있을까.

현지는 제리의 내력을 아무것도 모르고 있음에도 그와 함께 낯선 여정을 시작했다는 것이 의아했다. 무엇이 함께 낯선 세계로 뛰어들게 만들었는지.

승객들이 주섬주섬 일어나는 소리가 들리기 시작했다. 현지는 제리를 깨웠다.

제리는 기지개를 늘어지게 켜고는 헝클어진 머리를 매만지고 옷매무새를 매만졌다.

그걸 보니 슬그머니 웃음이 나왔다. 이 와중에도 외모를 챙기는구나. 잘생기긴 했어.

제리는 언제나 그렇듯 여유 있게 움직였다. 현지가 선반에서 가방을 내리랴며 서두르는 것을 보고 어깨를 다독거렸다.

"빨리 나가서 현수 오빠 메시지 받아야 하잖아."

"내가 잠자면서 다 생각해둔 게 있어. 내가 누굽니까, 제리 아닙니까."

저 능청, 현지는 어이가 없다는 듯 절레절레 고개를 저었다. 믿지 않으면 어쩌랴. 현지는 터덜터덜, 그러나 어깨를 잔뜩 움츠린 채로 제리 뒤를 따라갔다.

입국심사대를 통과하고 캐리어를 찾는 곳으로 가는 동안은 여유가 있었다. 그들은 안쪽까지 들어오지 못하고 출국 게이트를 지키고 있을 테니까. 거기만 지켜도 충분히 잡을 수 있을 거라 믿고 있을 것이다.

제리와 현지는 캐리어를 찾아 먼저 변복을 했다. 선글라스를 쓰고 캡모자를 썼다. 여름용 긴팔 긴 바지로 갈아입었다. 하지만 그것만으로는 부족했다. 두 사람이 붙어 다니면 눈에 익은 모습이라 쉽게 알아볼 터였다.

제리는 현지에게 멀리 손가락으로 가리키며 말했다.

"내가 벌써 눈여겨둔 한국 관광팀이 있지. 가이드가 내 또래라 안면 트기가 쉬웠어. 우리가 개인 여행을 하다 보니 모르는 게 많다며 도움 좀 받아도 되겠냐고 했더니 기꺼이 그러라더군. 저 팀에 섞여 들어가서 함께 나가자고. 밖에 예약해둔 밴이 있다니까 일단 돈을 주고 합석하기로 했고, 그 팀이 예약된 호텔로 간다기에 우리도 거기까지만 태워달라고 했어. 여기서 안전하게 벗어나는 게 관건이니까."

제리가 의기양양하게 말하며 가리키는 쪽을 보니 단체 관광객 10여 명이 자기 짐들을 찾아 가이드 주변에 옹기종기 모여 있었다. 이럴 때 꼭 늦어지는 사람이 있기 마련이어서 아직 짐을 못 찾은 사람을 기다리는 눈치였다.

"정말 대단해."

제리의 임기응변과 빠른 상황 적응력은 칭찬해줄 만했다.

무엇보다 지금 급한 것은 현수에게서 온 메시지를 확인하는 것이었다. 현지와 제리는 그사이에 노트북을 열고 와이파이를 잡았다.

두바이 공항은 모든 시설이 세계 최고 수준이어서 와이파이는 금방 잡혔다. 현수에게서 온 메시지가 있었다. 다급히 열었다.

위험 표지판이 두 개나 있고, 좌회전 표지판이 있었다. 그리고 불어가 쓰여 있는 정류장 사진이 있었다. 오페라역의 루아시 버스 정류장이었다. 버스표를 살 수 있는 빨간색 자판기도 있었다.

현지가 외쳤다.

"루아시 버스야!"

"그러네. 근데 웬 루아시 버스?"

루아시 버스는 프랑스의 샤를 드골 공항에서 파리 시내를 연결하는 직통버스였다.

"위험 표지판이 두 개나 있잖아. 좌회전 표지판도."

"여기 오지 말라는 뜻인가? 위험하니까 빨리 좌회전해서 루아시로 가라는 건가?"

"그런 것 같아. 처음부터 여기는 오지 말라는 뜻이었어! 근데 오빠도 루아시 버스를 알아?"

"알지! 너 파리에 레슨받으러 갈 때 비행기표랑 오페라역까지 가는 버스표랑 숙소까지 내가 다 구해준 거잖아. 그러고 보니 이거 내가 보내준 사진이네! 공항버스 정류장에서 루아시 티켓 끊으라고 내가 찍어 보낸 사진이잖아."

"정말이야?"

현지는 사진을 다시 자세히 들여다보았다. 제리 말이 맞는 것 같았다.

"어떻게 그게 가능해?"

"나 그때 파리에 있었어. 현수가 너 파리에 가야 한다고 숙소며 이동 방법이며 알아봐달라고 부탁했거든."

"그랬구나. 우리 둘 다 아는 루아시 공항으로 가라는 것 같아. 그게 맞는 것 같아."

파리 공항의 정식 명칭은 샤를 드골 공항이었지만 현지인들은 루아시 지역에 있다고 해서 루아시 공항이라 불렀다. 현수가 웹하드에 올려둔 것은 몇 년 전 현지에게 길을 알려주느라 제리가 보내주었던 사진이었다.

"여긴 위험하다는 거지! 그건 분명해졌어. 그렇다면 파리로 가는 비행기에 탈 방법을 찾아야 해!"

"그래, 그것도 최대한 빨리."

"잠깐 기다려봐. 환승할 수 있는 게 아니니까 일단 입국했다가 다시 파리행 비행기에 타야 할 거야. 알아보고 올게."

제리는 한국 관광팀 가이드에게 달려갔다.

가이드가 고개를 끄덕이며 제리 말을 듣더니 뭐라 뭐라 일러주었고, 제리는 다소곳이 그 말을 들었다. 상황이 변해 가이드 그룹에 끼지 못하게 됐으니 위장도 먹히지 않을 테고…… 벗어나기가 여간 만만치 않아 보였다.

개찰구에서 파리행 티켓을 사는 곳까지 가는 길은 이제 완전히 위험에 노출되어 있을 것이다. 이 난국을 어떻게 돌파해야 하지? 현지는 발을 내디딜 때마다 눈앞에서 길바닥이 쩍쩍 갈라지는 것만 같았다. 마음속은 발이라도 동동 구르고 싶었지만 누구의 눈에도 띄고 싶지 않았기에 현지는 제리만 바라보고 있었다.

제리가 돌아와서 자신 없는 말투로 들은 걸 얘기했다.

"일단은 저 그룹에 끼어서 개찰구를 통과하면서 놈들이 있는지 잘 살펴보는 수밖에 없을 것 같아. 두바이 공항이 워낙 커서 파리행 티켓 발권하는 곳까지 가는 게 문제인데, 가는 동안 녀석들 눈에 띄지 않기를 바라야지. 하지만 다행인 점도 있어. 공항 내에 보안요원들이 하도 많이 깔려 있어서 소란이 벌어지면 곧바로 달려온다는 거야."

"위험하다는 거네."

"그래서 가이드에게 부탁해놓았어. 개찰구 나가자마자 보안요원에게 파리행 티켓 발권지까지 안내를 요청해달라고 말이지. 그런데 놈들이 바짝 따라붙으면 우리가 파리로 가는 걸 알게 될 텐데. 최악의 경우 같은 비행기를 타고 파리까지 같이 가게 될 수도 있어. 현지야, 어떻게 하는 게 좋을까?"

"아, 어떡하면 좋을까. 한 치 앞을 예측할 수가 없네."

"시간이 없어. 놈들을 따돌릴 방법을 찾아야 해. 관광팀에 끼어서 함께 나갔다가 호텔이든 시내 어디든 떨구어주면 거기서 다시 공항으로 돌아오는 게 좋을 것 같기도 해."

"개찰구까지 가서 결정하면 안 될까?"

제리는 그렇게 할 수밖에 없지, 하고는 가이드에게 다가가 다시 상황을 설명했다.

가이드는 크게 상관하지 않는다는 의미로 선선히 고개를 끄덕거렸다.

한국 관광팀이 줄을 맞춰 입국심사를 거쳤다.

제리와 현지는 무리의 중간쯤에 섞여 심사대를 통과하고 개찰구를 향해 나갔다.

관광객들은 기분이 들떠서 웃는 얼굴로 거리낌 없이 대화를 나누었지만 현지는 한 걸음 한 걸음 내디딜 때마다 심장이 점점 빳빳하게 굳는 것 같았다.

개찰구가 열리자 공항 보안요원 복장을 한 사람들이 양편에 한 명씩 서 있는 게 보였다. 그들은 주변에서 서성이며 입국하는 사람들과 오가는 사람들을 지켜보고 있었다.

개찰구를 빙 둘러싼 가드 밖에는 지인을 마중 나온 현지인들과 한국인으로 보이는 사람도 몇 눈에 띄었다. 세계 어디를 가나 한국인은 한국인을 쉽게 알아볼 수 있었다. 현지와 제리는 한국인으로 보이는 사람들을 훑어보았다. 추적하던 무리의 사람은 없었다.

개찰구를 나선 가이드가 제리에게 어떻게 할 것인지 물었다.

제리는 그들이 없는 것 같다고 판단하고 파리행 티켓을 뽑으러 가야겠다면서 보안요원에게 가서 안내 요청을 해달라고 했다. 가이드는 바쁜 와중에도 보안요원에게 다가가 직접 부탁했다.

요청을 받은 보안요원은 멀찍이 떨어져 있던 다른 요원을 불렀다. 제리가 다가오는 보안요원을 보고 그쪽으로 가다가 멈칫했다. 현지가 옷자락을 잡아당긴 것이다.

현지는 제리가 무리에서 벗어나 보안요원에게 다가가려 할 때 수상한 사람을 포착했다. 줄무늬 셔츠 놈들도 아니고 검은 셔츠 놈들도 아니었다. 그러나 눈빛이 날카로운 한국인 남자 한 명과 아랍인 남자 한 명이 분명 서로 눈을 맞추는 것을 보았고, 한국인 무리를 주시하고 움직이고 있다는 것을 직감했다.

제리는 눈치껏 보안요원에게 무언가를 묻는 척하고 다시 가이드팀에 끼어들었다. 심장은 벌떡거리고 온몸은 긴장되어 뻣뻣했지만 아무렇지도 않은 척 옆 사람을 보며 웃는 시늉을 해야 했다.

제리와 현지는 그렇게 일단 이동하는 관광객 사이에 섞여 함께 움직였다. 현지가 포착한 두 남자도 일정한 거리를 두고 움직였다. 저들이 자신들을 찾는 게 아니라면 저렇게 계속 주시할 이유가 없었다.

녀석들은 눈을 가늘게 뜨고 연신 고개를 갸웃거렸다. 꼭 확신이 없을 때 하는 동작이었다. 제리와 현지를 직접 본 적도 없고, 사진 속 복장을 하고 있는 것도 아니라 헷갈릴 것도 같았다. 그렇지만 이 팀 말고는 그 비행기에서 내린 한국인이 없었다. 그들도 별수 없이 이 사람들 중에 타깃이 있을 거라고 생각할 뿐인 듯했다.

한국인 관광객들은 대개 신혼부부였고 젊은 남녀들로 이루어져 있었다. 연령대가 비슷한 남녀 무리에 끼어 움직이니 누가 누군지도 모르겠고, 엄한 사람을 다짜고짜 낚아챌 수도 없으니 놈들은 매우 난감해하는 것 같았다. 그래도 시선을 거두지는 않았다. 한국인 남자는 핸드폰으로 어딘가와 통화를 하며 따라오고 아랍인 남자는 여전히 무리에서 눈을 떼지 않았다.

관광팀이 공항 출입문을 나서자마자 하얀색 밴이 기다리고 있었다. 가이드는 먼저 명단을 확인하고 탑승시킨 뒤 현지와 제리도 함께 태웠다.

현지와 제리는 놈들도 근처에 대기하고 있는 차를 타고 밴을 뒤쫓을까 봐 밴이 출발하기까지 수십 번은 돌아보았다. 다행히 밴 뒤로는 택시와 또 다른 밴들이 줄줄이 늘어서 있는 상태여서 녀석들의 차가 바짝 따라붙을 수는 없을 듯했다.

밴이 시내를 향해 달리기 시작해서야 두 사람은 겨우 마음을 놓을 수 있었다.

"우릴 처음부터 쫓아다닌 놈들의 본거지가 두바이라면…… 이게 어떻게 된 일이지? 오빠가 두바이에 있긴 한 걸까?"

"수사당국이 현수를 추적해 밝힌 거니까 맞을 거야. 위버멘시 코인은 두바이에서 만들어졌고 그걸 만들 사람은 현수밖에 없으니까. 우리가 알 수 없는 뭔가가 얽혀 있는 것 같아."

제리는 가이드에게 돈을 찔러주며 이것저것 더 물었다.

관광상품들이 대개 그렇듯 한국에서 오는 관광객들이 숙박하는 호텔은 몇 군데 정해져 있다고 했다. 관광하러 다니는 곳도 거의 비슷비슷하다고 했다. 관광객으로 위장한 것이 신의 한 수였던 것 같다고 제리가 현지의 귀에 속삭였다. 놈들은 밴을 수배하고 호텔도 알아낼 수 있겠지만 그때쯤이면 제리와 현지는 여기에 없을 것이다. 제리는 파리행 비행기 편을 검색한 다음 적당한 시간을 두고 출발하는 비행기 티켓을 예약해두었다.

밴이 호텔에 닿자마자 가이드하고 벌써 친해진 제리는 한국에 돌아가면 한번 뭉치자는 약속을 남기고 재빨리 택시를 잡아탔다. 공항까지 가는 동안 현지는 수시로 뒤를 돌아보았다. 일정하게 따라오는 차는 없었다.

다시 공항에 도착한 두 사람은 곧 발권을 하고 표지판을 따라 출국장으로 향했다.

현지는 두바이 공항의 출국 비행기 편이 죽 떠 있는 전광판을 찍어 웹하드에 올렸다. 그리고 식당 구석진 곳에 숨어 있다가 출발하기 직전에 입국장으로 달려갔다.

무사히, 제리와 현지는 파리로 가는 비행기에 올랐다.

제리가 가방을 선반에 얹는 동안 현지는 탑승객들 중에서 동양인이 있는지 훑어보았다. 이제 단 한 순간도 마음을 놓을 수 없었다.

서양인과 아랍인들 사이에서 동양인은 눈에 잘 띄었다. 멀리 선글라스를 낀 남자들이 눈에 들어왔다. 평범한 체격에 평범한 재킷 차림을 한 남자는 커다란 배낭을 선반에 밀어 넣느라 낑낑거리고 있었고, 체격이 큰 한 사람은 짐이 별로 없는지 여유 있게 몸을 추스르고는 자리에 앉았다. 키가 작은 나머지 한 사람은 캐리어를 선반에 얹고 옆자리 남자에게 뭐라고 말을 건네더니 제일 안쪽에 들어가서 앉았다. 그걸 다 보고서야 현지는 좌석에 엉덩이를 걸쳤다.

현지가 안도하며 한숨을 내쉬자 제리가 담요를 덮어주었다. 그러면서 시답잖은 말을 건넸다.

"오페라역까지 가는 루아시 버스 요금은 지금도 14유로일까?"

현지 또한 조금쯤 마음이 편해졌는지 기억을 끄집어내 되물었다.

"가르니에 극장은 여전하겠지? 라 바야데르 공연 봤던 기억이 생생하네."

"언젠가는 네가 설 무대 아니야?"

현지는 깜짝 놀라 얼굴이 빨개졌다.

한국 대회에서 우승하면 파리 오페라 발레 스쿨의 오디션을 볼 수 있었다. 발레단에 입단할 기회가 생기는 것이었다. 현지는 국제 대회 '브누아 드 라 당스'에 출전하는 게 최종 목표였다. 그 경로 중 어디까지 밟게 될지 알 수 없지만, 두어 달 뒤 가게 될 파리행을 앞당겨 가는 것 같은 기분도 들었다.

3년 전 파리 발레 스쿨의 유명 강사에게 레슨을 받으러 팔레 가르니에 극장에 갔었다. 반드시 저 무대에 서리라, 다짐했던 날이 기억났다. 그때의 여정을 제리가 준비해줬던 것이라니.

현지는 제리가 일찍부터 자신의 삶에 종종 개입해왔는지도 모르겠다는 생각이 들었다. 현수가 사라졌다고 뉴스에 뜬 날, 제리가 전화를 걸어 했던 말이 생각났다.

너는 나를 잘 모르겠지만 나는 너를 알아.

제리는 정말 현지를 잘 알고 있었는지도 몰랐다.

"도대체 언제부터야? 나를 안 게?"

"너 코찔찔이 때부터 봐왔잖아. 많이 컸다, 많이 컸어."

현지가 발끈했다.

"나 코찔찔이였던 적 없거든!"

"볼 빨간 사춘기 때도 봤었거든. 너는 나랑 현수가 그 작은 방에서 뭘 하고 있는지 관심도 없었지만 말야."

"사춘기 때 볼 안 빨갰거든!"

"그때 너 진짜 촌스러웠거든! 미운 오리 새끼 백조 되는 거 진짜 한순간이더라."

"나는 그런 적 없거든!"

"키도 땅콩만 했었는데."

"그런 적 없거든!"

"너 고등학생 되어서야 키가 큰 거잖아. 너 진짜 땅콩만 했어. 머리 묶고서 걸어가면 뒤통수에서 머리만 이렇게 이렇게 왔다 갔다 했거든!"

현지는 약이 올라 얼굴이 빨개졌다. 제리는 토라져 등까지 돌리는 현지의 어깨를 다독거렸다.

"현지야, 파리에 가는 거야. 너 백조 됐잖아."

타원형의 창으로 현지의 얼굴이 비쳤다.

현지는 어슴푸레한 빛으로 제 뺨에 흐르는 눈물을 보았다. 백조라고? 내가 백조가 됐다고? 명치 끝에서 뜨거운 것이 울컥 솟구쳤다. 단기 레슨을 받으러 낯선 세계로 가는 것과 절차를 밟아 유학을 가는 것, 이렇게 황급히 도피를 하는 것, 그 각각이 어떻게 같은 느낌이겠나. 이렇게 쫓기는 상태로 가르니에 극장에서 라 바야데르를 본다면 그때의 라 바야데르는 어떤 감각으로 골수에 새겨지게 될까.

6부

오버더센트럴랜드

66

이상하고 아름다운 도깨비 나라로 간다는 건.

#01

"팀장님, 아니, 이사님."

주진호가 겸연쩍은 얼굴로 인사했다.

"기념 식사는 준비하셨습니까?"

성철은 이사로 승진했다. 자신을 희생해서 회사를 살린 공을 대표이사가 인정해준 것이었다. 대표이사는 일선에서 물러났고 성철은 명실상부하게 회사 운영의 전권을 갖게 되었다.

오후 네 시부터 성철의 이사 승진 축하 기념식이 열릴 예정이었다. 사내 기념식은 후원에서 열리곤 했지만 해가 저물어가는 터라 날씨가 추워져서 대회의실에서 하기로 했다. 지금 대회의실은 한창 분주할 터였다.

진호 역시 개발팀장으로 승진하게 됐다. 성철은 간혹 진호를 보며 저 사람은 참 진득한 사람이구나, 하고 생각하곤 했다. 많은 직원들을 겪어봤지만 진득하게 자리를 지켜줄 것이라는 믿음을 주는 이는 몇 없었다. 그런 직원은 그것 자체로 자산이 된다는 것을 성철은 잘 알고 있었다.

그러나 성철의 마음속에는 의심과 믿음이 수시로 오락가락했다. 진호는 기대 이상의 일을 이루어낼 수 있는 사람은 아니었다. 짐을 지워주면 어떻게든 그것을 지고 나갈 뿐이었으니 온전히 믿음직스럽지는 않았다. 믿음은 잠시 잠깐 자리할 뿐이었다. 사람은 특출나지 않아도 자기 자리를 지켜주는 것만으로도 믿음을 줄 수 있다. 그런데 그것마저 온전히 주지 못하다니, 안타까웠다. 천재가 주는 도취감과 평범한 사람이 주는 안정감, 어느 하나도 가질 수 없는 게 나라는 사람인 거지 싶어 공연히 쓸쓸해졌다.

승진을 하는데도 기쁘지만은 않았다. 사실 진작부터 자신은 재단에서 가장 중요한 기술팀을 이끌고 전방위로 움직이던 위치가 아니었나. 벌써 한참 전에 이사로 불렸어야 할 일이었다. 서운하기도 했고 마음 깊은 곳은 오히려 뻘밭에 들어간 듯한 심정이었다. 이젠 빼도 박도 못 하게 되었다.

기념식장에 들어가기 전 5층 라운지에 올라가 몸을 눕혔다. 도심지의 빽빽한 건물을 바라보며 최근의 변화를 찬찬히 돌아보았다.

그동안 짓눌려 있던 세계 경제에 반전을 주는 거대한 흐름이 도래한 때였다. 러시아와 우크라이나 전쟁은 소강상태로 접어들었고, 인플레이션은 완화되었고, 거대 거래소발 위기는 줄파산을 한 뒤

웬만큼 진정되었다.

부동산 시장도 안정되었다. 주식 시장이 먼저 매크로 환경에 민감하게 반응하며 반등을 시작했고 그 가운데 기술주가 눈에 띄게 상승을 주도하고 있었다. 홍대니, 강남역이니, 이태원이니 하는 거리는 다시 젊은이들로 미어터졌고 술집들은 밤늦게까지 불야성을 이루었다.

욕망은 억눌린 만큼 강하게 튀어 오르게 마련이었다. 코인 시장 역시 그동안의 악몽을 떨쳐내려는 듯 과열되기 시작했다. 크립토 윈터는 마침내 물러갔다.

성철의 K-모터 코인도 전열을 가다듬고 선두 그룹에서 달려갔다. 진호는 개발실에서 밤낮으로 온몸을 갈아 넣어 이룬 성과에 스스로 뿌듯해했다. 성철은 진호와 마주칠 때마다 흐뭇하게 웃어주고 양손 엄지를 세워 보이곤 했다.

대표이사는 성철이 다 살려놓은 회사에 나와서 수익을 쟁여 갈 궁리만 했다. 성철은 준비금을 충분히 적립해둬야 신뢰를 회복할 수 있다며 대표이사에 맞섰다. 이후 다시 블랙독의 투자만 받으면 예전보다 훨씬 큰 시장을 점유할 수 있을 터였다.

성철은 치밀하게 로드맵을 만들었고, 그것을 충실히 이행하기만 하면 되는 상황이었다. 회사의 성장을 보고 대표이사는 마침내 성철에게 두 손을 들었다.

때마침 두바이 정부 산하 기업 위버멘시파운데이션이 웜홀 프로젝트를 진행한다고 발표했다. 세계 코인 시장은 환호했다. 돈 많은 정부가 적극적으로 지원하는 기술이라는 것이 다른 무엇보다 신뢰를 얻는 요인이었다. 자체 메인넷이 없는 코인들은 위버멘시 메인넷을 이용하기 위해 결합을 요청하고, 크고 작은 게임사들도 협력업체로 등재됐다. 순식간에 생태계가 어마어마하게 확장된 것이다.

그레이스케일랩 같은 세계적인 암호화폐 신탁 펀드 회사는 포트폴리오 맨 위에 위버멘시를 올려두었다. 블랙독의 CEO 래리 펑크는 '미래에는 모든 증권이 토큰화가 되어 블록체인 위에서 결제가 이루어질 것이다'라며 역시 포트폴리오에 위버멘시를 올렸다.

브라질이며 러시아도 일상에서 코인으로 결제하도록 가상자산 공급자에게 라이센스를 부여하는 시스템을 갖추었다는 뉴스를 내보냈다. 그러자 크고 작은 디지털 자산운용사들이 앞다투어 위버멘시에 투자를 했다.

가히 열풍이 불었다고 말할 수 있었다. 웜홀 프로젝트는 우주정거장이라 비유할 수도 있고, 블랙홀로 비유할 수도 있는, 말하자면 메타버스의 허브라 하기에 부족함이 없었다. 웜홀에 도킹해야 거대한 메타버스 플랫폼에 링크될 수 있는 구조였다. 말 그대로 사건의 지평선이 열렸다.

성철은 잘나가던 코인 시장에 대물이 나와서 판도를 뒤집는 것을 뜬 눈으로 목격해야 했다. 세상의 모든 블록체인 개발자들이라면 같은 꿈을 꿀 것이다. 메타버스의 허브를 만드는 것. 그것을 현수가 해냈다. 성철이 현수와 함께 이루고자 했던 세상을. 게임이며, VR이며, 메타버스 등 웹 3.0 기반의 산업은 현수의 웜홀을 이용해서 세계를 확장할 수 있게 됐다. 다른 말이 필요 없었다. 웰컴 투 오버 더 센트럴랜드! 그건 성철이 외쳤어야 할 구호였다. 이제는 빼앗긴 남의 땅이지만.

진호와 성철은 두 가지 선택지를 두고 마주 앉아서 며칠을 보냈다. 오버더센트럴랜드에 협력을 요청해야 하나, 말아야 하나. 재단이 새로운 물살을 타고 살아남느냐, 간신히 연명하기만 할 것이냐를 결정해야 했다. 물론 손을 내민다고 위버멘시 측이 덜컥 협력해 준다는 보장도 없었다. 그쪽에서도 재단의 재무 상태를 확인하고 미래 기술을 나눠 가질 수 있는지 평가한 뒤에 의사를 통보해 올 것이다.

이것은 자존심의 문제도 아니었다. 현수에게 뒤집어씌운 혐의를 어떻게 풀어나갈 것인지를 먼저 정해야 했기 때문에 쉽지 않은 문제였다. 그러니 이럴 수도 저럴 수도 없었다. 매 국면 최선의 선택을 해왔다고 자신을 설득했지만 자신조차 설득되지 않았다.

진호는 더욱 적극적으로 추진하기를 원했다. 그로서는 자신의 작업이 누구의 눈에도 띄지 않고 기신기신 명맥을 유지하는 것보다는 거대 허브에 링크되어 4차 산업으로서의 가치를 창출하기를 바라는 것이 당연했다. 성철도 어쩔 수 없다는 것을 인정해야 했다. 4차 산업혁명의 핵심 사업에 올라타지 않고는 버틸 수 없다는 것을.

그럼에도 성철이 왜 그렇게 미적거리는지 진호는 이해할 수 없었다. 저간의 사정이야 어떻든 자기 기술이 날개를 달기를 원했다. 그래서 성철을 종용하다시피 했다.

반면에 성철은 진호에게 떠밀려가는 것은 모양새가 좋지 않다고 생각했다. K-모터 생태계는 결국 웜홀 프로젝트에 결합하게 되고 현수의 메타버스 세계로 이어지게 될 것이다. 그렇다 해도 그건 자신이 주도해야 할 일이었다. 이게 현수와 상관없는 프로젝트였다면 무엇보다 자신이 팔 걷고 나서서 진행했을 것이다.

그 점에서 성철은 땅을 치고 후회했다. 처음부터 현수가 배신하리라고는 추호도 의심하지 않았기에 프로젝트의 소유권을 명시하지 않았다. 외부 개발자 신분이었기 때문에 엄밀하게 말하면 현수에게 소유권이 있다고 볼 수 있었다. 재단은 보조 역할을 하고 그 이익을 나눠 갖는 구조였다고 해야 정확할 것이다. 그러니 반 이상의 개발을 진행했던 재단은 닭 쫓던 개 신세가 된 것이다. 일이 이 지경이 된 과정을 생각하면 할수록 괘씸했다. 이 모든 일들이 현수의 계획이었던 것일까, 하는 의심마저 들었다.

승진 기념식은 심심하게 치러졌다. 성철과 진호의 기념 식사가 이어지고 대표이사가 샴페인을 터트렸다. 케이터링으로 차려진 다과를 먹고 마시며 삼삼오오 모여 한 해를 마무리하고 새해를 맞이하는 축하의 말들을 주고받았다.

성철은 몇 명씩 모인 자리를 돌며 와인을 따라주고 자신도 받아 마셨다. 그는 중얼거리듯이 이런 말을 했다. 떠들썩할 것 없어, 샴페인 미리 터트리지는 말자.

직원들은 무슨 의미일까, 갸웃거리다가 모르면서도 아는 척하며

선을 피했다.

제리는 잠깐 한숨을 돌렸다. 도피라면 도피 중인 두 사람은 한시라도 빨리 공항을 벗어나야 했지만, 제리는 그럴 수가 없었다. 그는 두고 온 유튜브 방송과 구독자들, 대회를 치르는 거래소와의 관계를 아주 잊은 건 아니었다. 그에게는 그게 일이었으니까. 돌아가면 계속해야 할 생업이었다.

사실을 말하자면 궁금해 죽을 지경이었다. 그간 틈이 날 때마다 공항 공용 와이파이를 잡아 비트대마왕 제리 방송을 검색해보았다. 한국을 떠나올 때부터 오늘 아침까지는 업로드된 방송이 한 편도 없었다.

루아시 버스가 올 시간을 보니 여유가 있었다. 현지가 잠시 화장실에 간 사이 제리는 방송을 검색했다. 이제 막 올렸는지 한 편이 올라와 있었다. 물론 강속구가 매일같이 방송을 하는 것은 무리라는 걸 잘 알았다. 그럼에도 소식을 들을 루트라곤 그것밖에 없는지라 애가 닳는 건 어쩔 수 없었다.

강속구는 몹시 신중하게 방송을 진행했다. 방송을 켜자마자 항상 그렇듯 기다렸다는 듯이 들어오는 사람들이 있어서 금세 와글와글 채팅이 시작되었다.

— 제하, 제리 님 방송하시나요?

— 제하, 방송 켜신 거 보고 들어왔습니다! 요즘 비트 무빙이 가파른데 관점 궁금합니다!

— 제리 님, 쩐반(진짜 반등)이라고 볼 수 있을까요?

채팅창이 와글거리자 강속구가 멘트를 했다.

"아, 안녕하세요, 저는 제리 님이 아니고요, 강속구입니다. 제리 님이 미리 언급하셔서 알고 계시겠지만, 제리 님이 방송을 하실 수 없는 사정이 생겨서 당분간 제가 맡게 되었습니다. 그런데 저도 직장에 다니는 데다 야근을 밥 먹듯이 하는 터라 자주 방송을 켤 수는 없을 것 같습니다."

— 와우! 강속구 님! 드뎌 마이크 잡으셨군요!

— 강속구 님이라닛! 이야! 내가 제일 좋아하는 강속구 님이닷!

— 강속구 님, 그럼 당분간 대회는 없는 것일까요? 이제 저도 대회에 참가해보고 싶었는데.

강속구가 차분하게 대답했다.

"아, 네, 올라온 질문들 제가 아는 한도 내에서 차례로 성심껏 답변드리겠습니다. 찐반이냐, 하는 질문을 많이들 올리셨는데요, 지금 코인 시장은 확실히 슬슬 반등하고 있는 듯합니다. 악재들이 대체로 해소됐기 때문이라고 보는데, 여러분들이 다 알다시피 거대 거래소발 자금 위기는 거래소 대표와 자회사 관련자들이 줄줄이 재판을 받게 되면서 불확실성이 해소되었기 때문에 더 이상의 공포는 없을 듯하고요, 애널리스트들도 추세 전환으로 보고 있는 듯합니다. 비트는 22K를 지지하면서 당분간 횡보하다가 다시 상승할 것으로 보입니다. 여러분들이 가장 기대하던 리플도 SEC 소송이 막바지에 다다라서 합의를 예상하는 전 세계 코이너들의 기대감 때문에 지금 보시는 것처럼 지난주 대비 20프로는 상승했고, 어디까지 상승할지는 알 수 없지만 당분간은 기쁨을 주리라 예상합니다. 하지만 언제나 그렇듯 상승 뒤엔 반드시 조정을 주니까 조정 줄 때 들어가시기 바랍니다. 원론적인 말씀입니다만, 후회 없는 트레이딩하시기 바라고요."

— 형아, 형아는 너무 재미없다.

— ㅋㅋㅋ 강속구 님 빨리 비트 브리핑해주세요!

— 대장님 안 계시니 부대장님한테 충성!

— 제 마이너스 계좌는 이제부터 쩐 우상향인가요?

강속구가 채팅창을 읽고 대답했다.

"하하하, 네, 제가 중딩 때부터 아저씨 소리를 들어서요. 이제 비트코인 차트 봅시다."

— 대회는요? 대회에 들어가서 연습해봐야 실력이 는다고 해서요!

"아, 대회는 제리 님 오시면 다시 시작할 겁니다. 일단 여러분은 제리 님 레퍼럴(거래소 코드)로 올비트 거래소 가입하시고요. 제게 이메일 주시면 제가 텔방(텔레그램 방)에 초대하겠습니다."

제리는 강속구가 딱히 국내 수사기관의 향방을 언급하지 않는 것을 보고 참고인 조사 단계에서 수사를 확장하지는 않았구나, 짐작했다. 그럴 것까지 없을 테지만 만약 자신을 타깃 삼아 집중 수사를 하게 된다면 언론에 자세하게 노출될 거고, 유튜브 듣는 사람들은 원체 소식이 빨라 곧장 소문이 퍼질 테니 어떤 식으로든 강속구가 언급하지 않을 수 없을 터였다.

강속구는 평소처럼 차분하게 최근 거래를 중심으로 어떻게 타점을 잡아 어떤 포인트에서 롱으로 익절을 하고 다시 어떤 포인트에서 재진입해 숏으로 수익을 냈는지 설명했다.

구독자들은 리더가 차트 설명을 하거나 말거나 채팅창에 와글와글 제 말 쏟아내느라 바빴다.

— 아, 강속구 님은 그걸 숏으로 봤군요, 저는 3파 연장의 임펄스로 봤는데. 그래서 청산가리각. ㅜㅜㅜㅜ

— 도지 오르는 것 보니까 테슬라 몰빵해야겠네.

— 주린이 여기 와서 그러노.

— 제리 님은 롱충이라 롱만 치다가 청산당했는데.

— 와, 제리 님 없다고 바로 배신각.

— 사실 아닙니까!

— 숏충이가 트레이딩 잘한다는 건 국룰.

— 부대장님, 타 유튜버는 박쥐패턴 같은 거 가르쳐준다는데 우리도 가르쳐주시면 안 돼요?

— 박쥐패턴 같은 소리 하고 있네. 엘리어트 파동이나 잘 배워두셈. 피보나치 되돌림(보조지표)은 아심?

— 아, 왜요! 공부하겠다는데 왜 고춧가루 뿌리심?

"여러분, 매매는 언제나 확률과 손익비 싸움입니다. 지지 않는 매매 하시기를 바라고요, 저는 이만 물러가겠습니다."

강속구는 구독자들에게 휘둘리지 않았다. 차분히 차트 설명을 끝내고 적절히 댓글에 개입해서 답변을 하고 방송을 끝냈다.

제리는 방송을 들으며 햐, 이놈들 보게, 뭐 나더러 롱충이라고? 하긴 나는 롱충이 맞지, 하며 킥킥 웃었다.

구독자들이야 나오는 대로 씨부리는 게 분위기 띄워주고 좋은 거지. 강속구만 이대로 해준다면 그런대로 이탈자 없이 유지할 수 있을 것 같고. 됐네!

중소 거래소들은 유튜버들과 레퍼럴 계약을 맺는다. 고객들이 특정 유튜버의 레퍼럴로 거래소에 들어와 선물거래를 하면 그 유튜버에게 일정한 수익을 주고 고객에게는 거래 수수료를 할인해주거나 일정한 양의 보너스를 준다. 그렇게 함으로써 서로에게 이득이 되는 거래를 하도록 유도하곤 한다.

상위권 유튜버들은 거래소에서 대회를 치를 때 본인 구독자들을 이끌고 대회에 참여하기 때문에 유튜버를 많이 확보하면 할수록 거래가 활발해지게 마련이다. 거래소 규모가 커지게 되면 되도록 유튜버가 이탈하지 않도록 관리를 해야 했다.

제리 같은 유튜버도 마찬가지였다. 제리의 구독자들은 대체로 매달 대회를 통해 각종 지표를 대입해가며 객관적인 근거를 쌓아가는 훈련을 하는 사람들이다. 대회를 오래 치르지 못하면 이탈자들이 생길 거고 분위기는 싸늘해질 것이다. 더구나 오랜만에 온 상승장인지라 지금 수익을 보게 해주지 못하면 두고두고 욕을 먹을 것이었다.

현지가 돌아오고 있었다. 제리는 조금만 여유가 생기면 어떻게든 대회를 재개해야겠다고 생각하며 벤치에서 일어났다.

두 사람은 루아시 버스를 타는 정류장으로 나왔다.

버스를 타려는 사람들이 길게 줄지어 서 있었다. 줄 끝에 가서 서면서 제리와 현지는 주변을 꼼꼼하게 살펴보았다. 수상한 놈들 머리카락이라도 보이는 순간 캐리어까지 끌고 죽어라 달려야 할 테니까.

다행히 의심되는 사람들은 보이지 않았다. 관광객이 분명한 이들과 내국인들로 보이는 사람들이 무심하게 줄 서 있었다. 그중 동양인 관광객으로 보이는 사람들도 몇 섞여 있었다.

현지는 안 보는 척하며 유심히 쳐다보았다. 제리와 현지 뒤로도 비슷비슷한 사람들이 줄지어 섰다. 저녁이 다 되어 가는데도 선글라스를 끼고 있는 동양인이 보였다. 그 사람을 다시 한번 살펴보았다. 아까 비행기에서 본 체격 좋은 동양인 남자였다. 그는 줄 끝에 서 있다가 갑자기 움직이기 시작했다.

이윽고 버스를 타려는 게 아니었는지 택시를 타는 쪽으로 건너갔다.

현지는 줄 끝에 와서 서는 사람들을 지켜보며 제리의 옆구리를 쿡쿡 찔렀다. 딴짓하지 말고 누가 따라오는지 좀 잘 보라고 눈치를 주었다.

현수가 올린 사진을 토대로 파리까지 왔다. 현수도 여기로 온다는 뜻인 걸까, 아니면 어디로든 빨리 달아나야 하는데 떠오른 게 파리인 걸까.

제리는 묻는 건지 혼잣말을 하는 건지 중얼거렸다. 현지도 그 생각에 동참했다. 두바이에서 녀석들에게 걸리지 않았으니 두 사람이 파리로 갈 거라곤 예상하지 못하겠지, 생각한 걸까?

아니라면 다른 계획을 갖고 있는 걸까. 현수를 만나면 모든 걸 알 수 있겠지. 그렇다면…… 현수는 언제쯤 만날 수 있는 걸까.

버스를 기다리며 현수의 의중을 추정하는 동안 해가 저물고 공항은 빠르게 어두워졌다. 날은 몹시 차가웠다. 해외 여행자들에겐 낯선 거리였다.

목적지가 있는 사람들은 걸음걸이가 거침없고 편안해 보였다. 어둑어둑한 길가에 덩그러니 남아 버스를 기다리는 것만큼 불안하고 고독한 시간이 있을까.

혹시라도 사고가 나서 버스가 안 오는 건 아닌지, 운행하는 시간이 지난 건 아닌지 초조했다. 아무리 불안해도 제리는 현지 앞에서는 의연한 척해야 했다. 급기야 진눈깨비가 흩날리기까지 했다.

현지와 제리는 비니를 끌어당겨 쓰고 패딩 점퍼 후드까지 뒤집어썼다. 발을 동동 구르기 시작했을 때 마침내 루아시 버스가 도착했다.

버스는 오페라역까지 운행했고, 도착해 내리니 시간은 열 시에 가까워졌다. 버스에서 우르르 내린 사람들이 순식간에 사라지고 거리는 어느새 휑하니 비어버렸다.

배 속마저 텅 빈 것처럼 유난히 꼬르륵거렸다. 공항에서 제리가 방송을 듣고 있을 때 현지가 사 온 햄버거를 먹은 게 다였다. 식당들은 이미 문을 닫은 시간이었다. 현지는 한시라도 빨리 숙소로 가서 온몸을 씻고 제대로 누워 자고 싶었다.

전철로 이동해 파리 16구로 나갔다. 역에서 나와 두 사람은 기억을 되짚어 주택가의 골목으로 들어갔다. 벌써 어둠이 짙었다. 거리에는 사람 하나 보이지 않았다.

골목에 들어서고도 이 길이 맞나 싶어 두리번거리며 조심스럽게 나아갔다.

"건물들 사이로 에펠탑이 반쪽만 보이는 창이 있는 집을 찾으려면 노력 좀 해야 할걸."

"각도가 만만치 않아. 남서쪽? 동서쪽? 북서쪽?"

"아아, 배고파. 다리 뻗고 쉬고 싶어."

"야야, 알 것 같다, 알 것 같아. 기억이 났어."

그때였다. 어디서 나타난 건지 모를 누군가가 갑자기 튀어나와 제리의 머리를 가격했다.

제리가 한 방에 그 자리에 푹 쓰러졌다.

현지가 비명도 못 지르고 제리에게 다가가는 순간, 뒤쪽에서 손이 불쑥 들어와 그녀의 코와 입을 두툼한 손수건으로 틀어막았다.

현지는 심지를 빼버린 것처럼 다리에 힘이 풀려 주저앉으면서도 도리질을 했다.

제리를 기절시킨 놈은 손수건을 쥔 손에 더욱 힘을 주어 현지의 입을 틀어막았다.

현지가 길바닥에 널브러지자, 그는 아예 끌고 가려는지 현지 허리에 팔을 둘렀다.

기절했던 제리가 정신이 들었는지 엎어진 채 머리를 좌우로 움직였다. 그러더니 끄응, 신음 소리를 내며 간신히 일어났다.

제리가 꿈틀대며 일어나는 걸 보고 놈은 고개를 까딱 꺾고는 현지를 길바닥에 던져둔 다음 칼을 빼 들었다.

번뜩이는 칼날을 보자 제리는 정신이 번쩍 들었다. 일어서면서 팔을 치켜올려 목덜미와 얼굴을 가렸다. 겨울이어서 다행이었다. 그자가 휘두른 칼이 두툼한 점퍼의 소매를 잘랐다.

놈이 다시 한번 날렵하게 칼을 휘둘렀다. 이번엔 제리의 목덜미를 덮은 후드 끝이 잘려나갔다.

도저히 안 되겠다 싶어 제리는 비틀거리며 골목 밖으로 뛰었다.

그자는 따라오려다 말고 길바닥에 널브러진 현지를 질질 끌어당겼다. 골목 밖에 택시 한 대가 서 있었다.

제리는 택시로 달려가려다 다시 뒷걸음질로 달아났다. 얼핏 본 차 안의 운전자는 서양인이었지만 느낌이 서늘했다. 위험 본능이 제리를 뛰게 만들었다. 순간 명징해졌다. 길눈이 밝은 제리의 머릿속으로 순식간에 골목의 지도가 그려졌다.

아까의 골목은 상당히 길었다. 길 양편에 차들이 주차해 있으니 그리로 택시가 들어간다면 후진할 수는 없다. 그대로 지나가야 한다. 그런데 택시가 서 있는 걸 보니 저놈은 현지를 끌고 택시가 있는 쪽으로 올 것이다. 그렇다면 나는!

제리는 한 블록을 뒤돌아 골목으로 들어갔다. 골목이라기엔 건물과 건물 사이의 좁은 통로에 가까웠다. 저놈은 칼을 들고 있는데 자신은 맨손이었다. 캐리어도 그 자리에 쓰러져 있었다. 무엇이든 손에 들어야 했다. 아니라면 다른 사람의 손이라도 빌려야 했다.

골목 안에는 작은 술집이 있었다. 심심한 동네 조무래기들이 밤늦게까지 어울려 몰래 술도 하고 약도 하는 그런 곳이었다. 제리는 문을 벌컥 열고 소리쳤다.

"헬프 미! 헬프 미! 마이 걸프렌드! 헌티드! 헬프 미!"

한 번 더 소리치기도 전에 건장한 흑인이 반사적으로 튀어나왔다. 뒤이어 건장한 백인도 튀어나왔다. 제리는 그 둘과 함께 택시가 있던 곳으로 뛰어갔다. 택시 뒷문이 열려 있고, 아까 그놈이 거꾸로 둘러업은 현지를 막 내려서 차에 실으려는 참이었다.

"저기! 저기!"

손가락질하자마자 흑인이 몸을 날려 그놈에게 주먹을 날렸다. 놈이 칼을 빼기도 전에 한 대 더 후려쳤다. 놈이 현지를 놓치고 휘청거렸다. 뒤이어 백인이 다리를 걸어찼다. 뒤통수를 한 대 갈기는 것도 잊지 않았다. 하지만 그놈은 쉽사리 꺾이지 않았다. 넘어지는 찰나에도 백인의 다리를 끌어안았고 백인이 휘청거렸다. 흑인이 그놈의 팔을 걸어찼다. 그러는 사이에 제리는 현지를 끌어당겨 길가로 옮겼다. 현지는 조금씩 정신이 돌아오는 중이었다.

흑인과 백인 둘이 그놈과 실랑이를 벌이는 동안 경찰차가 경광등을 켜고 달려왔다. 경찰차를 보자 그놈이 순식간에 택시 안으로 들어가 문을 탁 닫았다. 택시는 잽싸게 달아났다. 경찰차가 택시를 뒤쫓았다.

골목 친구들이 현지를 부축하는 것까지 도와주어 두 사람은 캐리어가 있는 곳까지 올 수 있었다.

제리는 헤이, 브로, 정말 고마워, 브로, 잊지 않을게, 하며 지폐를 꺼내주었다. 두 놈에게 각각 한 장씩. 맥주 사서 마셔, 맥주 오케이? 했고 녀석들은 쿨하게 손을 들어 바이, 하고 떠났다.

제리는 숨을 몰아쉬었다. 정말이지 하늘에 감사하고 싶은 심정이었다. 길바닥에 널브러진 캐리어를 보니 목덜미에 와닿던 선뜩한 칼날이 다시 느껴졌다. 빨리 이 자리를 벗어나고 싶다는 생각뿐이었다.

현지를 부축한 채로 캐리어를 두 개나 끌고 겨우겨우 골목을 걸었다. 마음은 급했지만 다리가 후들거려서 걷고 있는 건지 기어가고 있는 건지 알 수가 없었다. 설마하니 칼을 든 자를 만나게 될 줄은 몰랐다. 지금까지 쫓아오던 놈들과는 달랐다. 그놈들은 그저 현지를 납치하는 게 목적이었다. 그런데 여기까지 따라와 우리를 덮친 놈은 또 누구일까. 처음 보는 놈인데 어떤 놈이길래 다짜고짜 칼을 휘둘렀을까.

누군지 모르지만 차원이 다른 놈인 건 분명했다. 어디서든 아무도 모르게 우리를 죽일 수 있는 놈이다. 낯선 나라에서 개죽음당하고, 한국에서는 오해받고 죽일 놈이 된 채 잊힐 수도 있다는 현실이 새삼 목줄을 조이는 듯했다. 침이 바짝바짝 말랐다. 위험은 어제와도 다르고 오늘 아침과도 달라져 있었다.

"걸을 수 있겠어?"

제리는 제발 현지가 제 다리로 걸을 수 있다고 하기를 바라며 물었다.

현지가 몸에 힘을 주더니 걸어갈 수 있다고 했다. 고개를 끄덕였지만 제리가 부축하고 있는 팔을 놓지는 않았다. 걷는 건 그런대로 괜찮아 보였다. 두 사람은 오직 빨리 숙소에 도착하기만을 바라며 힘을 내어 걸었다.

길을 알아보기도 힘들 정도로 시시각각 어둠이 짙어졌다. 아무도 없는 거리였으나 언제 어디서 칼이 날아올지 모른다는 생각에 두려워졌다. 작정하고 죽이려 한 놈이 이 정도에서 포기할 리가 없을 테니까. 다시 우리에게 칼을 휘두를 테니까. 그런데 칼을 막아낼 무기는커녕 맞서서 휘두를 것 하나 지닌 게 없다는 게 몹시 불안했다. 한시라도 빨리 숙소에 들어가 몸을 숨겨야 했다. 밤이 깊어지면 도와줄 사람은 더더욱 없을 테고, 생각하기도 싫지만 그땐 절망적일 것이다.

천신만고 끝에 숙소 앞에 이르렀다. 현관문 앞에서 왔던 길을 돌아보았다. 쥐새끼 한 마리 보이지 않았다. 다행이었다. 누구의 눈에도 띄지 않고 숙소에 들어가야만 했다.

두 사람은 만신창이가 된 몸을 이끌고 한 치 앞도 알 수 없는 불안감에 사로잡힌 채 3년 전 캐리어를 끌고 올라갔던 계단을 밟아 5층 숙소에 이르렀다. 계단 색깔이 3년 전 그대로였다.

발소리를 죽여가며 조심조심 걸어 문 앞에 이르렀다.

내부는 따로 기억하고 말 것도 없이 작고 심플하지만, 두 사람은 문을 열기 전에 심호흡을 해야 했다. 그 안에 누가 숨어 있을지 모를 일이니까. 여기에서 킬러를 마주치면 꼼짝없이 죽은 목숨이었다. 조심조심 문을 열었다.

문을 열었을 때 두 사람은 온몸이 얼어붙은 듯 꼼짝할 수가 없었다. 맞은편 작은 창으로 찬란하게 불을 밝힌 에펠탑이 서 있었다.

두 사람은 그 자리에 우뚝 서서 몹시 낯선 감정을 느꼈다. 공포에 사로잡혀 있던 몸이 서서히 누그러졌다. 두근거리는 심장도 차츰 가라앉았다. 두 사람의 몸으로 찬란한 빛이 스며들었다. 죽음으로부터 도망쳐 온 두 사람에게 잊을 수 없는 환영 인사를 해준 셈이라고 해야 하나. 이런 만신창이의 몸으로도 놀라운 감정에 사로잡힐 수 있다니 인간의 감정이란 그 깊이를 알 수 없는 게 분명했다.

"은신처의 창으로는 세상에서 가장 아름다울 거야."

현지가 중얼거리며 창으로 다가가 밖을 내다보았다.

발아래 파리의 주택들이 펼쳐져 있었다. 그때 에펠탑의 불이 일시에 꺼졌다. 순간 창밖이 어둠에 잠겼다. 저녁 몇 시간 동안만 불을 밝히는 에펠탑이 용케 두 사람에게 아름다운 창을 선물하고 떠났다.

제리가 주절거렸다.

"아름다운 창은 필요 없어, 안전한 방이 필요하지. 은신처는 안전이 최고야. 그놈이 이 골목을 지키고 있을 거니까."

제리의 주절거림을 멍하니 듣던 현지가 침대 위에서 무언가를 주워 들었다.

제리는 보지도 않고 침대에 고꾸라지듯 쓰러졌다.

"이게 뭐지?"

큐브였다. 이내 현지도 큐브를 아무렇게나 책상 위에 던져놓고 침대로 기어올랐다.

손끝 하나 움직일 수 없을 만큼 지독한 피로가 몰려왔다.

두 사람은 누가 먼저랄 것도 없이 간신히 몸을 웅크리고서 잠들었다.

#03

한낮이 지나서야 제리와 현지는 눈을 떴다.

현지는 머리가 너무 아팠다. 그놈이 흡입시킨 것이 무엇인지 모르지만 머리를 들기도 힘들었다. 가까스로 일어나자마자 창문으로 가서 밖을 내다보았다. 이웃집 지붕이 바라다보일 뿐 창 아래 골목은 보이지 않았다.

제리는 이리저리 뒤척이기만 하면서 일어나려고 하지 않았다. 하지만 너무나 배가 고팠다. 다행히 한국 사람이 운영하는 게스트하우스였으니 식빵과 라면 정도는 준비되어 있을 터였다.

현지가 찬장을 열었다. 식빵과 라면이 환하게 빛나고 있었다. 그제야 제리도 일어났다. 두 사람은 토스트기에 식빵을 굽고, 계란을 두 개나 풀어서 라면을 끓였다. 라면을 끓이는 와중에도 제리는 수시로 창밖을 내다보러 오갔다.

"아쉽네. 여기서는 골목이 안 보여."

"아직도 지키고 있을까?"

"우리가 이 골목으로 들어간 걸 알 텐데 안 지킬 리가 없지."

제리는 현관으로 가 문에 귀를 대어보고 어안렌즈로 밖을 내다보기도 했다.

"뭐가 보여?"

제리는 고개를 젓고는 식탁에 식빵과 라면을 차려놓았다. 일회용 치즈와 버터도 꺼내놓았다. 꿀맛이었다.

당장 이곳이 노출되지 않았고 배도 채웠으니 이제 할 일은 현수가 남긴 단서를 찾는 것이었다. 노트북을 열고 와이파이에 접속했다. 그러나 웹하드는 텅 비어 있었다.

"우리 이제 어떻게 하지?"

"좀 기다려보자. 이제 겨우 정신 차렸잖아. 서두르지 마. 어차피 저놈은 오늘 하루 종일 골목만 지킬 거야."

"이렇게 떨면서 여기 꼼짝 못 하고 있어야 하는 거야? 언제까지?"

제리가 노트북을 덮으며 발라당 드러누웠다.

"생각 좀 해보자."

드러누운 제리를 흘기듯 돌아보던 현지가 제리의 얼굴을 가리키고는 눈물을 글썽였다.

"왜?"

"피가 났어."

"뭐라고?"

제리가 벌떡 일어나 거울을 보았다. 제리의 턱 밑으로 칼자국이 있었고 피가 말라붙어 있었다. 제리가 놀라서 아아, 하더니 침대에 쓰러졌다. 현지가 달려들어 제리를 흔들었다.

"미안해!"

"왜 네가 미안해. 칼을 휘두른 건 그놈인데. 그런데 정말 나를 죽이려…… 헉!"

제리는 새삼 어제의 공포가 되살아났는지 이불을 훅 뒤집어썼다.

현지도 번개가 등을 타고 내려가는 것처럼 빳빳하게 굳었다. 소름이 발끝으로 빠져나가자 부들부들 떨며 제리 옆으로 파고들었다.

"이전에 우리를 쫓던 사람들이 아닌 것 같아, 그렇지?"

제리가 목이 잠긴 소리로 대답했다.

"그래, 처음 보는 사람이었어. 훅 다가왔을 때, 냄새가 독특했어. 누구지? 누군지만 알아도 좀 나을 텐데. 이건 뭐…….."

"근데 알 것도 같아."

"뭐라구?"

"파리행 비행기 탈 때 한국 사람으로 보이는 사람을 눈여겨봤거든."

"그래서?"

"선글라스 낀 체격 좋은 남자가 눈에 띄었어. 그리고 루아시 버스 기다릴 때도 그 사람이 택시 타는 곳으로 가는 걸 봤어."

"왜 말 안 했어? 아, 아, 네 탓을 하는 건 아니야. 너 눈썰미가 좋
잖아."

"아니, 그 사람이 우리 버스 타는 데서 있던 것도 아니고 그냥 슥
스쳐 지나갔거든. 설마 우리 뒤를 쫓아올 줄 몰랐지."

"근데 우리는 버스에서 내려서 전철로 이동했잖아."

"그러게. 전철에서는 못 봤거든. 만약 전철에서 봤다면 바로 의심
했을 텐데. 아, 좀 더 세심하게 봤어야 하는데."

"아니, 네 탓이 아니야. 난 그것도 모르고 있었는데 뭘. 길 찾을
생각에만 몰두해 있었거든."

"그런데 왜 우릴 쫓는 거지?"

"쓰읍. 두바이까지 따라온 놈들과 두바이에서 기다린 놈들은 한
패야."

"그렇겠지. 그놈들은 여기까지는 못 따라온 것 같아. 공항에서 우
리가 잘 떼어버린 거야."

"그것도 모를 일이야. 끝까지 조심해야지."

"그렇다면 도대체 우린 얼마나 많은……."

현지가 말을 하다 말고 가슴이 쿡 막혔는지 고개를 꺾고 가슴을
움켜쥐었다. 도와줄 사람이 하나도 없는 곳이라는 생각이 칼처럼
가슴을 찔렀다.

제리는 현지를 부둥켜안고 다독거렸다. 자기 자신도 두려웠고 파
르르 떠는 현지도 가여웠다. 이렇게까지 일이 커질 줄 몰랐다는 게
한심해 더욱 불안에 빠졌다.

두 사람은 저녁이 될 때까지 나가지 않고 버텼다. 해가 질 즈음에야 몸을 추스르고 일어나 다시 식빵을 우물거리고 우유와 비스킷을 먹었다. 봉지 커피까지 타 먹고 나자 좀 편안해졌다.

간간이 노트북을 열어보았지만 아직까지도 웹하드에 업로드된 건 없었다.

"이렇게까지 길게 소식이 끊긴 적이 없는데. 혹시 오빠에게 무슨 일이 생긴 건 아닐까?"

입 밖에 꺼내고 보니 더욱 걱정됐다. 아는 사람 하나 없는 파리에서 우린 어떻게 되는 걸까……

"에이, 그럴 리 없어. 현수가 누군데."

그 태평한 한마디에 현지는 조금 마음이 놓였다. 제리는 확실히 기운 나게 하는 기술이 있었다.

"아참, 이거 기억나? 어제 침대에 놓여 있던 거."

현지가 집어 든 것은 큐브였다. 어젯밤 녹초가 되어 숙소에 들어왔을 때 큐브 하나가 생뚱맞게 새하얀 침대보 위에 놓여 있었다.

"먼저 왔던 사람이 두고 간 물건 아냐?"

제리가 현지에게서 큐브를 건네받고 이리저리 살펴보았다.

"새하얀 침대 위에 놓여 있었단 말야. 뭔가 전달하려는 메시지가 아닐까?"

제리가 큐브를 보면서 고개를 갸우뚱하더니 말했다.

"현수가 누군가를 시켜 놓아둔 것이라면……"

제리가 갑자기 시합하듯이 하나, 둘, 셋! 하고는 큐브를 맞추기 시작했다.

1분이 채 못 되어 제리가 됐다! 하고 소리쳤다.

현지가 바싹 다가와 큐브를 들여다보았다.

제리가 현지 눈앞에 들이댄 것은 큐브의 한쪽 면이었고, 거기엔 희미하게 그림이 그려져 있었다.

"현수하고 고등학생 때 한동안 큐브 맞추기 시합한 적이 있어. 머리도 좋아야 하지만 패턴을 익히고 나면 손동작 빠른 게 유리하지. 다른 건 모르지만 이건 내가 이겼거든, 내가 손이 빠르단 말야."

"이 그림이 뭘까?"

현지와 제리는 큐브를 눈높이에 올려놓고 그림을 들여다보았다. 항아리 같기도 하고 호리병 같기도 했다.

현지가 침대 맞은편 벽면의 선반을 가리키며 저거야, 저거! 하고 소리쳤다. 파란 유리병과 도자기 코끼리 인형이 놓인 선반 위에 마트료시카가 놓여 있었다.

마트료시카는 나무 인형 몸체 속에 같은 디자인의 더 작은 인형이 차례로 다섯 개씩 들어 있는 러시아 전통 상품이었다. 현지가 얼른 나무 인형을 내려서 상부를 돌려 열었다.

두 개째 열었을 때 안에서 돌돌 말린 종이 몇 장이 나왔다.

"티켓인데?"

제리가 티켓을 좍 펼쳤다. 날짜별 시간별 장소별로 늘어놓고 맞춰보았다. 두 장씩이었다.

파리 동역 – 프랑크푸르트 중앙역행 TGV; 39 EUR

3시간 50분 소요: 오전 9시 6분 출발

프랑크푸르트 – 베를린행 기차; 17.90 EUR

3시간 50분 소요: 오후 2시 출발

베를린 – 모스크바행 야간열차; 직행 열차 EN 441 / 14M Strizh

24시간 소요: 오후 8시 출발

"최종 역이 모스크바야!"

"우리, 모스크바로 가라는 얘기야?"

"그런 것 같은데?"

"모스크바?"

"모스크바!"

두 사람은 망연자실한 채 서로를 바라보았다. 여기가 끝이 아니라니. 또 대륙을 가로질러 모스크바까지 가라니! 절망인지 실망인지 허탈함인지 모를 감정이 몰려왔다. 두 사람은 동시에 침대에 털썩 주저앉았다. 게다가 내일 아침이다. 킬러가 골목을 지키고 있을 텐데, 이 골목으로 걸어 나가야 한다니.

"여기 허름한 데서 칼 맞을 날만 기다리며 숨어 있는 것보다는 현수가 가라는 대로 가는 게 낫겠지."

제리는 고리를 걸고 현관문을 열었다. 빼꼼 눈만 내밀어 아무도 없는 것을 확인했다. 현지를 돌아보고 물었다.

"계단 내려가서 골목을 한번 내다보고 올까?"

현지는 도리질했다.

"아냐, 그러지 마. 그냥 머리카락 한 올 보이지 않는 편이 나아."

숙소에 구비되어 있는 음식이란 음식은 모조리 먹어치웠다. 현지는 이렇게 몸무게 걱정 없이 먹어댄 적이 처음이었다. 하지만 언제 어떻게 뛰어야 할지 모르고 언제 빵 한 조각 먹을 수 있을지 모르는 상황은 몸무게 같은 걱정을 잊게 했다.

제리는 창밖을 내다보고 현관문에 귀를 대보고 노트북을 열어서 유튜브 방송이 올라왔는지 수십 번 확인하며 시간을 보냈다. 곧 또 밤이 왔다. 밤새 별일 없기를 바라며 웅크리고 잠이 들었다.

현지는 자다가 눈을 떴다. 몸을 가누지 못할 정도로 피곤했는데도 벼랑 끝에 서 있다는 자각은 수시로 잠을 깨웠다. 둘러봐도 제리는 보이지 않는데, 노트북만 덩그러니 켜져 있었다.

욕실에서 물소리가 나는 걸 보니 샤워를 하나 보았다. 노트북에 이어폰이 꽂혀 있어서 소리는 들리지 않았지만 제리의 유튜브 방송이라는 건 금세 알아보았다.

현지는 이어폰을 끼고 다시보기를 해 실시간 채팅방에서 나누는 대화를 읽었다.

강속구는 아무 말이 없었고 채팅창으로 수많은 댓글들이 빠르게 올라갔다.

— 제리 님 출국 금지됐다던데 무슨 일인가요?

— K-코인 폭락과 연관돼 있다는데 유튜버가 그럴 힘이 있나요?

— 작전 세력이었을까요?

— 작전 세력이었구나. K-코인 상장됐을 때 엄청 매수하라고 했잖아요. 세력이었어.

— 사람 믿을 거 진짜 못 되나 봐요!

— 물린 사람 많을걸?

— 여기 있는 구독자들 그때 다들 수익을 내지 않았나요?

— 잘 알지도 못하면서 막말하지 맙시다.

— 제리 님, 우리는 제리 님을 믿어요! 돌아오실 때까지 기다릴게요!

강속구가 마이크를 잡았다. 강속구는 얼마나 소문이 빠른지 미처 생각지 못했던 것 같았다. 당황한 기색이 목소리에 고스란히 묻어났다.

"여러분 너무 동요하지 마시고요. 제리 님은 참고인일 뿐이에요. 참고인은 피의자가 아닙니다."

채팅창이 또 불이 났다.

— 죄가 없는 참고인이라면 왜 출석을 하지 않고 잠적했을까요?

— 소환에 불응하면 강제로 소환할 낀데.

"네네, 죄가 없어도 일단 소환되기 시작하면 마치 피의자나 된 것처럼 각인되잖아요. 저도 무슨 일인지 모르니까 상황 파악되면 다시 방송 열겠습니다."

— 마치시려고요? 악, 조금만 더 이야기해주세요!

— 배신의 배신의 연속이네요. 드라마의 끝은 보나 마나겠죠.

— 아는 척하지 맙시다. 우리 아직 아무것도 모르는 겁니다!

"조만간, 네네, 금방 다시 방송 켤 테니까 억측은 자제해주시고요."

강속구는 서둘러 댓글 창을 닫아서 억측이 확산되지 않게 하려는 듯했다.

"믿고 기다려주시길 부탁드립니다."

몹시 난감해하면서 강속구는 서둘러 방송을 껐다.

국내 상황이 심상치 않게 돌아가고 있었다. 강제소환이며 피의자며 하는 용어들이 온몸을 압박해 들어오는 것 같았다. 현지는 잠시 멍하니 꺼진 방송창을 바라보았다.

욕실에서 물소리가 그쳤다. 그냥 둘러보았을 뿐인데 의자에 제리의 새 옷이 걸쳐져 있고, 가방은 정리되어 닫혀 있는 게 눈에 들어왔다. 시간을 보았다. 새벽 5시.

새벽 5시에 왜 제리는 샤워를 하고 옷을 갈아입으려는 걸까. 어제 일찍 나가자는 말도 없었는데.

가방은 왜 금방 들고 나갈 것처럼 세워져 있는 걸까.

가슴이 쿵쿵 뛰기 시작했다. 현지는 침대에 걸터앉아 있다가 자기도 모르게 벌떡 일어섰다.

제리가 수건으로 젖은 머리를 털며 나오다가 멀뚱히 서 있는 현지를 보고 얼굴이 굳었다.

사람은 어떻게 한순간 상대방의 얼굴만 보고 많은 것을 읽게 되는 걸까.

상대방의 얼굴을 맞닥뜨린 그 짧은 순간, 삽시간에 가슴이 철렁 내려앉고 귀가 윙 하고 울리는 것만으로도 사태를 남김없이 읽게 된다.

돌이킬 수 없는 관계가 되어버렸다는 것도, 비열함을 읽는 것도, 비밀을 감추고 태연하게 행동하는 것도, 죄책감에 휩싸인 것도, 숨기고 싶어 하는 것을 들켰다는 것도, 사람들은 어떻게 한눈에 알아보게 되는 걸까. 그것이 과연 유익한 걸까.

현지는 눈치 빠른 자신이 싫었다. 그냥 아무것도 모른 채 쿨쿨 자고 있지 않고 깨어버린 자신이 싫었다. 머나먼 이국땅에서 또 다른 머나먼 땅으로 이동해야 하는 날, 몇 시간을 채 남기지 않고 결정적인 국면을 맞이하다니 이 순간이 너무나 싫었다.

제리는 제리대로 당혹스럽기 그지없었다. 자고 있는 현지 몰래 짐을 싸 들고 도망칠 생각이었는데 들켜버렸다. 잠귀가 밝은 현지가 원망스러웠다.

제리는 새벽녘 자기도 모르게 눈을 떴고 생각지도 않게 너무나 명징한 상태가 되었다. 누운 채 오늘 또 어디로 가서 어떻게 기차를 타고 어떻게 가고, 하며 이동 경로를 짚어보다가 국내 상황이 걱정되었다. 이쯤 시간이 흘렀으니 수사기관의 방향이며 여론이 어떻게 흘러가는지 감이라도 잡으려면 국내 상황을 좀 알아야지 싶었다.

뉴스들을 훑다가 방송을 켰다. 마침 강속구가 실시간 방송을 시작한 지 몇 분 지난 상황이었다. 방송을 듣다가 롤러코스터를 탄 듯 기분이 순식간에 아래로 내리꽂혔다. 방송 분위기를 보고 일부나마 국내 코이너들의 반응을 보려고 했던 것인데, 현수와 주변 인물들에 대한 반응이 예상보다 싸늘하다는 것을 체감한 것이다.

K-코인 사태가 빚은 충격을 기억했으니 투자자들의 원망을 이해하지 못하는 건 아니었다. 그럼에도 두고 온 현실 세계의 반응을 보니 씁쓸한 마음과 불안한 마음이 교차했다. 이대로 놔두었다가는 자신은 꼼짝없이 범죄자가 되고, 이탈자들이 수두룩해질 게 분명했다.

비트코인 트레이딩과 유튜브 방송은 자신의 생업이었다. 아무리 현수가 돈줄이어서 놓지 않고 부여잡아야 한다고 해도, 무모한 짓도 젊음의 자산이 된다고는 해도, 제리는 그렇게 앞뒤 분간 없이 움직이는 사람은 아니었다.

제리가 여기까지 기운차게 뛰어온 동력은 주진호가 처음 누설했던 것처럼 재단의 전략이 현수를 궁지에 몰아넣은 것 같다는 의심과 무엇보다 자신이 잘 알고 있는 현수에 대한 믿음이었다. 그런데 그 동력이 흔들리기 시작한 것이다.

수사기관은 지금까지 수사해온 근거가 있으니 현수를 쫓고 급기야 우리까지 쫓고 있는 것 아닌가.

사람이 벼랑 끝에 몰리면 잘 알던 것도 의심하게 되고, 우리 편도 믿지 못하게 되고, 거짓말일지라도 당장 나를 살려줄 것 같은 사람을 따라가게 되는 것처럼 제리는 지금 단순히 불안한 것인지, 아니면 마음 한구석 억눌러두었던 의혹이 커져가고 있는 것인지 스스로도 알아차리지 못했다. 마음 한쪽에서 지금이라도 그만두고 돌아가자, 하는 생각이 불쑥 솟구쳤다.

이러다 아무 죄도 없이 빨간 줄 그어질지 모른다는 두려움도 목구멍까지 올라왔다. 지금이라도 다 그만두고 돌아가자, 한국에 가서 할 만큼 하면 모두 되돌릴 수 있으리라.

덜컥 겁이 들어 벌떡 일어나 짐을 꾸리고 간단히 씻으러 욕실로 들어간 것이다. 게다가 무엇보다 골목을 지키고 있을 킬러가 두려웠다. 둘이 같이 움직이면 킬러의 눈에 띄기 쉬울 테지만 혼자 비니 눌러쓰고 후드까지 뒤집어쓰고 나가면 몰라볼지도 모른다고 생각했다.

그리고 진실을 말하자면 그놈은 현지를 데려가려는 거지 자신을 데려가려는 건 아니지 않은가. 자신은 그저 거치적거리는 존재일 뿐, 스스로 없어져준다면 그놈으로서는 땡큐일 것이다.

제리는 엄한 말로 둘러대 봐야 들어 먹히지도 않을 거라는 걸 알았다. 그냥 인정해야 했다. 자포자기 심정으로 고개를 주억거렸다.

"그래, 네 짐작이 맞아. 그래."

현지가 침대에 몸을 던지고 울음을 터트렸다. 아무리 그래도 부인해주기를 바랐던 걸까. 이불을 끌어안고 울음소리를 막으며 토하듯 울었다.

위험 속에 혼자 버려두고 도망치려 했으니 현지의 반응을 예상치 못했던 건 아니었다. 하지만 떠난 뒤라면 현지가 울고불고한다 해도 안 보면 모르는 거니까. 현지니까 기껏해야 싸늘하게 눈살을 좁히고는 네가 그럴 줄 알았어, 너를 믿은 내가 잘못이지, 하고 입술을 사리물고 제 갈 길 갈 것이라 여겼다.

그러면 경멸의 눈빛을 감수하며 비교적 홀가분하게 떠나갈 수 있었을 텐데, 그게 아니었다.

제리는 당황해서 어쩔 줄을 몰랐다. 현지와 현수는 보통 사람들과 상당히 다르다고 느껴왔다. 이들은 이를 악물지언정 울어버리지는 않을 거라고 믿어왔다. 저 남매는 복잡한 감정을 쉽게 드러내는 타입이 아니라고 생각했다. 그럼에도 남매의 마음을 모르지는 않은 제리였다.

정신이 번쩍 들었다. 죄책감이 밀려왔다. 내가! 이런 쓰레기 같은 놈이었다니!

"현지야, 미안해. 내가 미쳤었나 봐. 하지만 나도 무서웠어. 한국에서 내가 죽일 놈이 되어 있는 게 견딜 수가 없었어. 이렇게까지 될 줄 미처 몰랐어. 내가 정말 잘못했어."

제리는 변덕이 죽 끓듯 하는 자신의 처신을 반성하며 싹싹 빌었다. 어쩌다 내가 이런 짓을 저질렀을까.

가까스로 울음을 그친 현지에게 풀이 죽은 제리가 욕실을 가리키며 말했다.

"기차 타러 갈 준비해야지. 난 다 준비됐어."

현지는 제리를 쳐다보지 않았다. 그리고 하나도 울지 않은 것처럼 꼿꼿이 걸어 욕실로 들어갔다. 하지만 물소리 사이로 다시 울음소리가 들렸다.

내가 죽일 놈이야, 죽일 놈이지, 여기까지 와서 혼자 도망갈 생각을 하다니, 내가 미쳤었나? 아, 어떻게 현지 얼굴을 보지? 다시 서로 믿고 의지할 수 있을까?

제리는 현지의 울음소리가 들리지 않을 때까지 좁은 방 안을 왔다 갔다 했다.

마침내 골목으로 나가야 할 시간이 왔다.

목덜미에 칼침을 맞아본 제리는 머플러로 목을 둘둘 감고 비니를 눌러썼다. 후드까지 덮어쓰고 현지도 똑같이 했는지 확인했다.

심호흡을 하고 문을 열다가 제리가 아, 하며 손가락을 튕겼다. 택시를 부르면 되지!

"택시를 집 앞으로 부르자! 왜 그걸 생각을 못 했지?"

대단한 것을 알아낸 것마냥 제리가 핸드폰을 꺼냈다.

현지도 순간 제리의 핸드폰에 시선을 두었다. 그러나 곧 깨달았다. 핸드폰은 무용지물이라는 것을.

실망이 이만저만이 아니었지만 하는 수 없었다. 최대한 빨리 골목을 벗어나 택시를 잡는 수밖에. 다행이라면 아침이라는 점이었다. 출근 시간이라 거리에는 오가는 사람들이 꽤 많을 터였다.

제리가 앞장서 계단을 내려갔다. 1층 현관문을 열고 주변을 둘러보았다.

길가에 주차된 차들이 시동을 걸고 있거나 막 출발하고, 길 가운데로는 차들이 천천히 이동하는, 평범한 골목의 아침 풍경이었다.

캐리어를 끌고 달리다시피 걸어서 골목을 벗어났다. 그사이에 따라오는 사람이 없는지 부지런히 뒤도 돌아보았다. 골목 밖에 서 있는 택시를 잡아타고 곧장 기차역으로 갔다. 따라오는 차량은 보이지 않았다.

역에 내려서야 제리는 잠시 숨을 몰아쉴 수 있었다. 이제 기차만 타면 위험을 떨칠 수 있기라도 할 것처럼 마음도 조금 가벼워졌다. 그러나 거기까지였다. 프랑크푸르트행 플랫폼으로 가는 동안 제리는 안절부절못했다. 면목이 없어 나란히 걷지 못하고 힐끔힐끔 곁눈질을 하며 현지 뒤를 따라갔다. 반대로 무엇이 기다리고 있을지 모르는 모스크바를 향해 성큼성큼 걷는 현지의 뒷모습은 아름답기도 하고 두렵기도 했다.

앞서 걷던 현지가 문득 뒤돌아보았다. 제리는 고개를 숙이고 걷다가 현지가 돌아보는 것을 느끼고 자기도 모르게 눈을 들었다. 몹시 맑게 빛나는 현지의 눈과 마주쳤다.

곧게 뻗은 현지의 목덜미에 차가운 겨울바람이 불었다. 두 사람 사이의 거리는 고작 서너 걸음 될까 말까 했지만 불현듯 그 거리가 훌쩍 멀어지는 듯했다.

현지는 맑고도 서늘했다. 그녀의 눈이 묻고 있었다. 같이 갈 거냐고, 끝까지 같이 갈 거냐고. 너를 믿어도 되는지 지금 대답해달라고.

제리는 결기가 서린 현지의 두 눈을 보며 알 수 있었다. 이대로 두면 현지는 아무 말 없이 뒤돌아서 걸어갈 것이고, 그것으로 영영 끝일 것이다. 겨우 서너 걸음, 그 간격을 두고 제리는 깊이 갈등했다. 확신도 없이 따라나섰던 현지였다. 가슴이 아파 왔다. 나를 믿으라며 잡아끈 건 다른 누구도 아닌 자신이었다. 그런데 현지는 자신과는 달리 오히려 여정을 함께하면서 확신이 생긴 것 같았다. 여기에서 저 혼자 돌아간다 해도 현지는 지금까지 해왔던 것처럼 끝까지 가리라는 것을 알았다.

마침내 제리는 마음을 굳혔다. 현지가 뒤돌아서기 직전, 캐리어를 끌고 뛰어가 현지 앞에 섰다.

"빨리 가야지, 기차 떠나겠다!"

현지의 눈빛에 제리에 대한 복잡한 감정이 드러났다면 제리의 결정이 빨라졌을까?

혹시 제리가 뛰어가기 전에 현지가 뒤돌아섰더라면 제리 역시 뒤돌아섰을까?

현지가 뒤돌아섰어도 제리는 뛰어서 현지 앞에 가서 섰을까?

제리는 제 마음을 저도 모르는 채 우선 현지를 놓치면 안 된다는 다급한 마음뿐이었다. 현지 앞으로 달려가 선 그 순간에 제리는 깨달았다. 내가 현지를 지켜주고 이끈 게 아니라 현지가 오히려 진득하게 나를 믿어주고 이끌었다는 것을.

현지가 프랑크푸르트행 기차 좌석에 앉아 머리를 기댔다.

제리는 현지 옆모습을 한참 쳐다보았지만 그녀는 말없이 두 눈을 감았다.

제리도 한숨을 길게 내쉬며 머리를 기댔다.

"현지야."

"아무 말 하지 마."

현지 목소리가 웬일인지 차갑지 않았다. 울음이 터지는 걸 가까스로 참고 있는 것 같아 제리는 미안해, 하고 입술을 달싹거렸다.

"모스크바에 뭔가 있을 거야."

현지는 자신의 몸과 모스크바를 잇는 가느다란 줄을 질끈 부여잡고 있는 것 같았다. 그것밖에 없다는 듯이.

"그래, 뭔가가 우리를 기다리고 있을 거야."

"갈망이라는 게 뭔지 알아?"

현지가 뜬금없이 물었고 제리는 당연하게도 뜬금없다는 표정을 지었다.

"갈망?"

"나는 갈망하는 마음이 커지면 어떻게든 그것을 해야 해. 내가 느낀 건 대체로 발레에 대한 갈망이었어. 한밤중에도 일어나서 나는 푸에테를 해. 서른 번씩. 서른 번씩 푸에테를 하면, 마음에 어떤 변화가 생기는지 알아?"

제리가 고개를 저었다. 불길했다, 이런 대화는. 해본 적도 없었다, 이런 대화는.

"영원히 지속될 것 같은 느낌이 들어. 내가 푸에테를 하며 무대 오른쪽 어둠 속으로 들어가는 거야. 사라지지. 그리고 무대 뒤쪽, 커튼 뒤로도 푸에테는 이어지는 거야."

제리는 상상했다. 어린 현지가 한 바퀴 돌 때마다 한 뼘씩 자라는 것을. 다 자란 현지가 푸에테를 하며 끝없이 돌아가는 것을. 점점 더 큰 원을 그리며, 마침내 한없이 큰 원을 그리다가 날아오르는 것을.

현지는 도망자의 신세가 지속될 것을 두려워하는 걸까, 아니면 모스크바에서 끝나고 날아오를 것을 기대하는 걸까. 각각 다른 색채의 두 가지 미래가 실타래처럼 꼬이면서 저 멀리까지 이어지겠지. 이쪽의 색깔이 보일 땐 두려움에 휩싸이고 저쪽의 색깔이 보일 땐 안도와 짧은 행복에 젖고.

열차는 지상의 교통수단으로는 가장 편리하지만 모두에게 그렇지는 않다는 걸 두 사람은 느끼고 있었다. 도망치는 처지다 보니 사람들이 지나갈 때마다 뒷머리가 쭈뼛쭈뼛 섰다. 현지는 긴장을 풀지 않았다. 제리 역시 이번에는 수상한 사람을 놓치지 않으리라, 단단히 결심하고 있었다. 여행안내 책자를 보는 척하며 지나가는 사람들을 빼놓지 않고 눈여겨보았다.

모스크바에 도착하면 어떻게 해야 하는 걸까. 현지는 오빠가 업로드했을 단서를 빨리 보고 싶었다. 그러나 열차 안에서는 와이파이를 잡을 수 없었다. 핸드폰은 아무리 만지작거려도 무용지물이었다. 또다시 자신들이 도망자 신세라는 걸 절감했다. 프랑크푸르트역에 내려야 공용 와이파이를 쓸 수 있을 테니 그때까지는 그저 기다리는 수밖에 없었다.

네 시간을 달려 프랑크푸르트역에 도착했다. 내리자마자 와이파이부터 잡으려 했지만 웬일인지 잡히지 않았다. 베를린행 기차 시간이 빠듯해서 빨리 이동해야 했다.

베를린행 기차에 타고서야 와이파이를 잡을 수 있었다.

겨우 웹하드에 접속했지만 아무것도 올라와 있지 않았다.

현지는 낙심한 심정으로 베를린역을 통과한다는 흔적을 남길까 했지만 제리가 부득불 말렸다. 모스크바까지는 아직 시간이 많으니 흔적을 최소한으로 남기는 것이 좋을 거라고 했다.

"그놈이 여전히 우리를 쫓고 있을 거야. 여기서 멈추지 않을 거라고. 그건 당장 고민한다고 확인되는 게 아니니까, 대신 한국 상황은 어떤지 알아보자. 내가 뉴스 검색하는 동안 너는 주위를 살펴봐."

제리는 곧바로 뉴스를 검색하기 시작했다. 코인데스크니 코인 텔레그램이니 하는 외국 뉴스를 검색하고, 한국 경제 뉴스 탭으로 들어가 비트코인 관련 뉴스들을 훑었다.

곧 웜홀 프로젝트가 국내외 블록체인 프로젝트들을 흡수해 점점 더 방대해지고 있다는 뉴스를 찾아 현지에게 보여주었다.

"이것 봐. 케이파운데이션이 위버멘시 재단에 협력을 요청했다는데?"

"그게 무슨 뜻이야?"

"웜홀 프로젝트를 진행하는 두바이 기업이 다 싹쓸이하고 있다는 거지."

"그걸 오빠가 하고 있다는 거지?"

"현수의 프로젝트가 분명해. 하지만 뭔가 있어, 뭔가. 현수가 우리에게 모스크바로 가라고 한 게 분명 이것과 관련 있다고."

제리는 곧이어 숨어 있는 단신을 찾아냈다. 기사에는 'K-코인 폭락 사태 수사 마무리 단계', '두바이 당국에 개발자 소환 요청했으나 현지에 없는 것으로 드러나', '행방 또다시 묘연'과 같은 내용이 적혀 있었다.

제리가 아, 하며 작게 탄성을 질렀다.

"현수가 두바이를 떠난 것 같아!"

"두바이로 오지 말라던 것이 그래서였구나!"

다시금 두바이에서 기다리던 놈들이 생생하게 떠올랐다. 현지는 소름까지 돋았는지 두 팔을 문질렀다.

"큰일 날 뻔했어!"

"오빠가 우리보다 앞서서 파리로 갔다는 뜻일까?"

"아마도."

제리는 확신할 수는 없는지 모호하게 대답했다.

"파리에서 우리를 만나서는 안 되었던 걸까?"

"만나서는 안 되는 이유가 있었을 거야."

"그런데 또 어디론가 떠났다는 거지? 어디로 간 거야?"

"그걸 아무도 모르는 것 같아. 현수를 찾으려는 건 우리만이 아니니까 흔적을 남기지 않았겠지."

"오빠가 혹시 잡혔거나 무슨 일 있는 건 아니겠지? 왜 이렇게 연락이 없는 거지? 연락 끊긴 지가 벌써 며칠째야."

"음…… 지금까지의 상황을 볼 때 현수가 프로젝트를 진행하던 기업에서 떠났다면, 뭔지는 모르지만 좋지 않은 일이 생겼다는 뜻이 아닐까? 어디 있는지 아무도 모른다는 건, 어쩌면 현수 역시 몸을 피해야 할 일이 생긴 것인지도 모른다는 거고. 현수가 피신했다면 만만치 않은 상황에 놓여 있다는 말이겠지. 두바이 기업이 현수를 보호하지 못한 것일 수도 있어."

"우리에게 제때제때 메시지를 보내지 못할 정도로 말이지?"

제리가 말없이 생각에 잠겨 고개를 끄덕거렸다.

현지는 다시 한번 이동하기 전부터의 과정을 되짚어보았다. 제리의 사전 정보에 의하면 현수는 두바이에 있었던 게 분명했다. 그걸 믿고 두 사람이 모험을 시작한 것이건만, 현수는 두바이에서 어떤 메시지도 없이, 족적도 남기지 않고 행방을 감췄다. 그만큼 다급했다는 뜻일 게다.

"내가 추정해볼게. 정체를 알 수 없는 사람들뿐만이 아니라 수사 당국까지 현수 오빠와 우리를 추적하고 있는 거잖아. 오빠와 우리들이 앞서거니 뒤서거니 해서 이동하고 있어도 행방을 찾을 수 없다는 발표를 보면 역시 오빠가 단수가 높은 거지. 나는 이것 역시 오빠의 프로젝트 중 일부라고 봐."

"오, 현지 제법인데?"

"지금 상황을 본다면 아직 어디서도 누구도 오빠의 신병을 확보하지 못한 게 분명해."

"그렇다고 보는 게 정확하겠지."

"그런데 지금부터가 문제야."

지금까지 현수는 그만의 방식으로 단서를 남기고, 자신들은 머리를 쥐어짜며 해독해서 찾아가고 있었다. 그런데 잘못 해독해서 두바이에 갔다. 거기에서 도망치느라 고생했고, 또 파리에 가서도 마찬가지였다. 그렇다면 이 길이 맞는 길이라고 믿을 수 있는 걸까? 모스크바에는 왜 가라는 것일까.

모스크바, 모스크바. 현지는 주문이라도 외듯 중얼거렸다. 뭔가 알 것도 같았다. 열차 티켓까지 끊어놓은 것을 보면 분명 모스크바에 가라는 이유가 있을 것이다. 목적 없이 즉흥적으로 그곳에 가라고 할 오빠가 아니었다. 그 비밀을 풀어야 할 텐데.

"이걸 알아내야 해. 파리에서부터 지금까지는 큰 문제가 없었잖아? 모스크바까지 가야 하는 분명한 목적이 있는 거겠지?"

"글쎄. 나는 왜 모스크바에 가야 하는지는 모르겠어. 러시아는 블록체인에 대해 관대한 나라이긴 하지만 아직 그쪽과 연결된 기업은 없거든."

"아, 혹시 러시아가 블록체인 기술을 적극적으로 지원하겠다고 했는지도 몰라. 오빠가 그걸 알고 러시아를 선택했을 수도 있잖아."

"그럴 가능성이 없지는 않지만 너무 앞서가지는 말자. 다른 이유가 있을 수도 있잖아."

현지는 오빠가 모스크바로 가라는 이유가 분명히 있을 것이라는 확신을 갖게 되었다. 낯선 곳으로의 이동에 따른 불안감이 조금은 누그러들었다.

두 사람은 입을 다물었고 간간이 기차가 덜컥거리는 소리만 들렸다. 현지는 문득 자신이 사라진 사람이 되었다는 생각이 들었다.

"우리 역시 행방이 묘연한 거겠지."

"그렇지. 고국에서 보기엔 우리 역시 흔적도 찾을 수 없는 거야. 행방불명이지."

"아, 우리는 이렇게 생생하게 살아있는데 어디에선가는 우리가 죽었는지 살았는지 알 수 없는 존재인 거구나."

현지는 두고 온 세계가 생각났다. 모든 것을 두고 왔으나 나는 흔적 없는 사람이 되었구나. 푸에테를 하며 끝없이 빙글빙글 돌아 무대 뒤로 사라지는 것과 같은 걸까. 묘연해지는 것은 나일까, 내가 두고 온 그들일까.

행방이 묘연한 채로 사는 사람들은 이전의 세계와 완벽히 단절하고 살 텐데, 그게 가능한 일일까. 이전의 자신을 완전히 지워야만, 완전히 부정해야만 가능하겠지. 세상에는 흔적 없이 사라지고 싶은 사람들도 있으리라. 그러나 내 존재가 남긴 발자국을 따라 나를 찾게 하고 싶은 욕망 또한 자연스러운 것이리라.

나의 흔적을 찾고 궁금해하는 사람이 나를 사랑하는 사람이 아니라 나를 납치하거나 체포해야 하는 사람뿐이라니, 현지는 가슴이 먹먹해졌다.

종훈이 떠올랐다. 종훈은 나를 궁금해하거나 걱정하고 있을까. 죽었다고 생각할지도 모르는데. 이상한 사람들에게 쫓기던 끝에 실종됐다고 여길지도. 갑작스럽게 사라진 친구를 두고 자신들이 아는 만큼, 간혹 더 아는 것처럼 수군거리겠지. 그러다가 천천히 잊히겠지.

문득 빈사의 백조를 훈련하던 날들이 떠올랐다. 빈사의 백조는 홀로 어두운 들판, 말라가는 호수 옆에서 수없이 날갯짓을 했다. 나

아직 살아있다고. 그러나 먼저 날아갔던 다른 백조는 그의 행방이 묘연하다고 여겼겠지. 이렇게 흔적도 없이 사라질 수가 있나, 하고 슬퍼했겠지.

내가 여기서 죽는다 해도 그쪽에서는 내 상태를 전혀 모르고 있을 테니 아무 일도 일어나지 않은 것이 될까.

아아, 아니야, 그럴 수는 없어.

현지는 도리질을 했다.

나는 발레를 하며 세상에 다시 나타나야 해.

현지는 자기만의 감정에 빠져 있다가 기차가 덜컥 크게 흔들리는 바람에 정신을 차리고 눈을 들었다. 저 멀리 누군가를 보고 제리의 팔을 꾹 움켜쥐었다.

제리는 반사적으로 노트북에서 고개를 들어 현지를 보았다. 현지가 정면 저 앞에 눈을 고정한 채 빳빳이 얼어붙어 있었다. 제리도 천천히 그쪽을 쳐다보았다. 체격 큰 동양인이 열차 문을 열고 들어왔고, 내부를 한번 쓱 훑어보고는 좌석에 앉은 사람들을 유심히 살펴보면서 이쪽으로 다가오고 있었다.

제리가 속삭이며 물었다.

"저 사람 맞아?"

"선글라스를 벗어서 확실하진 않은데, 저렇게 생겼었어. 저 사람처럼 상고머리였어."

제리도 자기 목을 겨냥해 칼을 휘두른 남자가 큰 체격이었다는 것을 기억해냈다. 극도로 긴장할 수밖에 없었다. 남자가 점점 가까워지고 있었다.

"어떻게 하지? 얼른 일어나서 다른 칸으로 갈까?"

"저 사람이 눈치채고 쫓아올 텐데? 우리 변장할 거 뭐 없어?"

"아아, 머리 염색이라도 하는 건데. 얼른 선글라스라도 써."

현지는 선글라스를 끼고 제리는 비니를 푹 눌러썼다. 스웨터 목 깃을 올리고 슬그머니 점퍼의 후드도 썼다.

그사이에 남자는 몇 좌석 앞으로 다가왔다. 제리는 여전히 노트 북을 보는 척했는데 온몸에 소름이 쫙 퍼지는 것만 같았다. 현지는 머리를 풀어내려 얼굴을 가리고는 제리의 노트북을 함께 보는 척 했다.

남자는 현지와 제리 앞에서 잠시 걸음을 멈추는 듯했다. 둘은 모 르는 척 노트북만 내려다보고 있었다. 머리카락이 곤두서고 식은땀 이 삐질삐질 흘러내렸다. 남자의 발이 아직 정면을 향하고 있지만 자신들 쪽으로 틀어지면 끝장이었다. 제발……. 그의 발이 들어 올 려졌고, 다행히도 문 쪽을 향해 내디뎌졌다. 남자는 그 걸음 그대로 앞으로 걸어갔다.

남자가 다음 칸으로 간 뒤에야 두 사람은 안도의 한숨을 터트렸 다. 제리가 다시 물었다.

"그자 맞는 것 같아?"

"모르겠어. 선글라스 쓴 모습을 보면 확실히 알겠는데."

"왜 우리 옆에서 걸음을 멈췄지? 알아본 걸까?"

"여기에서 소란을 피울 수는 없으니 우리가 있다는 것만 확인하고 다음 칸에서 지켜보려는 건지도 몰라."

"그래, 적당한 순간을 기다리겠지."

"아닐 수도 있어. 단지 자기 자리를 찾아가던 사람일 수도 있지."

"그렇다면 그만큼 좋은 일은 없겠지만."

킬러일지도 모를 남자를 뒤로 보내고 나서 현지와 제리는 좌석에 앉아 있는 것마저 불안해 미칠 지경이었다. 베를린에 도착할 시간만 쳐다보고 또 쳐다보며 남은 시간을 견뎠다. 현지는 이대로 있을 수는 없다고 생각했다.

"우리도 계획이 있어야 해."

"현수의 지령에 따라 움직이는 건데 무슨 계획."

말이 나왔으니 말이지, 제리는 현수의 계획을 추정해보려고 무진 애를 썼다. 국가에서 뒤를 쫓고 있는데 현수는 정말 어쩌려는 것일까.

"그러고 보니 혹시 우리 뒤를 쫓던 사람은 사복경찰이 아니었을까."

"사복경찰이 그렇게 칼을 휘두르고 약을 흡입시킬 일은 없잖아. 도대체 어떤 놈인 거지? 도대체 누가 우릴 죽이려 하는 거야."

제리는 자신을 극도로 긴장하게 한 놈에게 화가 났다. 그러다 판단을 다시 해봐야겠다는 생각이 들었다. 한국에서 쫓던 놈들 중에 재단 스파이가 있었고, 그놈들 말고도 줄무늬 셔츠가 있었지. 또 두바이까지 우리를 쫓던 놈들도 있었고. 게다가 칼을 휘두른 놈은 또 대체 누구란 말인가.

이제 두바이 기업에서도 도망쳤다고 하니 현수를 둘러싸고 대체 무슨 일이 벌어지고 있는 것인지, 생각을 떠올리는 것만으로도 아찔할 지경이었다.

얼마나 큰일을 저질렀기에 놈들이 국제적으로 움직이냔 말이야. 설마 소문대로 마피아의 자금에 손을 댄 건 아니겠지? 그렇다면 말이 되는데. 하, 현수 이놈이 대체 어디까지 사고를 친 거야…….

마침내 열차가 베를린에 도착했다. 현지와 제리는 기차가 플랫폼에 도착하자마자 뛰어내렸다.

처음 우르르 몰려 내리는 사람들 틈에 끼어야 눈에 덜 띌 것이다. 한 걸음 한 걸음이 긴장의 연속이었다.

빨리 움직이면서도 수상하게 보이지는 않아야 했다. 물론 관광객들이란 언제나 서두르기 마련이니까 빨리 걷거나 뛰는 건 이상할 일이 아니었다. 상점을 찾아 제리는 비니도 다른 색으로 마련하고 현지는 두툼한 털모자를 색깔별로 두 개 샀다. 점퍼를 바꿔 입는 게 최선이라 눈에 가장 안 띄는 흐린 회색과 갈색으로 사서 바로 갈아입었다.

#04

이사 자리에 앉고 보니 성철은 내가 이렇게 깐깐한 사람이었나 싶을 정도로 직원들이 하나같이 거슬렸다. 손발을 맞춰 함께 일해 온 지 거의 10년이 다 되어가는 진호조차 왜 저러는지 알 수가 없었다. 케이파운데이션의 협력 요청에 위버멘시 측은 재단의 재무조사를 거친 후에 가능할 것이라는 답변을 보내 왔다. 당연한 수순이라 진호에게 준비를 시켰다. 재무자료를 투명하게 공개하고 위버멘시 측이 입맛을 다실 만큼 K-모터를 활성화하기 위한 방안을 만들어 오라고 했는데 진호는 차일피일 미적거렸다.

위버멘시의 협력을 적극적으로 추진한 것은 진호였다. 그럼에도 나 몰라라 하고 정작 그 과정을 책임져야 할 팀장으로서의 역할을 등한시하는 것이 눈에 보였다. 매일 아침 브리핑 시간에 진척 상황을 물었지만 이 핑계 저 핑계를 댔다. 팀 개발자들이 기술을 따라가지 못한다나 어쩐다나. 벌써부터 코흘리개 시절의 자신을 잊어버린 듯 행동했다. 더욱 신경 쓰이는 건 근무 시간에 혼자 어디론가 나간다는 점이었다.

성철은 얼마 전 진호가 회사 근처 작은 카페에서 낯이 익은 타 회사 개발자를 만나고 있는 것을 목격했다. 그 뒤로 여간 신경 쓰이는 게 아니었다. 그날 오후 회사로 복귀한 진호에게 대놓고 물어보았다. 무슨 일로 타 회사 개발자를 만났느냐고.

주진호는 이게 무슨 짓이냐는 듯 몹시 기분 상한 표정부터 지었다. 그러곤 뜸을 들이더니 내뱉듯이 말했다.

"그 친구, 판교 직장 동료잖아요. 개발자로 일하기 시작했을 때 한 팀이었던 거 이사님도 아실 텐데요. 제 개인 생활까지 일일이 보고드려야 하는 건가요?"

내지르곤 대답도 듣지 않고 휙 지나가버렸다.

성철은 대꾸할 말을 찾지 못하고 어버버, 하다가 어이없어하며 뒷모습만 바라볼 수밖에 없었다. 뒤늦게 화가 벌컥 솟구쳤다. 성철은 생각할수록 진호가 괘씸했다. 너라면 너를 곧이곧대로 믿을 수 있겠냐, 속으로 소리쳤다.

이건 뭐 적과의 동침인 건가. 성철은 화가 부글부글 끓어올랐지만 다른 개발자를 확보할 계획을 세우는 것으로 간신히 가라앉혔다. 이제 재단은 예전만큼은 아니지만 서서히 명성을 회복해가고 있었다. 업계에서 잘나간다는 개발자를 눈독 들일 시점이 되긴 했다. 한창 잘나갈 때 교류하던 개발자들에게 스카우트 제의를 넣었다. 아직 답장이 온 건 없지만, 저울질할 시간이라 여겼다.

성철은 사무실에 돌아와서도 자리에 앉았다가 곧바로 일어섰다. 시계를 쳐다보았다가 핸드폰을 열었다. 속이 탔다. 아이스커피를 뽑아 오지 않은 것을 후회하며 다시 사무실을 나섰다.

진호가 있는 개발실 앞을 지나면서 괜히 화를 냈다.

저 녀석 저런 식으로 가다가는 발붙일 데가 없다는 걸 알아야지.

사실 진호보다 더욱 그를 초조하게 하는 게 있었다. 회사 일은 조금 더디지만 순조롭게 진행되어가고 있었으니 어쩌면 이것이 탐탁지 않은 기분의 근본적인 원인인지도 몰랐다.

며칠 동안 비공식 루트에서 보고가 끊겨버린 것.

실패를 했어도 보고는 해야 할 것 아냐!

죽어버린 게 아니라면, 도대체 무슨 일이 있는 거야!

#05

 한시도 긴장을 늦출 수 없으니 지칠 대로 지친 채 출발 시간이 다 되어서야 제리와 현지는 대륙 횡단 열차에 올라탈 수 있었다.

 얼굴까지 내놓고 당당하게 옆을 지나간 킬러를 생각할 때마다 긴장감과 억울함이 교차해서 기분이 몹시 먹먹했다. 둘은 필요한 얘기 외에는 대화를 나누지도 않았다. 킬러가 어딘가에서 노리고 있을지도 모른다는 의식이 쉬지 않고 신경을 갉아댔다.

 예약된 좌석은 슬리퍼라는 침대칸이었다. 칸 하나에 베드가 네 개씩 있었다. 둘은 아래 칸이 안전할지 위 칸이 안전할지를 두고 의견을 나누었다. 결국 위 칸이 시간을 벌 수 있을 것이란 결론에 도달했다.

 제리는 아래 칸에 자리를 잡고 현지를 위 칸에 올라가도록 했다.

러시아 대륙을 가로지르는 횡단 열차는 남성 여성 구분 없이 좌석이 배정되었다. 남은 두 자리를 누가 샀을지 알 수가 없었다. 둘은 최대한 얼굴을 가리고 가슴을 졸이며 문이 열리기를 기다렸다.

기차가 출발하기 5분 전쯤, 문이 활짝 열리고 덩치 큰 러시아 여자가 헉헉 숨을 들이켜며 들어왔다. 출발 시간에 빠듯하게 닿아서 뛰어온 모양이었다. 여자는 문을 열면서 스파시바, 하고 경쾌한 목소리로 인사를 했다. 마음이 놓인 현지와 제리는 흔쾌히 스파시바, 하고 답례를 했다.

잠시 후 또다시 문이 삐끗 열렸고, 누군가 얼굴 반쪽만 먼저 들이밀었다. 얼굴 반쪽만 보고도 현지와 제리는 동양인이라는 걸 알아차렸다. 순간 바짝 긴장했지만 남자가 쑥 들어왔을 땐 아주 작은 남자라는 데 안도의 눈빛을 주고받으며 인사를 나눴다.

그래도 새로운 킬러일지 모르니 마음을 아주 놓지는 않았다. 동양인 남자는 일본 사람이고 소심한 편인지 작은 목소리로 연신 '스미마셍'을 연발했다. 먼저 들어온 세 사람이 활짝 웃음 지으며 하이, 하고 손을 들고 인사를 했다.

네 사람은 짐을 정리하면서 서로 자신을 소개했다. 저는 한국인입니다, 어쩌고저쩌고. 저는 러시아인입니다. 반갑습니다, 어디까지 갑니까, 어쩌고저쩌고. 인사를 주고받고 다들 각자의 침대에 앉아 소지품을 꺼내 정리했다.

러시아 여자는 '실례합니다'의 뜻일 듯한 러시아어를 하더니 이어폰을 먼저 빼서 베개 옆에 두고는 상의를 홀러덩 벗었다. 맨살에 검은 브라가 보이는가 하더니 순식간에 가벼운 티셔츠로 갈아입고 칫솔과 비누, 타월을 들고 나갔다.

그녀의 거침없는 행동에 세 사람은 안 보는 척 자기 할 일 하면서도 다 보았고, 우리도 저렇게 거침없이 옷을 갈아입어야 하나, 갈등했다. 현지는 침대 머리맡 쪽에 점퍼를 걸쳐서 가림막을 하고 옷을 갈아입었다. 위 칸에 있던 일본 남자도 쑥스러운 미소를 짓고는 최대한 구석에서 옷을 갈아입고 씻을 준비를 했다.

세수를 하러 가는 것도, 식당칸에 가서 밥을 먹는 것도 쉽지 않았다. 제리는 혼자 가서 햄버거라도 사 와야지, 했다가 그만두었다. 현지만 혼자 놔뒀다가 무슨 위험한 일을 당할지 몰랐다. 아무래도 함께 움직이는 게 낫겠다 싶었다.

침대칸은 수시로 문이 여닫혔고 수시로 사람들이 오고 갔다. 현지와 제리는 몇 번이나 문밖을 나섰다가 돌아왔다. 문제는 그때 맞닥트린 킬러가 선글라스를 끼었다는 것이다. 선글라스를 벗고 나타나면 아까 베를린행 열차에서처럼 도리어 알아볼 수 없을 것만 같았다. 그래서 멀리서라도 체격이 큰 동양인을 보면 뒤돌아서서 종종걸음으로 돌아왔다. 마침내 화장실을 가지 않을 수 없게 되어서야 두 사람은 통로로 나섰다.

화장실을 들러 식당으로 갔다. 현지가 간단히 햄버거나 사가지고 들어가자는 걸 제리는 안 된다며 스파게티라도 먹자고 했다. 있으면 스테이크도 먹고. 그래, 배가 많이 고프겠지 싶어 스테이크를 주문했다.

허겁지겁 스테이크를 썰어 먹고 일어나는 데 몇 분 걸리지도 않은 것 같았다. 물병을 사 들고 들어오는 길에 제리가 주머니에서 무언가를 슬쩍 보여주었다. 뭔데? 하고 눈빛으로 물으며 주머니께를 봤다가 현지는 놀라서 입을 틀어막았다. 제리가 굳이 스테이크를 먹자고 한 이유가 있었다. 제리가 포크와 나이프를 훔쳐서 주머니에 넣고 온 것이다.

"아무리 생각해도 우릴 지킬 것이 아무것도 없잖아. 하다못해 접시라도 가져오려고 했어. 방패로 쓸까 하고."

"어떻게 접시를 방패로 쓰냐."

"그래도 없는 것보다 있는 게 낫지."

"제대로 쓸 수나 있을까."

제리는 나이프를 볼펜 돌리듯 손가락으로 돌리면서 입꼬리를 올려 씨익 웃었다. 눈빛이 순간 살기를 띠었다. 현지는 섬찟하여 어깨를 움츠렸다가 고개를 갸우뚱했다.

칼을 저렇게나 잘 다룰 줄 안다고? 저 사람은 세상 어디까지 가본 사람일까. 가끔 의외라고 할 모습들을 보면……

침대칸에 돌아와 자리에 누운 제리는 나이프를 손에 닿는 자리에 숨겨두었다. 현지에게는 포크를 건네주며 잘 가지고 있으라고 했다.

긴장이 풀리지 않으니 잠이 들기 어려울 듯싶었다. 러시아 여자와 일본인 남자가 앞서거니 뒤서거니 하며 들어왔다.

제리는 초면인 두 사람과 대화를 나눠보려 시도했으나 서로 통하는 언어가 없었다. 짧은 영어를 나름대로 총동원하여 대화를 나눠보다가 금방 바닥이 났다. 제리는 어깨를 으쓱해 보이고는 즐거운 여행 하라는 말을 남기고 대화를 종료했다. 러시아 여자도, 일본 남자도 그 정도에서 그치는 게 아쉽지 않은 것 같았다. 곧바로 드러누워 핸드폰을 보기 시작했으니까.

그렇게라도 한동안 긴장을 덜었다 싶었는지 제리 역시 침대에 몸을 던졌다.

잠들기 직전 제리는 불에 덴 듯 깜짝 놀라 일어났다.

"아, 그걸 말해두지 않았네."

익스큐즈 미, 하며 맞은편 외국인 두 사람의 주의를 모았다. 문고리를 잠그는 시늉을 하며 두 손을 맞잡고 공손하게 말했다. 부탁이니 문을 꼭 잠가주세요, 나의 걸프렌드가 겁이 많습니다. 문 좀 꼭 잠가주시고 밤사이에는 드나드는 것 좀 삼가주세요. 대강 이런 내용이었다.

두 사람은 알아들었는지 오케이, 오케이, 서둘러 대답했다.

아침 일찍 어떤 역에 기차가 섰는지 소란스러워서 현지는 눈을 떴다. 생각지도 못하게 깊이 잠들었던 것 같았다. 꼬박 잠들었다니. 그러다 맞은편 아래 칸을 내려다보곤 깜짝 놀랐다. 러시아 여자가 있던 자리가 깔끔히 비워져 있었다. 여자도 보이지 않았다. 여자가 짐을 싸서 문을 열고 나가는 것조차 모르고 잠이 들었던 것이다.

제리는 아직까지 잠에 빠져 있었다. 나이프가 다 무슨 소용이야.

문은 닫힌 것뿐이지 잠겨 있지도 않았는데. 일본인 남자 역시 아직 잠들어 있었다.

현지는 혼자라도 화장실을 다녀와야겠다 싶어 침대에서 소리 나지 않게 조심조심 내려왔다. 문을 빼꼿이 열고 눈만 내밀었다가 얼른 다시 닫고 문고리를 돌려 잠갔다. 복도를 지나는 동양인 남자와 눈이 마주친 것이다. 남자의 눈이 순간 빛났다. 하지만 체격이 큰 남자는 아니었다. 키는 크지만 마른 남자였다. 정차역에서 승객들이 내리고 올라타는 상황인 걸 보면 그는 열차에 새로 오른 승객 같았다. 캐리어도 끌고 있었다. 그럼에도 현지는 문고리를 꼭 잡고 밖에 아무런 기척이 없을 때까지 기다렸다. 비로소 열차가 출발했다. 승객들이 자기 자리를 찾아가면서 잠시의 소란이 가라앉았다.

제리는 아직도 쿨쿨 자고 있었다. 일본인 남자가 부스스 일어나더니 오하이요 고자이마스, 굿모닝, 하고 인사를 했다. 현지는 문고리를 놓고 굿모닝, 하고 인사를 받아줬다. 그 소리에 깼는지 제리가 부스스 일어났다. 손만 들어 올려 인사를 대신하는 제리를 보고 일본인이 일어났다. 세면도구를 두 손에 든 채 공손하게 스미마셍, 하더니 깍듯하게 인사를 하고 나갔다.

그가 나간 문틈으로 밖을 살펴보는 현지에게 제리가 아직도 잠이 덜 깬 목소리로 말했다.

같이 나가자, 잠깐만 기다려. 그러고는 나이프를 놔둔 베개 옆을 손으로 더듬었다. 그러다 손을 딱 멈추었는데 제리의 얼굴이 심상찮게 굳었다. 어? 나이프가 보이지 않았다. 매트리스를 들추고 구석

구석 뒤져봤지만 나이프는 보이지 않았다.

현지가 '혹시 포크도?' 하며 위 칸으로 올라가 이불을 들추었다. 옷가지도 뒤져보고 끝내 매트리스까지 들추었지만 포크 역시 사라지고 없었다. 두 사람은 귀신에 홀린 것만 같은 표정을 하고 서로 마주 보았다. 러시아 여자가 가지고 갔나?

아니면, 아니면, 다들 자고 있을 때 누군가가 들어왔나?

목소리를 낮추고 온갖 추측과 짐작과 추리를 해봤지만 답이 나오지 않았다.

"어제 그거 가지고 왔을 때 러시아 여자가 우리를 봤던가?"

"봤을걸? 나이프는 모르겠지만 우리는 눈 맞추고 그랬잖아."

"그 여자는 언제 나갔을까?"

"왜 우리는 그 여자가 나가는 걸 몰랐던 거지? 아무리 소리 안 나게 조심했다 해도 보통 누가 움직이면 잠이 깨지 않나?"

"다들 그렇다고 할 수는 없지."

제리는 민망한 듯 머리를 긁적였다.

"우리가 나이프와 포크를 가져온 것이 사실일까? 가져오려다 만 거 아닐까?"

"야, 두 사람이 어떻게 그런 착각을 하냐. 귀신에 홀린 것도 아니고."

"그럼 이게 무슨 상황인데! 러시아 여자의 정체는 또 뭐고. 만약 우리를 해치려고 잠입한 킬러라면 왜 나이프와 포크만 가지고 간 거야?"

"이제 최소한의 무기도 없이 이 열차 안에서 버텨야 하는구나."

"당장 화장실은 가야 할 것 아냐."

"그래, 어떻게든 되겠지. 일단 좀 씻자."

제리가 문을 열고 주변을 두리번거린 다음 먼저 나섰고, 현지가 뒤따랐다.

열차 한 량에 세면실과 화장실이 한 칸씩 있어 그나마 다행이었다. 첩보 작전을 하듯 제리가 후다닥 씻고 나와 여자 화장실 앞에서 기다려주었다.

그사이에 잠에서 깬 탑승객들이 수건을 들고 세면실에 들어오고 나갔다. 특별히 수상한 사람은 눈에 띄지 않았다.

둘은 자리에 들어오고 나서 문득 일본인이 아직도 들어오지 않았다는 걸 깨달았다.

"우리보다 한참 전에 나갔잖아?"

"식사까지 해결하고 오려나 보지."

스치는 모든 사람을 의심하고 거리를 두어야 하는 상황이었다.

"내가 가서 햄버거 사 올 테니까 여기서 문 잠그고 기다릴래?"

"그럴게."

제리가 후드를 뒤집어쓰고 나간 뒤 얼마 지나지 않아 현지는 후회하기 시작했다. 혼자 있는 게 더 두려운 일이라는 걸 아까는 왜 몰랐을까 싶었다.

햄버거를 열 개는 사서 돌아오고도 남을 시간이 지났는데 제리는 오지 않았다. 일본인도 오지 않았다. 무슨 일이 있는 건지 불안해 죽을 것 같았다. 만약 무슨 일이 있다면, 제리가 다쳤거나 돌아올 수 없는 상황이라면……. 어쨌거나 누구라도 여기로 와서 문을 열려고 할 텐데 그런 일도 없었다.

함께 움직여야 했어. 그게 아무것도 모르는 채 불안해하는 것보다 나아.

안절부절못하다가 마침내 현지는 문을 열었다.

식당칸까지 스쳐 지나가는 모든 사람들을 의심하며 걸었다. 식당칸의 창문 너머로 언뜻 제리가 보였다. 사람들 사이에 끼어 있어서 보였다 안 보였다 했지만 제리가 분명했다.

무슨 일이 있구나! 현지는 앞뒤 가리지 않고 뛰어 들어갔다.

현지가 목격한 건 좀 이상한 모양새였다. 식당에서 서빙을 하는 직원들과 제리가 맞서 있는 모습이라니. 서로 표정들이 일그러진 걸 보니 꼭 실랑이를 벌이고 있는 것 같았다.

현지가 제리를 붙잡고 무슨 일이냐고 물었다. 제리는 어깨를 으쓱하며 나이프를 훔쳐 간 걸 걸렸다고 짧게 설명했다. 벌금을 물든가 경찰서에 가든가 하라는 것이다.

제리는 일부러 당당하게 굴었다고 했다. 나는 아무것도 훔쳐 가지 않았다, 당장 가서 다 뒤져보라고 큰소리치며 벌금을 물 수 없다고 버텼다는 것이다.

현지도 다른 사람과 착각한 모양이라고 가세했다. 어쨌거나 지금 나이프와 포크는 갖고 있지 않은 게 분명하니까. 하지만 벌금은 대신 물어줄 테니 여기서 끝내자고 했다.

제리가 무슨 소리냐며 현지를 말렸다.

"야, 벌금이 어마어마해! 이것들이 덤터기 씌우려는 거라고! 우리가 한국인인 것 같으니까 그러는 것 같아."

옆에서 통역을 거들던 남자가 말했다. 하도 많이들 훔쳐 가니까 유심히 보고 있었던 것 같다고, 사실은 흔한 일이라고. 대부분 회수를 하는데 제리가 안 가져갔다고 하니 실랑이가 벌어진 것 같다고 했다.

많은 사람들이 오가는 열차다 보니 나이프와 포크로 무슨 불미스러운 일이 벌어질지 모른다는 것이다. 그래서 강력하게 벌금을 물리는 것이니 이쯤에서 결정하라고 했다. 현지가 비상금을 내고 제리를 억지로 끌고 왔다.

현지는 화를 내지 않으려고 심호흡을 몇 번 하고 난 뒤에야 어떻게 된 일인지 자초지종을 들었다. 제리가 햄버거를 사러 식당칸으로 들어갔을 때였다. 어제 서빙을 하던 직원이 다짜고짜 나이프와 포크를 내놓으라고 했다는 것이다. 무슨 소리냐고, 다른 사람으로 착각한 것 아니냐고 했더니 틀림없다며 다그쳤다. 증인도 있다고 했다. 우리 침대칸에 타고 가던 러시아 여자가 증인이라는 것이다.

제리가 나이프와 포크를 가져갔을 때, 러시아 여자는 마침 그 옆에서 식사 중이었다. 러시아 여자는 절도한 제리와 같은 방에 있다고 확인해주었고 본인이 분실물을 봤다고 했다는 것이다.

빼도 박도 못 할 상태였는데 그럼에도 제리는 버틴 것이다. 왜냐면 어찌 됐든 자기는 안 갖고 있으니까. 러시아 여자는 두 사람이 너무 곤히 잠들어 있어서 쉽게 나이프와 포크를 회수했을 것이다.

현지는 그 정도까지 얘기를 들었으면 바로 인정하고 돌아오지 왜 그렇게 버텼냐고 제리를 혼냈다. 제리는 진지하게 대답했다.

"우리에게 그 돈 몇 푼이 얼마나 얼마나 소중한지 몰라서 그래? 어찌 됐든 우리에겐 그 물건이 없잖아. 침대에 와서 뒤져보면 증명할 수 있다고. 그 여자도 없고, 나이프와 포크가 있었다는 증거도 없는데 왜 그 돈을 쓰냐고!"

"그렇게 소란을 피우다가 그놈 눈에 띄면 어쩌려고 그래!"

"야야, 그동안 식당에 오고 간 사람이 얼마나 많은데. 그놈이 알아봤어도 벌써 알아봤을 거야. 차라리 우리가 여러 사람한테 알려지는 게 나을 수도 있어."

"도둑질하다 걸린 사람을 누가 도와준다고."

"아, 그런가? 내가 생각이 좀 짧았네."

"넌 항상 생각이 짧아. 다음 정차역에서 경찰이 올 수도 있었을 거야."

"그렇네요, 천재 씨. 그래도 나는 돈을 그냥 줄 수는 없어요! 터무니없이 많이 내라는 거야. 관광객 호주머니 털어먹겠다는 거지!"

"이렇게 끝난 게 다행인 줄 알아. 내가 나가보길 잘했지."

현지는 제리에게 눈을 잔뜩 흘겨준 뒤에 햄버거를 한 입 크게 먹었다.

"내가 함께 움직였어야 했어. 다시는 개별 행동은 금지야."

"네네."

침대칸은 안전하기도 했고 한편으로는 승객들이 한눈에 보이지 않아 불안하기도 했다. 일본인 자리를 문득 올려다보았는데 짐이 그대로 있었다. 짐을 놔두고 이 사람은 어딜 가서 이렇게 오래 있나, 또 불안해지기 시작했다.

그렇게 두어 시간이 지나갔을 무렵 일본인이 문을 열고 빼꼼 얼굴을 내밀었다.

제리가 벌떡 일어나 앉고 현지도 위 칸에서 후다닥 일어나 내려다보았다.

이젠 누가 들어오는 것 자체가 무서웠다. 그래도 러시아 여자처럼 문을 벌컥 열고 들어오지 않아서 그나마 다행이었다. 일본인은 조심스럽게 문을 열고는 스미마셍, 하고 고개를 숙였다. 그 뒤로 누군가 따라 들어왔다. 웬 일본 여자였다.

무슨 일이냐고 눈을 치켜떴더니 그는 사근사근하게 자초지종을 털어놓았다. 우연히 만났는데 말이 통해서 동행하기로 했다며 함께 있어도 되겠느냐고 물었다. 티켓은 웃돈을 주고 교환했다고 했다.

오케이, 오케이! 즐거운 시간 보내세요! 현지와 제리는 남은 자리에 누가 올지 걱정했는데 도리어 잘되었다 싶었다.

#06

모스크바역에 내렸을 때는 함박눈이 내린 뒤였다.

눈이 정말 많이 내리는 지역이라는 게 실감 났다. 거리마다 가장 자리에는 눈이 잔뜩 쌓여 있었지만 도로는 방금 비라도 내린 듯 말끔했다.

두 사람은 몸과 마음이 텅 빈 듯 눈이 내리는구나, 역시 러시아의 눈답게 굵고 무겁구나, 하고 생각할 뿐이었다.

현지는 뜬금없이 이렇게 말했다.

유럽보다 한국에 가까워진 걸까?

딱히 제리에게 한 말은 아니었다.

제리는 기차역을 벗어나기 전 플랫폼에서 와이파이 접속을 시도했다. 제리가 노트북을 붙들고 애쓰는 동안 현지는 전문가 못지않은 눈길로 주변을 면밀히 살펴보았다. 모스크바에 내린 사람들 중에 동양인은 거의 보이지 않았다. 거의 대부분 러시아인이나 유럽인들이어서 동양인은 금방 눈에 띄었다.

제리는 여러 번의 시도 끝에 겨우 웹하드를 열었지만, 아무것도 없었다. 몹시 실망해서 온몸에 힘이 다 빠지고, 현수가 더욱 원망스러웠다.

파리에서부터 현수의 웹하드에는 아무것도 업로드되지 않았다. 현수는 웹하드에 무언가를 업로드하는 대신 큐브를 놓아두고 마트료시카를 찾아내게 만들었고, 모스크바행 티켓까지 찾아내게 했다. 웹하드와 실물, 두 가지 방식으로 힌트를 번갈아 주며 비밀을 풀게 한 것이다.

그런데 또 소식이 감감했다. 모스크바행 티켓을 끊어놓은 것으로 보아 두 사람이 러시아에 도착할 시간을 알고 있을 텐데, 다음 행보에 대한 사인이나 가이드가 없는 것이 의아했다.

지금까지 패턴을 돌아보면 현수는 두 번 이상 같은 형식으로 가이드를 주는 법이 없었다. 다음에는 어떤 방식을 택할지 제리나 현지가 예상할 수 있는 건 아무것도 없었다. 그러니 애가 타고 심장이 졸아들어도 무작정 기다릴 수밖에 없었다.

현지가 웹하드 창을 보고 실망스러운 어조로 아무것도 없네, 했다. 그런데 웹하드에는 현수가 이전에 올렸던 것이 다 지워져 있었고 이쪽에서 올린 것만 남아 있었다.

"어, 이것 봐. 현수 것은 다 지워졌네. 이거 우리도 다 지우라는 얘기 같은데."

"그러게. 흔적 남기지 말라는 것 같아."

다 없애버린다는 것이 뭔지 모르게 안타까웠지만 하는 수 없었다. 도망자는 원래 흔적을 지우며 이동해야 하는 것이니까. 이렇게 함으로써 또 한 번 우리는 행방이 묘연해지는 거겠지.

"이 주소도 없앨 거야, 아마."

"이것마저 없으면 우린 어떻게 오빠와 연락을 주고받지?"

"대책이 생길 거야."

대책이 생길 거라니, 대책 없는 대답에 어이가 없어서 현지가 허, 하고 노트북을 덮었다.

현수는 모스크바까지 오는 길에는 아무 흔적도 남기지 않는 방식을 취했다. 뒤쫓는 사람을 떨어뜨리기 위한 수단이었겠지만 현지와 제리에게는 혹독하기 그지없는 방식이었다. 그러니 아무것도 없는 이 상태 또한 현수의 가이드라면 가이드일 텐데……

"이걸 어떻게 해석하지?"

"해석이 가능해?"

"이제 어쩌면 좋아? 언제까지 플랫폼에서 기다리고 있을 수는 없잖아? 플랫폼은 너무 춥단 말이야."

막막한 심정으로 붉은 광장으로 나왔다. 어디서 누가 달려들어도 대처하기 어려울 만큼 사방이 뻥 뚫려 있는 곳이었다. 어디로 가야 할지 모르는 상태로 두 사람은 같은 말만 되풀이하며 쉴 새 없이 두리번거렸다.

관광 중인 사람들은 듬성듬성 떨어져 있어 누가 가까이 오면 금방 알아볼 수 있긴 했다. 쫓기고 춥고 고독한데 화려한 건축물에 화려한 전구 장식은 오히려 이질적인 감정만 불러일으켰다. 마치 죽기 직전 디즈니랜드라도 온 듯해 기분이 엉망이었다. 분위기가 자신들 처지와 너무나 동떨어져 있었다.

"여기 붉은 광장 맞아? 생각보다 훨씬 화려하네. 다른 때라면 즐거워했을지도 모르겠네."

"관광하는 셈 치고 어디 들어갈 수 있나 좀 돌아보자. 와이파이라도 잡혀야 언제든 조인을 하지."

제리는 광장을 둘러싼 건축물들을 안내 책자에서 찾아보며 하나씩 가리켰다.

"저기가 크렘린궁이네. 저 아름다운 데서 전쟁을 일으킨 끔찍한 독재자가 살았던 거지? 저긴 성당이고. 성당이 좀 장난스럽네. 그 유명한 굼 백화점이 여기 있구나. 음, 조금 더 가면 저기가 볼쇼이 극장이고."

현지가 깜짝 놀라며 제리에게서 책자를 낚아챘다.

"볼쇼이라고? 볼쇼이 극장?"

"왜, 볼쇼이 극장이 왜?"

"맞아, 저기가 볼쇼이 극장이고, 그럼 길 건너 저기가 메트로폴 호텔이야!"

"알아? 와봤어?"

"물론 처음이지. 하지만 알고 있어! 오빠와 내가 알고 있다고!"

현지가 캐리어를 끌고 달려갔다.

"현지야, 조심해!"

제리는 영문도 모르고 뒤따라 뛰었다. 뭔지는 모르겠지만 냅다 뛰니 차라리 숨통이 트이는 것 같았다. 가슴에 나이프 하나 품지 못했다는 게 못내 아쉬웠지만.

현지는 마치 와봤던 것처럼 거침없이 달려갔다. 가끔 멈춰 서서 두리번거리기는 했지만 주저하지는 않았다.

제리는 현지 뒤를 따라 뛰면서 그녀 대신 주변을 면밀히 체크했다. 혁명광장을 즐기는 관광객들은 뛰어가는 두 사람과 부딪칠 것 같으면 알아서 몸을 비켜주었다. 그리고 마침내 그리스 신전 같은 기둥을 앞세운 화려한 건축양식의 건물 앞에서 걸음을 멈췄다.

제리가 숨을 몰아쉬며 물었다.

"여기가 어딘데?"

"볼쇼이 극장. 여기 가야 해."

"극장엔 왜?"

"발레 공연 보러."

"공연하는 곳이구나. 여긴 관광객이 많아 킬러가 출몰하긴 좀 어렵겠다."

현지는 숨을 몰아쉬다가 제리 말을 듣고 움찔 놀라 주위를 획획 둘러보았다. 다들 모자를 눌러 쓴 데다 저녁 어스름이 깔린 탓에 동양인인지 서양인인지 구분이 쉽지 않았다.

"설마 액션 스릴러 영화도 아니고, 공연장에서 킬러의 칼에 맞는 건 아니겠지."

"농담도 그런 농담은 하지 마."

화려한 전등을 밝힌 둥근 구 모양의 구조물과 아치형의 입구로 들어갔다.

"근데 왜 여기서 발레 공연을 봐야 해? 현수가 웹하드에 올린 게 없는데?"

"현수 오빠와 약속한 게 있었어."

"볼쇼이 극장에서 만나자고 했어?"

"응. 언젠가 볼쇼이 극장에서 발레를 보여주겠다고 했어."

"티켓은? 티켓은 어떻게 구하는 건데? 이런 곳은 두세 달 전에는 예약해야 하는 거 아냐?"

볼쇼이 극장 정문에 이르니 코트를 차려입고 어그 부츠를 신은 여자들과 두툼한 코트 속에 슈트를 차려입고 잘 닦인 구두를 신은 남자들이 여기저기에서 몰려들었다.

공연 보러 사람들 진짜 많이 오네, 부럽다, 이런 분위기, 현지가 제리 귀에 대고 속삭였다.

"들어가도 되는 거야?"

"몰라. 오빠가 한번 들어가봐."

"입구에서 티켓을 보여주는 게 아니라면 들어갈 수는 있겠지. 현장에서 구매할 수는 없는 거야?"

"관람 취소한 티켓도 있을 테고, 남은 티켓이 있을 수도 있으니 현장 구매도 가능할 거야. 들어가보자."

사람들을 따라 정문을 통과하기는 했는데 티켓이 없으니 공연 관람 전에 옷을 갈아입으러 다들 몰려가는 클록룸에 갈 수가 없었다.

클록룸에 가서 코트를 맡겨두고 좌석을 찾아가야 하니까 티켓 먼저 사야지 싶어 남들 눈치 못 채게 조심조심 두리번거렸다.

"티켓 어디에서 사는지 좀 찾아봐."

"잠깐만 좀 둘러볼까."

티켓 판매처보다 카페들이 먼저 눈에 띄었다. 성장을 한 여성들과 남성들이 햄 쪼가리나 치즈 쪼가리 같은 것을 안주로 와인이나 샴페인을 한 잔씩 하고 있었다.

"공연 보기 전에도 술을 한 잔씩 하는구나, 야, 역시 러시아는 술이구나."

제리에게는 그게 흥미로운 구경거리인 모양이었다. 티켓 먼저 구해야지, 현지가 채근해서야 제리는 다시 눈에 힘을 주고 둘러보았다. 혼자라도 빨리 알아봐야겠다 싶어 제리가 현지 팔을 놓았을 때, 웬 잘생긴 러시아 남자가 다가와 헤이, 인사를 했다.

제리와 현지는 가슴이 철렁 내려앉아 도망칠 준비부터 했다. 이놈도 킬러인가?

러시아 남자가 다시 한번 해맑게 인사를 했다. 헤이, 브로. 제리는 반사적으로 현지를 제 몸 뒤로 숨겼다.

혹시 모를 공격에 대비해 러시아 남자로부터 몸을 반쯤 틀고 물었다. 왓? 왓?

"너희 티켓, 필요하지?"

러시아 남자가 어눌한 한국말로 말했다. 황당한 상황에 제리가 흠칫 한 발짝 뒤로 물러나자 남자가 아이패드를 내밀었다.

"티켓, 내가 줄게."

제리는 경계를 풀지 않았다. 제리 뒤에 숨은 현지는 눈알이 빠질 만큼 남자를 샅샅이 훑어보았다. 두 손은 아이패드를 내밀고 있지만 주머니에 뭔가 숨기고 있을지도 모르니까.

"왜 우리한테 티켓을 주는데?"

"나는 티켓 파는 사람이야. 너희들 티켓 없을 것 같아."

"그래, 우리 티켓 필요해."

제리는 러시아 남자와 대화를 주고받으며 현지에게 슬쩍 귓속말을 했다.

"암표 장사인가 봐. 근데 한국말을 하는데? 게다가 아이패드까지 쓰네."

"잘 봐. 진짜 암표 장사 맞는지."

제리는 남자가 내민 아이패드를 들여다보며 남자와 대화를 좀 더 나누었다.

남자가 좌석 번호를 찍어주었다.

"여기가 좋아, 여기가 잘 보여, 여기 VIP야."

"아냐, 우린 VIP석 필요 없어. 우린 돈 없어."

"아니야, 여기 티켓 가져, 싸게 줄게."

제리가 눈을 반짝이며 현지에게 귓속말했다.

"공연 시간이 얼마 안 남아서 싸게 주나 봐. 야, 땡잡았다."

말도 안 되는 일 같았지만, 현지는 제리가 그걸 구매하도록 내버려두었다. 마치 선택권이 없는 절차를 밟는 기분이었다. 큰 수고를 하지 않고 어쩌다 티켓을 얻었지만 어쩐지 찜찜한 기분을 지울 수 없었다.

암표 장사는 친절하게 데스크를 가르쳐주었다. 둘은 데스크에서 구매한 티켓 번호를 제시하고 옛날 호텔 번호표 같은 열쇠를 받아 클록룸으로 갔다.

러시아 여자들은 커다란 가방을 하나씩 들고 왔다. 어마어마한 공간에 1000개쯤 되는 클록룸이 있었다. 그도 그럴 것이 볼쇼이 극장의 좌석은 2000개가 넘는데 거의 모든 공연마다 좌석이 꽉 찰 정도라 했다.

낯선 광경 앞에서 쭈뼛거리고 있는 제리에게 현지는 눈치껏 알려주었다.

"내가 슈트 한 벌 챙겨오라고 했지? 어서 갈아입어."

"많이 구겨졌을 텐데."

"그래도 갈아입어. 아무도 안 봐."

현지는 여자들이 하는 것을 잘 지켜보고 따라 했다. 그들은 익숙하게 코트와 어그 부츠를 벗고 가방에 넣어온 하이힐을 꺼내 신었다. 가방에서 예쁜 원피스를 꺼내 입고 코트와 어그 부츠는 가방에 넣은 다음 옷장에 넣었다.

여자들은 하나같이 소매 없는 원피스 등의 정장을 하고 있었다.

남자들도 슈트에 보타이 차림이 많았고 타이를 매지 않았어도 스카프 같은 것으로 멋을 낸 경우가 많았다. 제리는 셔츠 차림에 구겨진 슈트 하나 걸친 것이라 자꾸 셔츠 앞을 매만지며 뻘쭘해했다.

공연 시작까지는 20여 분의 시간이 남았다. 다른 관람객들처럼 회랑을 돌고 카페에서 샴페인도 한잔 마시면 좋으련만, 남의 눈에 띄는 것이 두려워 엄두도 낼 수 없었다. 게다가 잘 모르는 공연장에 늦게 들어가 헤매기라도 하면 어쩌나 싶어 일찍 공연장으로 들어갔다.

영화에서 보던 것처럼 2층, 3층, 4층으로 이루어진 공연장은 황금빛으로 빛났다. 왕녀와 왕자들, 귀족들이 들어설 것만 같았다. 박스석에서는 오만하고 거만한 귀족들이 서로를 견제하며 귓속말을 할 것 같았다.

현지와 제리는 너무 화려한 실내 분위기에 위축되어 몸을 옹송그린 채 자리를 찾아갔다.

찾고 보니 통로 바로 옆 세 번째 두 번째 자리였다.

두 사람은 슬그머니 앉은 다음 속속 들어와 자리를 채우는 사람들을 구경했다.

공연 전에 한참을 웅성거리는 건 어디나 똑같았다. 현지 옆 끝자리에는 아무도 앉지 않았다. 돌아보니 듬성듬성 빈 자리가 눈에 띄긴 했다. 옆자리가 비어 있다는 것이 자꾸만 신경이 쓰여 현지는 몇 번이나 돌아보며 통로를 오가는 사람들을 주시했다.

시간이 되어 문을 닫는다는 안내 방송이 들리고 점차 웅성거림이 잦아들었다. 옆자리엔 끝내 아무도 앉지 않았다.

무대를 응시하던 현지는 막이 오르기 직전의 익숙한 떨림을 느꼈다. 동료들이 대기실에서 각자 긴장을 풀기 위해 하는 습관들을 떠올렸다. 누구는 속눈썹을 다듬고 또 다듬는가 하면 누구는 초조하게 서성거리고, 누구는 슈즈를 몇 번씩 갈아신고, 누구는 그사이에도 주요 동작을 해보고, 누구는 의상의 주름을 펴고 또 폈다.

무대 뒤 발레리나들의 긴장을 똑같이 느끼며 현지는 두 손을 마주 쥐었다. 그때 누군가가 옆에 와서 앉았다.

현지가 무심히 돌아보다가 깜짝 놀라 입을 가려 가까스로 튀어나오는 소리를 막았다. 제리도 놀라서 고개를 쭉 뺐다.

현수였다. 현수가 맨투맨 셔츠에 조거 팬츠가 아닌 미려한 광택이 도는 검은 슈트를 입고 현지와 제리를 바라보았다. 표정은 웃지도 울지도 않는, 그렇다고 아무렇지도 않은 것은 아닌, 어쩔 줄 몰라 하는 현수의 얼굴 그대로였다.

현지의 눈에서 눈물이 솟구치기 시작했다. 그렇게도 걱정하고 그리워했던 오빠였는데도 와락 끌어안을 수도 없었다. 현수가 어색한 듯 손을 뻗어 현지의 팔을 잡았다. 제리가 미친 자식, 하고 낮게 중얼거렸다. 현수가 제리에게도 머뭇머뭇 손을 내밀었다. 제리는 현수 손을 탁 치며 나쁜 새끼, 아이고 저 미친놈, 했다.

현지는 아직도 오빠를 부르지 못했다. 눈물이 너무 많이 솟구치면 아무 말도 할 수 없는 법이다.

현수가 현지에게 속삭였다.

"현지야, 볼쇼이. 너 원하던."

현지는 대답도 못 하고 고개만 끄덕였다.

"대회에서 우승하면, 어, 볼쇼이."

현지가 놀라서 휘둥그레진 눈으로 현수를 쳐다보았다. 제리도 고개를 쭉 빼고 둘의 대화를 들었다.

"너, 우승."

그러고 보니 오늘이 발표일이었다. 현지는 다시 눈물이 터졌다. 얼마나 기다리던 발표인데, 그것도 잊을 만큼 긴장하고 있었다니. 킬러의 위협 앞에서 오랜 세월 바친 결과마저 잊어버렸다. 궁금한 것이 많았지만 더 이상 대화를 나눌 수 없었다.

돈키호테의 막이 올라갔다.

현지는 도망자의 신세일 때 보는 공연은 어떨지 궁금했다. 무대에 온전히 집중하여 발레리나, 발레리노의 섬세한 연기를 볼 수 있을까. 이제 알았다. 겪기 전에는 결코 모르는 것을. 자신의 처지가 각인시키는 특별한 것이 있음을.

죽음을 간신히 피한 처지에서 돈키호테를 보면서 현지는 다른 건 몰라도 한 가지는 영원히 기억하게 될 것을 알았다. 돈키호테의 망상과 현실과 상상이 교차할 때마다 오션블루의 발레복을 입은 발레리나가 나타났고, 그녀는 달러 지폐의 푸른빛이 영원히 지속될 것처럼 빙글빙글 돌았다.

돈키호테를 오퍼레이팅한 연출 감독은 자신이 기대했던 것보다 훨씬 오랫동안 희미한 푸른빛을 기억할 발레리나가 있다는 것을 알지 못했을 테지. 그것이 현실 세계와 가상세계의 경계를 무너뜨리고 영원히 이어주리라는 것도 알지 못했을 테지.

#07

"메트로폴 호텔에서 일주일 동안 머물면서 매일 저녁 볼쇼이 극장에 가기로 했잖아. 오빠, 그렇지?"

"응."

"오빠가 준비해놓은 거야? 우리가 싸게 살 수 있도록?"

"응."

"미친 자식, 나쁜 새끼, 미리 알려주면 죽냐? 죽어?"

"응."

현수는 쑥스럽게 웃기만 했다. 현지는 오빠에게 사건의 전말을 상세히 듣기 어려울 것을 잘 알고 있었다.

세 사람은 볼쇼이 극장에서 길 건너편의 메트로폴 호텔을 향해 걸었다.

극장 앞은 공연이 끝나고 쏟아져 나온 인파로 북적거려서 서로를 놓치지 않을까 걱정이 될 정도였다. 그렇다 해도 킬러가 달려들지 않는다는 보장도 없어서 세 사람은 러시아인들 틈에 끼어 움직였다.

볼쇼이 극장에서 메트로폴 호텔로 가려면 지하도를 지나야 했다. 지하도에 들어서니 러시아인들이 훌쩍 줄어들었다.

공연 관람 뒤의 흥분으로 들뜬 러시아인들에게서 떨어지지 않으려고 보조를 맞추며 지하도를 반쯤 건넜을까, 뜬금없이 자동판매기가 놓여 있는 게 보였다.

자판기는 여느 한국 마트에 있는 자판기와 똑같았다. 포카리스웨트, 게토레이, 도라에몽 주스, 생수 등이 조르르 서 있었다. 세 사람은 긴장한 탓에 목이 바짝 말라 있다는 걸 이제야 깨달았다. 생각지도 않았던 곳에서 만난 게토레이가 어찌나 반갑던지 한 캔 뽑고 생수도 한 병 뽑았다.

현수는 아무것도 뽑지 않고 부끄러운 표정으로 두 사람이 하는 짓을 지켜보았다. 대신 여러 번 주변을 둘러보곤 했다.

호텔은 거리의 한 블록을 다 차지하는 거대한 건축물일 뿐만 아니라 외관도 화려하기 짝이 없었다. 분명 어느 시대의 건축양식에 속할 철제 난간이며 모자이크 장식, 타일 장식, 중앙의 스테인드글라스 돔까지. 안내 책자에 의하면 백 년이 넘은, 제정 러시아 시대의 건축물이었다. 세 사람이 정문 앞에 도착하자 도어맨이 미소를 띤 공손한 자세로 문을 열어주었다.

제리가 앞장서 들어갔다.

호텔 앞은 의외로 한적해서 호텔에 들어오고 나가다가 사고를 당하기 좋을 것 같았다. 현지는 습관적으로 뒤를 먼저 돌아보고 제리를 따라 안으로 들어갔다. 현수는 여전히 머뭇머뭇, 주춤주춤 맨 마지막에 따라왔다.

호텔 안으로 들어섰는데 펼쳐져야 할 로비 대신 금속탐지기 게이트가 막아섰다.

제리가 와, 총 들고 다니는 사람 많은가 봐, 하고 너스레를 떨었다. 제리는 캐리어를 끌고 있는 팔은 그대로 두고 다른 팔을 번쩍 들어 아무것도 없다는 제스처를 하며 게이트를 통과했다.

현지는 몸을 조그맣게 움츠리고 게이트를 통과했다. 통과하고 나서 현수를 돌아보니 그는 두 번이나 들어오려다 말고 들어오려다 말았다. 현지가 도로 나와 현수의 손을 잡고 통과했다.

계단을 올라가자 리셉션 데스크가 보였다. 제리가 미심쩍다는 듯 현수에게 물었다.

"예약한 거 맞지?"

현수가 겸연쩍어하며 고개를 끄덕였다.

"누구 이름으로 예약했냐?"

"최현지."

현수 목소리가 갈라져 나왔다. 제리가 최, 현, 지, 하고 이름을 대고는 직원의 대답을 기다렸다. 그동안에도 현지는 연신 뒤를 돌아보며 경계를 늦추지 않았다. 자신도 모르는 사이에 현지에게는 주위의 위험 요소를 먼저 살피는 게 버릇이 되어버렸다.

중년의 남자 직원이 한참 모니터를 쳐다보더니 점점 얼굴이 굳어갔다. 뭐가 잘못됐나 싶어 세 사람은 미간을 찡그린 채 서로의 얼굴을 번갈아 쳐다보았다.

현지가 침을 꿀꺽 삼킬 즈음, 직원이 활짝 웃어주며 예약이 확인되었다고 했다. 이어 직원을 따라 엘리베이터에 올라탔다. 이런 엘리베이터를 또 어디 가서 보나 싶을 만큼 내부가 몹시 고전적이었다. 이런 데다 피를 묻히는 건 도리가 아니지, 제리가 또 너스레를 떨었다. 그 말을 들으니 현지는 뒷골이 섬뜩했다. 현지가 일부러 제리를 꼬집었다.

"그런 말 하지 마. 오빠 듣잖아."

제리는 뭐 어떠냐며 어깨를 으쓱해 보였다. 마침내 객실 문 앞에 섰다.

언제 이런 호텔에 와볼지도 모르겠다 싶었는데, 그중에서도 여긴 더없이 고급스럽고 화려한 스위트룸이었다. 세 사람이 며칠을 지내도 하나도 불편할 것 같지 않을 만큼 공간이 넉넉하고 안락했다.

제리는 침대에 드러눕고 현지는 소파에 널브러져서, 각자 편할 대로 자리 잡았다. 그 자세로 1인용 소파에 다소곳이 앉은 현수에게 아무거나 질문을 던졌다.

현수는 언제나 그렇듯 쑥스럽고 편안하지 않은 표정으로 응, 아니, 이렇게밖에 대답하지 못했다.

현수는 대답 대신 당부를 하나 했는데 특히 제리를 의식한 것 같았다. 객실 문을 함부로 열지 말라는 것이었다. 지배인이 와서 문을 열어달라고 해도 열지 말라고 했다. 뭐가 어떻게 돌아가는지 말해 달라고 했지만 현수는 설명하지 않았다. 현수가 말하지 않으면 억지로 말하게 하는 방법이 없어 제리는 포기했다. 그저 아직 위험에서 벗어난 것은 아니니까 조심하라는 말이겠지, 하고 짐작했다.

그나저나 말더듬이인 현수에게서 전모를 끌어내려면 아마 몇 달은 걸리지 싶었다. 제리가 먼저 나가떨어졌다. 오케이, 나 먼저 잔다.

오랜만에 깊은 잠을 자고 일어난 현수와 제리와 현지는 스테인드글라스의 천장 돔 아래, 하피스트의 하프 연주를 들으며 최상의 조식을 먹고 올라왔다.

식당에 가며 오며 사람들을 조심스럽게 살펴보았지만 동양인이라고는 한 명도 보이지 않았다. 러시아에는 아시아 관광객들도 상당히 많은데 여긴 한 사람도 보이지 않네, 현지가 적이 마음을 놓으며 말했다. 제리가 맞장구쳤다. 그러게, 여기에선 동양인은 금방 눈에 띌 것 같아. 다행이야.

둘이 별것 아닌 대화를 나누며 소파에 몸을 던지고 기지개를 켜는데, 현수는 가방을 쌌다. 가방을 다 싸고 두 사람을 보더니 짐을 싸라고 손으로 가리켰다.

"왜? 일주일 동안 머무는 거 아니었어?"

"이제 한국 가는 거."

현지와 제리가 동시에 외쳤다.

"뭐라고? 왜?"

"요청, 했어."

"뭘 요청해?"

"한국, 데려가달라고. 안전하게. 여기 너무 위험해."

현수가 한국의 수사당국에 안전하게 귀국하도록 보호 요청을 했다는 것이다.

"뭐라고? 아, 이 미친 자식, 미리 말을 좀 해달라고!"

제리가 주먹을 휘두르고 현수는 머리를 감싸 쥐었다.

그때였다. 똑똑똑, 노크 소리가 들렸다.

제리가 현수를 쳐다보았다.

"벌써 온 거야?"

현수는 모르겠다는 눈빛으로 도리질을 했다. 제리가 문에 귀를 대고 물었다.

"누구십니까?"

"최현수 씨 계십니까?"

발음만 들어도 한국 사람이 분명했다. 세 사람은 서로의 눈을 보며 고개를 저었다.

제리는 다시 문에 귀를 바짝 갖다 대고 바깥 동정을 살폈다. 입모양으로는 '누구지?' 하며 고개를 갸웃갸웃했다.

현수가 다급히 손을 내저었다.

"저, 저."

현수가 리셉션과 연결된 전화를 가리키며 말을 더듬었다.

현지는 두 사람을 번갈아 보면서 촉각을 곤두세웠다. 지금 이 시점에 한국 사람이 문을 두드린다는 건, 현수가 요청했다는 한국 검찰이나 킬러가 왔다는 뜻이었다. 함부로 문을 열 수 없으니 밖에 선이가 누구인지 알 수 없어 막막했는데, 현수가 전화를 가리키는 것을 보니 아차, 싶었다.

"전화, 전화!"

현지는 정신이 번쩍 들었다. 수사기관에서 요청을 받고 오는 것이라면 호텔에 와서 정식으로 절차를 밟을 터였다. 전화를 먼저 해서 수사관이 도착했다는 것을 알릴 텐데 그러지도 않았다. 호텔 매니저나 경호요원 같은 직원을 앞세우지 않고 혼자 와서 문을 두드린다고? 이건 분명 수상했다. 제리가 다시 물었다.

"누구십니까?"

"한국에서 왔습니다."

제대로 된 방문자라면 먼저 자신의 신분부터 밝히는 법이다. 이자는 한참을 망설이다가 겨우 한국에서 왔다고 했다. 제리 역시 문밖의 사내가 의심쩍은 건 마찬가지였다.

현지와 제리가 손을 내저었다.

"문 열어주지 마! 전화부터 해보자!"

현지가 전화기를 들고 리셉션 데스크 연결 번호를 누를 때 제리는 문 가장자리로 비켜섰다. 제리의 다른 손에 스테이크용 나이프가 들려 있었다. 아침 조식 식탁에서 훔쳐 온 게 분명했다.

"한국이라니요? 누구십니까?"

제리가 물었다. 대답이 없었다. 잠시 뒤 손잡이가 돌아갔다. 밖에서 열쇠를 넣은 모양이었다. 세 사람은 동시에 손잡이가 돌아가는 것을 보았다.

제리가 현수에게 저 안으로 들어가라는 손짓을 하고 현수가 엉거주춤 안쪽 방으로 들어가려는 찰나, 문이 벌컥 열렸다. 한 사람이 불쑥 들어오고 그 사람 뒤로 재빨리 달아나는 사람이 보였다.

들어온 것은 선글라스 남자였다. 현지가 그놈이야! 하고 소리 지르며 전화기를 내던지고 안쪽 방문 뒤로 숨었다. 선글라스는 뛰어 들어오자마자 동물적 감각으로 세 사람의 위치를 정확히 파악했다. 현수는 놈이 자기를 보는 순간 방 한가운데 어정쩡하게 서 있다가 안쪽으로 몸을 돌렸다.

선글라스는 셋 중에서 정확히 현수를 겨냥해 달려들며 칼을 휘둘렀다.

제리가 재빨리 선글라스 뒤쪽으로 도망쳤다.

현지는 제리가 밖으로 달아나는 건가 싶어 안쪽 문을 닫을 준비를 하고 오빠를 불렀다.

현수가 뛰고, 선글라스도 현수를 쫓아오며 등을 향해 칼을 꽂으려는 순간이었다. 제리가 뒤에서 남자의 등에 먼저 칼을 꽂았다. 남자가 윽, 소리를 내며 뒷걸음질 쳤다.

스테이크용 나이프는 날카롭지 않았다. 하지만 제리의 칼 다루는 솜씨는 제법 전문가다웠다. 불시에 맨몸으로 습격을 당했던 파리에서와는 달랐다. 그러나 선글라스가 잠깐 당황한 것은 여기까지였다.

그는 안정된 자세를 잡더니 지체 없이 제리를 향해 칼을 휘둘렀다. 공격을 예상했던 제리는 이미 훌쩍 뛰어 창문 쪽으로 몸을 피했다.

그사이 현수는 방 안쪽으로 달아나고, 현지가 두리번거리다 커다란 화병을 양손에 들었다. 그걸 냅다 놈을 향해 던졌다.

놈이 제리에게 칼을 휘두르고, 제리 또한 칼을 겨누며 맞서 있는 상태에서 화병이 놈의 등짝을 후려갈겼다. 화병이 바닥에 떨어져 산산조각이 났다. 놈이 앞으로 자빠지지 않으려고 허우적거리다 용케 발딱 몸을 일으켰다.

킬러는 덩치가 커서 힘은 좋았지만 제리만큼 날렵하지 못했다. 놈이 중심을 잡기 전에 제리는 긴 다리로 놈의 얼굴을 걸어차버렸다. 파리에서 칼 맞은 대가를 돌려주려는 것인지 비틀거리는 놈의 얼굴을 다른 발로 한 번 더 걸어찼다.

선글라스가 문 앞에서 고꾸라졌다.

활짝 열려 있는 문 앞으로 웬 사람들이 죽 늘어섰다.

제리와 현지, 현수, 킬러가 문 앞에 늘어선 사람들을 보며 천천히 행동을 거두었다. 한가운데 선 사람이 가슴 높이로 표식을 꺼내 들었다. 그 옆으로 호텔 매니저가 한눈에 객실의 상황을 읽은 듯 난감한 얼굴로 서 있었다. 앞으로 나서는 자들은 한국의 수사관들이었다.

엎어져 있던 선글라스가 상황을 파악했는지 후다닥 일어나 남자들을 밀치고 복도로 나섰다. 뒤쪽에 서 있던 수사관 하나가 복도로 튀려는 놈의 발을 걸었고, 한 사람은 권총으로 자빠지는 놈의 뒤통수를 갈겼다. 곧이어 발을 건 수사관이 바닥에 엎어진 놈의 손목에 수갑을 채웠다.

한가운데 서 있던 수사관이 물었다.

"최현수 씨가 누굽니까?"

현수가 고개를 움츠리고 한 걸음 나섰다.

"최현지 씨는 누굽니까?"

현지가 저요, 하고 손을 들었다.

"김상우 씨는?"

제리가 손을 들고 접니다, 했다.

"최현수 씨 요청으로 세 분을 한국까지 안전하게 모시겠습니다."

순식간에 상황이 정리됐다. 제리는 아직 흥분도 채 가라앉히지 못했으면서 자신의 활약을 칭찬해주길 바라는 듯 현수와 현지의 어깨를 감싸 안았다.

"나 멋지지 않았냐?"

현지가 대답했다.

"적어도 스테이크용 나이프의 다른 용도는 확실히 알게 됐어."

"스테이크 나이프도 전문가의 손에 있으면 명검이 되는 거야."

세 사람은 수사관들의 호위를 받으며 메트로폴 호텔을 나섰다.

호텔 밖으로 나서니 사위 가득 눈이 내리고 있었다. 드넓은 광장과 고풍스러운 건축물들을 모두 지우며 하얀 눈이 천지를 메웠다.

현지는 한국 검찰 마크가 그려진 밴에 올라타고 호텔을 돌아보았다. 호텔을 지워버릴 만큼 쏟아지는 하얀 눈발 사이로 높고 푸른

돔 장식이 바라다보였다.

　밴이 출발하고 푸른 장식은 무대 위의 오션블루 발레복처럼 서서히 멀어졌다.

EPILOGUE 1

루시를 데리고 집으로 왔다.

켄넬에서 나온 루시는 낡은 토끼 인형을 물고 신나게 뛰어다녔다.

인형을 흔들 때마다 현수의 목소리가 새어 나왔다. 현지야, 지금쯤 대회를 준비하고……

현수는 루시의 인형을 가리켰다.

"현지야, 저 토끼."

"응. 저 인형이 오빠를 찾아갈 실마리를 던져줬어."

"저 토끼. 엄마가 너 어릴 때 준 거."

"뭐라고? 저 토끼 인형이 그 인형이었어? 그걸 어떻게 오빠가!"

아! 그렇구나, 엄마가 토끼 인형을 안겨주고 발레 공연에 데리고 갔어! 내가 발레를 하겠다고 했던 건 바로 그 공연 때문이었어. 왜 나는 까마득히 잊고 있었던 걸까.

현수가 말했다. 너, 일곱 살.

그제야 현지는 비행기에서 문득 떠올랐던 광경이 진짜 기억이었음을 깨달았다. 너무 어릴 때 일어난 일이라 자신의 기억인지 몰랐던 것이다.

현수는 인형을 안고 발레 흉내를 내는 현지가 몹시 행복해 보였다. 현수는 그 장면을 조각조각 뇌리에 각인시켰으며 현지가 발레를 배우느라 정신이 팔려 잊어버린 토끼 인형을 자신이 소중히 간직했다. 그러고 보니 알 것 같았다. 그 수많은 정체 모를 사진들을 찍어둔 것이 우리 삶을 구성하고 있는 작은 것들을 잊지 않기 위해 현수가 자신만의 방식으로 기억하고 기록하고자 했던 것임을.

현지는 낡고 군데군데 터진 토끼 인형을 끌어안았다.

이제는 너무 작아진 인형이었지만 오빠가 간직하면서 토끼는 한낱 인형에서 벗어났다. 토끼 인형은 어린 현지를 이상하고 아름다운 세상으로 인도했고 또 어느 지점에서는 괴상한 세계로 초대했고, 각자의 욕망이 폭발해버린 세계로 몰아넣었다가, 문제 해결의 실마리가 되어주었으며, 마침내 기억은 삶을 더 소중히 여기는 사람에 의해 간직되는 것임을 알게 해주었다.

현지가 궁금해하던 것들을 물었다. 현수는 더듬더듬 대답하며 현지와 제리의 궁금증을 해결해주었다.

현수는 K-코인 메인넷 확장 프로젝트를 진행하던 어느 단계에서 성철이 이중 계약을 진행하고 있다는 것을 눈치챘다. 그뿐 아니라 케이파운데이션과 거래소가 현수의 프로젝트를 가지고 현수를 배제할 계략을 짜고 있다는 것을 알게 되었다. 하지만 끝까지 성철을 믿었다. 그래서 성철에게 애원하다시피 완전한 계약서를 보여줄 것을 요구했다. 블랙독과의 계약 체결식을 하루 앞두고 마지막 통보를 했음에도 허위 계약서를 보여주는 성철을 보고 끝내 믿음이 배신당했다는 것을 알게 되었다.

현수는 당시의 프로젝트를 진행하면서 자신이 꿈꾸던 메타버스 기술을 개발할 수 있다는 것을 알게 되었고, 그것을 지원해줄 다국적 기업과 손을 잡고 작업을 하게 되었다. K-코인 메인넷 확장 프로젝트가 끝나갈 때쯤 다국적 기업과의 작업 역시 발을 뺄 수 없을 정도로 진행되는 중이었다.

K-코인은 미련도 없었지만 끝끝내 붙잡고 있었다. 전 세계 코이너들을 빈털터리로 만들 수는 없었다. 그러나 성철과 연 부장은 현수를 압박하기 위해 가지고 있던 코인을 방출해버렸다. 현수는 자기 돈을 쏟아서 방출되는 코인을 샀지만 바다에 물 붓기였다. 걷잡을 수 없이 떨어지는 코인을 보며 위버멘시 프로젝트를 진행하기 위해 한국을 떠날 수밖에 없었다. 이 사태가 코인 개발자에게 어떤 결과를 불러올지는 너무나 뻔했다. 전 세계의 코이너들에게 타깃이 될 것이었다. 그러나 현수는 계약했던 프로젝트를 다 끝내고도 두바이에서 돌아오지 못했다.

한국에 돌아가서 모든 사실을 소명할 예정이었으나, 다국적 기업 책임자들은 다음 프로젝트를 진행하기 위해 현수를 억류했다. 심지어 여권을 압수하고 행여 탈출할까 싶어 감시까지 철저히 했다.

현수가 한국에 돌아가고 싶어 하는 것은 하나밖에 없는 동생 때문이라고 판단한 그들은 현수를 붙잡아두기 위한 방책을 세웠다. 홍콩 마피아의 한국계 스파이를 고용해 현지를 납치해 데려다 놓으려고 했던 것이다. 최현수에게는 동생밖에 없고, 최현지 없이는 최현수가 안정적으로 기술 개발에 몰두하지 못할 것이라 믿었다. 그러나 현수는 현지에게는 그 누구도 빼앗지 못할 목표가 있다는 것을 누구보다 잘 알고 있었다.

현지는 그 목표를 이루는 발판이 되어줄 대회를 앞두고 있었고, 대회에서 우승하면 세계 대회에 출전하는 것을 다음 순서로 해서 역시 하나하나 밟아야 할 것이었다. 그러니 현지가 강제로 두바이에 가게 되는 일은 결코 일어나서는 안 되는 일이었다. 현지는 발레를 해야 하니까. 자신이 그 꿈을 결코 해쳐서는 안 되는 것이니까. 현수는 그것을 막으려고 제리를 움직여 현지를 지키게 했다.

현수는 현지의 대회 일정을 알고 있으니 대회가 끝나고 나서야 두 사람을 파리로 도피시키기 위해 두바이는 피하라고 메시지를 보낸 것인데, 어쩌다 제리와 현지는 두바이로 가게 되었다. 두 사람이 홍콩으로 갈 때 이미 현수는 두바이에서 떠난 상황이었다.

위버멘시 기업에서는 최현지를 잡으면 어쨌거나 최현수도 잡을 수 있을 것이라 확신했다. 그랬기에 끈질기게 용역 사람들을 붙인 것이다.

최현수는 두 사람을 파리로 도피시킬 때 그들도 따라갈 것이라 판단해 아무나 갈 수 있는 호텔은 피했다. 현지와 제리라면 파리의 게스트하우스를 알아낼 수 있을 터였다. 그들은 공항에서 잡으려고 기다리고 있었지만, 제리의 기지로 두 사람을 완전히 놓치고 말았다.

은밀하게 파리까지 따라붙어 제리를 해치고 현지를 납치하려던 킬러는 다른 쪽에서 고용한 자였다. 이 킬러는 현수를 살해하는 게 목적이었다.

현지를 납치해 현수 있는 곳까지 가거나, 혹은 현지와 만나게 하여 현수를 살해하려 했지만 실패하고, 대륙 횡단 열차까지 은밀하게 잠입하여 두 사람 뒤를 밟았다. 킬러는 현수의 입을 다물게 해야 했다, 영원히.

현수는 파리에서 현지를 납치하려 한 킬러가 누군지 알아내느라 시간을 소요했다. 그 역시 흔적을 남기지 않기 위해 극도로 조심하고 있다 보니 아무런 소식을 전하지 못하기도 했다.

마침내 현수는 그 킬러가 성철이 고용한 전문가라는 것까지 알아냈다.

킬러는 현지가 현수를 만나러 갈 것을 알기에 그를 만날 때까지 현지와 제리를 살려두었던 것이다. 현수로서는 파리에서 한국으로 곧바로 돌아오기엔 적들이 너무 많이 달라붙어 있었다. 제리와 현지를 긴밀하게 협력하게 해서 오래전의 약속을 기억하게 하는 수밖에 없었다.

그렇게 결국 모스크바까지 오게 했던 것이다. 그러나 성철은 현수가 한국에 소환을 요청했다는 걸 알지 못했다. 이런 우연적인 타이밍 덕에 성철이 사주한 킬러가 사건 현장에서 잡힌 것이다.

제리는 현수가 말을 끊을 때마다 펄쩍펄쩍 뛰었다.

"야! 이 새끼야! 나한테는 말을 했어야 할 것 아냐!"

"네 발등, 불 떨어져야."

"아, 이놈이 끝까지 나를 이용해먹네! 네가 그러고도 친구냐? 이 새끼야."

제리는 욕을 그만둘 생각이 없는 것 같았다.

현지는 제리 팔뚝을 꼬집었다. 제리가 아야, 하며 현지를 돌아보았다.

"그나저나 뭐 하는 사람이세요? 칼을 쓰는 걸 보아하니 단체 생활 좀 하셨던 것 같기도 하고."

현지가 장난스럽게 물었다. 내내 의심스러웠던 것을 이제야 물어보게 되었다.

"단체 생활이라니요, 왜 이러십니까. 제가 어디를 봐서 그놈들과 동료로 보입니까."

제리가 너스레를 떨었다. 현수가 대신 제리의 과거를 폭로했다.

"상우, 재, 검도. 하도 맞고 다녀서."

"이 새끼가. 네가 맞고 다녔지, 내가 맞고 다녔냐? 다 너를 위해 배워둔 거지!"

"검도랑 단도 쓰는 것은 다르다는 것, 세 살 꼬마도 알 것 같은데 말이죠."

"검도 단장, 학원 봐주기도."

검도 단장 대신 학원에서 초등학생들을 가르치기도 했다는 뜻인 것 같았다.

"세상 살다 보면, 부엌칼로도 사람 요리할 줄 알게 되고요. 급하면 볼펜도 칼이 되지요. 제가 좀 험하게 살았습니다요."

현수가 현지의 어깨를 다독거렸다. 어쨌든 나쁜 놈은 아냐, 하고 말하는 듯.

제리는 현수에게 주먹을 날리는 시늉을 하고 현수는 피하는 시늉을 했다. 현지는 이 모든 장면이 마치 무대에서 펼쳐진 긴 공연이었던 것처럼 느껴졌다.

현지는 오션블루의 발레복을 입고 푸에테를 하며 무대 뒤를 향해 빙글빙글 돌아가는 자신을 지켜보았다.

커튼 뒤로 새로운 세계가 펼쳐졌다.

한쪽 세계에서 묘연해진다는 것은 다른 쪽 세계의 문을 연 것이다. 결코 사라진 게 아니다.

EPILOGUE 2

현수의 웜홀 프로젝트에 편승하면 큰 위험 없이 한국의 게임계에서 K-모터의 자리는 지킬 수 있을 터였다. 현수의 프로젝트에 성철의 K-모터가 완전히 흡수될 때쯤이면 K-코인 사태는 웬만큼 진정이 될 것이고, 사람들의 머릿속에서 잊힐 것이다.

성철은 목에 힘을 주고 머리를 꼿꼿이 세웠다. 나를 비난할 자는 어디 비난해보란 말이야. 나는 목숨을 바쳐 내 기업을 지켰어. 누구나 할 수 있는 일은 아니라고!

성철은 온몸에 벌레가 기어가는 가려움을 느꼈다. 목을 조이는 증상이 사라지더니 새로운 증상이 생긴 건가.

성철은 라운지 체어에서 일어나 셔츠 속으로 손을 넣어 옆구리를 긁고 겨드랑이를 긁었다. 바지를 걷고 정강이를 긁었다. 언제부터인지 정강이에 돋은 털이 뭉치고 살갗이 붉게 일어나 있었다.

벌레가 기어가는 길을 따라 피가 나도록 긁으며 사무실 문을 쳐다보았다. 이 문을 열고 드나들었던 현수와 연 부장, 대표이사, 진호, 그 외에 많은 개발자들이 떠올랐다. 가려움의 근원이 된 사람들. 살갗이 문드러질 때까지 지켜온 회사.

현수가 금방이라도 문을 열고 들어올 것 같았다. 오버더센트럴랜드의 초대장을 들고. 기꺼이 응대해줄 생각이었다. 아침 뉴스를 보기 전까지는.

아침 뉴스의 헤드라인은 최현수가 귀국한다는 소식으로 시작되었다. 체포가 아니라 귀국이라니! 성철은 눈과 귀를 뉴스에 집중시켰다.

최현수는 두바이의 기업과 계약했던 프로젝트를 끝냈음에도 억류되어 있었으며 한국으로 돌아오기 위해 한국 수사기관에 안전한 동행을 요청했다고 했다.

수사기관은 최현수가 자진해서 귀국을 요청한 만큼 성실히 수사를 받을 예정이며, 알려진 바와 달리 횡령 혐의는 없는 것으로 잠정 추정하고 있다고 밝혔다. 오히려 K-코인 사태에 대한 진실을 밝히는 데 도움을 줄 예정이라고 덧붙였다.

진실? 현수가 진실을 밝히러 왔다고?

목덜미가 조여 오고 심장이 터질 듯이 뛰었다.

연 부장과 성철이 현수의 개발품을 가로채기로 했던 것부터, 현수가 그렇게도 블랙독과의 계약 내용을 확인하기를 바랐지만 끝까지 숨긴 것, 결국 K-코인을 대량 매도 하여 현수를 빈털터리로 만듦과 동시에 K-코인을 팔아치우고 막대한 돈을 가지고 해외로 도망친 사기꾼으로 몰아넣은 언론 플레이며, 하나밖에 없는 여동생을 납치해서 현수를 잡아놓으려고 했으며, 끝내 현수를 살해하려 했던 일까지, 꼭꼭 숨겨온 일을 밝히겠다고?

내막을 알게 되면 현수는 시원해질까?

현수를 만나는 것이 두려운 이유가 범죄가 밝혀지는 것 때문인지, 현수를 볼 낯이 없어서인지, 결코 이전으로 돌아가지 못할 사이가 된 것 때문인지 성철은 알 수 없었다. 두 사람은 누구보다 서로 믿고 의지하던 사이였다. 사장이자 직원으로 작은 사무실 하나 지키던 자신에게 밝은 미래를 안겨주었던 현수였다. 현수는 언젠가는 내 아들도 현수처럼 크기를, 평범한 사람처럼 살지는 못해도 현수처럼 능력 하나는 특출한 사람으로 크기를 가슴 깊이 기도하며 하루하루를 버티게 해준 존재였다.

현수의 얼굴을 어떻게 마주할 수 있을까. 어떻게 내가 너의 등에 칼을 꽂고 너를 세상 밖에서 떠돌게 만들었으며 너를 죽일 작정을 했다는 것을 말할 수 있을까.

다음 순간, 성철은 마치 바로 앞에 현수가 앉아 있는 것처럼 분노가 솟구쳤다. 기업을 위해 순응하지 않는 네가 얼마나 힘든 존재였는지, 순진무구한 눈빛으로 자신의 지분을 요구하고 또 요구하는, 결코 협상하지 않는 너 때문에 우리 모두가 얼마나 지쳤는지, 너는 짐작이나 했느냐고. 네가 그렇게 만들었다고. 너 때문에 연 부장이 죽었으며 진호까지 위험해질 뻔했다고. 이 모든 일이 다 너 때문이라고, 현수를 보자마자 소리칠 것이다.

잇따른 뉴스가 성철의 귀를 잡아 끌었다. 성철은 천천히 뉴스 화면으로 몸을 돌렸다.

홍콩 마피아 일당 중 킬러로 활동하고 있는 조직원을 최현수 살해 협박죄로, 최현지와 유튜버 김상우 상해 혐의로 체포했으며 또 다른 피살 건의 배후를 밝히기 위해 집중 수사를 시작했다는 것이었다.

또 다른 피살 건의 배후라고? 뉴스를 외면하며 성철은 몸을 돌이키다가 소스라치게 놀랐다. 심장은 이제 다시는 회복되지 못할 것처럼 파들파들 떨었다. 검은 유리창에 비친 건 자신의 모습이었다. 깊고 어두운 밤, 자기 모습에 놀라는 사람은 용서받지 못할 짓을 한 사람인 것일까. 완벽하게 처리했다는 킬러는 깊고 어두운 밤 성철이 내린 지시를 완벽하게 처리하지 못했다. 배후의 흔적을 남겨놓다니.

성철은 5층 창가에 서서 연 부장을 떠올렸다. 마른기침을 뱉으며 돌아서던 구부정한 뒷모습을.

코인:
위버멘시 프로젝트

1쇄 발행 2023년 9월 8일

지은이 방현희
펴낸이 배선아
편 집 유민우
디자인 이승은
펴낸곳 고즈넉이엔티

출판등록 2017년 3월 13일 제2022-000078호
주 소 서울특별시 마포구 성지1길 35, 4층
대표전화 02-6269-8166 **팩스** 02-6166-9199
이 메 일 gozknockent@gozknock.com
홈페이지 www.gozknock.com
블 로 그 blog.naver.com/gozknock
페이스북 www.facebook.com/gozknock
인스타그램 www.instagram.com/gozknock

ⓒ 방현희, 2023
ISBN 979-11-6316-499-9 03810

표지/내지이미지 Designed by Getty Images Bank, Freepik

잘못된 책은 구입하신 서점에서 교환해 드립니다.
이 책은 저작권법에 따라 보호받는 저작물이므로 무단 전재와 복제를 금합니다.
이 책의 전부 또는 일부 내용을 재사용하려면 사전에 저작권자와 본사의
서면 동의를 받아야 합니다.